헬로
달라스

굿바이
달라스

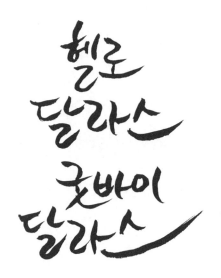

Hello Dallas, Goodbye Dallas

김경찬 지음

n.Book

처음 저자를 만난 때는 1988년 가을쯤이다. 그러고 보니 이제는 서로의 얼굴에 새겨진 주름살의 깊이만큼이나 오랜 세월이 흘렀다.

우리는 공적인 관계로 처음 만났다. 당시는 우리나라가 올림픽 개최국으로서 사회 전체가 융성할 시기로, 나는 신발 부품 소재 사업을 막 시작했을 때였다. 그때 저자는 세계 유명 스포츠 브랜드의 생산 오더를 배분하는 매우 힘센 위치에 있었다.

그러나 그는 그 힘을 쓰는 방법이 남달랐다. 2~3년 정도 오더를 배정하고, 납기를 챙기고, 품질을 관리하는 업무에 한 치의 오차도 허용하지 않았고, 매우 도덕적이면서도 엄격했다. 덕분에 나는 초보 사장으로서 회사 경영의 기본 틀을 다질 수 있었다.

그러던 어느 날 저자는 홀연히 내 눈에서 사라졌다. 미국으로 직장을 옮겼다는 소문을 들었고, 한동안 서로 까맣게 잊고 지냈다.

예나 지금이나 비즈니스는 바깥으로 쭉쭉 뻗어나가야 한다. 우리 사업에서 해외 진출은 선택이 아닌 필수다. 나는 동남아 몇 군데에 현지 제조공장을 설립하고 남미 시장 개척을 위한 중간 기착지로 미국 달라스에 들렀다가 그곳에 그가 살고 있다는 소식을 들었다. 연락을 받고 한걸음에 달려온 그의 모습에서 건너뛴 20여 년 세월의 흔적은 찾을 수 없었다. 우리는 서로 격하게 포옹하며 재회의 기쁨을 나누었다.

삶에서 시련 없이 저절로 달리는 열매가 하난들 있겠는가.

미국에 가서 번듯한 사업체를 이뤄내기까지, 수없이 겪었을 모진 고난과 시련을 이겨낸 그의 이야기를 들으면서 우리는 밤새 술잔을 기울였다. 그날의 생생한 감동을 지금도 나는 잊지 못한다. 우리의 끊어진 인연은 그렇게 다시 시작되었다.

다행히 그때 브라질 파트너와 비즈니스가 잘 성사되어 나는 미국에 갈 기회가 잦았고, 그때마다 그의 집에 머물며 신세를 졌다. 저자는 집안의 막내지만 어머니를 미국에 모셔가서 함께 지내는 다정하고 행복한 모습을 보며 일찍 부모를 여읜 나로선 그저 부럽기만 했다. 그는 효심 깊은 효자였다. 효는 백행지본(百行之本)이라는데, 그래서일까? 저자는 기업인이기 이전에 로맨티스트요, 미술가이면서 연주자며, 노래도 잘하고 유머감각도 뛰어난 팔방미인이다. 또한 그에게는 잠시만 같이 있어도 주변 사람들이 배꼽을 쥐게 만드는 재주가 있다. 샌디에이고에 그가 새로 마련한 저택에서 산봉우리를 바라보며 그린 그림은 가히 수준급이었다.

한번은 우리 회사의 미국인 바이어들이 초청한 자리에서 그가 직접 기타와 피아노를 치며 노래를 불렀는데, 다들 깜짝 놀라며 감탄을 금치 못했다. 이런 다재다능함은 저자가 미국 생활에서 받은 고단함을 이겨내는 좋은 자양분이 되었을 것으로 짐작한다. 만일 그가 사업을 하지 않았다면 지금쯤 TV에서 만나는 스타가 되었을 지도 모를 일이다.

부끄러운 고백이지만 나는 그에게 실수를 한 적이 있다. 우리집 아이가 초등학교를 졸업할 무렵, 미국 유학을 보내기로 결정하고 그에게 대뜸 우리 아이를 좀 데리고 있어 달라는 부탁을 한 것이다. 그러자 그는 잠시도 망설이지 않고 "형님, 바로 보내세요!"라고 대답했다. 그 이튿날엔 그의 부인까지 국제전화를 걸어서 '잘 보살피겠으니 걱정하지 말라'고 얘기해주었다. 아이 하나 키우는데 온 마을이 필요하다는 말뜻을 그때는 알지 못했다. 지금 생각하면 해서는 안 될 무례한 부탁을 한 것이다.

자신의 아이 둘에 친분이 있는 다른 지인의 자녀까지 돌보고 있으면서도 조금도 힘들거나 불편한 내색 없이 진심을 다하는 그의 가족들을 보며 한번 맺은 인연을 소중히 여기는 사람의 진면목을 느낄 수 있었다. 지금도 당시의 일을 생각하면 미안하고 부끄럽다. 무지했던 나의 실수를 조금이나마 만회하려고 만나면 식사라도 내가 대접하려고 애쓰고 있다.

이 책을 읽는 독자들에게도 저자의 이런 면모들이 고스란히 전해질 것으로 기대한다. 솔직하면서도 진지하고, 주변에 무한한 사랑을 베풀며, 매 순간 치열하게 세상과 맞서 살아온 이야기들이 뭉클한 감동을 안겨줄 것이다. 또한 이역만리 미국 땅에 맨손으로 가서 이른바 아메리칸 드림을 실현하는 과정은 내일을 꿈꾸는 많은 젊은이들에게 살아있는 교과서가 될 것임을 확신한다.

이제 그는 1년에 한두 번은 한국에 온다. 해운대 바닷가가 보이는 그의 집에서 함께 바라보는 바다가 너무 좋다. 앞으로도 오랫동안 모든 일에 진심을 다하는 그와 세상을 함께 걸어가고 싶다.

임병문

㈜성신신소재 대표이사 회장

이 책의 저자 케이시 킴(Kacy Kim-김경찬)과는 오래 전 직장 동료로 처음 만났다. 케이시도 나도 모두 첫 직장인 그 회사에서 내가 케이시의 부서장으로 함께 일했는데, 그로부터 지금까지 40년 가까운 인연이 지속되고 있다.

직장 생활을 같이 하던 시절부터 케이시는 남다른 직원이었다. 회사 전체 직원들 가운데 유일하게, 당시로선 흔치 않은 '피아노맨'이었다. 그가 피아노를 치며 노래를 부르면 동료들이 모두 환호하고 열광했다. 언제 어디를 가더라도 혼자 인기를 독차지하는 재주꾼이었다.

그 이후 나와 일하던 회사를 그만두고 젊은 나이로 미국 유수 브랜드의 한국 지사장을 맡았다가 다시 미국 본사의 중역으로 승진해 가서 나를 놀라게 만들었다. 하지만 그건 시작에 불과했다. 내가 미국에 가서 본 그의 모습은 정말 눈을 의심할 만큼 충격적이었다. 유명 브랜드의 중역 출신이 흑인 밀집 거주 지역에서 거의 생명을 내놓다시피 하고 조그만 가게를 운영했다. 열악한 환경에 먼지를 뒤집어쓰고 허리에는 총까지 차고 있었다. 자칫 무모할 정도로 당당하면서도 세상을 두려워하지 않는 모습에 나는 몇 번이나 놀라움을 금치 못했다. 한편으론 그런 그를 보며 나 자신도 많은 걸 배우는 기회가 되었다.

그 이후로도 케이시의 경이로운 행보는 계속되었다. 그렇게 장사의 원리를 몸소 체득한 그는 단시간에 장사를 비즈니스 차원으로 전환시켰고, 발전에 발전을 거듭하며 주유소 체인점과 쇼핑타운을 거느린 대형 사업가로 성장했다. 최근에는 미국과 한국을 오가며 인생의 더 큰 의미와 가치를 찾으려는 그에게 아낌없는 찬사와 박수를 보낸다.

이 책에는 화려한 성공 스토리 말고도 저자 자신의 상처와 아픔, 기억하고 싶지 않은 위기의 순간들을 진솔하게 털어놓고 있다. 거기엔 여간 큰 용기가 필요한 게 아니다. 이 책을 읽고 나 또한 새로운 도전정신과 용기를 얻을 수 있었고, 잠시나마 지친 마음을 씻어낼 수 있었다. 딱딱한 이론이나 철학이 아닌, 생생한 삶의 체험들을 만날 수 있어 재미있고 행복한 시간이었다.

유난히 힘들고 어려운 시기에 이 책을 읽고 공감하는 분들이 많으리라 생각한다. 특히 외국에서 생활하는 분, 기업의 임직원들, 취업준비생들에게는 살아 있는 교과서가 되리라 확신한다. 아울러 이 고난의 시대를 살아가는 모든 독자들에게 커다란 감동과 재미, 긍정의 메시지를 함께 선사할 것이다.

권동칠
㈜트렉스타 대표이사

It is a rare privilege to have known both a client and friend as kind and as honorable as Kacy over the years. Born into complicated family circumstances and raised solely by his mother in their home country of South Korea, he knew hardship at every step. Despite these setbacks, after graduation in Korea, he set his eyes on Dallas, Texas and expanded his footprint to establish himself as an accomplished businessman. Later in life, he cared for his mother who suffered from Alzheimer's for the last 10 years of her life. After these events, Kacy retired and enjoys a life in Korea creating music and writing. I highly recommend that you read and appreciate his journey. You won't be disappointed.

Sincerely,

Ronald E. Grant
Attorney & Counselor at Law

시작하며

미국과 본격적으로 인연을 맺은 계기는 신발에 난, 끈을 매는 구멍 때문이었다.

우리 세대의 많은 평범한 사람들처럼 나 역시 대학을 졸업하고 취업을 준비하면서 예상 밖의 난관에 부딪히자 외국을 동경하게 되었고, 첫 직장에서 경험한 미국이란 나라를 잊을 수 없어 미국행을 결심했다. 그런 기회는 화려하게 찾아오지 않고 힘든 상황 중에 단추를 채우듯 슬그머니 나를 감쌌다.

첫 번째 단추는 첫 직장에서 가게 된 미국과 유럽 출장이었다. 두 번째 단추 역시 어린 나이에 부서장이 되어 수출 제품의 클레임을 해결하려고 간 미국 출장이었다. 인생이 허들 경주라면 그 대목이 출발점이라고 할 수 있다. 세 번째 단추는 미국 회사에서 어처구니없는 해고를 당한 뒤 재취업이 쉽지 않아 흑인촌에서 노동을 시작한 것이었다. 그때부터 본격적인 미국 삶이 시작되었고, 이후로 끝없는 채움을 위해 정신없이 살다보니 어느덧 저무는 황혼에 이르렀다. 이제 그 세월 전체를 돌아보면서 정신없이 채웠던 것들을 하나씩 비우면 과연 무엇이 남는지, 그 과정을 통해 나의 실체를 찾아보고자 한다.

베이비부머 세대에 태어난 나는 해외여행이 자유롭지 못했던

1990년에 한국을 떠났다. 사랑하는 가족과 이별하면서 반드시 성공과 행복을 쟁취해 돌아오리라고 결심했다. 그런 결심을 비웃기라도 하듯 한국과 미국의 차이는 엄청났다. 막연히 가슴에 품고 있던, 나 같은 사람이 성공하지 못하면 누가 할까 하던 교만도 여지없이 허물어지고 말았다.

소수 민족이라는 이유로 권총 강도의 표적도 되었고, 텍사스주와 법정 싸움도 벌였다. 몸이 아니면 돈으로라도 때워야 했다. 내가 운영하던 주유소에 기름이 유출되어 폭발 직전까지 가는 바람에 가슴을 졸였고, 주유소 화재로 모든 게 다 허무하게 타버린 재 위에 주저앉아 혼자 하염없이 눈물도 훔쳤다. 마약 갱의 딸이 내 사업장에서 일을 하다가 불의의 사고를 당해 죽었을 때는 목숨을 걸고 장례식에 조문을 가기도 했다.

내가 죽어야 상대가 살고, 상대가 죽어야 내가 사는 결사적인 미국 생활이었다면 너무 과장일까? 하지만 당시의 심리적 부담으로는 그렇게 느낄 만큼 내게는 결사적이고 필사적인 삶이었다.

다민족이 어울려 사는 미국이란 나라는 알면 알수록 가깝고도 먼 나라다. 그런 곳에 터를 잡고 살면서 지난 30여 년간 겪은 수많은 일들, 한국과 미국을 오가면서 느낀 여러 색깔의 감정들, 그리고 겸손과 교만, 자유와 방종, 편견과 차별 같은 삶의 테마들에 관하여 나는 언제부턴가 내 나라 사람들과 이야기를 나누어보고 싶었다. 그 오랜 꿈을 이제야 조심스럽게 꺼내 펼쳐본다. 이 책을 읽는 모든 분들과 지나온 내 삶의 열정을 함께 나누고자 한다.

나는
야타족의 시조 始祖

나는 이른바 부산 '야타족'의 시조였다.

고등학교를 졸업하자마자 1종 보통 운전면허를 취득했다. 알다시피 90년대 강남 압구정 등지의 일부 유학파 부유층 자녀들을 일컫던 오렌지족, 그들이 부모 차를 끌고 나와 '야, 타!'라고 한 데서 붙여진 은어가 '야타족'이다. 나는 유학파도 부유층도 아니었지만 부모님 차가 아니라 엄연히 내 명의의 차를 80년대부터 소유했기에 야타족이라는 단어가 탄생하기 이전의 그야말로 시조(始祖)인 셈이다.

학생 신분으로 차를 산 동기는 제법 기특한 마음에서다. 일단 학교와 집이 거리가 너무 멀었다. 버스를 타면 종점에서 종점이었다. 첫 교시 수업이 있는 날엔 꼭두새벽에 일어나야 했다. 종점에 도착해 깊은 잠에 빠진 나를 버스 청소하는 아주머니가 깨워준 게 한두 번이 아니었다. 복학을 했으니 시간을 길에 허비하지 말고 제대로 공부를 해보리란 결심에서 당시 미국 자동차 수출의 일등 공신인 〈엑셀〉을 사기로 마음먹었다.

학생이 무슨 차냐며 노발대발하시는 어머니를 설득하기가 녹록지 않았다. 반드시 장학금을 받겠다는 조건을 내걸었지만, 결과는 그

내 힘으로 마련한 첫 자동차.
나는 그야말로 '야타족'의 시조였다.

만 장학금을 놓치고 말았다. 때마침 저렴한 이자로 55만 원을 빌려
주고 1년에 걸쳐 분할 상환하는 등록금 대출 제도가 있었다. 그걸 받
아서 어머니께는 장학금을 받았노라 둘러대고 드렸다. 그리고 그 돈
이 나에게 다시 올 줄 알았으나 착각이었다.

　어찌 되었던 차량 구입을 허락받았으나 여전히 나는 돈이 필요했
다. 어린 나이에 나에게는 남다른 엉뚱함이 있었다. 기발한 생각과
그걸 실천에 옮기는 용기, 선천적으로 두꺼운 얼굴 등이 나를 이루는
구성 요소였다. 이제 남은 건 부족한 비자금 마련을 어떻게 하느냐였
다. 궁리 끝에 나는 시내버스 안에서 자루가 달린 때밀이 수건을 팔
았다. 번개탄을 팔겠다고 가가호호 남의 집을 방문하기도 했다. 그럴
만큼 강심장이었다.

돈을 모은 나는 드디어 1985년에 울산 현대자동차에서 신차를 인도받았다. 차량 번호도 우연찮게 관용차량에만 사용한다는 부산 '1가 10'으로 시작되었다. 때론 나를 고위 공무원으로 오인한 교통경찰관이 경례를 하기도 했다. 아직 자가용 승용차가 흔하지 않았던 때에 경위야 어쨌든 부모님 찬스가 아닌 순전히 내 힘으로 어렵게 구입한 자동차였다. 비록 할부였지만 말이다.

화염병과 최루탄이 난무하는 혼란한 시국에 건축공학과 과대표를 하면서 걸핏하면 휴강을 이끈 것도 그런 집요함이 한몫 하지 않았나 싶다.

내가 다니던 건축공학과는 대개 건축기사 자격증 획득을 목표로 공부한다. 하지만 1979년 2차 석유파동 이후 잠시 주춤했던 건설 경기가 1980년대 들어서 잠시 좋아지는 듯했으나 군대를 제대하고 복학을 하고 졸업이 다가와도 다시 회복될 기미가 보이지 않았다. 그래서 전공 공부도 중요하지만 영어 학원을 더 열심히 다녀 대비책을 마련해야 했다. 게다가 86년 아시안게임, 88년 올림픽도 우리나라에서 개최한다니 영어라도 유창하게 하면 뭔가 좋은 일이 생길 것만 같아서였다.

어머니는 교육 공무원이었다. 어머니의 월급날인 17일은 내가 용돈을 타는 날이기도 했다. 한 달 치 용돈을 타서 이튿날 자동차 할부금과 등록금 대출 납입금을 갚고 나면 금세 빈털터리가 되곤 했다. 차주는 아무나 하는 게 아니구나 싶었다.

어떻게 하면 주머니가 두둑해질까, 궁리에 궁리를 거듭했다. 다행히 나는 어려서부터 피아노를 배워서 꽤나 괜찮은 피아노 실력을 갖추고 있었다. 그걸 무기 삼아 야간 업소의 문을 두드리기로 했다. 당시엔 남자 피아니스트가 드물어서 생각보다 카페 취업이 쉬웠다. 덕분에 해운대, 광안리, 온천장 등지의 카페에서 저녁 시간에 고정적으로 피아노를 칠 수 있었다. 처음엔 부자 동네 손님들이 내 피아노 솜씨에 반해 오렌지주스 같은 걸 시켜주곤 했다. 한두 번 사양하자 눈치를 챘는지 현금으로 팁을 주었다. 그 수입도 제법 쏠쏠했다. 어머니는 밤만 되면 집을 나가는 아들이 도서관에 가서 늦게까지 열심히 공부하는 착한 아들인 줄로만 아셨다.

친구들은 내 자동차가 기름이 아니라 물만 넣으면 가는 차로 아는 게 확실했다. 함부로 내 차를 타고 심지어 기사처럼 나를 부리면서도 돈 한 푼 내려고 하지 않았다. 그렇다고 친구들한테 야박하게 돈을 내라고 할 수도 없었다. 이윽고 비자금마저 바닥난 나는 궁여지책으로 자가용 영업에 뛰어들었다. 당시에는 영업용 택시도 합승 행위가 판을 치던 시절이었다. 나는 택시 잡기가 하늘의 별 따기인 황금 시간대에 슬그머니 밥숟가락을 걸쳤다. 야타족의 시조였던 만큼 택시 기사 이상으로 부산 시내 지리는 물론 대한민국 도로 전체를 손바닥 보듯 꿰뚫고 있었다.

명절이나 휴가철이 되면 울산, 대구, 대전, 서울 등지로 장거리 영업하느라 눈코 뜰 새 없이 바빴다. 사람들의 왕래가 많은 부산역과 김해공항은 최적의 영업 장소였다. 특히 택시 기사들이 꺼리는 외국인을 발견하면 먼저 다가가서 영업용보다 저렴한 가격에 목적지까지 태워다 주며 학원에서 배운 영어 실력을 스스로 시험해 보곤 했다. 한번은 마침 영어 학원 강사인 손님을 태우게 되어 운전하는 동안 개인 레슨을 받은 적도 있다.

뜻밖의 사고가 터진 건 한창 그럴 무렵이었다. 그날도 손님을 내려준 후 자정이 넘어 집으로 돌아가던 중이었다. 밀려오는 피곤과 졸음으로 집중력이 조금 떨어져 있을 때, 맞은편에서 중앙선을 침범한 택시가 순식간에 나를 덮쳤다. 딴에는 피한다고 피했는데 대처가 늦은 모양이었다. 택시를 들이받고 가로수를 쓰러뜨리고 벽을 박은 후에야 간신히 정지할 수 있었다. 내 차도 택시도 많이 부서졌고, 택시 기사도 머리를 다친 듯했지만 나는 신기하게도 털끝 하나 다치지 않았다.

택시 기사는 한 달만 있으면 10년 무사고로 개인택시를 받을 수 있었는데 자신의 잘못으로 사고가 나서 꿈이 무산됐다며 허탈해 했다. 그게 마음에 걸려서 마치 내가 잘못한 것처럼 사고 처리를 해주었다. 보험에 무지하고 다른 사회경험이 일천한 터라 그랬지만 지금 생각하면 왜 그런 주제넘은 객기를 부렸는지 모르겠다.

어쨌든 2년 여 동안 팔자에 없는 영업을 하느라 여기저기 흠집이 많았던 나의 사랑스러운 애마는 한 달 후 다시 새 차가 되어 돌아왔다.

사고가 난 뒤로 자가용 영업은 그만두었지만 피아노 아르바이트는 자동차 할부가 끝날 때까지 계속할 수밖에 없었다. 그 노역은 대학 졸업 무렵에서야 끝이 났다. 졸업에 맞춰 할부금과 대출금 청산이 완료되고 그동안 알고 지낸 미국인들과 어울리며 영어 면접 취업 준비에 전념할 수 있었다.

어린 나이에 은행에서 돈을 빌렸다가 갚느라고 혼쭐이 난 후 빚이 얼마나 무서운 것인지 똑똑히 깨달았다. 그 덕에 지금도 '사업은 은행 돈으로 해야 한다'고 말하는 사람들을 보면 한 번 더 쳐다보게 된다.

최근에 나는 옛날을 회상하다가 30년도 훌쩍 더 지난 그 흑백 시절의 흔적들을 직접 찾아보았다. 내가 빚을 갚으려고 피아노를 쳤던 해운대, 광안리, 온천장의 카페들은 모두 사라졌거나 다른 업소로 바뀌어 있었다. 그럴 거라고 예상은 했지만 한 군데도 남아 있지 않으니 서운하기도 했다.

첫 직장, 첫 미국 출장,
그리고 꿈

격동의 80년대를 보내면서 대학, 대학원을 별 탈 없이 졸업했다.

졸업만 하면 모든 게 척척 이루어질 줄 알았지만 지방대학의 건축공학 전공자로서 취업이 만만치 않았다. 더군다나 사우디아라비아, 리비아, 이집트 등 중동으로 진출했던 대기업의 경력사원들이 귀국하면서 취업은 더욱 어려워졌다. 복학 후 3학년 때부터 열심히 준비한 영어 회화도 건설 직종에서는 그다지 쓸모가 없었다.

대학시절 학과대표를 했을지언정 운동권은 아니었는데도 군사교육을 거부한 흔적이 나의 신원 조회에 나타나 자꾸 발목을 잡았다. 그것이 문제가 되어 수차례 입사 면접에서 탈락의 쓴맛을 봐야 했다.

나는 대학생활 중 '군사교육'이라는 과목을 도무지 이해할 수가 없었다. 총도 아닌 나무를 총이라고 최면을 걸며 총싸움을 강요하는 행위를 교육이라니! 그러나 수업을 거부하고 아예 가지 않은 대가는 혹독했다. 보기 좋게 F 학점은 물론 학사경고까지 받고, 2학년을 마치고 입대를 하려 휴학계를 내자 신체검사도 받지 않은 내게 기다렸다는 듯이 영장이 배달돼 왔다.

입대 날짜와 집합 장소는 1982년 3월 6일 토요일 서울 성북역이었다. 군사교육 거부자는 쓸데없이 배회하지 말고 군대나 가라는 제5 공화국의 특별 '배려'였다. 마음의 준비는커녕 머리 깎을 겨를도 없이 논산행 군용 열차를 탔다. 머리가 길어 장병 가족으로 착각하게 만든 죄로 입영열차에서부터 얻어맞으며 간 군대였지만 군사교육 거부자란 낙인 덕분에 105일의 병역 단축 혜택도 없이 '우수한' 성적으로 만기 제대를 했다.

비록 군사교육을 거부했지만 군대를 다녀오면 괜찮은 것 아닌가? 한국에서 더 이상 취업이 힘든 것인가? 이 상황을 어떻게 이겨 나가야 하나? 내 결점을 보완할 수는 있을까?

나는 고민에 휩싸였다. 예술은 연습이 가능하지만 인생은 그렇지 않다는데 나의 인생은 출발부터 꼬였다. 내가 이 나라에서 할 수 있는 것은 아무것도 없는 게 아닐까? 그렇다면 이 나라를 벗어나는 것 외에는 달리 뾰족한 수가 없다는 사실을 점점 강렬히 느꼈다. 방향을 바꾸어야 했다. 건설회사보다는 수출회사나 외국인 회사로 가야겠다고 판단했다.

친구한테서 국내 5위권에 드는 브랜드인 Asics Tiger의 제조회사 수출과에서 영어 가능자를 뽑는다는 연락을 받고 응시했다. 결과는 단번에 합격! 우수한 재원들이 많았지만 부서장은 그다지 우수하지 않은 나를 택하였다. 회사가 요구하는 영어 회화와 작문에 큰 어려움이 없었기에 바로 미국 담당자로 지목되었다.

외국을 향한 첫 단추를 끼운 셈이었다.

그때부터 일을 배우느라 사무실과 현장을 뛰어다녔다. 현장 직원들과 상주 외국인들과의 원활한 소통이 중요했다. 처음엔 실수도 많았다. 신용장도 모르는 내가 무역 업무를 하자니 매사에 서툰 건 당연지사였다. 그럴 때마다 맡은 일에 최선을 다해 열중했다.

퇴근 후에는 경영대학원에 다녔다. 무역에 관한 부족한 지식을 습득하고 경력에 맞춰 최종학력도 높이고 싶었기 때문이다. 그렇게 밤낮으로 정신없이 뛰어다녔다. 그래야만 이 나라를 벗어나는 날이 하루라도 빨리 올 거라고 믿었다.

나의 첫 직장은 훗날 미국을 향한 첫 단추이기도 했다.

하루는 부서장이 나를 불렀다.

사장님을 모시고 자기와 같이 미국과 유럽 출장을 다녀오자는 것이었다. 입사 1년도 되지 않은 신입사원에게 주어진 좋은 기회였다. 나에게 실제 미국 시장을 보여주려는 회사의 배려이기도 했다. 미국이라는 나라를 직접 가볼 수 있다니 믿어지지가 않았다.

미국 비자 발급을 위한 인터뷰와 서류 준비 과정들이 쉽지는 않았다. 1980년대 말 미국 대사관의 삼엄한 경계는 한국인들에게 그다지 우호적이지 않았다. 내 첫 임무는 사장님의 미국 비자 인터뷰 통역이었다. 서울에 와서 임무를 성공적으로 마치고 다시 부산으로 돌아가는 비행기 안에서 열심히 일해보라는 사장님의 격려가 지금도 기억에 남는다.

1988년 2월, LA를 거쳐 조지아주 애틀랜타에 도착했다. 아직 20대이던 내 눈에는 스포츠카, 위락시설, 쇼핑센터 등이 너무도 화려하고 인상적이었다. 우리는 일주일에 걸친 미팅을 끝낸 후 유럽으로 향했다. 독일, 프랑스, 스위스 등지에 산재해 있는 브랜드 본사들을 방문한 뒤 바이어들과 성공적인 미팅을 마치고 거의 한 달 만에 한국으로 돌아왔다.

해외 출장의 경험으로 내 자존감은 크게 높아졌다. 몸은 한국에 와 있으나 출장 중 경험한 기억들을 떠올리기만 해도 즐거웠다. 특히 유럽인들의 여유와 친절이 진하게 가슴에 와 닿았다. 출장 후엔 일도 수월해졌다. 팩스(Fax)와 텔렉스(Telex)에 의존해 일을 할 때인데, 서로 얼굴을 알기에 그만큼 일처리가 부드럽고 유대관계가 돈독해졌다.

88년 서울올림픽을 전후로 잠시 호황을 누리는가 싶던 경제 상황에 브레이크가 걸렸다. 노동집약 공장들이 주 생산기지를 중국, 인도네시아, 태국, 베트남 등지로 옮기기 시작했다. 한국의 임금 상승이 주된 요인이었다. 사람들이 동남아시아로 떠나가는 모습들을 바라보면서 나는 미국으로 가야 한다고 속으로 다짐했다.

우리 회사는 해외로 공장을 이전할 계획은 없고 오히려 경영상 문제로 감원을 결정했다. 수주량이 동남아시아로 빠져나감에 따른 회사 존립을 위한 어쩔 수 없는 결정이었다. 내가 속한 수출부도 예외가 아니었다. 12명 중 2명을 감원한다고 발표했다. 다들 서로 눈치를 보며 '나는 아닐 것이다'라고 애써 태연하게 일하는 모습과 분위기가 너무 싫었다. 미혼이던 내가 먼저 새로 부임한 부서장에게 자진 퇴사하겠다고 말했다. 부서장은 잠깐 말이 없었다. 하지만 어쩔 수 없는 일이었다. 인간사 새옹지마라는 위로의 말과 함께 석 달 치 월급과 퇴직금을 받아들고 회사를 나왔다. 입사할 때는 그렇게나 교육도 많이 시키더니 퇴사 시엔 달랑 옷만 벗어주니 그만이었다.

회사에서 받은 돈을 밑천으로 무작정 미국행 비행기를 탔다. 미국 본사에서 한국 지사로 파견을 나왔다가 기간이 만료되어 돌아간 미국 지인들을 만나볼 생각이었다. 개인적인 친분을 잘 유지한 덕에 흔쾌히 방문을 허락해 주었다.

이미 퇴사해서 아무 데도 소속처가 없는 나였지만 그들은 개의치 않고 나를 따뜻하게 환대해주었다. 입장이 바뀌었다면 어떠했을까 하는 생각도 잠시, 지금까지는 항상 내가 을의 입장이었으나 이젠 대등한 관계에서 친구처럼 대화할 수 있었다. 그렇게 미국에서 2주를 보냈다. 브랜드와 마케팅에 관한 이야기들을 듣고 그들이 소개해 준 사람들도 만났다.

한국 나이키에서 근무하다가 미국 포틀랜드 본사로 돌아간 콘라드를 만났다. 한국에서는 바이어로 항상 우리에게 군림하는 것 같았으나 미국에서 보니 평범한 직장인이자 옆집 아저씨 같았다. 그는 같은 분야에서 일하는 친구를 스포츠 바에 데리고 나와 소개시켜 주었다.

스포츠 바에서는 사람들이 TV를 보며 환호하고 열광했다.

헬멧을 쓰고 그 큰 덩치로 서로 맹렬히 몸을 부딪치며 뛰는 경기였다. 미국에서 최고의 스포츠로 치는 풋볼이라지만 내 눈에는 그저 무모하고 무식한 게임으로만 보였다. 그런데 그네들이 쓴 헬멧에 Riddell(리델)이라는 붉고 선명한 로고가 눈에 띄었다. 나에게는 낯선 브랜드였지만 유망한 중견 스포츠 브랜드 중 하나라며 콘라드가 설명을 해주었다.

해외여행이 제한적이었던 암울한 시대에 미국 여행을 하고 귀국하면서 잠시 우월한 생각에 젖었다. 하지만 현실은 냉혹했다. 나 자신의 열등함을 애써 부정하려 했을 뿐이었는지, 정신을 차려보니 어느새 나는 꿈과 이상만 높은 고급 무직자에 불과했다. 2년 사이 미국과 유럽을 다니며 한껏 쌓아올렸던 자존감은 여지없이 무너졌고, 무직의 나락에 빠져 허우적대는 불쌍한 실직자가 되어 있었다.

신발 끈을 꿰는 구멍이
가져다준 미국행

때마침 업계 선배로부터 스포츠 신발 생산 공장에서 해외영업 책임자를 구한다는 연락을 받았다. 우연인지 필연인지 그 공장에서 생산하는 브랜드가 리델(Riddell)이었다.

나는 즉각 그 회사에 입사를 지원했고, 운이 좋게도 몇 명의 지원자를 물리치고 입사에 성공할 수 있었다. 그 순간이 훗날 미국으로 가는 징검다리가 될 줄은 당시엔 꿈에도 생각하지 못했다.

들뜬 마음으로 생산 공장에 첫 출근을 했다. 회사 대표는 29살의 어린 나에게 차장이란 과분한 직급을 부여했다. 어린 나이로 해외영업 부서를 이끌어 가려면 직급이라도 높아야 한다는 게 그의 지론이었다. 미리 말하지만 나이를 무시한 이 인사가 나중에 직원들의 불만을 샀고, 직원들 간에 분열이 되어 다시 단합하기까지는 꽤 오랜 시간이 걸렸다.

어쨌든 나는 해외영업 차장이라는 명함과 유니폼을 받아 들고 자리에 앉았다. 부서장으로서 으레 꿰고 있어야 하는 오더 내용과 신용장 개설 상황, 단가 분석표, 수출국, 향후 수주 계획 등을 면밀히 살펴보았다.

이 회사는 한때 신발 부품을 생산해 큰돈을 벌었다. 그 노하우를 이용해 막 신발 완제품 생산으로 전환한 회사였다. 완제품 생산 기술이 쌓이면 자사 브랜드를 만들려는 원대한 계획도 갖고 있었다. 그러나 기술력을 충분히 확보하지 못해서 하루에도 몇 번씩 생산라인이 중단되곤 했다. 공정 연결이 매끄럽지 않아서 생기는 문제들이었다.

해병대 출신 회사 대표는 군대식으로 일관했다. 현장 직원들을 무조건 밀어붙여 생산량을 늘리려 했고, 개발부 직원에게는 새 아이템을 재촉했다. 임금 체불에 대한 직원들의 불만도 있었다. 사무직원들이야 대화로 이해시킬 수 있다손 쳐도 현장 생산직원들은 임금이 체불되면 미련 없이 다른 공장으로 떠나버렸다. 하지만 대표는 직원들도 모두 자기 마음과 같을 거라는 이상한 동상이몽을 가지고 있었다. 소문난 잔치에 먹을 것 없다더니 정작 뚜껑을 열어보니 탄탄한 회사로 소문난 것과는 많이 달랐다.

현장 제화 라인에선 리델의 농구화와 테니스화가 생산되고 있었다. 그때까지 해외영업 부서장이 없었던 까닭에 오더를 수주해 온 에이전트에서 품질관리를 해왔다고 현장 책임자가 설명했다. 기가 막혔다. 신발 재단은 외주에서, 재봉과 제화는 자사에서 직접 한다고 했다. 농구화 재봉 라인을 돌아보는데 문득 의아한 것이 눈에 띄었다. 농구화 발목 윗부분의 신발 끈을 꿰는 구멍이 아랫부분보다 턱없이 작았다. 재봉 라인 책임자는 일반적으로 신발 끈을 윗부분까지 매지 않기 때문에 상관없다면서 오히려 '별걸 다 간섭한다'는 표정으로 나를 쳐다보았다.

미국인은 신발 끈을 구멍 끝까지 꿰는 것은 물론이고, 신발을 신고 벗을 때마다 매번 신 끈을 매고 푸는 게 그네들의 생활습관이다. 그에 대해 품질 문제를 제기했지만 미국인의 습관을 모르는 현장 사람들은 오히려 나를 이상한 사람으로 몰아갔다. 이미 생산 기일이 늦은 상태라서 그런 문제로 납기일을 맞추지 못하면 선적 대신 비싼 항공 운송을 해야 한다며 나를 일축시켰다.

　그로부터 3개월 후 에이전트 사장이 클레임 관련 미팅을 요청했다.

　문제의 농구화를 미국 시장에 풀었는데 신발 끈을 꿰는 구멍에 끈이 들어가지 않아 전량을 반품할 예정이라는 것이었다. 그뿐 아니라 창고에서 출고 대기 중인 1만 8,000족에 대한 전액 배상을 요구했다. 이미 예상한 불 보듯 뻔한 클레임이었다. 바이어 측 팩스를 보니 이번이 처음이 아니었다. 지난번 선적에서 이미 지적을 받았음에도 공장에서 무시를 했던 것이다. 당시 빅 브랜드를 생산하는 큰 공장을 제외한 부산 지역의 중소 공장에서는 흔히 있을 법한 일이었다.

　가만 앉아서 해결할 문제가 아니었다. '소 잃고 외양간 고치기'지만 일단 부서진 외양간이라도 고쳐야 할 상황이었다.

　미국으로 수출한 1만 8,000족의 신발 구멍 클레임을 해결하기 위해 제품 창고 소재지인 텍사스주 달라스 인근 도시인 에디슨(Addison)시로 달려갔다. 현장에는 우리가 선적한 제품들이 흉물스럽게 나뒹굴고 있었다. 비록 우리 잘못이긴 하지만 현장 직원들이 열심히 정성 들여 만든 제품들이 먼 미국 땅까지 와서 천덕꾸러기가 되어 있는 것을 보니 안타깝고 슬펐다.

이미 첫 직장에서 신발 수리에 대한 경험이 있었던 터라 미리 준비해 간 신발 구멍 펀칭(punching)으로 작업을 할 수 있는 사람들을 알아보았다. 그리고 임시로 멕시코 사람들을 고용했다. 그들에게 작업을 어떻게 하는지 가르쳐 주었다. 창고에 재여 있던 농구화 1만 8,000족과 도매상에서 회수한 신발의 끈 구멍을 다시 뚫어야 했다. 처음 우리 공장에서 불량을 발견했을 때 간단히 호미로 막을 수 있었던 것을 미국까지 날아와서 가래로 막은 셈이었다.

멕시코 사람들과 같이 작업을 하면서 나는 이미 멕시코 사람이 된 듯했다. 양 눈 끝을 치켜 올리며 치노(Chino, 중국인)라고 나를 놀려대는 그들과 일을 통해 마음을 나눌 수 있었다. 가족들이 함께 일하는 와중에 나까지 챙겨주는 그네들의 모습이 어딘지 우리 정서와 많이 유사했다. 점심으로 피자를 시켜 둥글게 앉아 다 같이 먹는 모습은 마치 논두렁에 앉아 새참을 나눠 먹는 우리네 시골 모습과 다를 바 없었다. 때로는 전통음식인 타코(Taco)를 싸 가지고 와서 내게 나눠주기도 했다. 밀가루나 옥수수가루로 만든 얇은 떡에 고기를 싸 먹는 타코가 내 입에 그렇게 맛있을 수가 없었다.

우리처럼 그들도 대가족 문화였다. 모여서 함께 사는 게 더 현명하고 행복한 삶이란 걸 선대로부터 자연스럽게 받아들인 것인지도 모른다. 텍사스도 170여 년 전에는 그들 선조의 땅이었을 텐데 현재의 질서에 승복하고 낙천적이며 행복하게 살아가는 그네들을 보면서 미묘하고 복잡한 감정이 일어나기도 했다.

신발 구멍 수리를 시작한 지 2주 만에 무사히 끝낼 수 있었다. Riddell Atheletic Footwear(리델 신발 사업부) 사장인 어니 우드(Ernie Wood)는 수리 결과에 매우 흡족한 듯했다.

내가 한국으로 돌아가기 하루 전 식사 자리에서 그는 나에게 뜻밖의 제안을 했다.

정식 취업비자를 받아서 미국의 자기네 회사에서 일을 함께 해보지 않겠냐는 것이었다. 악착같은 한국인의 근성과 멕시코 사람들과 잘 어울리는 나의 모습도 좋아 보였지만 그의 사무실에서 스포츠 신발 파일(File)을 일목요연하게 정리해 준 것이 그의 마음을 움직인 모양이었다. 사실 그 일은 그의 회사를 위해서라기보다는 앞으로 우리 공장을 위해서 한 작업이었다.

그토록 갈망하던 '아메리칸 드림' 제의가 생각지도 않은 곳에서 현실로 다가왔다. 너무 갑작스러운 상황에 확답도 하지 못한 채 귀국 비행기에 올랐다.

비행기 안에서 많은 생각에 빠졌다. 내가 살 곳이 어딘지, 앞으로 어떻게 살아야 할지, 모든 게 그냥 뒤죽박죽이어서 멍해졌다. 부산에서 서울로 가는 것도 쉽지 않은데 미국으로 일을 하러 간다니, 그 자체가 무모한 도전 같기도 했다.

집에 돌아와 어머니한테 말씀을 드렸더니 첫마디가 "장가는?"이었다. 어머니는 당신의 인생에서 처음이자 마지막으로 치를 아들의 혼사가 가장 중요했던 모양이다.

회사 대표에게 출장 결과를 보고했다. 변제 금액을 대폭 낮추고 후

속 오더까지 받아온 나에게 대표는 승급과 특별 보너스를 포상으로 지급했다. 3개월 전 신발 구멍 문제를 지적했을 때 내 의견을 무시하며 마치 '굴러온 돌이 박힌 돌을 뺀다'는 식으로 대한 재봉 과장의 코를 납작하게 만든 것이 가장 통쾌한 일이었다.

회사에서 인정을 받으면 받을수록 내 머릿속은 복잡해졌다. 미국이란 선진국에서 일하는 것도 나의 꿈이었지만 회사에서 총애를 받는 현재 상황도 놓치고 싶지 않았다. 물론 두 마리 토끼를 다 잡을 수는 없었다. 고심 끝에 나는 어니 우드의 제안을 정중히 거절했다. 미국은 나중에 갈 기회가 또 오리라는 생각에서였다.

그런데 얼마 지나지 않아 회사가 어렵다는 소문이 돌았다. 회사 대표의 무리한 장비 구입이 문제였다. 간부 회의에서 경리 부서장이 은행의 1차 부도를 언급했다. 머리가 하얘지는 느낌이었다.

그런 와중에 회사 대표가 특별히 나한테만 식사 자리를 제안했다. 대표는 자기 딸과 기획실에 근무하는 아들을 데리고 나왔다. 내가 미혼이기에 딸을 소개해주려는 듯했으나 가족 모임에 낀 서른 살짜리 순진한 총각은 기업주의 깊은 속내를 제대로 파악하지 못했다. 하지만 그 자리가 '회사가 어려우니 너 갈 길을 가도 된다'는, 배려를 가장한 권고사직의 자리임을 파악하는 데는 그렇게 오랜 시간이 걸리지 않았다. 당연한 얘기지만 내 길은 내 스스로 개척해 가야겠다는 의지를 나는 그런 일들을 통해 또 한 번 여실히 느낄 수 있었다.

외동도 아니면서 외동처럼 자라온 나는 어려서부터 모든 중요한 결정을 오롯이 혼자 해왔다. 대인 관계나 전공, 직장 문제 등을 결정해야 하는 중요한 고비마다 의논할 데가 한 군데도 없었다. 이번 역시 마찬가지였다. 모든 것을 나 스스로 결정해야 했다. 날씨마저 으스스 추워 오니 갈피를 잡지 못한 마음이 더욱 혼란스러웠다.

고등학생 때부터 다니던 연산동에 위치한 교회를 찾아갔다. 올바른 진로를 인도해 달라는 기도를 하려고 눈을 감는 순간 미국의 평화로움과 풍요로움이 떠올랐다. 마치 하나님이 보여주시는 장면 같았다. 결정을 못 내리는 나를 하나님이 미국으로 밀어 넣고 있는 듯했다. 어쩌면 나 스스로 이미 미국행을 결정해 놓고 퍼즐을 거기에 맞추고 있는 건지도 모를 일이었다.

기도를 다 마치고 자판기에서 내린 커피를 한 잔 마시며 깊은 상념에 빠졌다. 이 커피 냄새가 하늘로 올라가 비가 되어 내려오듯이 나의 기도는 하나님께 닿아 미국으로 가라는 응답이 되어 내 가슴으로 파고드는 것 같았다.

"그래! 미국으로 가자! 가서, 죽어도 거기서 죽자."

그토록 갈망했던 미국 생활을 해보기로 나는 마침내 결단을 내렸다.

어니 우드에게 아직도 나를 고용할 의사가 있는지 물었더니 "물론"이라는 확답이 돌아왔다. 나는 서면으로 가능한 빨리 일을 시작하겠다는 확약의 팩스를 보냈다.

내가 수주해 온 오더가 선적되는 것을 확인한 후에 나는 회사에 사표를 제출했다. 그리고 본격적으로 미국행을 준비했다.

미국
직장 생활

어니 우드와 전화 통화와 팩스로 내 월급과 노동 시간에 대한 협정과 계약을 진행했다.

1989년 한국에서 내가 받은 월급은 70만 원 선이었다. 당시 일반 대졸 경력사원의 평균보다 조금 높은 수준이었다. 그런데 리델의 제안은 3,600달러(당시 약 280만 원), 숨이 잠시 멎을 만큼 놀라운 제의였다. 한국보다는 텍사스주에 맞춘 수준이었다. 지금은 한미 간의 임금 격차가 그리 크지 않지만 그때만 해도 그만큼 컸다.

그렇게 월급을 정하고 3년 계약으로 연중 4주의 정기휴가, 주 40시간, 월요일부터 금요일까지 일하는 것으로 계약했다. 한국은 그때만 해도 토요일 오전까지 근무를 했다. 토요일도 휴일이라는 게 제일 이상하고 설레었다.

취업 비자 종류는 H-2B를 취득해야 미국에서 세무와 노동법에 저촉되지 않는다고 했다. 미국 현지 노동자가 부족할 경우 관련 직종의 전문 노동자를 해외에서 데리고 오기 위한 비자였다. 그런데 생소한 미국 취업 비자 대행업체를 부산에서 찾기 힘들어 모든 관련 서류를 준비한 후 미국에서 취업 비자를 진행하기로 했다.

김해공항에서 어머니를 비롯한 가족 친지들과 아쉬움의 작별 인사를 나눈 후 출국을 위해 김포공항으로 향했다. 해외 출입이 자유롭지 못한 때라 출국하려면 병역의무를 마쳤더라도 공항에서 별도로 신고를 해야만 했다. 더구나 미국 취업으로 장기 출국을 한다고 하니 요구하는 증빙 서류가 한두 가지가 아니었다. 여행 금지국이나 적국을 가는 것도 아닌데 웬 요구사항이 그렇게나 많은지, 출국장에서 원하는 온갖 서류에 일일이 다 서명을 한 후에야 비로소 김포공항을 빠져나갈 수 있었다.

지금은 직항이 많지만 당시에는 달라스가 생소한 공항이었기에 12시간을 날아서 LA를 거쳐 다시 4시간 정도를 더 날아가야 했다. 같은 미국행이지만 출장으로 갈 때와 취업하러 가는 것은 일단 마음 자세부터 달랐다. 한국 회사의 지사가 아니라 미국 회사를 상대한 도전이었다. 어찌 보면 한국인의 명예까지 걸린 일이었다. 비록 홀로 가는 멀고도 먼 달라스지만 성공한 후에 이 길을 다시 오리라며 하늘의 구름 위에 내 마음을 아로새겼다.

지인의 도움으로 거주지를 정하고 달라스 위성도시 에디슨 (Addison) 사무실에 첫 출근을 했다. 영화에서 보는 고층 건물 탁 트인 전망의 사무실은 아니었으나 땅덩어리가 넓은 텍사스주라 모든 사무실들이 옆으로 널찍널찍한 구조였다. 정원도 잘 가꿔져 있는 아주 깔끔한 사무실이었다. 수개월 전 신발 구멍 수리를 할 때 방문한 곳이었지만 앞으로 내가 근무할 회사라고 생각하니 모든 게 그저 정겹기만 했다.

수십 명 직원들에게 일일이 인사를 했으나 누가 누군지 모를뿐더러 그들의 이름도 내 귀에 들어오지 않았다. 한 바퀴 신입 인사를 마치고 나자 사장 어니 우드가 내가 근무할 사무실로 직접 안내했다. 역시 지난번 신발을 수리할 때 여러 차례 드나들던 곳이었다. 깨끗이 닦고 꾸며 놓은 듯한 내 사무실에서 사장님과 첫 미팅이 이뤄졌다. 부사장 로버트 우드(Robert Wood)도 배석했다. 사장님의 작은아들이라고 했다.

책상 위에는 나를 위한 명함이 놓여 있었다. 경 씨, 김(Kyung C, Kim), 직함은 생산개발 이사(Director of Product Development)였다. 미국 동료 직원들이 Kyung이란 발음이 어려우니 Kacy C, Kim이란 닉네임을 쓰는 게 어떻냐고 제의를 했다. 케이시 킴. 그때 만든 그 이름을 시민권에 등록하고 30년이 지난 지금까지도 나의 미국 이름으로 사용하고 있다.

사장은 나를 고용한 이유부터 나의 임무와 역할, 회사의 향후 계획 및 미국 생활 전반에 관해 친절하게 설명해 주었다. 그리고 미국 생활에는 절대 피할 수 없는 두 가지, '죽음'과 '세금'이 있다는 애덤 스미스(Adam Smith)의 말을 전했다.

미국의 첫 직장 명함.
이곳에서 Kacy라는
미국 이름도 시작되었다.

열심히 운동하고 건강하게 살면서 부지런히 일하고 세금도 잘 내라는 얘기지만 내게는 별로 와 닿지 않았다. 그는 60대 나이에 돈도 많았지만 나는 아직 30대 초반으로 죽기엔 너무 젊고, 탈세할 돈도 없었기 때문이다.

직장인의 로망인 9시 출근, 5시 퇴근 인생이 시작되었다.

불과 몇 주 전만 해도 검은 머리카락의 사람들과 일을 했는데 웬걸, 사방엔 대부분 노란 머리카락이다. 뿐만 아니라 정다운 한국 사무실 분위기와는 달리 모두가 딱딱한 분위기에서 자기 일만 열심히 했다. 아침에 출근해서 퇴근하기까지 하루 종일 노란 머리의 백인들만 보다가 문득 거울에 비친 나 자신을 보노라면 생김새가 달라 깜짝 놀랄 때가 종종 있었다. 외모만이라도 닮아야겠다는 생각으로 나도 노랗게 머리 염색을 했다. 그리고 거울에 비친 내 모습을 보니 백인을 닮기는 커녕 빛 바랜 외계인 같았다. 역시 작은 눈과 짧은 속눈썹에는 검은 머리가 제격이었다.

무엇보다 제일 힘든 건 언어 소통이었다.

텍사스 영어는 혀를 많이 굴리고 단어를 끝까지 발음하는 경우가 없었다. 자기들이 만든 영어로 발음을 왜 그렇게 하는지. 예전에는 그들이 내 말을 알아들으려고 했지만 이젠 입장이 바뀌었다. 내가 그네들의 말을 알아들어야만 했다.

매월 수십 개 컨테이너가 한국, 중국, 홍콩, 대만 등지로부터 창고로 반입되었다. 그것들을 아이템 별로 정리한 후 미국 전체 50개 주 도매상의 주문에 맞게 재포장하여 보내는 것도 주요 업무 가운데 하나였다. 일은 힘들었지만 대학원에서 배운 마케팅의 기본을 실천하고 있는 셈이었다.

본래 내가 맡은 업무도 적지 않았지만 개학 시즌이라 창고에서 제품 출하에 일손이 모자랐다. 그냥 보고 있을 수만은 없었다. 한국 공장에서 근무할 때 이미 익숙했던 일이라 그런 일을 도우는 데 별 어려움이 없었다.

우리 제품을 받는 고객 회사들은 이미 한국에서 낯익은 회사들이었다. 때로는 그 고객 회사에서 새로운 디자인 제의를 받아온 것을 바탕으로 샘플을 제작하고 품평회를 통과한 후 생산라인에 연결시켜 시장에 내놓기도 했다. 백화점을 다니다 보면 우리 회사 리델의 제품은 항상 2등급으로 분류되어 진열대에 놓여 있었다. 열심히 노력해서 언젠가는 나이키, 리복 등과 나란히 진열시켜 놓겠다는 꿈을 꾸었다. 가끔 신발 전문 백화점을 가면 내가 디자인한 제품들이 눈에 띄곤 했다. 뿌듯했지만 한편으론 일반 백화점에서도 전시될 날을 기대하며 자신을 채찍질하기도 했다.

미식축구팀 〈달라스 카우보이(Dallas Cowboys)〉 선수들에게 제공할 축구화를 특별 제작하기 위해 차로 5시간 떨어진 휴스턴 연습장에 가서 그들의 신체 사이즈를 기록해 오기도 했다. 한국 공장에서 일할 때 신발 최대 사이즈인 31cm를 항공모함이라며 웃었지만 미식축구 선수들에게 그 정도는 흔한 사이즈였다. 심지어 35cm도 있었다. 한 선수를 위해서 그런 빅 사이즈도 특별 주문을 했다.

퇴근 후 생활

미국에 온 지 2년이 지나면서 직장생활은 물론 사회생활도 빠른 속도로 익숙해지고 있었다. 미국 공휴일은 유난히 월요일이 많아서 3일 연휴일 때도 종종 있었다. 여태 미국 삶을 후회해 본 적은 없지만 주말만 되면 친구 없이 혼자 보내는 게 외로웠다. 〈만남〉이란 노래가 한창 유행할 때 나는 미국으로 왔다. 그래서 누군가를 꼭 만날 것만 같았다. 하지만 회사, 교회, 집밖에 없는 빤한 테두리에서 친구를 만나기란 쉽지 않은 일이었다.

이성 친구는 더 더욱 어려웠다. 주변 한국 분들과 직장 내 동료들이 친하게 지내라며 '싱글'인 결혼 적령기 여성들을 소개해 줬다. 그렇게 만나다 보니 이미 한 번 결혼을 하고 이혼한 여성들도 있었다. 한국의 '싱글'은 주로 미혼을 뜻하지만 미국의 '싱글'은 그냥 혼자 사는 사람을 가리키는 단어였다. 그걸 알고 나서는 싱글을 소개받으면 결혼을 한 적이 있는지 물어보곤 했다. 한국에서는 자칫 무례할 수도 있는 질문이지만 미국에서는 오해를 미연에 방지하는 현명한 질문이었다.

미국은 직장 내 회식도 없었고, 직원들끼리 경조사를 챙기는 문화도 없었다. 직장 동료는 특별한 일이 없는 한 회사에서 보는 것으로 충분했다. 그게 그네들의 생각이었다.

점심을 같이 먹어도 자기 메뉴만 계산을 하거나 경우에 따라 공평하게 1/n로 나누는 게 불문율이었다. 식당에서도 그렇게 알고 신용카드만 주면 알아서 계산을 해왔다. 심지어 생일 초대에 선물까지 준비해 갔다가도 초대한 사람이 미리 언급이 없으면 자기 몫은 자기가 계산했다. 그게 익숙해지니까 차라리 부담을 주는 것보다 깔끔하다는 생각이 들었다. 타인의 권리와 이익을 해치지 않으면서 나의 몫을 확보하는 것이 진정한 개인주의의 미덕이 아닐까? 미국이 오늘날까지 전 세계의 정치와 경제를 이끌어온 것도 건강한 개인주의가 사회에 바르게 정착된 덕분이 아닌가 한다.

주말이면 집에서 빈둥대는 나의 상황을 아는지, 하루는 어니 우드가 단 둘이서 저녁을 먹자고 했다. 어린 돼지 등갈비 바비큐(Baby Back Ribs BBQ)를 먹었는데 너무 맛있어서 깜짝 놀랐다. 세상에 그렇게 맛있는 음식이 또 있을까 싶었다. 타코가 최고인 줄 알았는데 그보다 더 맛있는 음식이 있었다. 저녁을 맛있게 먹고 나자 그는 나를 클럽에 데려갔다. 60대 후반의 미국인 사장이 이제 갓 서른인 아시안계 직원과 클럽에 간다는 건 미국은 물론 한국에서조차 쉽지 않은 일이었다. 술을 마신 사장의 텍사스 발음은 더욱 알아 듣기 힘들었으나 시끄러운 음악소리에도 연신 내 어깨를 토닥이며 해주는 격려가 고마워서 나는 열심히 하겠노라고 응수했다.

두 사람 모두 거나하게 취했다. 술기운이 돌자 저절로 긴장이 풀어졌다. 평소와 다른 나의 모습과 감정을 사장한테 들킨 듯했지만 한편으론 왠지 그날만은 내 모든 응석을 받아줄 것만 같았다. 난생 처음 느껴보는 노신사의 따뜻함이 참으로 푸근하게 느껴졌다. 어쩌면 아버지한테서 받지 못한 사랑을 어니 우드에게서 느낀 것 같아 그의 아들 로버트 우드가 그저 부러웠다.

클럽을 뒤로 하고 숙소로 돌아오는 길은 참 슬프고 외로웠다. 얼큰한 술기운이 나를 더욱 깊은 감정의 수렁으로 밀어 넣었다. 애창가요 〈촛불 켜는 밤〉이란 노래를 틀고 큰소리로 따라 부르는데 무언가 발복에서부터 위로 소름이 쫙 끼쳤다.

아, 외로워도 소름이 돋는구나!

나는 그때 처음 알았다. 춥거나 두려울 때가 아니라 외로움도 너무 깊으면 소름이 돋는 줄을!

그 소름이 핏줄을 타고 올라와서 심장에 닿을 때쯤 갑자기 주르르 눈물이 흘렀다.

'아아! 한국에 가고 싶다….'

'내가 지금 여기서 뭐하고 있지?'

그러다 다시 이성이 끈을 조여 왔다.

"아니지, 케이시! 흔들리면 안 되지."

나는 감정과 이성, 두 갈래 사이에서 한동안 헤어나지 못하고 갈팡질팡했다.

Riddell

술을 마신 다음날이면 으레 복국이나 대구탕 같은 따뜻한 국물이 생각난다. 해장을 하려고 근처 멕시코 식당에 가서 수프를 시켰더니 국이 아니라 거의 죽 수준으로 뻑뻑했다. 결국 한약 같은 쓴 커피로 해장을 하고 사무실로 복귀할 수밖에 없었다.

주마다 차이가 있지만 텍사스주 경우는 스포츠 인기 종목으로 풋볼이 단연 1위였다. 그 다음으로 농구, 야구, 아이스하키, 축구 순이다. 매년 2월 첫 번째 일요일 저녁에 치르는 슈퍼볼은 전 국민의 70% 가까이 시청을 하고, 광고비 또한 초당 2억 원 정도가 소요된다. 그런 게임을 관장하는 〈미식축구 협회(NFL, National Football League)〉의 공식 브랜드가 리델(Riddell)이었다. 한국에서는 생소해도 미국에서는 잘 알려진 브랜드였다.

헬멧을 제외한 모든 스포츠 장비 및 용품들은 비교적 단가가 높게 형성되는 제조자개발생산(ODM, Original Development Manufacturing)에 따라 중국 등 동남아시아에서 수입을 하고 있었다. 그런데 90년대 초 임금 상승으로 제품 단가가 오르자 브랜드 측에서 주문자상표부착생산(OEM, Original Equipment Manufacturing)으로 전환하고 제품의 설계, 디자인, 개발, 생산 등을 직접하여 단가를 낮추려고 했다. 그중 신발을 비롯한 몇몇 장비들에 대해서는 어니 우드가 'Riddell Athletic Footwear(리델 신발 사업부)'를 설립해 미국 내 공급을 맡고 그 일의 조력자로 나를 고용했던 것이다.

나는 생산 및 연구개발팀 소속으로서 신발 중에서도 테니스화와 농구화를 주로 디자인했으며 장비와 용품들은 전문 지식이 없어서 공장에 많이 의존했다. 특히 대만에서 들여오는 야구 글러브에 잦은 불량 문제가 생기자 생산 자체를 한국으로 옮기려고 부산에 공장 여러 곳을 알아보았다. 그렇게 발굴한 공장들과 여러 번에 걸쳐 샘플 제작을 시도했지만 단가 문제로 결국 실패하고 말았다. 그러나 신발만큼은 한국과 중국에서 거의 다 생산되었다.

회사 내에서 나의 위치가 확고해지면서 같은 제품일 경우 중국보다 단가가 약간 높지만 품질이 좋은 점을 핑계로 한국에서 생산할 수 있도록 했다.

'조국이 있고, 가족이 있고, 내가 있다'는 교육을 받으며 자란 나로서 애사심보다는 애국심이 먼저였던 것 같다.

그러나 미국인들은 달랐다. '내가 있고, 가족이 있고, 조국이 있다'로, 역순이었다. 어릴 때 받은 교육은 한평생을 가는 것 같다. 특히 생산되는 모든 제품의 신용장은 쌍용US의 파이낸스로 이루어졌기에 애써 한국 회사임을 밝히면서 뿌듯해 하곤 했다.

그런데 회사의 신용장을 담당하던 쌍용US와의 알 수 없는 내부적 문제로 생산품들에 대한 신용장을 받기가 힘들어졌다. 공장 상황을 누구보다 잘 아는 나로서 공장들이 겪고 있을 어려움을 생각하니 좌

불안석이었다. 문제 해결을 위해 쌍용US 직원들이 수차례 방문했지만 나아지기는커녕 더더욱 구렁 속으로 빠졌다. 사태는 담당자의 손을 이미 떠난 듯했다.

생산개발 이사인 내가 할 수 있는 일은 더 이상 없었다. 실상을 잘 모르는 한국 공장에서는 지푸라기라도 잡는 심정으로 매일같이 신용장에 관한 질문을 보내왔다. 그 팩스가 산더미처럼 쌓였다. 신용장을 기다리다 지친 한국 공장에서는 급기야 이미 제조한 신발들을 미국 플리마켓(flea market)에 덤핑하겠다며 엄포를 놓았다. 그런 상황을 사장에게 말했지만 그 역시 쌍용US에서 움직이지 않는 한 어쩔 도리가 없었다.

중국계들은 한국인들보다 더 적극적이었다. 그들은 아예 에디슨의 사무실로 찾아왔다. 대만, 홍콩, 중국 등지에서 오는 모든 방문객을 아시아 사람이라는 이유로 전부 내가 대접했다. 신용장 금액이 적은 대만과 홍콩의 경우엔 문제가 해결돼 선적이 순조롭게 이뤄졌으나 금액이 큰 한국과 중국 생산 제품들은 여전히 신용장 개설이 되지 않아 볼멘소리를 들어야 했다. 급기야 공장 사장들은 전화에 대고 '부도'란 표현을 서슴없이 썼다. 수백 명 직원의 생계를 책임진 입장에서 어쩌면 당연한 반응이겠지만 중간에서 통역을 맡아 전달하는 나로선 매 순간이 살얼음판을 걷는 듯했다. 나름대로 최선을 다해 상황을 설명하면서 양쪽의 가교 역할을 하려 했지만 공장의 불만은 갈수록 높아졌다. 결과 없는 설명은 무용지물이었다.

그에 비하면 사장인 어니 우드나 그 오더를 한국에서 주문하라고 지시한 로버트 우드는 너무 무덤덤했다. '너희 나라 회사가 신용장 개설을 안 해서 너희 나라 공장이 타격을 받는 거다'라는 태도였다. 와중에 결국 우리 브랜드를 생산하던 가장 큰 공장이 은행으로부터 부도를 맞았다는 소식을 들었다. 우리가 주된 원인은 아니었지만 불난 데 기름을 부은 격이었다. 그 무렵은 부산 지역 신발 생산 공장들의 존립 위기였는데 우리도 그 위기의 원인을 일부 제공한 셈이었다. 지금도 그 공장 사장님들께 죄송한 마음 금할 길이 없다.

우리 제품을 만드는 해외 생산 공장들의 그렇게 힘든 상황도 미국 내 시장과는 전혀 무관했다. 애틀랜타, 라스베이거스, 시카고 등 스포츠용품 쇼를 할 때마다 투자도 과감하게 했고, 큰 부스를 빌려 화려한 장식을 하고 달라스 카우보이 팀의 치어리더인 카우 걸(Cow Girls)들을 불러 요란한 댄스로 사람들의 이목과 관심을 끌었다.

정성껏 준비한 만큼 고객들의 발길도 끊이지 않았다. 이는 곧 주문량으로 이어져서 어니 우드의 얼굴에 미소가 사라지지 않았다. 미국 내 120여 개의 도매상으로부터 받은 신발 주문을 각 생산 공장으로 연결해주는 것도 나의 업무였다. 하지만 쌍용US와의 파이낸스 문제가 해결되지 않은 상태에서는 이 주문들이 또 어떤 공장을 괴롭힐 것인지, 나는 생산 공장으로부터 또 어떤 시달림을 받을 것인지가 나한테는 더 큰 부담과 걱정으로 와 닿았다.

힘들어할 공장을 생각하면 생산 주문을 하지 않아야 하지만 월급을 받는 직원으로서는 사장의 지시를 이행할 수밖에 없었다. 회사 동료 가운데 백화점 담당 직원과 그런 얘기를 잠시 나누었다. 그는 단번에 '회사의 앞날은 사장 몫이고 너는 회사에서 맡은 일만 하라'고 잘라 말했다. 7년도 넘게 일한 그의 간단명료한 대답에서 미국 회사 생활은 주인의식커녕 애사심조차 없는 것이구나 싶었다. 그에게서 7년 후 나의 모습이 스치고 지나갔다.

애사심이나 직원들 간의 화합은 지극히 개인적인 영역에 불과할 뿐 회사가 원하는 것은 아니었다. 회사는 그저 주어진 일에 충실히 일하고 남을 방해하지 않는 직원을 원했다. 이런 냉정한 현실이 그 당시에는 마음에 잘 와 닿지 않았으나 훗날 내가 회사 사장이 되고 나서야 얼마나 자명한 일인지 피부로 느낄 수 있었다.

그로부터 정확히 2달 뒤에 모든 문제가 해결됐다는 소식을 쌍용 US 담당자로부터 들었다.

다시
한국으로

신용장 문제가 해결되자 도매상들로부터 받은 오더를 가능한 빠른 시간에 해당 생산 공장으로 인계하라는 사장의 특별 지시가 떨어졌다.

오랜만에 회사가 활기차게 돌아가고 생산에 차질이 없어지자 세일즈 팀도 가뭄에 물 만난 고기 같았다. 신발 끈 구멍 문제로 내가 수리했던 신발들도 단 한 족의 재고도 없이 완판되어 추가 생산을 해야 했다.

회사에서는 인근 호텔의 컨벤션 룸을 빌려 미국 전역에서 백여 명의 고객을 초청했다. 내가 리델에 온 이후 공장과 협력하여 제작한 신규 아이템을 소개하는 자리에서 사장은 나를 일으켜 세워 한국에서 온 생산개발 이사라고 소개했다. 나의 프로필과 앞으로의 계획을 언급하며 일류 브랜드와 어깨를 나란히 하겠노라는 포부를 밝히자 모두들 좋아하며 박수로 나를 환영했다. 그런 내가 자랑스러웠지만 왠지 부담이 엄습해 왔다. 아마도 사장은 한국에서 전문인을 스카우트할 만큼 회사의 적극적인 경영 전략을 자랑하고 싶었던 건지도 모른다.

바쁜 와중에 하루는 사장이 사무실에서 20분 거리인 제품 창고 사무실로 나를 찾아왔다. 주로 나를 자기 사무실로 불렀지 직접 찾아오는 경우는 드물었기에 뭔가 심상찮은 일이 있음을 직감했다. 사장은 한국과 중국으로 양분되는 동일 제품의 경우 앞으로는 전부 한국 생산 공장으로 일원화하라고 지시했다. 그리고 직접 찾아온 이유를 짧게 설명했다.

"Kacy, 한국에 지사를 낼 테니 한국 책임자로 가는 걸 생각해 보게!"

온몸에 먼지를 덮어쓴 채 창고를 정리하다 말고 갑자기 나온 나는 사장의 제안을 받고 잠깐 어리둥절했다. 왜 갑자기 나를? 하는 의문도 잠시, 회사 내에 한국인은 나뿐이니까 나 말고 한국으로 갈 사람이 아무도 없다는 사실을 새삼 깨달았다.

사장의 제안은 꿋꿋이 살아가던 나를 흔들었다.

외로운 미국 직장생활의 고충을 나름대로 묵묵히 참고 견디는 중이었는데 다시 고향으로 돌아간다니 우선은 좋고 반가웠다. 게다가 부산에 지사를 내겠다는 말에도 귀가 솔깃했다. 좋은데 안 좋은 척, 어렵게 표정 관리를 할 정도였다.

그러나 차츰 생각할수록 그렇게 좋아할 일만은 아니지 싶었다.

한국으로 돌아갈 마음을 굳힌 후 한국의 현재 상황을 파악해 사장에게 보고했다. 88올림픽 이후 한국 경제가 호황을 맞아 임금과 물가가 크게 상승했다. 그 때문에 한국의 노동집약산업들이 대부분 중국, 인도네시아, 태국 등지로 옮겨가는데 우리는 거꾸로 그들이 떠난 한국으로 들어가는 꼴이다. 보고를 받은 사장은 이미 결정된 일이라 어쩔 수 없다고 말했다. 하는 수 없는 일이었다.

한국에서 올 때 가져온 이민 가방 10개에 샘플과 관련 자료를 넣어 다시 부산으로 향했다. 만감이 교차하는 순간이었다. 고향에 도착한 뒤 컨테이너 야적장이 가까운 곳에 오피스텔 사무실을 임대했다. 무역업 허가도 받고, 비품도 사고, 신문에 구인 광고를 실어 직원들도 뽑았다.

사무실 인테리어를 끝내고 이듬 해 봄 부산에서 첫 근무를 시작했다. 2년 전의 나와는 신분과 입장이 판이했다. 우선 나를 부르는 호칭이 '소장님'으로 달라졌고, 나를 찾아오는 사람들의 직급도 달랐다. 내 상대는 주로 공장 규모에 따라 부서장 또는 회사 대표들이었다. 게다가 내 사무실에서 나보다 높은 사람이 없었기 때문에 무거운 책임감도 느끼곤 했다.

친구들은 금의환향했다고들 했지만 속사정은 그게 아니었다. 신용장 문제가 해결은 되었다지만 아직도 해결 과정에 있던 공장 사장들은 미국 본사 대신 날마다 나를 찾아와 하소연을 했다. 생산 공장의 어려운 상황을 어느 정도 알고는 있었지만 실제 부산에 와서 보니 그 피해가 내 짐작보다 훨씬 더 크고 심각했다. 본사에서는 공장을 잘 설득해서 생산에 지장이 없도록 하라고만 내게 지시했다. 마치 나만 혼자 적진에 침투시켜 놓고 뒤에서 대공포 하나 쏘아주지 않는 듯한 느낌이 들었다.

형사가 되다!

내 고향인 부산에서 근무하게 되자 그동안 만나지 못한 정든 친구들과 밀린 숙제를 하듯 자주 어울렸다. 간혹 나처럼 외국으로 파견을 나갔거나 사업체를 옮긴 친구들이 고향에 돌아오면 해외에 살았던 경험을 화두로 삼아 동병상련의 회포를 풀기도 했다.

개중 유달리 머리 사이즈가 큰 친구가 있었다. 우리는 그를 특공대라고 불렀다. '특별히 공부도 못하면서 대가리만 큰' 친구의 약자였다. 특공대는 90년대 초 중국에서 규모가 큰 신발 부품 공장을 운영해 일찌감치 사업가로 성공한 친구였다. 그는 부산에 올 때마다 무색, 무미, 무취의 이상한 액체를 잔뜩 가져와 친구들에게 보여주곤 했다. 그걸 술에 섞어 마시면 아무리 많이 마셔도 절대 취하지 않을 뿐더러 소화도 잘 된다고 자랑했다. 말로만 듣던 내가 직접 마루타가 되기로 하고 몇 차례 마셔보았더니 안 취하기는커녕 더 많이 취하고 필름도 끊어지기 일쑤였다. 하지만 다음날 속은 한결 편했다. 지금 돌이켜보면 아마도 증류수가 아니었을까 싶다.

당시 대부분의 부산 유흥업소 영업시간은 자정까지였다. 해운대 지역만 관광특구여서 새벽까지 연장 영업이 가능했고, 입구에 호객꾼을 두고 손님이 오면 무전기로 연락해서 은밀하게 문을 열어주기도 했다. 경찰 단속을 피하려는 방법이었지만 돌이켜보면 참 암울한 시대였다.

특공대가 막 부산에 도착했다고 내게 연락하면서 오늘은 공짜 술을 한번 마셔보지 않겠느냐고 솔깃한 말을 던졌다. 광안리 약속 장소에 도착해 파라솔 너머로 보니 그도 막 도착해 차에서 내렸다. 말끔한 양복 차림에 007가방까지 들고 있으니 마치 영화 속 주인공 같았다. 서로 반갑게 인사를 나누고 간단한 안부를 물은 뒤 그가 내 앞에 펼쳐 놓은 가방 속의 물건은 뜻밖에도 수갑과 무전기, 스프레이 등이었다. 중국에서 나를 주려고 사왔다며 자기처럼 몸에 장착하라고 부추겼다. 그를 찬찬히 살펴보면서 무전기를 윗도리 안주머니에 넣었다. 귀에는 스프링 이어폰을 꽂고 허리엔 수갑을 걸었다. 그리곤 괜히 허세를 부리며 거만한 표정으로 친구 얼굴을 바라보다가 피차 우스꽝스러운 모습에 그만 실소를 터뜨리고 말았다.

그런데 그가 사 온 무전기를 면밀히 살펴보니 놀랍게도 둘이서 교신할 때는 핸드폰보다 편리하고 성능이 좋았다. 일본 도시바의 OEM 제품인 삼성 SH-600이 시중에 판매되고 있었으나 워낙 고가였고, 조금 싼 것은 배터리가 벽돌만 할뿐더러 수신도 원활하지 않았다. 우리는 동심으로 돌아가 바닷가를 오가며 아이들처럼 무전기로 교신했다. 형사 놀이를 하다보니 몸도 마음도 어느덧 진짜 형사가 돼 있는 듯했다. 그러는 사이 날이 어둑어둑해졌다. 우리는 해운대 경찰서 근처 노래방에 들어갔다.

아직 초저녁이라 우리가 첫 손님이었다. 주문을 받으러 온 종업원이 긴장하는 모습이 역력했다. 그가 떨리는 목소리로 조심스럽게 물었다.

"오늘 밤에 단속이 있습니까?"

소파에 깊숙이 앉자 상의가 자연히 뒤로 젖혀지면서 수갑과 무전기가 바깥으로 노출된 모양이었다. 아니, 어쩌면 그걸 보라고 일부러 그렇게 앉았는지도 모른다. 정장까지 말끔하게 입은 특공대가 뭔가 권위 있고 노련한 말투로 대답했다.

"우리한테 신경 쓰지 말고, 그냥 친구랑 술 한 잔 마시러 왔으니 적당한 양주나 하나 가져오낭."

우리가 주문한 양주는 종업원이 아니라 주인이 직접 들고 나타났다.

"단속한다고 욕 많이 보시는데 계산은 걱정하지 말고 편하게 놀다 가시이소."

특공대가 장담했던 공짜 술은 이것이었다. 그런데 잠시 뒤 주인이 다시 들어와 반가운 표정으로 말했다.

"바로 옆방에 일행 분들이 오셔서 두 분이 먼저 와서 기다리신다고 얘기했습니다."

깜짝 놀란 우리는 누군가 싶어 옆방을 훔쳐보았다. 운동복 차림의 대여섯 명쯤 되는 건장한 남자들이 앉아 있는데 등에 새긴 큼지막한 글자가 확 눈에 들어왔다.

"해운대 경찰서"

오 마이 갓!

진짜 경찰이었다. 강력계 형사들이 친선 족구를 마치고 간단히 맥주 한 잔을 마시러 들른 길이라고 했다. 순간 우리는 뒤도 돌아보지 않고 그대로 도망쳤다. 술은 3분의 2가 남아 있었지만 그런 것에 연연할 때가 아니었다. 우리가 스스로 경찰이라고 사칭한 적은 없지만, 그러니까 술값만 제대로 지불하면 아무 문제가 없었지만 진짜 경찰이 나타나는 바람에 지레 겁을 먹고 걸음아 날 살려라 도망갔던 것이다.

세월이 제법 흐른 뒤 특공대와 나는 다른 친구들과 함께 그 노래방을 다시 찾았다. 놀랍게도 지난번에 남은 술을 주인은 아직도 보관해 놓고 있었다. 술병에는 '단속반 형사님'이라고 스티커가 붙어 있었다.

나는 주인한테 비로소 모든 걸 고백했다. 경찰이 아니라 나는 '경찬'이라고.

이후로 주인과 나는 서로 호형호제하며 친해졌고, 친구들도 모두 그 집 단골이 되었다. 몇 년 뒤 치른 내 결혼식의 제일 큰 화환과 당일 최고가의 축의금 봉투에도 그 노래방 상호가 적혀 있었다. 그걸 본 모친 왈,

"평소에 얼마나 퍼다 줬으면…."

인생을 바꾼
결정적 순간

친구들과 즐겁게 회포를 풀며 지내는 반면에 회사 업무는 여전히 답보 상태였다. 생산 공장과 바이어 사이에서 나의 가교 역할이 제대로 이뤄지지 않고 있었다.

문제는 급격한 임금 상승이었다. 그 바람에 노동집약 산업인 원단, 피혁, 고무 등 원부자재 값이 단기간에 너무 비싸졌고, 그에 따라 공장 가격을 재조정한 후 본사 사장과 제품 단가 인상을 협의해야 했다.

긴 줄다리기 끝에 공장 가격을 조금 올리긴 했지만 공장들을 만족시킬 수준은 아니었다. 더 이상 별 뾰족한 수가 없게 되자 제품의 품질이 떨어졌고, 우리도 원가가 낮은 동남아로 공장을 옮겨야만 했다. 동남아 공장의 제품 가격을 한국 공장에서는 도저히 따라잡을 수가 없었기 때문이다.

아니나 다를까, 한국에 지사를 오픈한 지 2년이 되어갈 무렵 미국에서 소식이 날아들었다.

"Kacy, 부산 사무실 문 닫을 준비해!"

대세의 거대한 흐름은 내 능력 바깥에서 벌어지고 있었다. 그걸 내가 바꿀 수는 없었다. 이런 상황은 미국을 떠나 한국으로 올 때부터 이미 예견된 것이었다.

사장은 한국이든, 미국이든 앞으로 내가 살 곳을 스스로 선택하라고 했다. 이런 날이 오리라 예상은 했지만 이렇게 빨리 올 줄은 몰랐다. 그런데 미국으로 다시 나가면 어쩜 영영 결혼을 못 할 것 같았다. 친구들과 어울려 놀 줄만 알았지 정작 중요한 내 인생에는 소홀했다는 사실을 번쩍, 번개 맞은 사람처럼 깨달았다.

지금껏 결혼이란 건 그저 어머니의 입버릇이었지 나 스스로 그 문제를 깊이 생각해보지 않았다. 언젠가 할 때 되면 하겠지, 상대가 저절로 나타나겠지, 그렇게 막연히 믿고 있었다. 그런데 다시 미국으로 나갈 생각을 하니, 그곳에서 배우자를 찾기란 거의 불가능하다는 걸 잘 아는 나로서 처음으로 결혼 문제를 심각하게 고민하기 시작했다.

한국이냐, 미국이냐?

일단은 이걸 먼저 고민했다. 내 인생 세 번째 단추를 채울 시간이었다. 지난 6년에 걸친 첫 번째와 두 번째 단추를 떠올렸다. 틈틈이 공부한 영어로 수출업체에 취업한 게 첫 번째 단추의 결과였다. 그 회사에서 미국과 유럽으로 다녀온 출장이 내 마음 속에 미국을 향한 꿈을 키웠다. 신발 구멍 클레임을 해결하려고 미국으로 가서 성공적으로 임무를 마쳤다. 그걸 지켜본 사장으로부터 현지 스카우트 제의를 받았던 게 두 번째 단추였다. 그리고 또 다른 단추를 채워야 할 시기, 무심코 습관적으로 채우는 와이셔츠 단추지만 하나가 잘못 채워지면 모든 스타일이 구겨지기 마련이었다. 하물며 이건 인생의 단추였다. 스타일 구겨지는 정도가 아니라 자칫하면 내 인생이 망가질 수 있었다.

취업하기 4년 전에 찾았던 교회를 다시 찾았다. 자리도 바로 그 자리에 앉았다. 그리고 간절한 마음으로 하나님께 기도했다.

그로부터 며칠 후, 나는 미국으로 가야겠다고 결론을 내렸다.

기도 끝에 얻어낸 미국행 결정의 이유들은 이랬다.

첫째 이유는 어머니였다. 나는 홀어머니 손에 자랐다. 나를 키우느라 1인 2역을 마다하지 않으신 강인한 어머니였지만 서른이 넘은 아들은 이제 그런 어머니의 기대와 애착으로부터 자유롭고 싶었다. 어머니의 그늘이 아닌 다르고 새로운 곳에서 나만의 힘으로 일어서고 싶었다. 나는 그것이 아버지 없이 나를 키워준 어머니께 드릴 수 있는 진정한 효도라고 생각했다.

둘째 이유는 이미 2년쯤 경험한 미국이란 나라의 선진 시스템이었다. 미국은 진짜 직업에 귀천이 없었다. 누구나 열심히 일하면 삶의 수준을 높일 수 있는 선진사회의 시스템이 잘 구축돼 있었다. '이런 나라를 선진국이라고 하는구나!', 살다 보면 저절로 그런 느낌이 들곤 했다. 모든 면에서 삶의 기본과 배려하는 마음이 보편화된 나라, 나는 그런 곳에 내 삶의 뿌리를 내리고 싶었다.

30개월 국방의 의무를 다했음에도 대학시절 군사교육을 거부했다는 이유로 취업조차 되지 않는 내 조국의 불합리한 시스템, 국가가 국민을 지켜주지 못하는 나라, 이런 데서 느낀 개인적 감정의 앙금도 아직 다 가시지 않았을 때였다.

사장 어니 우드에게 6개월의 사무실 폐쇄 기한을 얻었다.

그동안 함께 일한 한국 사무실 직원들에게 미국 본사에서 들은 상황을 설명하니 이미 다들 예상하고 있었던 듯했다. 그들에게 새로운 일자리를 찾아주지 못한 채 나 혼자 미국으로 가려니 너무도 미안했다. 그러나 미국 본사에서는 그런 건 안중에도 없었다. 우리 회사 브랜드를 생산하다가 피해를 본 공장 대표들도 정든 공장을 폐쇄하고 한때 가족 같았던 직원들을 내보내며 바로 나 같은 마음을 가졌을 것이다. 그 역시 미국 본사에선 관심조차 없는 일이었다.

사무실을 정리하며 만감이 교차했다. 오픈할 때는 모든 일이 희망적이라 기운이 펄펄 났었는데 정작 문을 닫으려니 몇 배나 마음이 힘들었다. 퇴직금과 위로금 등 돈으로 할 수 있는 일은 다했지만 직원들과 마음을 정리하고 추억의 문을 닫는 것이 무엇보다 나를 더 힘들게 했다.

드라마
〈파리의 연인〉처럼

난데없이 부산 지사로 왔다가 우여곡절을 겪은 끝에 다시 미국에 간다고 하자 어머니는 결혼 재촉을 전쟁 중 포탄처럼 쏟아냈다. 잔소리가 듣기 싫어 일부러 바깥에서 돌다가 어머니가 잠드신 후 집에 들어간 적도 한두 번이 아니었다. 하지만 어머니가 출근하지 않고 내가 늦잠을 자는 주말 아침만 되면 어김없이 자는 내 머리맡에 이런 주문이 날아들었다.

"니는 무조건 여 선생한테 장가를 가야 한다! 여선생이 얼마나 좋노? 방학 있지, 근무 시간 좋지, 자식들 교육비 나오지. 노후 연금 나오지, 내 죽고 나면 제사 비용까지 나오지…."

어머니는 선생님이셨다. 그래서 여자에게는 선생님이 세상에서 제일 좋은 직업인 줄 아셨다. 그런데 웬걸, 나는 또다시 미국을 가야하고 여선생님한테는 별 관심이 없었다. 무슨 조화인지 모르지만 본래 꽃집 자식은 꽃을 싫어하는 법이었다.

어머니뿐 아니라 어머니 지인이나 친구들도 모조리 다 선생님이셨다. 그분들이 소개하는 맞선자리에 나오는 아가씨들 또한 대개 다 선생님이었다. 나에겐 실로 역경의 나날이 이어지기 시작했다.

맞선을 보러 나온 선생님 아가씨들은 거의 다 약속이라도 한 듯이 자신의 어머니를 대동한 채로 짧은 파마머리에 단정한 원피스, 손가방을 든 모습들이었는데 평소 우리 어머니 차림새와 똑같았다. 거기 비하면 나는 그야말로 제멋대로였다. 혼자 나가는 것도 모자라 청바지에 가죽 점퍼를 입고 누가 봐도 껄렁한 차림새로 맞선자리를 전전했다.

당시 부산 시내 대부분의 고급 호텔들은 일요일이면 맞선을 보는 사람들로 항상 북적거렸다. 부산에서 선을 보는 저녁 시간대는 달라스엔 아침이어서 때로 사장이나 부사장이 휴대폰을 걸어오기도 했다. 휴대폰이 아직 흔치 않은 시대에, 미국에서 걸려온 전화를 받고 영어로 대화를 하노라면 그야말로 무슨 국제 마피아나 된 듯 주변을 압도했다. 무지하게 폼 나는 일이었다. 그때까지 나의 무례한 차림새에 경계하던 맞선 상대 아가씨와 그녀들의 어머니 표정은 순식간에 선망의 눈빛으로 바뀌었다. 심지어 어떤 어머니는 금방이라도 딸을 줄 것처럼 말하기도 했다.

"우리 딸과 잘 되면 내가 평생 잘해 줄게."

약간 과할 정도로 활기차고 유머러스한 나는 선생님이 아니라 어느 부류의 아가씨를 만나도 쉽게 친해질 수 있는 성격이었으나 그렇다고 적당한 사람과 결혼을 서두르고 싶지는 않았다. 정말 꼭 마음에 드는 사람을 찾기 전에는 결혼할 마음이 없었다. 그래서 어머니 성화에 못 이겨 선은 보되 그냥 밥 먹고 술 한 잔 하는 정도에서 그만두곤 했다.

현실적으로도 나는 결혼이 그다지 급하지 않았다. 밥 해주고, 빨래 해주고, 다림질까지 깔끔하게 알아서 다 해주는 만능 어머니가 계셨기 때문이다.

그래서일까. 처음엔 신기해서 몇 번 맞선이란 걸 봤지만 금방 심드렁해졌다. 스무 번쯤 맞선을 봤더니 심지어 나 자신이 상품화되는 느낌도 들었다. 낯선 사람에게 나 자신을 천연덕스럽게 소개하는 내가 싫어졌다. 나는 더 이상 선을 보지 않겠노라고 선언했다. 어머니가 가만있을 턱이 없었다. 우리집은 주말 아침마다 전쟁이었다.

'결혼은 인연이 있어야 한다'고 했다.

나에겐 그 인연이 아직 오지 않았을 뿐이다. 근거 없는 자신감도 있었다. 마음만 먹으면 그깟 결혼을 못하랴. 단지 내 마음에 드는 아가씨가 아직 나타나지 않은 것뿐이다. 나의 사랑스러운 배우자는 도대체 어디에 꽁꽁 숨어있는 것일까?

친구를 통해 한 아가씨를 소개받은 것은 그럴 무렵이다. 그 아름다운 아가씨는 보자마자 내 가슴을 뛰게 만들었다. 그녀는 나와 같은 대학 동창으로, 외국 계열 회사에 다니고 있었다. 만나고 헤어졌는데 금방 그녀의 목소리가 다시 듣고 싶었다. 지금 이 시간에 뭘 하는지, 어디 있는지, 노래 가사처럼 수시로 그녀가 궁금했다. 특히 술을 마시면 더 생각이 났다. 난생 처음 느끼는 이상한 감정이었다. 나는 적극적인 공세를 펴기 시작했다. 하지만 의외로 그녀의 반응은 떨떠름했다. 미국에 같이 가서 살자고 했더니 미국 갈 생각은커녕 내게 관심조차 없어 보였다. 아, 세상에 나를 좋아하지 않는 여자가 다 있다니! 그걸 내게 처음으로 가르쳐준 아가씨였다.

기고만장했던 내 자존심은 한순간 여지없이 무너졌다. 나는 어떻게든 그녀가 나를 좋아하게 만들어야겠다는 굳은 결심을 하게 되었다.

작전이 필요했다. 고심 끝에 대학원 동기가 지배인으로 있는 경주 보문단지 내 호텔 레스토랑을 통째 2시간을 빌렸다. 그러면서 두 가지 사항을 호텔 측에 부탁했다. 식당 중앙에 그랜드 피아노와 식사 테이블을 놓고 나머지는 전부 치워 달라. 그리고 주방장이 직접 서빙을 해 달라.

드디어 약속한 날!

남포동에서 만난 우리는 시간에 맞춰 경주 보문단지로 향했다. 차가 교외로 벗어나자 어리둥절해하는 그녀를 안심시키려고 온갖 얘기를 둘러댔다. 그러다 보니 차는 어느새 목적지에 도착했다.

미리 약속한 대로 레스토랑은 꽃으로 멋있게 장식돼 있고, 피아노와 식사 테이블 하나가 홀 중앙에 놓여 있었다. 이어지는 풀코스 식사를 주방장이 직접 가져와 음식 종류와 조리 과정 등을 일일이 설명해 주었다. 뭔가 미리 짜놓은 듯한 분위기를 감지한 그녀에게 나는 피아노 연주와 노래로 내 마음을 표현하겠노라고 제안했다.

로맨틱과는 거리가 먼 나였지만 이미 로맨틱한 세 곡을 선곡해 놓았다. 첫 곡은 비틀스의 〈Yesterday〉였다. 직접 피아노를 치며 열창했다. 〈이제 사랑할 수 있어요〉란 국내 인기곡도 불렀다. 어제까지는 혼자 살았지만 이제 사랑해서 앞으로 쭈욱 사랑을 계속하겠노라는 내 나름의 개똥철학이 담긴 선곡이었다. 마지막 곡은 앤디 윌리엄스가 부른 〈Love Story〉. 과거와 현재, 그리고 미래를 그녀에게 주고 싶은 나만의 프러포즈인 셈이었다.

세 곡의 노래가 모두 끝났을 때, 나는 떨리는 마음으로 조심스럽게 그녀를 바라보았다. 환한 표정과 함께 얼굴 전체가 미소로 가득한 그녀를 보는 순간 그녀의 닫힌 마음이 활짝 열렸음을 한눈에 알아차릴 수 있었다.

두 시간에 걸친 식사를 마치고 바깥에 나올 때 그녀의 팔이 자연스럽게 내 팔을 감았다. 경주로 갈 때 불안했던 마음이 부산으로 돌아갈 땐 천국으로 가는 것만 같았다. 어머니와 단둘이 살았기 때문에 부부가 사랑하는 모습을 나는 본 적이 없었다. 이제 나만의 사랑을 찾았으니 스스로 터득하여 매일같이 행복한 순간들을 그녀와 함께 나누리라고 다짐했다.

훗날 미국에 살면서 우연히 〈파리의 연인〉이란 한국 드라마를 보는데 어디선가 많이 본 익숙한 장면이 나왔다. 남자 주인공이 사랑하는 여인을 위해 피아노를 치며 노래 부르는 장면이었다. 내가 아내 앞에서 프러포즈하던 순간과 마치 판에 박은 듯이 똑같았다. 이를테면 나는 〈파리의 연인〉의 원조인 셈이었다.

난쟁이의
안테나

친구들은 결혼도 하고 아이도 낳고 알콩달콩 사는데 나는 사귀는 애인조차 없었다. 그래도 그런 친구들이 부럽다거나 나 자신이 초라하게 느껴지지는 않았다. 왜냐하면 이미 결혼한 친구들이 부부싸움할 때마다 나는 곧잘 재판관으로 불려가곤 했다. 두 사람이 싸운 이야기를 양쪽에서 듣고 있노라면 결혼 같은 걸 왜 하는지 도무지 이해할 수 없었다. 결혼해서 별것도 아닌 걸로 걸핏하면 싸울 바에야 차라리 혼자 사는 게 속 편하지 않을까?

그랬던 내게 갑자기 하늘에서 뚝 떨어진 듯한 사람 하나가 나타나 모든 걸 흔들어 놓았다. 지금은 무얼 하는지, 어디에 있는지, 무슨 생각을 하는지, 모든 게 궁금해져서 견딜 수 없었다. 나는 항상 안테나를 높이 세우고 그녀의 삶에 관여하기 시작했다. 그녀 또한 수시로 내게 전화를 걸어와서 가뜩이나 예민한 내 안테나의 성능을 더욱 높여 주었다. 우리는 그렇게 서로 삶의 여백을 채워갔다.

남자들은 애인이 생기면 샤워나 목욕을 자주 한다는 노래 가사처럼 나도 그랬다. 내가 가는 단골 목욕탕은 해운대에 있었다. 부산에는 동래 온천과 해운대 온천이 유명한데 나는 해운대를 더 좋아했다.

그날도 해운대에 있는 단골 목욕탕의 문을 열고 들어섰다. 그런데 나보다 한발 앞서 키가 장대처럼 큰 사람이 먼저 들어가는 게 보였다. 얼마나 큰지 족히 2미터는 돼 보였다. 함께 옷을 벗으며 몸매를 보니 운동선수는 아닌 듯하고 그냥 타고난 거인이었다.

선불로 3,000원을 내고 2개의 세신대 중 하나에 누워 때를 미는데 옆에서 갑자기 굵은 목소리가 들렸다.

"여기 세신료가 얼마요?"

묻는 사람은 바로 그 거인이었다. 세신사가 거인을 쓰윽 훑어보고 대답했다.

"본래는 3,000원인데 사장님은 덩치가 있어서 1,000원은 더 받아야겠어요."

그러자 거인이 퉁명스러운 목소리로 대꾸했다.

"아니, 덩치가 크다고 1,000원을 더 받으면 이런 난쟁이 같은 사람은 3,000원이 아니라 돈 1,000원이면 되겠네!"

뭐라고? 난쟁이? 나는 혹시라도 누가 더 있나 사방을 둘러보았으나 아무도 보이지 않았다. 그렇다면 이 녀석이 지칭한 난쟁이는 바로 내가 아닌가? 뭐 이런 무례한 자식이 다 있나 싶어 벌떡 몸을 일으켰다. 하지만 막상 일어나서 보니 내 앞에 버티고 선 그 작자는 아까보다 더 커보였다.

"나는 난쟁이라서 공짜로 해줍디다!"

내가 기분 나빠 하는 걸 알아차린 세신사가 중간에 끼어들어 거인을 멀리 보냈다.

"동네에 사는 지적장애인인데 올 때마다 저렇게 시비를 걸고 손님들을 불쾌하게 만듭니다. 이해하이소."

세신사가 대신 사과를 했다.

기분이 상한 나는 다른 목욕탕을 다니다가 한참 후 그 목욕탕을 다시 들렀다. 그런데 세신료가 3,000원이 아니라 3,500원이라고 표기돼 있었다.

"세신료가 500원이 올랐네요?"

내가 묻자 세신사가 대답했다.

"아, 네. 얼마 전에 요금을 가지고 난쟁이와 키다리가 싸우는 통에 가격을 아예 올려버렸습니다."

그 세신사는 자신이 말하는 난쟁이가 바로 나인 줄을 전혀 모르는 눈치였다. 그가 나를 쓰윽 훑어보고 이렇게 덧붙였다.

"그냥 3,000원만 주세요. 500원은 다음부터 주셔도 됩니다."

댕기풀이와 결혼

부산 지역에는 결혼 날짜를 잡은 뒤 '댕기풀이'라는 걸 하는 관습이 있다. 결혼을 앞둔 신랑 신부가 친구들을 한자리에 모아 놓고 '우리 결혼한다'는 신고식을 하면서 다 함께 인사하고 축하해 주는 자리였다. 댕기풀이 자리에서 서로 눈이 맞아 결혼하는 친구들도 많았다. 그런데 우리는 당시만 해도 만혼이었기 때문에 친구들 대부분이 배우자는 물론 애까지 딸려 있었다.

90년대 초 부산 지역엔 '훌라'라는 카드게임이 유행했다. 댕기풀이 장소에 가려고 친구들을 만났지만 주인공인 신부를 소개하는 것조차 잊고 나는 친구들과 훌라에 몰두했다. 약속 시간이 되어 댕기풀이 장소로 향할 때 참다못한 그녀가 차를 세우라며 소리쳤다. 배우자가 될 사람을 방치한 채 카드게임 따위에 정신 팔린 내가 실망스러우니 모든 걸 없던 일로 하자는 거였다. 정곡을 찔린 나는 한마디 사과도 못한 채 멀뚱히 바라만 보았다.

"안녕히 가세요."

차 문을 닫고 그녀는 종종걸음으로 사라져버렸다.

혼자 댕기풀이 장소에 도착한 나는 어찌할 바를 몰랐다. 바로 그때 친구가 그녀의 팔을 이끌고 나타났다. 택시를 잡으려고 길가에 서 있던 그녀를 본 친구가 혹시 댕기풀이 장소를 못 찾는 줄 알고 친절히 모셔온 것이라고 했다. 친구 때문에 잃어버린 그녀를 친구 덕분에 되찾은 셈이었다. 그때 친구 눈에 띄지 않았다면 아내는 지금쯤 딴 사람의 아내가 되어 있을까?

결혼 준비는 속전속결이었다. 결혼을 하고 나면 곧바로 미국으로 가야 했기에 살림살이가 따로 필요 없었고, 마련한 아파트는 전세를 놨다. 생일을 일주일 앞두고 우리는 주변 사람들의 축복 속에 1992년 6월, 결혼식을 올렸다. 본사에서도 부사장 로버트 우드가 와서 축하를 해주었다. 신혼여행은 제주도로 갔다가 2개월 시집을 산 후, 미국 가는 길에 하와이를 한 번 더 가기로 했다.

짧은 일정으로 제주도 신혼여행을 다녀오니 어머니는 뭔가 언짢으신지 표정이 좋지 않았다. 아마도 며느리에게 아들을 빼앗겼다고 생각하시는 것 같았다. 평생 아들을 남편처럼, 친구처럼 여기시며 살다가 결혼을 시켜 또다시 미국으로 떠나 보낸다니 마음도 울적하셨을 것이다. 당시 그 마음을 세세하게 헤아리지는 못했지만 어머니를 위로할 겸 아내에게 하와이 여행을 갈 때 어머니와 함께 가자고 제의했다. 아내는 아주 흔쾌히 그러자며 허락해 주었다. 지금 생각해도 그때의 아내가 고맙기만 하다.

두 번째 가보는 6개 섬으로 이뤄진 하와이는 그야말로 지상낙원 그 자체였다. 거기 사는 분들은 '천당 바로 아래 999당이 하와이'라고 했다. 한해살이 작물 고추가 5년씩 살고, 내가 아는 분은 연세가 아흔인데 교회에 가면 백 살 넘은 사람이 수두룩해서 명함도 못 내

민다고 너스레를 떨었다. 1903년 사탕수수밭 노동자로 간 것이 우리 하와이 이민의 첫 역사다. 지상낙원 하와이는 노숙자의 천국이기도 했다. 기후가 좋아서 아무 데서나 잘 수 있을 뿐더러 여행자들이 먹다 버린 음식도 지천에 널려 있기 때문이다.

하와이를 경유해 달라스로 가는 4박 5일 내내 나는 어머니의 눈치를 보았다. 어머니의 불편한 심기 때문에 즐거워도 행복해도 표현을 제대로 하지 못했다. 하물며 아내에게 애정 표현 같은 건 상상도 못할 일이었다.

2년 만에 다시 보는 달라스는 하와이 풍경과는 달리 뜨거운 태양열에 잔디들이 말라 죽어 마치 가을 단풍이 든 듯했다.

회사 근처에 욕실 딸린 원룸 아파트를 540달러에 임대했다. 어머니를 한국으로 보내드리고 나서 비로소 우리 둘만의 신혼생활이 시작되었다. 부부라지만 단둘만 떨어져 있는 건 처음이라 마치 외딴섬에 떨어진 것 같고, 그러다 보니 서로 다른 점들이 보이기 시작했다. 가령 나는 마른 멸치를 대가리째 고추장에 찍어 먹는데 아내는 대가리를 떼어내고 먹었다. 나는 식빵을 통째로 먹는데 아내는 가장 자리를 잘라내고 먹었다. 나는 어중간하게 음식 남기는 걸 싫어하지만 아내는 그러지 않았다. 어질러진 방을 그때그때 치우는 나와 달리 아내는 한꺼번에 치웠다. 말도 그랬다. 나는 할 말을 바로바로 하는 편인데 아내는 모았다가 한꺼번에 했다.

부부는 맞춰가며 산다더니, 그보다는 그냥 살면서 공통분모를 부단히 찾아가는 것 같았다.

초보 부부의
미국 생활

나는 달라스에서 이미 2년 가까이 직장 생활을 했기에 어느 정도 익숙한 상태였지만 미혼인 그때의 나와 아내가 있는 지금은 마음자세가 엄연히 달랐다. 우선은 중학생 오빠가 초등학생 누이동생을 가르치듯 아내를 가르쳤다.

아내는 워킹 비자가 있는 나와 혼인신고 후 H-4B 비자를 받고 입국했기 때문에 수입을 목적으로 취업할 수 없었다. 맞벌이가 아예 불가능하다는 얘기였다.

한국에서 가져온 가방엔 회사에서 필요한 샘플과 옷가지들만 들어 있었으므로 생활에 필요한 가구나 물건 등은 현지에서 구입을 해야 했다. 90년대 초, 한국의 상점들에 익숙해 있던 아내는 달라스의 월마트 규모와 판매하는 제품들의 종류에 연신 감탄을 쏟아냈다. 집과 자동차만 빼고 없는 게 없는 대형마트를 처음 본 아내 입장에선 그럴 만도 했다. 이미 여러 번 카트를 채웠는데도 아내는 여전히 사야 할 것들이 남은 듯했다. 2,000평이 넘는 매장에서 어린애처럼 마냥 재미있어 하며 갔던 곳을 또 가는 아내한테 슬슬 짜증이 나기 시작할 무렵이었다.

수십 가지나 되는 치약과 칫솔을 구경하던 아내가 제일 비싼 치약 하나를 골라잡았다. 물건을 모르면 돈을 많이 주라는 게 시어머니의 첫 교훈이라고 아내가 말했다. 우리는 그 치약으로 아침저녁 열심히 양치를 했다. 비싼 것은 어디가 달라도 달랐다. 거품도 잘 나지 않아서 신기하고 편리했다. 우리는 탁월한 선택에 서로 감탄을 금치 못했다.

하루는 새로 나가게 된 교회의 목사님과 구역 담당 집사님이 새로운 신자인 우리 아파트에 심방을 오셨다가 화장실에 있던 치약을 보게 되었다. 마침 집사님은 치과의사였다.

"미스터 김, 집에 누가 틀니를 쓰는 분이 계신가요?"

"네? 아뇨?"

"그런데 왜 틀니 닦는 광약이 세면대에 있어요?"

집사님은 우리가 사용하던 그 치약을 가리켰다. 비싸고 좋은 치약인 줄 알고 반 이상 쓴 게 알고 보니 틀니를 닦는 연마제였던 것이다.

후유증도 있었다. 우리 두 사람은 모두 강력한 연마제에 법랑질이 많이 상해서 꽤 오랫동안 치과 치료를 받아야 했다. 문화 차이에서 오는 이런 해프닝은 일상다반사였다. 그런 실수를 통해 결국엔 그 나라와 사회를 배워 나가는 것이리라.

내가 출근을 하고 나면 아내는 종일 집에만 있었다. 그런 아내가 안쓰러웠다. 점심시간에 회사 근처 쇼핑센터에 내려주면 혼자 시간을 보내다가 퇴근할 때 만나 함께 집에 왔다. 한동안 그러다가 불편했던지 아내는 운전을 가르쳐 달라고 했다.

미국에선 운전을 가르쳐주다가 이혼한 부부가 많다. 하긴 미국뿐

이랴. 세계 각국이 그럴 것이다.

어쨌든 나는 쇼핑센터의 넓은 주차장에서 남의 눈을 피해 열심히, 최선을 다해, 매우 자상하고 부드럽게 아내에게 운전을 가르쳤다.

아내는 처음 해보는 운전이 별로 재미가 없는 듯했다. 1주일이 가도, 2주일이 가도 운전 실력이 늘지 않았다. 좌회전이나 우회전을 할 때면 옆에 앉은 내가 다 불안할 지경이었다.

한국은 건물을 보고 찾아가지만 넓은 달라스는 일단 동서남북을 인지하는 방향 감각이 있어야 한다. 앞으로만 가면 무조건 북쪽이라고 믿는 아내가 이해되지 않을 무렵 내 입에서 결국 막말이 방언처럼 터져 나왔다.

"세상에, 운동신경이 이렇게 없는 사람은 진짜 처음이야!"

"야, 아무개 와이프는 2주 만에 면허를 땄대!"

"혹시 자전거를 타고 다니는 게 더 낫지 않을까?"

계속해서 나는 아내의 신경을 건드렸고, 결과는 나에게 더 이상 운전을 배우지 않겠다는 아내의 폭탄선언으로 끝났다.

때마침 한국 출장이 있어서 다녀오니 뭘 어떻게 했는지 아내는 그새 운전면허를 따서 보란 듯이 내 앞에 흔들었다.

"굼벵이도 구르는 재주가 있군."

"뭐라고요?"

"아, 알았어! 미안, 미안!

실언의 대가로 나는 아내에게 중고차를 사주며 화해를 청했다. 3,000달러를 주고 산 8년 된 중고차였다.

하루는 그림 같은 집에 사는 친구로부터 생일 초대를 받았다. 쇼핑센터에 들러 생일선물을 사고 출발을 하려는데 산지 며칠 안 된 아내의 중고차가 움직이지 않았다. 결국 생일 파티에도 참석하지 못하고 견인차를 불렀다. 우리는 찬바람을 맞으며 아내와 나란히 덜컹거리는 견인차에 앉아 정비소로 갔다. 그 30분이 나를 처량함으로 밀어넣었다. 돈이 삶의 전부는 아니지만 돈이 부족하면 불편할 때가 많다. 아직 젊고 건강하니 열심히 살다보면 좋은 날이 꼭 오겠지. 그렇게 생각하며 나는 처량함을 떨쳐내려 노력했다.

차가 생긴 아내는 행동반경이 넓어졌다. 차츰 운전도 익숙해져서 주중에는 혼자 마트도 가고 백화점도 갔다. 주말에는 함께 다니며 주유하는 방법도 가르쳐주곤 했다.

한번은 아내가 내게 진지하게 물었다.

"그런데 93년도 기름은 왜 안 팔아요?"

"뭐? 그게 무슨 말이야?"

"저거 봐. 87년, 89년, 92년 기름은 다 있는데 93년은 없잖아."

아내는 바깥에 써 놓은 숫자들을 가리켰다.

"아하!"

나는 그제야 아내의 질문을 이해할 수 있었다.

한국에선 휘발유가 일반과 고급으로 분류되지만 미국은 옥탄가로 분류한다. 87, 89, 92 등은 모두 옥탄가를 적어 놓은 것인데 그걸 아내는 제조 연도로 생각한 모양이었다.

"92년도를 마지막으로 세상에선 휘발유 생산이 중단됐어."

지금도 주유를 할 때면 아내한테 가끔 그런 농담을 던지며 신혼시절을 추억하곤 한다.

아내도 나도 열심히 미국을 배워 나갔다.

한국 지사로 가기 전 내 사무실은 에디슨시에 위치한 창고 옆이었는데, 한국에서 왔더니 달라스에 있는 금연 빌딩 사무실에서 일하라고 했다. 금연 빌딩이니 자연히 담배를 피울 수 없었다. 담배를 피울 때마다 바깥에 나가는 것도 고역인데 그보다 더한 건 사무실 입구에 앉은 전화 안내원의 눈치를 보는 것이었다. 비라도 오면 처마 밑에서 담배를 피우는 내 꼴이 스스로 너무도 한심스러웠다. 나는 담배를 끊기로 결심했다. 건강은 둘째 치고 불편해서라도 끊기로 했다.

일단 주변에 금연한다고 소문을 냈다. 첫 시도였다. 그렇게 스스로를 결심의 도가니로 몰아넣었다. 하루에 반 갑 피우던 것을 차츰 줄여 나갔다.

끊어본 사람은 알겠지만 담배 끊기가 말처럼 쉬운 건 아니다. 특히 식후나 커피, 술 같은 걸 마실 때면 금단증상이 지독했다. 아주 심할 때는 차라리 담배 피우고 일찍 죽는 게 낫지 않을까 싶은 생각도 여러 번 들었다. 금연을 시도한지 2개월이 지났지만 나는 갈수록 더 힘이 들었다. 군대에서 배운 담배라 불과 십여 년을 피웠을 뿐인데 끊기가 왜 이렇게 힘이 드는지 이해되지 않았다.

아내가 임신을 하자 집안에서도 금연 명령이 하달됐다. 더욱 강력한 조치가 필요할 것 같았다. 나는 조깅을 하며 금연하기로 매섭게 결심을 강화했다. 조깅복을 사려고 월마트를 갔다. 그런데 실크로 만든 조깅복이 눈에 띄었다. 한국에선 실크 가격이 워낙 비싸서 여성복이나 넥타이, 와이셔츠 등 일부 고급 제품에만 원단으로 사용했지만 여기는 미국, 조깅복조차 실크인 데다 가격마저 착했다. 나는 선뜻 야한 색깔로 서너 개를 집어 들었다. 집으로 돌아와 아내에게 새로 산 조깅복을 보여주며 나의 독한 결심을 다시 한번 강조했다.

아침 기상과 동시에 나는 조깅복을 입고 아파트 주변의 찻길을 뛰기 시작했다. 때로는 빨간 모자를 쓰기도 했다. 그런 나의 모습은 마치 마른 멸치에 고추장을 찍어 놓은 듯했다. 출근하던 사람들이 운동하는 나를 향해 휘파람을 휙휙 불어댔다. 나도 그들에게 손을 흔들어주었다. 그렇게 한 달 가량을 뛰고 났을 때였다.

그날도 조깅을 하고 땀으로 범벅이 되어 들어오는 나에게 아래층에 사는 백인 할아버지가 반갑게 아침 인사를 건넸다.

"매일 아침 왜 그렇게 열심히 뛰나?"

그런데 물어보는 어투가 어딘지 좀 이상했다.

"네, 금연을 하려고 매일 열심히 뜁니다."

"아니 그게 아니라…."

할아버지는 잠시 머뭇거리다가 물었다.

"왜 그런 차림으로 뛰느냐고? 뛰는 건 좋지만 속옷을 입고 뛰는 이유가 뭔가?"

"네에?"

나중에 알았지만 그건 조깅복이 아니라 미국인들이 입는 팬티였다. 우리나라로 치면 삼각팬티를 입고 조깅을 한 셈이다. 그 당시 한국인들은 흰색 면 팬티를 입던 시절에 미국인들은 색깔이 요란한 실크 사각팬티를 입었던 것이다. 그걸 아는 순간 나는 부끄러움에 쥐구멍에라도 들어가고 싶었다. 그제야 지나가던 자동차 안의 사람들이 나를 보고 왜 휙휙 휘파람을 불어댔는지 이해할 수 있었다. 팬티 차림으로 바람을 가르며 거리를 맹렬히 질주하는 아침의 아시아인! 미국인들의 눈엔 그 모양이 얼마나 우스꽝스럽게 보였을까!

그러나 나는 누가 뭐래도 행복한 사람이다. 잠깐 창피한 일은 겪었지만 당초 내가 목표로 삼은 금연에는 성공했기 때문이다. 그 노력의 결과가 아직 태어나지 않은 아기한테 좋은 영향을 미칠 거라는 생각에 창피함 따위는 아무 문제가 되지 않았다. 우리 부부는 그렇게 좌충우돌하면서 미국 생활에 차츰 익숙해져갔다.

특공대의 부활

하루는 아내와 함께 출근하여 사장과 직원들에게 소개했다.

내가 일하는 사무실도 보여주고 무슨 일을 하는지도 얘기해 주었다. 직원들과 잠시 담소하고 있을 때 중국 현지 공장의 한국인 사장으로부터 전화가 걸려왔다. 그는 업무 얘기 끝에 오랫동안 소식이 없던 '특공대' 친구의 안부를 내게 전했다.

"행방불명인데 아마도 자살했을 겁니다. 중국의 이쪽 업계에선 이미 다 아는 사실입니다."

"뭐라구요?"

특공대는 사업체를 친척에게 맡겨놓은 채 부산과 중국을 오가며 자주 방황했다고 한다. 그러는 사이 사업을 맡은 친척이 큰 부채를 남기고 잠적하자 몹시 충격을 받았고, 결국 특공대마저 잠적하고 말았다는 것이다.

잠시 가슴 한 편이 먹먹해져 왔다. 내가 아는 곳으로 이리저리 전화를 걸어 봐도 특공대 소식을 아는 친구들은 없었다. 그의 휴대폰 마지막 네 자리는 1000번이었다. 천 번. 천국에 가서 잘 살고 있을 거라고 믿고, 또 그러라고 빌 수밖에 다른 방법이 없었다. 그런 채로 다시 몇 달이 흘러갔다.

아마도 미국독립기념일 즈음이 아닐까 한다. 이른바 대목 밑이라 일손이 딸린다는 연락이 와서 전 직원이 창고에서 제품 분류를 돕고 있었다. 창고의 체감온도는 섭씨 45도 정도여서 귀에 전화를 대고 있으면 귓속에서 땀이 흘렀다. 잠시 더위를 식히고 있을 때 전화벨이 울렸다. 한국 국가번호인 82가 먼저 눈에 들어왔다. 한국 시간은 새벽 4시, 어머니와 처부모님이 계시니 한국에서 대낮에 걸려오는 전화는 항상 불안했다. 그런데 자세히 보니 1000번, 특공대 번호였다. 이게 무슨 조화냐? 뜻밖의 상황에 놀라 전화를 받으니 전화기 저편에서 낯익은 특공대 목소리가 들려왔다.

"갱찬아! 괘안나? 니 강도한테 총 맞아서 죽었다카디마는!"

"뭐라꼬?"

특공대는 어디서 들었는지 오히려 내가 강도들 총에 맞아 죽은 것으로 알고 있었다.

"야! 죽은 거는 내가 아이고 니라 카던데? 니 혹시 귀신 아이가?"

한동안 설왕설래 끝에 들은 얘기는 이랬다. 중국에서 그는 무리한 사업 확장과 직원들의 배신으로 큰 부도를 맞고 여기저기 떠돌며 숨어 지냈다고 했다. 살기가 너무 힘들어 소주 몇 병을 들이켠 후 미리 준비한 수면제 한 통을 막 입에 털어 넣으려는 순간 갑자기 먼저 죽은 내 생각이 나서 전화라도 한 번 걸어봤다는 것이다. 그러니까 녀석에겐 그때가 삶의 마지막 순간이었다. 특공대는 말이 안 통할 정도로 이미 많이 취해 있었다.

"우와! 정말 미치겠네!"

나는 어디서부터 무슨 말을 해야 할지 몰랐다. 때마침 전날 교회 목사님한테서 들은 말씀이 떠올랐다.

"너희 몸은 너희가 하나님께로부터 받은 바 너희 가운데 계신 성령의 전(殿)인 줄을 알지 못하느냐, 너희는 너희 것이 아니라."(고전 6:19)

자살을 하겠다는 친구에게 마지막으로 전할 수 있는 말은 그것뿐이었다. 나는 그저 성경 구절을 인용했다. 마침 한국은 새벽 5시, 나는 새벽기도를 제안했다. 그리고 내가 할 수 있는 얘기를 모조리 다 쏟아낸 후 한 시간 넘게 통화한 눈물의 전화를 끊었다.

이후 몇 차례 전화를 더 걸었지만 녀석은 받지 않았다. 일이 손에 잡히지 않았다. 아마도 예배 중이거나 죽었거나 둘 중 하나일 거라고 생각했다. 나중엔 서 있기조차 힘들어 차를 타고 바깥으로 나왔다. 얼마나 시간이 흘렀을까? 전화가 와서 보니 특공대였다.

"고맙다, 특공대야! 엉! 엉! 엉!"

나는 다짜고짜 소리 내어 통곡했다. 녀석이 안 죽어준 게 너무 고맙고 감격스러웠다.

나중에 얘기를 들어보니 특공대는 술이 덜 깬 상태로 내가 가라고 한 새벽기도를 갔던 모양이었다. 그런데 신기한 건 하필 그가 간 교회 목사님도 그날 내가 전화로 인용한 성경 구절과 똑같은 말씀을 전하셨고, 반드시 살아야 할 운명인가 싶어 극적으로 마음을 고쳐 먹게 되었다는 것이다. 나는 자신도 모르게 가슴을 쓸어내렸다. 아, 이 얼마나 감사하고 다행스러운 기적인가!

숱하게 고생한 특공대를 달라스로 초청해 만난 것은 그로부터 몇 년 후였다. 서로 죽은 줄만 알았던 뒤에 이뤄진 만남이라 감회가 더욱 깊었다. 나보다 먼저 공항에 도착해 기다리고 있는 특공대를 나는 한눈에 알아봤다. 여전히 머리는 크고 손에는 특유의 007가방을 들고 있었기 때문이다. 녀석을 보는 순간 콧날이 찡해졌다.

"문디 자슥, 아직도 수갑과 무전기를?"

그러나 그건 아니었다. 한때 각종 놀이 장비를 넣어 다녔던 가방이 이젠 손때 묻은 삶의 동반자가 되었노라고 했다. 15년 전 바로 그 가방에 장난감 대신 여행용품들이 가득했다. 우리는 007가방에 얽힌 옛날이야기를 서로 나누며 한참을 깔깔거렸다.

달라스는 해가 지면 식당 외엔 딱히 시간을 보낼 만한 장소가 없다. 그나마 특공대가 좋아하는 노래방은 몇 군데 영업 중이었다. 저녁을 먹고 모처럼 노래방이나 가자고 했더니 웬일로 싫다면서 한 마디를 툭 뱉고 그냥 방으로 들어가 버렸다.

"내일 교회 가서 찬양하면 되지 노래방은 무슨 노래방이고? 난 일찍 좀 쉴게."

그렇게 놀기 좋아하던 특공대가 지금은 교회를 일곱 개나 신축하고 전도에도 열심인 신앙인 특공대가 돼 있다. 그러나 문제의 007가방은 지금도 들고 다닌다. 가방 속에는 항상 성경책과 찬송집이 들어 있다.

"이젠 경찰 놀이 대신에 경찬 놀이 한다!"

"경찬 놀이?"

"응. 경배와 찬양!"

왕서방은
어디에

재미 한국인들 사이엔 '넓은 미국에서는 좁게 살고, 좁은 한국에선 넓게 산다'는 말이 있다. 미국에서는 주변에 무슨 일이 일어나는지 모른 채 앞만 보고 사는데, 한국에서는 바쁜 와중에도 주변을 돌아보며 산다는 뜻이다. 그러면서 '내가 여기서 열심히 사는 것처럼 한국에서 똑같이 살았다면 지금보다 더 잘 살았을 것'이라고 푸념을 한다. 한국에서보다 더 열심히 살아도 기대만큼 결과가 나오지 않기 때문에 하는 말이다.

재미 한국인은 미국에서 살아가는 저마다의 동기와 이유가 있다. 유학이나 이민의 경우가 가장 많겠지만 부모님을 따라오는 자녀의 경우만 제외하면 삶의 거처가 달라지는 문제로 상당한 고민이 뒤따른다.

특히 유학 왔다가 현지인과 사랑에 빠지는 경우가 그러하다. 한국 부모가 현지 정착을 동의하면 다행이지만 그렇지 못할 경우 양쪽 사이에서 갈등하는 젊은이를 많이 보았다. 공부하라고 기껏 비싼 돈 들여 유학 보내놨더니 하라는 공부는 안 하고 연애질이나 한다는 부모님, 현지에서 물심양면 챙겨주는 사랑하는 사람 사이에선 누구라도 고민에 빠지지 않을 도리가 없다.

그런 고충을 들을 때마다 나는 부모님도 먼저 돌아가실 분들이고, 사랑도 가고 나면 또 다른 사랑이 찾아올 테니 본인이 조금이라도 더 행복해지는 길을 택하라고 조언한다. 그러던 중에 지인에게서 왕서방을 소개받았다.

한국에서 운영하던 무역회사가 부도난 것이 그가 미국으로 온 계기였다. 아내와 딸을 먼저 미국에 보내고 본인은 홀어머니를 모시고 뒤늦게 와서 가족과 합류했다. 일본 유학파 출신인 왕서방은 자신의 모든 문제를 내게 털어놓으며 자문을 구했다. 많은 사람들의 고충을 들어온 나였지만 무작정 식구들을 다 데려온 경우는 처음이라 조언이 쉽지 않았다.

그에게 직장을 구해주려고 여기저기 수소문을 했다. 왕서방은 영어가 능숙하지 못해서 한국 회사 위주로만 뛰어다녔다. 그의 간절함과 절박함이 통했는지 얼마 뒤 그에게 꼭 맞는 직장을 구했다. 영주권까지 진행을 해주겠다는 약속도 받았다. 직원의 사정을 알고 도와주려는 고마운 회사였다.

그에게는 아름이라는 이름만큼이나 예쁜 딸이 있었다. 나는 왕서방과 함께 다니며 예방 접종도 시키고 초등학교 입학 절차도 밟아줬다. 왕서방 부부에게 운전면허도 따게 했다. 사회보장번호(SSN, Social Security Number)도 받게 해주고 은행 계좌도 만들게 했다. 한마디로 미국에서 살아가는 데 반드시 있어야 할 모든 필수적인 것들을 취득하도록 도와준 것이다.

하루는 밖에서 만나자는 왕서방의 연락을 받았다. 항상 집에서 식구들과 같이 만났는데 굳이 밖에서 보자니 이상했다. 식구들 앞에서 곤란한 말인가 싶었다. 아니나 다를까, 왕서방은 부업으로 태권도 도복을 한국에서 수입하려는데 자금이 모자라니 나와 같이 하자고 제의했다.

나는 고민 끝에 그 제의를 정중하게 거절했다. 미국이 자국의 순면 산업을 보호하려고 설정해 놓은 쿼터를 해결할 방법이 없었기 때문이다. 그러자 왕서방은 사업을 같이 못하면 돈이라도 좀 빌려 달라며 관련 무역 서류를 보여주고 열심히 설명했다. 무역을 아는 나로서 그 상황을 거절하기 힘들어 내게는 제법 큰돈을 빌려주게 되었다.

내게 빌려간 돈으로 왕서방은 물건을 수입해 미국 내 판매를 시작했다. 나보다 한수 위인 그의 능력이 내심 부러웠다. 수입한 물건이 잘 팔리기도 했지만 나한테서 돈을 빌려가는 것 역시 그의 능력이라면 능력이었다. 나는 그때까지 남에게 단 한 번도 돈을 빌려본 적이 없었다. 그는 분명히 나보다 한 수 위인 사람이었다. 돈을 갚기로 약속한 날짜가 되면 반드시 갚고 필요하면 다시 빌려가기를 반복했다. 마치 내가 왕서방의 신용카드 같아서 서운한 기분이 들 때도 있었지만 크게 개의치는 않았다.

그러던 어느 날, 우연히 집어든 미주 한인 신문에 낯익은 얼굴 하나가 박혀 있었다. 왕서방이었다. 관세청에서 건 현상수배범 리스트였다. 태권도 도복을 수입할 때 세금을 낮추려고 면 함유량을 속여 통관하다 들통이 난 것이었다.

가까운 친구가 신문에 현상수배로 얼굴이 실리는 걸 보니 팔에 소름이 돋았다. 밤이 늦었지만 그 신문을 들고 왕서방 집을 찾아갔다. 그러나 이미 전등은 꺼져 있고 베란다에 항상 널어놓던 막내딸 기저귀도 보이지 않았다. 문을 두드려도 인기척이 없어 집 주변을 찬찬히 살펴보니 벌써 이사를 간 듯했다. 소위 '뛴' 거였다. 마음에 두고 있던 사람이 쑥 빠져 사라져버리니 서운함보다 오히려 무서운 느낌이 들었다.

마음이 진정되고 나서야 비로소 빌려준 돈 생각이 났다. 미리 받아둔 수표가 있었지만 당연히 잔고가 없을 것으로 짐작했다. 이튿날 은행을 찾아가 조회를 해보니 딱 내가 받을 액수만큼 잔고가 있었다. 왕서방은 내가 은행에 찾아갈 걸 대비해 그만큼만 잔고를 남겨둔 것이었다.

왕서방과 나의 친분을 아는 피해자들의 신고로 경찰이 나를 찾아오기도 했지만 우리가 줄 정보는 아무것도 없었다. 잊을 만하면 불쑥불쑥 떠오르는 왕서방네 가족들, 그네들과 쌓인 추억 때문에 한동안 힘이 들었다. 마음을 휩쓸고 지나간 상처가 꽤나 깊이 남아 있었던 것이다.

어느 늦가을, 아무도 찾아올 사람이 없는 저녁 무렵에 초인종이 울렸다. 문을 열자 초췌한 얼굴의 왕서방이 서 있었다. 손에는 케이크가 하나 들려 있었다. 케이크 속 카드에는 태어나는 아기를 보지 못하고 가서 미안하다는, 왕서방 아내가 내 아내에게 보내는 메시지가 담겨 있었다. 별다른 설명이 없이도 몇 마디 주고받은 대화로 그의 모든 상황을 이해할 수 있었다. 그게 왕서방과 마지막이었다.

몇 개월 후 그가 체포됐다는 소식을 다른 피해자로부터 들었다. 지금도 그의 잔잔한 미소와 다정한 모습들이 생각나고, 연세로 봐서 아마도 돌아가셨을 홀어머니의 인자한 웃음과 30대 중반은 되었을 딸의 어린 모습도 떠오른다.

"왕서방! 참 많이 보고 싶다!"

은밀한 거래

달라스 카우보이(Dallas Cowboys)의 성적이 좋아지자 NFL(National Football League)의 공식 브랜드인 우리 회사 제품의 수주량도 갈수록 늘어났다.

800번으로 시작하는 수신자요금부담의 수주 전용 전화번호 교환원도 4명에서 9명으로 늘었다. 특히 미국과 캐나다의 소비자가격이 같아지자 캐나다 주종 제품 주문이 폭주했다. 급기야 캐나다인을 고용해 마케팅을 맡겼다.

당시 유럽연합에 위협을 느낀 미국의 주도로 북미자유무역협정 (NAFTA, The North American Free Trade Agreement)을 시작했는데 재미는 캐나다가 보고 있었다. 원님 덕에 나팔 분다고 캐나다가 보는 관세의 덕이 더 짭짤했기 때문이다.

캐나다에서 받은 오더도 부사장 손을 거쳐 고스란히 나에게 넘어왔다. 그걸 아이템 별, 사이즈 별로 정리해서 생산 공장으로 넘기는 것이 나의 주요 업무 가운데 하나였다. 현지 공장들을 이미 다 방문했던 터라 공장의 특수성에 맞게 오더 시트(Order Sheet)를 만드는 게 나만의 노하우였다.

내가 한국 지사로 파견 나가 있던 2년 동안에는 나를 보조하던 창고 매니저 지미(Jimmy)가 그 일의 일부를 대신하고 있었다. 그렇게 1인 2역을 하다 보니 창고는 정리가 되지 않아 엉망진창이었다.

제품들이 마구 굴러다니고, 짝이 안 맞는 신발들이 여기저기 지천으로 널려 있었다. 지미는 나를 보자 인사는 뒷전이고 제조 공장 욕으로 입에 거품을 물었다. 포장박스가 약해 옆구리가 터지고, 표기와 내용물이 맞지 않고, 박스의 카톤 번호를 써놓지 않아 애를 먹는다는 등의 불평이었다.

공장의 사소한 업무 태만이 가져오는 커다란 인력 손실이었다. 생산 공장에서 미국 창고에 한 번만 직접 견학을 와보면 모든 게 말끔하게 정리될 문제라고 나는 생각했다. 3,000평 남짓한 창고는 한 달 내내 정리만 해도 별 표시가 나지 않았다.

회사는 고객 주문을 받기에만 급급했지 생산 공장과의 원활한 조율이나 배송 문제 등에는 그다지 신경을 쓰지 않았다. 공장에서 생산 라인을 돌리는데 어려움이 없도록 주문해야 하는데 중간 조정 없이 그냥 주문을 던지니 소량 생산에 익숙하지 않은 중국 공장에서는 그러한 주문에 응할 수 없었다. 고객은 고객대로 주문한 제품이 제때 배달되지 않는다고 불평했다. 마케팅이란 대단한 게 아니었다. 생산 공장과 고객 사이에 가교 역할을 잘 해 제품이 빨리 시장에 나올 수 있도록 하면 되는데 우리 회사는 그게 원활하지 않았다.

뒤늦게 그 일을 한창 하고 있을 때 낯선 아시아인들의 예약 없는 방문을 받았다.

아시아 여러 나라에서 미국으로 들어오는 컨테이너에 자기들 물건을 같이 넣어서 선적하자는 제의였다. 그 대가로 제시한 금액은 내 연봉만큼이나 되었다. 아이템은 유명 브랜드의 짝퉁인 여성용 가방과 스포츠 의류라고 했다. 우리 회사 브랜드 Riddell은 미국 세관에서 사전 승인을 받은 터라 서류만으로 약식 통관이 가능했다. 그걸 노린 제의였다. 그네들은 우리가 소화하는 컨테이너 물량과 통관 방식을 이미 환히 꿰고 있었다. 이런 쪽에 이미 능수능란한 자들이 었다.

한순간 두려움이 엄습해왔다. 영화에서 많이 본 장면들이 내 뇌리를 스쳤다. 내가 영화를 너무 많이 본 것일까? 유혹이란 범죄와 대가 사이에서 흔들리는 마음이다. 물론 그런 터무니없는 제의에 흔들릴 내가 아니었다.

그런데 진짜 무서운 것은 그 아시아인들 얼굴이 영화에서처럼 흉악한 범죄자의 얼굴이 아니라 지극히 평범한 일반인들이라는 사실이었다. 만에 하나, 그런 자들을 따라나서면 인생이 망가지는 건 한순간일 것이다. 나는 정중히 그들의 제안을 거절하고 돌려보냈다. 이후 몇 차례 더 찾아왔지만 소용없는 일이었다.

삶과 죽음이 서로 멀리 떨어져 있지 않고 항상 평행선을 달리다가 일순간 엇갈리듯이 범죄 또한 먼 곳에 있는 게 아니다. 자칫 그르게 판단해서 문턱 하나를 잘못 넘어가면 범죄자로 전락하는 것이다. 세상을 살다보면 돈이 되면 무엇이든 하고, 어디든 달려가서 옥석 구별 없이 어울리는 사람들이 있다. 그런 자들은 마약상도 마다하지 않는다. 돈이란 게 살아가는 수단이 되어야지 그 자체가 목적이 되면 항상 문제를 일으킨다. 자본주의의 천국인 미국의 삶이란 게 선량한 시민들을 그런 쪽으로 밀고 갈 때가 많아서 안타깝다.

하나님은 언제나 내가 이겨낼 수 있을 만큼 유혹과 시련을 준다고 한다. 그때 그 유혹을 이겨냈기에 지금의 삶이 있는 것이다.

직원으로
자리잡기

　나의 주요 업무 중 또 다른 하나는 새 상품에 고유 이름과 번호를 붙이고 파일을 만드는 것이다. 그렇게 붙인 번호로 모든 아이템을 명명하여 오더 시트, 신용장, 제품 규격서 등 모든 곳에 사용한다. 마치 사람이 태어나면 호적을 만드는 격이다. 우리는 미식축구 제품이 주력인 만큼 쿼터백, 러닝백, 터치다운, 피스톨 등 게임의 룰과 포지션을 제품 이름으로 많이 사용했다.

　이미 유명 브랜드에 익숙한 나에게 그런 것쯤은 일도 아니었다. 누군가 해야 할 일이면 내가 미리하고, 어차피 해야 할 일이면 최선을 다해 빨리 해내는 걸 우리는 능력이라고 알고 있다. 나도 그렇지만 우리 세대 직장인들이라면 예외 없이 모두 그런 교육을 받았을 것이다. 그런 다음 제비 새끼가 둥지에서 입을 벌린 채 어미로부터 먹이를 기다리듯 또 다른 일을 기다리곤 했다.

　그런데 그런 사고는 지극히 한국적인 정서일 뿐 미국 직장에서는 통하지 않는다는 사실을 깨달았다. 미국 직장에선 오직 맡은 일을 시간 안에 잘 해내는 것만이 능력이었다. 일을 빨리, 많이 한다고 능력 있는 사람이 아니었다. 개인으로 아무리 뛰어날지언정 전체 조직에서 화합하지 못하는 사람은 능력 있는 사람이 아니었다. 튀지 않고 조직에 젖어서 가는 사람이 능력자로 인정을 받고, 비능률적인 일이라도 조직 내부에서 소화를 해야지 보스에게 일일이 건의하는 것도 좋지 않은 평가를 받았다. 너무 적극적인 자세는 직원 간의 균형을 깨뜨리고, 나아가 부서장으로부터 눈총을 받는 게 미국의 직장 생활이었다.

그렇다고 자기가 필요한 걸 회사가 해줄 때까지 기다려선 안 된다. 그런 건 자꾸 요구해야 한다. '우는 애 젖 준다'는 속담처럼 월급 인상도 자꾸 얘기해야 인상이 된다. 공무원처럼 정해진 호봉이 적용되는 경우가 아니라면 '알아서 주겠지, 규정대로 하겠지' 하고 무작정 기다리기만 해선 안 된다. 내 경우도 동료 월급이 인상되는 걸 보고 뒤늦게 사장에게 건의를 하자 왜 이제야 얘기하느냐며 그 자리에서 바로 인상을 시켜주는 거였다.

부사장은 일처리가 빠른 나에게 때로 업무 영역이 아닌 것까지 맡겼다. 그런 일들이 내겐 그다지 힘들지 않아서 괜찮았는데 도리어 주변에서 왜 쓸데없는 일을 하느냐고 눈총을 주곤 했다. 어쩌면 백인들 사이에서 아시아인이지만 못하는 게 없다는 걸 보여주기 위한 자존심 때문인지도 몰랐다. 일부 직원들은 그런 나를 이해하는 척했지만 마음에서 우러나오는 태도는 아니었다.

나중에 보니 나는 그녀들의 일을 도와주는 친절한 동료가 아니라 남의 일이나 대신 해주는 바보가 돼 있었다.

회사 내 중요한 결정은 백인들이 다하고, 내 나름으로 융통성을 부

생산 개발이사라는 직함으로
모든 전시회에 참석하여
고객들과 상담을 해야했다.

리는 일이라고 해봐야 이미 그들이 정해 놓은 손바닥 안에서 노는 수
준임을 비로소 감지하게 되었다.

내 몫이란 그냥 몸으로 때우는 것이었다. 제품 창고가 내 사무실
옆에 있는 게 아니라 내가 제품 창고 옆에 있다는 사실을 깨달았다.
직함은 '생산개발 이사'였으나 실제로 하는 일은 과장급 매니저와 별
반 차이가 없었고, 내 부서 부하 직원들의 임금 인상조차 보스인 내
가 할 수 없도록 묶어 두고 있었다.

이런 처우는 개인주의에서 나온 일종의 인종차별이었다. 미국은
역사적으로나 본질적으로 그런 개인주의에서 출발한 나라였다. 미
국이란 실체가 그랬다. 나는 처음으로 내가 회사에서 하는 일에 회의
를 느끼기 시작했다.

미국 직장동료의
직업관

얼마 전까지만 해도 월급이 올랐다고 자랑하던 백화점 담당자 스티브(Steve)가 이직을 한다고 했다. 나보다 열 살이나 많지만 터놓고 지내던 친구 같은 동료 직원이 떠난다고 하니 섭섭한 마음에 저녁을 같이 했다.

월급이 오르자마자 다른 회사에 오퍼를 해서 옮겨간다는 것이다. 우리네 정서로는 회사가 월급을 올려주면 감사한 마음에 더 열심히 일을 하게 마련인데 그들은 그게 아니었다. 월급 인상을 새로운 도전의 찬스로 삼았다. 한 회사에 얼마나 오래 있었냐는 건 그 사람의 능력을 판단하는 데 그리 중요하지 않았다. 스티브의 말에 따르면 그의 보스인 밥(Bob)도, 밥의 보스인 캐나다인 개리(Gary)도 그랬다고 했다. 월급 인상이 직장생활에 미치는 영향이 한국과 미국에서 근본적으로 다르다는 점을 나는 그때까지 인지하지 못했다.

한국은 직장이 생계의 수단도 되지만 그 이상의 의미도 갖는다. 승진이나 발전을 위해서라면 상사로부터 자존심을 무시당하는 일도 때론 참고 견뎌야 하지만 미국에선 그걸 경우 참는 사람이 별로 없다. 더구나 돈이 개입된 문제면 과감히 따지고 든다. 내 영역에서 열심히 일을 하지만 누군가가 그 영역에 개입하면 큰일 나는 게 미국이다. 따라서 남의 일에 간섭하는 것도, 간섭을 받는 것도 모두 사양하는 것이 미국의 상식이다.

2년 전 한국 공장에서 겪은 신용장 문제가 대만 야구용품 생산 공장에서 똑같이 불거졌다. 참다못한 대만 공장의 임원 3명이 회사를 직접 방문했다. 공항 마중부터 식사까지 내가 그네들을 다 돌봐야 했다. 분명히 내 일이 아니고, 그들 역시 자금을 의논할 수 있는 사장을 만나려고 하는데 회사에서는 어쩐지 모든 걸 나한테 미루고 피하는 듯한 인상을 받았다.

나로선 어쨌든 그들이 한국인이 아니었기 때문에 편한 마음으로 대할 수 있었고, 그들의 심정을 누구보다 잘 알기에 답답함을 나누는 마음으로 도와주었다.

그들이 떠나기 하루 전, 묶였던 신용장 문제를 회사가 '선일자 수표(Post dated check, 발행일보다 결제일을 뒤로 적은 수표)'를 발행함으로써 해결했다고 했다. 나도 그들에게 희망의 선물을 하나 전해주었다. 중국으로 가야할 사전 오더를 모아서 그들의 손에 쥐여 주었다. 4일간 함께 지낸 인정(人情)의 대가였다.

자신들의 회사를 위해 최선을 다한 후 즐거운 마음으로 귀국하는 그들을 배웅하면서 오히려 나는 그들의 애사심이 부러웠다. 미국까지 날아와 신용장 문제를 기필코 해결하려는 그들의 의지와 노력에서 그들이 얼마나 진심으로 회사를 사랑하고 자신들이 맡은 임무에 최선을 다하는지가 또렷이 보였기 때문이다. 그것은 사명감과 자존감이 없이는 어려운 일이었다. 그런 사명감과 자존감이야말로 자기 발전의 시작이며, 진정한 개인주의의 발로라고 나는 생각했다.

이 일이 있은 이후 아시아에서 손님들만 오면 회사는 나를 찾았다. 공항 픽업도 식사 대접도 당연히 내가 하는 것으로 돼버렸다. 그에 반해 내 주변 미국 동료 직원들은 하나같이 회사 이익에는 무관심했다. 그저 자신이 맡은 일만 하고 오후 5시가 되면 집에 간다는 식이었다. 잔업은 상상도 못할 일이고, 회사에서도 그런 건 바라지도 않았다.

이런 분위기 속에서 나의 직업관도 차츰 변하기 시작했다. 그리고 미국에 온 동기와 나의 꿈을 자꾸만 꺼내보면서 스스로에게 하는 소리에 귀를 기울이게 되었다.

넓은 미국,
한국인 담당자

90년대 신발의 빅3 브랜드는 단연 나이키, 리복, LA Gear였다. 이 빅3 브랜드가 부산과 경남을 먹여 살린다고 해도 과언이 아닐 만큼 주문이 풍족했다.

대기업들도 종합상사라는 이름으로 신발산업에 달려들었다. 신발 산업이 섬유, 피혁, 화공약품, 직물, 고무, 기계, 금속 등 대기업에서 생산하는 산업 제품들을 골고루 흡수할 수 있다는 이유에서였다.

나 역시 빅3 브랜드의 아이템들을 개발부터 생산까지 담당해 보았다. 그들은 공장 생산 원가를 단 10센트라도 낮추기 위해 혈안이 돼 있었다. 공장 사정을 잘 아는 바이어 사무실의 한국인들이 공장을 오히려 더 귀찮게 하는 경우도 많았다. 심지어 공장에서 자체 연구로 원가를 절감하거나 불량률을 감소시키면 잘했다고 상을 주기는커녕 그렇게 해서 절감한 만큼 원가를 낮춰 달라고 요청하는 경우도 다반사였다.

매년 쏟아지는 신상품은 가을 새 학기가 시작되기 직전인 6, 7월 경에 BTS(Back To School)라는 명칭으로 백화점에서 가장 먼저 판매한다. 부사장과 같이 결정한 모든 제품의 적정 소비자가격을 도매상들에게 통보하면 그들은 재고에 따라 가격을 상향 또는 하향 조정한 뒤 판매를 시작했다.

하지만 이런 방식도 그다지 실효성이 없었다. 큰 도매상들이 가격을 하향 조정하면 어쩔 수 없이 우리도 유사 제품의 소비자가격을 탄력적으로 낮춰야만 했다. 그래서 수시로 백화점을 드나들며 소비자가격을 체크했다. 정해진 시즌에 제품을 다 팔지 못하면 다음 마켓으로 넘어가면서 가격이 30%쯤 떨어진다. 재고에 따라 더 큰 폭의 할인율을 적용하는 도매상도 많았다. 그만큼 미국 소비자가격은 재고와 할인할 물량까지도 미리 고려한 가격인데 브랜드 측에서는 공장 생산가격 몇 십 센트를 깎으려고 항상 혈안이었다.

도매상 중 제이시 페니(JC Penney)에 상품을 공급하려면 그들의 검사 분석실에 제품을 들고 가서 물성 테스트에 합격을 받아야 했다. 사무실에서 20분 거리에 있는 검사 분석실에 가면 각 브랜드에서 나온 사람들을 만나 여러 정보들을 주고받을 수 있었다.

제품 검사는 까다로웠다. 신발 밑창에 인체에 악영향을 주는 성분이 있다든지, 신경 중독을 유발하는 톨루엔(Toluene)이 감지된다든지, 경도가 너무 푹신하거나 딱딱한 경우마저도 납품을 금지했다. 어떤 노고와 수고를 거쳐 나온 신발인지 알지만 인체에 나쁜 영향을 미친다면 생산 금지 품목과 동시에 수입 금지 품목으로 지정해버린다. 소비자와 생산 작업자 모두를 보호하기 위한 조치였다. 한국에서 근무할 때 미국 검사원들이 지적해 왔던 것들이 다 이유가 있었다.

물성 테스트에서 불합격을 받은 제품의 라벨을 보면 거의 동남아시아 생산품들이었다. 간혹 한국 제품들도 눈에 띄었다. 신발에 적힌 일련번호만 보면 언제, 어디서 생산한 제품인지 아는 나로서 미국 현지에서 무슨 일이 일어나고 있는지 전화라도 해주고 싶은 마음이 굴뚝같았다. 나를 세상에 있게 해준 조국과 내가 생활하는 회사 사이에서 겪어야 하는 나만의 갈등이었다.

어느 날 부사장한테서 전화가 걸려왔다.

달라스에서 비행기로 50분 거리에 있는 휴스턴에 같이 가자고 했다. 미식축구 연맹의 공식 브랜드인 리델의 헬멧 공장과 달라스 풋볼 팀인 카우보이의 연습장이 거기 있다는 거였다. 풋볼의 일반 기능성 용품들 중에 신발, 양말, 티셔츠, 모자, 패드, 페이스 마스크 등은 해외 공장에서 만들었지만 선수들의 머리를 직접 감싸는 헬멧과 그 충격을 헬멧 전체로 분산하는 '고성능 젤'만큼은 휴스턴 공장에서만 생산했다.

100킬로그램이 넘는 거구들이 전속력으로 충돌 시 그 충격을 이겨낼 강도를 연구하고 개발한 리델이 미국 내 헬멧 시장을 독점하고 있었다. 제품 하자 때문에 선수가 머리를 다칠 경우 엄청난 보상과 보험을 감당할 공장이 해외에는 없다고 했다. 하지만 아무리 젤이 우수해도 머리를 사용할 수밖에 없는 위험한 스포츠이기에 결국 선수들은 스스로 목을 강화하는 운동을 많이 했다. 풋볼 선수들의 목이 유난히 굵은 이유도 그 때문이었다.

부사장과 나는 어마어마한 규모의 헬멧 공장을 견학한 뒤 선수들의 연습장에 가서 필요한 아이템들이 무엇인지 유심히 보았다. 필드에서는 선수들이 한창 연습에 몰두해 있고 그 상황에 맞춰 치어리더들이 율동을 준비하고 있었다. 더운 날 비지땀을 흘리며 연습하는 선수들을 보니 정말 대단하다는 생각밖에 들지 않았다. 그렇게 큰 거구들이 어떻게 그런 속도로 달릴 수 있으며, 어디서 그런 체력들이 나오는지 보면서도 믿기 어려웠다. 특이한 점은 선수들의 9할 이상이 흑인이었다. 풋볼을 잘 몰랐던 나는 속으로 힘이 드는 운동이다 보니 백인들이 기피해서 흑인들이 하는 줄로만 알았다. 하지만 돌아오는 길에 부사장으로부터 그들의 연봉이 수십 억이라는 얘기를 듣고 깜짝 놀랐다. 그들을 움직이는 구단들은 백인이 운영했다. 구단은 천문학적인 돈을 번다고 했다. 내가 평생 일해도 만질 수 없는 큰돈을 그들은 단숨에 벌어들이고 있었다.

많이 가졌다고 행복한 것도 아니고, 적게 가졌다고 불행한 것도 아니지만 그런 연봉을 처음 들어본 나로서는 가히 부러울 수밖에 없었다. 갑자기 저 마음 깊은 곳에서 뜨거운 무언가가 내 이성을 뚫고 올라왔다. 나는 자신도 모르게 그들과 나를 비교하고 있었다.

그들은 수십 억을 버는데 나는 얼마를 벌고 있는가?

하지만 나는 다시 이성적으로 돌아왔다. 막연한 부러움의 이면에서 그들의 수많은 연습과 피땀의 결과가 감지되었다. 오늘이 있기까지 그들은 얼마나 피나는 노력을 했을까. 그걸 모르는 부러움은 나의 헛된 욕심에 불과하다. 욕심은 불만을 낳고, 불만은 나 자신을 초라하게만 만들 뿐이다. 위를 보고 꿈을 가지되 아래를 보고 묵묵히 가다 보면 반드시 좋은 일이 있을 거라고 되뇌며 나는 잠시 흔들렸던 마음을 다시 다잡았다.

여태 직장에서 직원들이 나에게 하는 행동들이 인종차별 또는 업무 차별이라고 느껴왔던 나 아니던가? 흑인이 나보다 월등히 더 많은 돈을 번다고 의아해하는 그 마음 역시 인종차별이 아닌가 싶어 스스로 반성하고 마음을 가다듬는 지혜를 간구했다.

한국정부의
출국금지

　가격 경쟁력을 문제 삼아 한국 공장에서 하나씩 중국 공장으로 옮기던 아이템을 어느새 전량 다 옮겨버렸다. 그 과정에서 공장 임의로 생산했던 제품들이 한국 공장들에 조금씩 남아 있었다. 그걸 아는 사장은 직접 한국 공장에 가서 물량을 조사한 후 전부 다 사들이라고 명령했다. 그런 제품들이 덤핑으로 미국 시장에 들어올 경우 일어날 피해와 혼란을 미연에 방지하자는 것이었다.

　부사장과 동반 출장을 계획했다. 우리는 한국을 먼저 들러 상황을 체크한 후 홍콩과 중국을 들러 돌아오는 계획을 짰다. 스케줄은 모두 내 소관이었다. 특히 한국에서의 여정은 더욱 더 그랬다.

　한국 사무실을 폐쇄하고 중국으로 생산 공장을 옮긴 후 처음 밟는 한국 땅이었다. 그사이 부산에 있던 신발 완제품 및 부품 공장들은 거의 다 동남아시아로 이전했고, 몇몇 공장들만 간신히 과거의 명맥을 유지하고 있었다. 업계에선 아무리 그래도 한국의 아이디어가 독보적이었기 때문에 새로운 생산품의 샘플 제작만큼은 여전히 한국 공장에 의뢰하고 있었다. 우리 회사뿐 아니라 모든 브랜드가 다 그랬다.

한창 바쁘게 돌아다니던 중에 뒷주머니에 넣어둔 지갑을 분실한 모양이었다. 그 사실을 나는 뒤늦게 알아차렸다. 지갑에는 3개국 출장을 위해 회사에서 받아온 현찰과 법인카드, 그리고 내 신분증이 들어 있었다.

90년대 초에는 단말기가 없어서 신용카드를 받지 않는 한국 업소들이 많았다. 특히 미국 카드는 태반이 승인 거절이어서 현금이 필수였다. 잃어버린 내 지갑엔 한국 돈, 미국 돈, 중국 돈 등 제법 많은 현금이 있었다. 카드와 신분증보다도 분실한 현금이 너무 아쉬웠다.

상황이 더 커지기 전에 부사장한테 지갑을 잃어버렸다고 이실직고했다. 부사장은 국제전화로 신용카드를 취소한 후 필요한 현찰은 다음 출장지인 홍콩 사무실에서 받기로 연락을 취했다. 현금인출기(ATM)가 없어서 은행을 통하지 않으면 현찰을 구할 수 없던 때였다.

다음날 아침 지갑 안의 명함을 본 호텔 프런트에서 전화가 왔다. 되찾은 지갑에는 카드와 신분증은 있었지만 현금은 없었다. 예상했던 대로였다. 내 월급보다 많은 현금을 잃어버리고 속상해 하는 나를 부사장은 괜찮다며 위로해주었다.

그런 그가 고맙긴 했지만 현금이 돌아올 것은 기대하지 말라는, 뭔가 한국인을 무시하는 듯한 뉘앙스에 기분이 살짝 나빴다. 이 나라에서는 당연히 그럴 거야, 라는 표정과 말투였다. 하긴 생산 오더를 공장에서 임의로 생산한 후 신용장을 주지 않으면 미국 시장에 덤핑으로 팔아버리겠다고 협박하는 공장 사람들을 보고 기겁을 한 다음날이라 그럴 만도 했다.

우여곡절 끝에 한국 일정을 마치고 부사장과 나는 김포공항으로 갔다. 홍콩행 비행기를 타려고 출국 수속을 밟는데 기상천외한 일이 벌어졌다.

한국 여권을 소지한 나에게 출국 금지 조치가 떨어진 것이다.

이유는 향토예비군법 위반. 출입국 관리원은 나를 조사실로 안내했다. 예비군법 위반으로 나를 고발한 기관이 해운대 경찰서이므로 그곳에 가서 조사를 받고 출국하라는 거였다. 정말 기가 막혔다. 화가 난다기보다는 이런 일이 있을 수도 있구나, 황당하기만 했다.

가뜩이나 분실한 지갑 사건으로 얼어붙은 자존감에 이젠 찬물까지 끼얹었다. 이 무슨 국제 망신인가! 나도 당황했지만 부사장은 더 당황한 표정이었다. 상세한 상황을 인지하지 못한 채로 부사장만 먼저 출국했다. 나는 상황을 해결하기 위해 다시 부산으로 되돌아갔다.

해운대 경찰서에 가서 조사관에게 진술한 후 즉결 재판에 넘겨졌다. 들은 바대로 동원예비군 훈련 기피자로 내무부의 고발이 돼 있는 상태였다. 미국 대사관에서 취업 비자를 받기 전에 한국 외무부에서 해외 취업 승인을 받았는데, 외무부와 내무부는 별개 기관이었다. 같은 나라 외무부와 내무부가 서로 소통이 되지 않았다. 해외 취업 사실을 모르는 내무부는 예비군 훈련에 참석하지 않는 나를 고발했다. 해외에서 달러를 번다고 격려하기커녕 정부기관 간의 소통과 서류 처리 미숙으로 재외 국민이 시간적, 경제적, 정신적 피해를 입는 대표적인 경우였다. 대기업에서 해외 파견할 때와 똑같은 경우인데, 정부는 대기업 외에 국민 개인의 취업활동에는 별 관심이 없어 보였다.

당황스러움은 곧 분노로 표출되었다.

외무부에서 해외 취업자에 한해 내무부로 통보만 해줘도 그런 복잡하고, 불편하고, 허망한 일은 없었을 것이다. 더구나 내가 입은 경제적, 시간적 손실은 어디에 가서 누구한테 보상을 받아야 하는가? 하지만 내 나라에서 받은 피해와 부당함에 대한 분노를 표출할 곳은 아무데도 없었다. 그게 실은 더 문제였다. 결국 나는 무기력하게 판사 앞에서 상황을 진술하고 증빙자료를 제출한 뒤 훈방 조치까지 받고야 뒤늦게 홍콩으로 출국할 수 있었다.

미국에 사는 한국 국적의 젊은이에게도 무서운 병역법이 존재한다.

21세기인 지금도 지구상에 유일한 분단국가이자 휴전 중인 내 조국인 만큼 병역의무는 한국인이면 누구한테나 공평하고 또 신성시돼야 한다. 그러나 병역의무를 관리하는 병역법 집행이 공평하지 않다거나, 정부 부처 간의 불통으로 국민이 피해를 입는다면 분명히 잘못된 일이다. 역설적으로 우리가 분단국이자 휴전 중인 나라이기 때문에 더욱 그렇다. 그게 올바르지 않으면 온 국민이 땀 흘려 이룩해 놓은 모든 걸 한순간에 다 잃을 수도 있기 때문이다.

중국의
30년 전

한국 출국장에서 겪은 해프닝을 뒤로하고 홍콩에서 부사장을 만났다. 그에게 병역법이 뭔지, 향토예비군법이 뭔지 설명했으나 귀담아듣지 않았다.

미국인들은 한국에 별로 관심이 없다. 관심이 있어 하는 것 같지만 그건 착각이다. 이라크나 아프가니스탄이 중동의 많은 나라 중 하나이듯이 한국도 아시아의 많은 나라 중 하나일 뿐이다. 남북한이 갈라져 있는 것조차 모르는 미국인이 수두룩하다. 그러나 오직 하나, 미국 젊은이들이 한국전쟁에서 많이 죽었다는 것만큼은 분명히 알고 있다.

홍콩 에이전트 사장 아더(Arthur)가 광저우에 있는 생산 공장 방문에 배를 타고 가자고 제안했다. 나는 그 당시 한국 여권 소지자였기에 홍콩에서 중국 입국 비자를 급행료 80달러에 속성으로 받을 수 있었다. 한국에서는 며칠 걸리는 일이 현지인을 통하니 몇 시간에 해결되었다. 역시 돈이 좋고, 그 다음엔 그들만이 가진 어둠의 경로가 편리할 때도 있었다.

난생처음 가보는 중국, 기대 반 호기심 반으로 따라나섰다.

바다를 거쳐 강기슭에 도착해 세관 통관을 하려고 줄을 섰다. 정복 차림에 제 머리보다 더 큰 모자를 쓴 중국 군인이 나를 빤히 쳐다보더니 따라오라며 손짓을 했다. 눈치를 챈 아더가 얼른 군인의 주머니에 현금을 쑥 집어넣었다. 그러자 군인은 슬그머니 나를 통과시켰다. 지금은 어떨지 모르지만 그때는 그런 게 통하는 시대였다.

공장은 아주 시골에 있었다.

다운타운이라고 해야 내가 어릴 때 살던 60년대 밀양 읍내와 비슷한 분위기였다. 한국에서는 상상도 못하는 52개의 제화 라인이 있었으나 그곳에서는 중견 공장에 불과했다. 손이 빠른 한국 공장의 1개 제화 라인에는 4, 50명의 작업자가 일했지만 중국은 100명이 넘었다. 인원수가 너무 많다 보니 흰색으로 제화 라인에 투입된 신발이 너무 주물러져 옅은 회색이 되어 나왔다. 뿐만 아니라 재봉과 제화 수준이 한국에 너무 뒤떨어져서 내 눈에는 전량 다 불량처럼 보였다. 1주일 여정으로 품질관리를 하려고 왔지만 더 이상 볼 것도, 생각할 것도 없었다.

신발 끈 밑의 혀(Tongue)라고 불리는 부분은 1족에 2개가 재봉되어야 하나 4개를 준비하고 있다며 재봉 과장이 서슴없이 말했다. 이유는 여성 근로자들이 위생용품 대용으로 훔쳐 가는 바람에 작업 연결이 안 되어 아예 재봉 개수를 늘린다는 거였다. 더욱 놀란 건 화장실에 칸막이가 없었다. 남녀 구분도 없었다. 겨우 가림막 하나가 있을 뿐이었다.

부사장은 기겁을 했지만 나는 그 정도는 아니었다. 우리에게도 그와 비슷한 시절이 있었기 때문이다. 내가 대학에 다니던 80년대 초반만 해도 부산 제일 번화가인 광복동에서 소변은 10원, 대변은 30원을 받던 때가 있었다. 그리고 화장실에는 화장지 대신 신문지가 있었다. 아니, 아무것도 없는 데도 많아서 신문지라도 있으면 그저 감사한 일이었다.

중국 공장을 본 후 품질이 너무 엉망이라 문제를 제기했다. 나는 근로자들이 손을 씻지 않는 위생 문제가 품질을 더 떨어뜨린다고 지적했다. 부사장은 비록 품질은 안 좋지만 열심히 하려는 의욕이 엿보이고, 한국보다 단가가 월등히 싸서 경쟁력 있는 도전이라고 말했다.

모든 일정을 마치고 미국으로 돌아오는 길에 부사장과 나는 동상이몽에 젖어 있다는 느낌이 들었다. 그는 한국의 임금 상승을 이유로 중국 공장을 선호했고, 나는 품질 문제 때문에 한국이 낫다고 생각했다. 사무실에 도착하는 순간 앞으로 골치 아픈 일들이 나를 많이 괴롭힐 것 같은 예감이 엄습해 왔다.

영주권에 얽힌
애환

　한 달에 걸친 한국, 홍콩, 중국 출장을 마치고 사무실로 돌아오니 책상에 산더미 같은 서류들이 나를 기다리고 있었다.

　그중에 반가운 서류가 딱 하나 있었다.

　미국 이민국으로부터 영주권 인터뷰를 하러 오라는 것이었다. 인터뷰 내용들을 보니 아직 리델에서 계약된 임금을 받으며 일을 하고 있는지, 추가되는 배우자나 직계 가족이 있는지를 물어보고, 영주권을 받은 이후라도 국익에 해가 되는 일을 하지 않겠다고 서명하는 내용들이었다.

　회사에 고용돼 일을 시작한 지 1년 정도 됐을 때 사장에게 영주권을 의뢰했더니 한 치의 망설임도 없이 비서를 불러 관련 서류를 협조해 주라는 지시를 내렸다. 취업비자를 진행할 때 회사와 나 자신에 대한 검증을 마쳤기에 영주권을 위한 서류는 그다지 복잡하지 않았다. 다만 영주권의 경우엔 회사가 나를 보장할 재무 능력이 있는지를 살펴보려고 세무감사 못지않은 강도 높은 조사가 함께 진행되었다. 바로 이 부분 때문에 기업주들은 영주권 보증을 좀처럼 잘 해주지 않는다.

그런 점에서 나는 행운아였다. 체류에 문제가 있는 사람들의 부러움을 사며 나는 인터뷰에 필요한 서류들을 준비했다. 특히 그사이 결혼을 했기 때문에 혼인신고서, 결혼식 앨범 및 증빙자료들을 준비해서 아내와 함께 인터뷰에 갔다.

87년 말 미국 방문 비자를 받으려고 광화문 미 대사관 앞에 길게 섰던 줄은 달라스 이민국(USCIS, United States Citizenship and Immigration Services) 앞의 줄에 비하면 줄도 아니었다. 비나 햇볕을 피할 변변한 차양조차 없는 바깥에서 우리는 지루하게 순서를 기다려야 했다. 그만큼 소수민족들에게 영주권은 미국에서 살아가는 데 반드시 필요한 생명줄과도 같은 것이었다. 그런 중요한 일 앞에서 비를 맞거나 무더위로 고생하는 게 무슨 대수인가. 당연하면서도 서글픈 일이었다. 줄을 선 우리를 바라보는 경찰도 미국에서 살아가려면 그 정도는 감수해야지, 하는 표정 같았다.

하지만 정작 영주권 발행을 위한 인터뷰 시간은 채 10분도 되지 않았다. 금방 인터뷰가 끝나자 아내는 시시하다는 표정을 지었다. 과정이 쉬우니 영주권이란 게 얼마나 중요한지 전혀 모르는 눈치였다.

'이민 합중국'으로 불리는 미국에서는 체류 신분에 따라 삶의 애환이 가지각색이다. 비단 한국인뿐 아니라 전 세계인이 마찬가지다. 일단 미국에 입국한 뒤 적법한 체류 자격을 얻지 않으면 누구나 커다란 곤란과 장애를 겪는다. 그래서 그 비싼 등록금을 내어가며 학생 비자를 유지하는가 하면, 부부가 함께 출국했다가 남편 비자가 잘못 돼 생이별을 당하기도 한다.

주변을 둘러보면 불법체류자들이 의외로 많다. 한국 부모님 장례식에조차 참석하지 못한다거나, 미국 내에서 ID 검사를 하는 비행기를 타지 않고 자동차 여행만 고집하는 이들은 대부분 체류에 문제가 있는 경우다. 자기 나라에서는 모두가 다 소중한 국민인데 더 잘 살아보겠다고 미국에 와서 불법체류자로 전락해 힘들게 사는 사람을 보면 안타깝기 짝이 없었다. 특히 몸이 불편한 노부모를 모시는 경우엔 불법체류자라는 이유로 정부에서 제공하는 메디케어(Medicare) 서비스를 받지 못하고 미국의 값비싼 의료비에 이중 고통을 겪는다. 그래서 소수민족 모임에서 영주권 취득 정보는 항상 최고의 관심거리다.

달라스에 사는 남미인들 중에는 특히 불법 입국자가 많아 회사 인사과에서도 막노동자를 고용할 때는 신경을 많이 썼다. 불법체류자를 고용하다 적발되면 업주가 물어야 하는 벌금이 한 사람당 1만 8,000달러(당시 약 1,500만 원)이었기 때문이다. 창고 과장인 지미도 자신의 조국인 온두라스에 처자식을 두고 미국에서 번 돈을 송금했다. 문화와 인종은 달라도 가족을 보살피는 가장의 마음은 누구한테나 한결같았다.

지금은 우리나라도 세계 각국에서 일을 하러 온 외국인 노동자가 많다고 들었다. 그들에게 좀 더 문호를 활짝 개방해 사업도 하게 하고, 세금도 내게 하면서 내국인과 동등한 지위를 갖게 하는 게 좋지 않을까 싶다. 이제는 세계 각국이 그런 시대다. 규제가 심하면 심할수록 뒤떨어지고 풀면 풀수록 앞서간다.

문호를 활짝 열어 부족한 노동력을 보충하면서 그들에게 권리와 의무를 동시에 부여하는 것, 미국에서 한 세대 먼저 똑같은 과정을 겪은 내가 자신 있게 내 조국에 권할 수 있는 일이다.

　미국은 불법체류자라도 수입이 생기면 세금을 낼 수 있게 한다. 사업체를 운영할 경우에도 세금을 내고 적법하게 사업을 계속할 수 있도록 유도한다. 체류 신분과 납세 의무는 별개의 문제로 취급한다. 한국이 참고할 제도가 아닌가 한다.

출산 준비

결혼해서 미국 땅을 밟고 두 번째 여름이 지나갔다.

단기체류자 신분에서 영주권을 받는 사이 나는 직장생활에, 아내는 미국 생활에 점차 익숙해졌다. 그리고 그사이 우리 부부에게는 2세라는 큰 선물이 생겼다.

임신한 아내 배가 남산처럼 불러왔다. 아내는 딸을 바랐지만 나는 아들임을 확신했다. 우리 가계엔 딸이 없었기 때문이다.

나는 아들이 생기면 멋진 아버지가 되고 싶었다. 멋진 아버지가 없었던 내 성장기의 결핍을 아들이 생기면 고스란히, 아니 몇 배로 더 되갚아주고 베풀어줘야지 하고 생각했다. 나는 아들에게 그야말로 친구 같은 아버지가 되고 싶었다.

아내와 나는 집에서 가까운 출산 병원을 정하고 병원비를 문의했다. 정상 분만이면 500만 원 정도인데 수술을 하면 갑절이 더 비쌌다. 칼자루는 아내가 쥐고 있었다. 분만의 칼자루뿐 아니라 부부 간의 칼자루도 임신하는 순간부터 아내에게 넘어가 있었다.

임신 중인 아내에게 소일거리가 필요했다. 집에만 있으니 갑갑하고 가계에 도움도 될 겸 한국인이 운영하는 잡화 도매상에 직장을 잡았다. 아내도 비자 소지자의 배우자 신분에서 영주권자로 바뀌었기에 어디에서든 일을 할 수 있었다.

잡화 도매상에서 하는 일은 비교적 단순했다. 바구니를 들고 있다가 입장하는 손님에게 전해주고 매장 내 좀도둑을 감시하는 일 정도였다. 그러나 임신한 몸으로 하루 종일 서 있어야 하는 게 문제였다. 저녁에 와서 보면 퉁퉁 부은 다리로 식사를 준비하는 아내가 못내 안쓰러웠다.

나도 수많은 남자 '도둑놈들'처럼 결혼해서 미국에 가면 손에 물한 방울 안 묻히고 살게 해주겠다고 결혼 전의 아내와 약속했다. 그리고 역시나 고생만 시킨 아내에게 미안한 마음이 들었다. 아내는 신경 쓰지 말라고 했지만 현실적으로 미국에서 남편 혼자 벌어 가정을 꾸려나가는 게 쉽지만은 않았다. 그래서 미국엔 맞벌이 부부를 위한 시스템이 비교적 잘 구축돼 있었다. 우리네 관습으론 부부 사이에 내 것 네 것이 없었지만 미국에선 달랐다. 은행 계좌도 각자 가지고 사는 경우가 대부분이고, 생활비도 반반씩, 심지어 식사를 해도 각자 먹은 걸 각자 내는 일이 비일비재했다.

교회를 통해 알게 된 지인들이 베이비 샤워(Baby Shower)를 준비해줬다. 한국에는 없는 관습이 미국에서는 있었다.

당시 내가 살던 아파트는 낡고 작은 평수였다. 그래서인지 방문하는 사람들이 가져온 선물도 집주인의 경제 수준에 맞춘 게 아닐까 싶었다. 한쪽 다리가 부러진 아기 침대는 받아서 수리를 해야 했고, 유모차는 펴지지 않아 부품을 새 것으로 교환했다. 때가 묻은 장난감도 깨끗이 새로 씻었다. 마음을 써준 그들이 고맙긴 했지만 내가 으리으리한 저택에서 잘 살면 이런 선물들을 할까 하는 자격지심 같은 게 들었다.

아내는 조금도 불평하지 않았으나 내가 너무 무능력한 것 같아 미안한 마음이 들었다. 주변을 둘러보면 직장인 생활을 하며 사는 게 다 거기서 거기였다. 그렇게 혼자 자위는 하면서도 쉽게 마음이 편해지지 않았다.

그때였을 것이다. 나도 사업을 해서 돈을 한번 벌어보고 싶다는 생각을 처음으로 해보게 되었다.

낯선 땅에서의
해고

나는 분명히 알고 있었다. 해외여행조차 힘든 시기에 직장을 미국에 잡은 것은 내 능력이 아니라 무언가 미리 정해진 판의 퍼즐 맞추기와 같은 것임을.

지나고 보니 이미 짜놓은 각본이 따로 있었다는 게 내 인생에 딱 맞는 표현이었다. 어느 누가 와도 해낼 수 있는 똑같은 매일이 끝없이 지속되는 직장생활이 지겹기도 했지만 그걸 감당해내고 있는 나 자신이 신기하기도 했다.

이민자 생활을 오래한 선배들은 알레그로(Allegro-빠르고 변화무쌍한)의 삶보다는 아다지오(Adagio-느리면서 변함없는)의 삶이 더 실리적이라고들 한다. 그동안 내 삶은 오전 9시에 출근하여 오후 5시에 퇴근하는 라르고(Largo), 다른 말로는 한없이 느린 다람쥐 쳇바퀴의 직장생활이었다.

달라스 카우보이의 연이은 우승으로 우리 회사 제품들이 날개 돋친 듯 팔려나갔다. 쌍용US에 의존하지 않고 자체 자금으로 신용장을 개설할 정도가 되어 중국, 대만, 홍콩 등에 산재해 있는 공장들도 안정된 생산을 하고 있었다.

미국 내의 고객 관리는 지미(Jimmy)에게 맡겨서 크게 신경 쓸 일이 없었다.

공장 생산을 담당하던 나는 항상 골머리를 앓아야 했지만 그나마 신용장에 문제가 없으니 공장에 큰소리치며 일을 할 수 있었다.

고객 주문에서 시작해 생산을 거쳐 다시 주문한 고객 손에 제품이 쥐어지는 모든 과정이 시스템으로 이뤄졌다. 시스템을 만드는 미국인들을 보고 있으면 거의 신의 경지였다. 좀처럼 생각하지 못한 부분까지 고려해 실수가 없이 만들고, 설령 실수가 있더라도 상황에 맞는 대책을 기가 막히게 재구성했다.

모든 업무가 시스템에 맞춰 정상적으로 돌아갔다. 그게 문제라면 문제였다. 내가 맡은 일도 자연히 안정을 되찾았다. 그런데 매일 아무 일 없이 반복되는 똑같은 삶에 그만 염증을 느끼기 시작한 것이다. 미국에 온 뒤로 처음 맞는 변화였다.

나는 몹시 당혹스러웠다. 내가 지금 무슨 위험한 생각을 하지? 누울 자리를 보고 발을 뻗어야지, 혼자 무슨 교만을 떨고 있나? 그토록 미국에 오고 싶어 하던 때를 떠올리며 제발 초심을 잃지 말자고 다짐하곤 했다.

그러나 아무리 마음을 다잡아도 분명한 하나가 있었다. 미국 회사는 나의 미래를 절대로 보장해주지 않는다는 사실이었다. 이것만큼은 캄캄한 밤하늘에 빛나는 별빛처럼 명료했다.

회사는 내 삶을 영위하기 위한 경제적 수단일 뿐이었다. 열심히 일하다가 더 좋은 기회가 오면 언제든 떠나는 게 미국 직장생활이었다.

노동 비자만 받은 상태에서는 리델에서만 일할 수 있었으나 영주권을 받고 나면 그런 구속에서 벗어나 자유롭게 취업할 수 있었다. 영주권이 내 생각과 활동 반경을 넓혀주는 원동력이 된 셈이다.

어느 날인가, 쌍용US 한국 직원들의 방문을 받았다. 한국 본사로 귀국하기 전 개인적인 방문이었다. 몇 년 만에 보는 반가운 얼굴들이었다.

그들은 한국, 나는 미국 회사에서 일하며 서로 자사의 입장과 이익을 위해 충돌했던 때가 있었다. 특히 신용장 문제 때문에 힘든 시절을 함께 보낸 터라 정이 각별했다. 나는 사비로 회사 근처 식당을 잡아 저녁도 같이 먹고 근처 바에서 맥주도 마시며 즐거운 시간을 보냈다.

그런데 회사에서는 그런 나를 곱게 보지 않았다. 한때 회사를 그토록 힘들게 만든 사람들인데 왜 그런 친절을 베푸느냐는 것이었다. 백보 양보해, 퇴근 후 개인적인 만남이었음에도 인사부서 부사장인 해리(Harry)는 나를 심하게 다그치기까지 했다.

직장의 규율이 아니라 개인이 지닌 문화 의식 자체를 바꾸려는 의도로 여겨져서 나도 참을 수 없었다. 고운 정만 정이 아니라 미운 정도 정이라고 생각하는 나는 한국인이었다.

다음날 해리가 나의 해고를 사장에게 건의했다고 사장 비서가 귀띔해 주었다. 내가 처한 상황을 전해 들은 쌍용US 직원들은 괜히 자기들 때문에 벌어진 일이라며 미안해했지만 그들의 잘못은 아니었다.

애써 의연한 척했지만 실은 힘든 순간이었다. 어쨌든 이 회사가 있어서 오늘의 내가 있고, 살아가는 이유이자 원동력이었는데 그런 요소들이 한꺼번에 없어진다고 생각하니 눈앞이 캄캄했다. 나는 모든 걸 내려놓고 상황에 순응하기로 마음을 정했다.

이튿날 아침 인사부로부터 해고 명령 서류와 사물용 상자를 받았다.

사회와 직장생활이란 이런 것인가!

한국과 미국을 오가며 지난 4년간 온몸을 바쳐 열심히 일했건만 달랑 종이 한 장으로 그 모든 걸 백지화시킬 수 있다는 비정함이 그저 놀랍고 신기할 따름이었다. 영화에서 보면 상자에 뭘 주섬주섬 담아가더니 볼펜 하나, 명함 한 장도 모두 회사가 해준 것이라 아무 것도 담아갈 게 없었다.

윗도리만 들고 사장인 어니 우드에게 마지막 인사를 하러 갔다. 그동안 보살펴줘서 고맙고, 해고 조치는 아직도 이해하기 힘들다고 간단히 내 의사를 전했다. 그가 대답했다.

"Kacy, 이것이 인생이고 미국 생활이란다. 해고는 또 다른 출발임을 명심하고, Kacy는 반드시 지금보다 더 나은 삶을 살 거야."

조금도 위로가 되지 않은 대답이었다.

나는 그를 뒤로 한 채 사무실을 나섰다. 다른 동료들과 인사를 나누고 아무렇지도 않은 척 사무실을 당차게 걸어 나오긴 했지만 발걸음은 무거웠다. 어딘가로 가야할 텐데 갑자기 어디로 가야할지 머릿속이 하얘졌다. 나는 근처 편의점으로 가서 담배 한 갑을 샀다. 이미 오래 전에 어렵게 끊은 담배를 한 개비 꺼내 입에 물고 불을 붙였다.

늦은 가을바람에 흩날리는 담배 연기는 마치 부서지는 나 자신 같았다. 이역만리 미국 땅에서 온갖 정성을 바쳐 일한 회사로부터 이해하기 힘든 이유로 해고를 당하고 넓은 주차장에 혼자 서 있자니 맑은 하늘조차 시커멓게 보였다. 아내의 얼굴과 곧 태어날 아이의 모습이 서로 교차하며 내 마음은 더욱 무겁고 심란해졌다.

93년도 월급이 3,600달러면 결코 작은 금액이 아니었지만 생활비, 아파트 렌트, 자동차 할부, 출산 보험료 등을 내고 나면 그리 넉넉한 것도 아니었다. 하물며 이제 곧 아기가 태어나면 지출이 더 늘 텐데 가장으로서 책임감이 무겁게 느껴졌다. 한국에 계신 어머니와 장인, 장모님께는 해고 소식을 전하지 않기로 했지만 장모님이 아내의 산후조리를 도와주러 오시면 어차피 아시게 될 일이었다.

귀를 열어 놓아야 노래를 들을 수 있고, 눈을 뜨고 있어야 예쁜 것들을 볼 수 있듯이 직장을 떠나야 내가 하고 싶은 것을 할 수 있으리라고 스스로를 위로했다. 또한 그동안 알게 모르게 겪은 회사 내의 어두운 면들, 일의 차별과 인종차별 등을 겪을 때마다 이직할 마음이 있었는데, 용기가 없어 결단하지 못하자 하나님이 직접 나서서 나를 해고당하게 한 걸 거라며 위안을 삼았다.

어니 우드 말대로 미국에서의 해고는 또 다른 출발이라는데, 내가 하고 싶은 것이 과연 무엇인지 뒤늦게 깊은 생각에 빠지게 되었다.

UN
취업 도전

해고가 미국에서는 다반사라는데 내가 받은 충격은 그렇지 않았다. 왠지 부끄럽고, 자괴감이 들고, 어디에 숨고 싶은 마음뿐이었다. 직장생활을 하면서 내가 해고시킨 직원들도 몇 있었는데, 죽어봐야 저승을 안다는 속담처럼 뒤늦게나마 그들의 심경을 헤아릴 수 있었다.

미국 친구들은 다른 일자리를 알아보면 되지 그게 뭐 그리 대수로운 일이냐고 가볍게 여겼다. 하지만 나는 그렇게 대범하지 못했다. 이런 상황에 빠뜨린 해리가 미웠다. TV에서 풋볼을 하면 채널을 돌렸다. 선수들이 쓴 헬멧에 선명히 새긴 Riddell이라는 회사 로고가 보기 싫어서였다.

해고를 당하고 새 직장을 구해야 했다. 스포츠용품 디자인 회사와 공장, 무역회사 등에 이력서를 냈지만 한국인인 나를 뽑아주기는커녕 서류심사 결과조차 통지해주는 데가 드물었다. 지원서 빈칸을 채워나가며 희망 급여 액수를 적는 것조차 위축될 정도로 나의 자존감은 무너져 내리고 있었다.

시간이 지날수록 위기감이 고조되었다. 찬밥 더운밥 가릴 형편이 아니었다. 꿈이나 도전 따위도 배부른 소리였다. 무조건 돈을 많이 주는 회사가 최고였다. 나를 고용만 한다면 최선을 다해 일하겠노라고 이력서에 적고 싶었다. 한 가지 불행 중 다행은 영주권을 받고 해고당한 것이었다. 영주권이 없었다면 해고와 동시에 꼼짝없이 한국으로 되돌아가야 할 판이었다.

1993년 초, 유엔 인사부 인력관리과에서 자국 담당 유엔 직원을 공채한다는 발표를 봤다. 35세 이하 한국 국적의 군역을 필한 영주권자로서 경영학 석사이되 학부 전공은 공과라야 하는 흔하지 않은 지원 조건이 붙어 있었다. 누군가가 나를 위해 지원 자격을 만들어 놓은 듯한 느낌마저 들었다. 공대 졸업 후 대학원에서 경영학을 전공하는 사람은 일반적으로 드물기 때문이다.

제시한 연봉이 그렇게 많지는 않았지만 UN이라는 특수직이 나의 호기심을 강렬히 자극했다. 1차 서류 심사, 2차 전화 인터뷰, 3차 팩시밀리로 질의응답하기, 4차 유엔에서 치르는 최종 시험 순이었다.

3차까지 무사히 합격됐다. 마지막 관문인 4차 시험에 응하라고 보내준 비행기 티켓과 뉴욕 맨해튼에 위치한 UN 사무실 출입용 명찰을 받았다.

3월 31일 뉴욕 소재 유엔본부에서 'Republic of Korea'라는 명패가 붙은 자리에 앉아 시험을 쳤다. TV를 통해 많이 본 대형 홀이 있는 바로 그 자리였다. 3차까지 최종 합격된 사람들이 각자 자기 나라의 명패가 붙은 자리에 앉아 자국을 대변할 능력이 되는지 테스트를 받는 날이었다. 대강 둘러봐도 지원자가 백여 명은 돼 보였다.

지금껏 미국 회사에서 바이어로 일하다가 UN 한국 담당관이 되려

고 시험을 보고 있는 나 자신이 문득 아이러니했다. 그러나 목구멍이
포도청이었다.

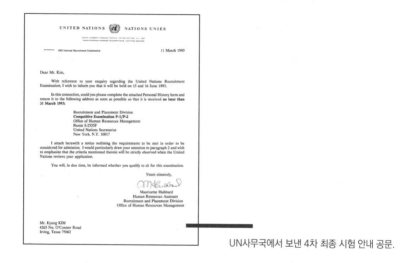

UN사무국에서 보낸 4차 최종 시험 안내 공문.

UN 사무관이 응시자를 국가명 알파벳 순서대로 일일이 호명하며
답을 쓸 노트를 나눠주었다. Portugal(포르투갈) 국적 응시자 다음으로
Republic of Korea의 내가 호명되었다. 아직도 기억에 생생한, 그때
내가 받은 문제는 이러했다.

"당신의 조국이 F-15 전투기 5대를 UN을 통해 구매해야 합니다.
어떤 과정과 계약들이 있는지 나열하고 당신의 역할을 설명하시오."

그 답을 이미 나눠준 서른 장 분량의 노트 한 권에 적어야 했다. 허
락된 시간은 3시간. 난생처음 받은 질문, 그야말로 뚱딴지같은 문제
였다. 기껏해야 소비자가격 100달러 안팎의 아이템을 취급하던 내가
최소 200억 달러를 호가하는 아이템인 전투기 구입 과정을 설명하라

니 어안이 벙벙했다. 상식과 지식을 묻는 문제라기보다는 상상력을 테스트하는 것일까? 심지어 그런 느낌까지 들 정도였다. 나는 모든 지식과 상식을 총동원해 답을 적었지만 20장을 넘지 않았다. 할애된 3시간이 흐를수록 자신감은 줄어들고 나는 초조해졌다. 답안 노트를 제출하고 바깥으로 나오자 또 다른 수험생들이 시험장 입장을 기다리고 있었다. 물론 그 가운데는 한국 수험생도 있었을 것이다.

2달 후 UN에서 회신이 왔다. 예상한 대로 나는 떨어졌다. 까다로운 지원 자격에 내심 기대를 걸고 있었던 터라 서운했다. 마치 나를 위한 모집 같다며 잠시 교만한 마음을 가졌던 나 자신이 부끄러웠다. 한편으론 도대체 어떤 한국인이 그처럼 어려운 지원 요건을 충족하고 시험을 통과했을까, 알고 싶기도 했다.

백수생활이 길어지면서 점점 불안감도 커져갔다. 대학을 졸업한 뒤로 혼자 잘 헤쳐 나오던 사회생활에 빨간불이 켜졌다. 나를 뺀 내 주위에는 온통 승승장구하는 사람들만 있는 것 같고, 유독 나만 낙오자가 된 느낌이었다. 나는 점점 패배자로 전락하고 있었다.

그해 여름, 한국에서는 금융실명제를 시행한다며 친구들로부터 전화가 걸려왔다. 한국이나 미국에 숨겨 놓은 돈이 있으면 빨리 투자하라며 부추겼다. 그들에게 나의 실직 상황을 말할 필요도 없지만 애써 숨겨야 할 필요도 없었다. 그때 나는 진실로 교만함과 안일함에 대한 반성과 성숙의 시간을 가졌다. 살다 보면 이보다 더 큰 어려움도 찾아올 텐데 그럴 때마다 믿음과 기도로 헤쳐 나갈 수 있도록 현명함과 끈기를 달라고 간구했다.

흑인촌에
첫발을 내딛다

    UN 취업이 좌절되고 난 뒤로도 나의 구직 활동은 멈추지 않았다.
하지만 미국에서 내 입에 맞는 직장을 구하기란 쉽지 않다는 사실을
재차 절감했다.

    특별한 재능이나 실력이 내게는 없었다. 풋볼 선수들처럼 스포츠
의 귀재도 아니요, 경영자들이 탐낼 만한 남다른 능력도 없고, 그저
평범한 일반인에 불과했다. 그러면서도 아직 정신을 차리지 못한 채
로 리델에서 일하던 때가 꿈만 같다는 과거의 허상에만 사로잡혀 있
었다. 내 인생에서 화이트칼라 시대는 끝난 게 아닌가? 이제부턴 여
느 이민자들처럼 블루칼라로 살아야 하는 것인가?

    한국에서 교육을 받은 한국인이 남다른 기술이 없이 미국의 리델
같은 화이트칼라 직장을 얻기란 매우 드문 케이스라는 걸 나는 뒤늦
게 깨달았다. 주변에서 그걸 가르쳐준 사람이 아무도 없었다. 나 혼
자 그걸 터득하는데 거의 반년이라는 시간이 걸렸다.

    문득 내가 화이트칼라 직장에만 연연하고 있는 게 아닌지 의구심
이 일었다. 블루칼라면 어떻고 블랙칼라면 어떤가? 직장생활을 하면
서 언젠가 기회가 되면 사업을 해보고 싶다고 느낀 적이 있었다. 좋

다, 그렇다면 리델에서 해고한 걸 나의 '기회'로 만들자. 아메리칸 드림을 위해 무작정 미국으로 오는 사람도 있는데 나는 영주권도 있고 새파랗게 젊은 나이인데 무엇을 두려워한단 말인가! 그 무렵부터 무언가 뜨거운 생각들이 내 몸과 마음을 휘감고 지나갔다.

구직을 위해 보던 스포츠 신문 〈Two-Ten〉과 〈달라스 모닝 뉴스〉에 이어 한인 신문까지 보게 되었다. 달라스 다운타운 남쪽 흑인촌에 한인이 운영하는 편의점에서 직원을 구했다. 시간당 5달러를 준다고 했다. 텍사스주 최저임금이 4.75달러였으니 거의 최저 임금인 셈이었다.

리델의 월급만큼 벌려면 한 달 내내 한숨도 자지 않고 일을 해야 했다. 돈보다는 한번도 경험하지 않은 일을 하면서 나의 또 다른 적성을 찾아보기로 했다. 편의점은 집에서 30분 거리인 소위 '할렘가'에 있었다. 흑인들이 좋아하는 커다란 차에서 뿜어내는 매연부터 낯설고 나를 긴장하게 만들었다.

미국 어디든 다운타운 근처는 위험지역이다. 낮 동안은 백인들의 일터지만 오후 5시 퇴근시간만 지나면 어디서 몰려오는지, 백인들이 떠난 빈 도시를 흑인들이 채웠다. 물론 아침이 되고 백인들이 출근하면 또 흑인들은 소리 소문 없이 사라지곤 했다. 이런 흑백의 끝없는 숨바꼭질이 바로 미국 내 다운타운의 생리였다.

내가 취업한 그 편의점도 달라스에서 무섭고 위험하기로 소문난 곳이었다. 한인 사장은 형식적 인터뷰를 하고 나서 내가 해야 할 일은 계산원과 창고 정리라고 설명해주었지만 실상 막노동과 다름없었다. 이런저런 대화 중 화두는 자연스럽게 달라스 카톤 필드 구장에서 열릴 1994년 월드컵 예선전으로 옮아갔다. 한국 대표 팀은 독일과의 경기를 앞두고 있었다.

취업이 결정되자 흑인 매니저가 나를 데리고 다니며 해야 할 일을 설명해 주는데 무슨 말을 하는지 잘 알아들을 수 없었다. 리델에서는 흑인 직원이 없어서 그들과 대화를 해볼 기회가 없었고, 나의 영어에도 분명 한계가 있었다. 흑인 특유의 악센트와 슬랭을 알아듣기 어려웠다.

대강 눈치로 대답만 하다가 매니저가 내민 스케줄을 보고 경악할 수밖에 없었다.

화요일 하루만 쉬고 매일 오전 9시부터 자정까지가 근무시간이었다. 그 정도는 일을 해야 돈을 번다고 매니저가 옆에서 바람을 잡았다. 못할 이유가 없었기에 일단은 시작해 보기로 했다.

아내는 일주일에 90시간을 어떻게 일을 하냐며 기겁을 했다. 그러나 나는 가장이었다. 해야만 한다고 생각했다. 근무 시간이 길고 육체적 노동을 많이 하는 일이라서 자주 배가 고팠다. 도시락을 4개씩 싸들고 다녔다.

아내는 한때 한인 잡화 도매상에 다닐 때 몸은 힘들어도 정신은 편하다고 했는데 나는 그렇지 않았다. 몸이 힘드니 정신도 피곤했다. 몸과 정신이 따로 가는 게 아니었다. 아침에 일어나면 손가락이 잘 펴지지 않았다. 리델에서는 주 40시간 일했지만 지금은 90시간, 그것도 육체적 노동이 대부분이었다. 버드와이저, 와인 회사, 코카콜라, 펩시 등에서는 납품을 할 때 진열도 해주었지만 항상 모두 내가 다시 해야 했다. 폭이 30미터, 높이가 6미터나 되는 냉장고를 말끔히 정리한다는 게 그리 만만한 일이 아니었다.

하지만 문화와 언어를 좀 더 배울 수 있는 직장이긴 했다. 백인과 흑인, 멕시코인들이 즐겨 마시는 맥주와 좋아하는 담배는 엄연히 달랐다. 그들이 자주 쓰는 말들, 싸울 때 쓰는 욕설들, 우정을 표현하는 방법 등을 듣고 보면서 여태 몰랐던 문화들을 하나씩 배울 수 있었다. 나도 모르는 사이 내가 점점 흑인이 되어가고 있는 것 같았다.

아버지가 된
소회

1993년 12월, 건강한 첫아들이 태어났다. 달라스 파크랜드 메모리얼 병원(Parkland Memorial Hospital)에서였다. 여담이지만 그곳은 케네디 대통령이 1963년 피격된 후 옮겨졌던 병원이기도 했다.

아내의 10시간이 넘는 오랜 진통을 함께한 끝에 드디어 아기 울음소리가 들리자 나도 모르게 감격의 눈물이 쏟아졌다.

옛날부터 삼희성(三喜聲)이라고 해서 아기 우는 소리, 글 읽는 소리, 다듬질 방망이 소리는 기쁨을 불러온다고 했다. 외할머니와 엄마, 아빠가 지켜보는 가운데 태어난 아들의 탄생은 그야말로 축복 그 자체였다. 한국에서 어머니도 미리 손자가 태어날 것을 예감하셨는지 '지혁'이란 남자 이름을 지어 한자와 함께 보내주셨다.

출산 후에 땀을 흘리는 아내에게 간호사는 커다란 컵에 얼음물을 가득 채워 가지고 왔다. 장모님이 기겁을 하셨지만 옆에 있던 미국인 산모는 얼음물을 벌컥벌컥 들이켰다. 그만큼 관습과 체질이 다른 모양이었다.

첫아들 탄생의 경이로움과 기쁨 앞에서 문득 나의 출생이 생각을 붙잡았다.

나의 출생은 내 아들과는 달리 축복받지 못한 출생이었다. 어머니가 나를 낳았을 때는 아버지와 막 이혼을 한 이후였다. 이미 3살, 6살, 9살의 세 아들을 두고 혼자 떠나와서 낳은 넷째의 출산이라 육체적 산통만큼이나 마음의 고통도 컸을 어머니, 그 어머니가 나를 낳았을 때 감당했을 아픔이 내가 아들을 낳는 순간에 고스란히 내게로 전해져왔다. 참으로 신통한 현상이었다.

그와 동시에 편모슬하에서 자랄 수밖에 없었던 나의 외로운 유년기, 때론 가슴에 박히고 때론 뇌리에 박힌 숱한 생채기 같은 일들이 주마등처럼 다시 반짝거리며 한차례 나를 훑고 지나갔다. 어머니가 형들보다 나를 더 많이 사랑해주신 이유도 어쩌면 축복받지 못한 탄생에 대해 어머니가 해줄 수 있는 최선의 보상이 아니었을까? 가슴으로 아들을 안고 나는 비로소 아버지가 되었다. 아버지가 된 나는 또한 비로소 아들에서 벗어날 수 있었다. 그래서 사람은 자식을 낳아봐야 철이 든다고 했던가.

장모님의 정성스러운 산후조리 덕분에 아들은 무럭무럭 잘 자랐다.

아침부터 자정까지 일을 하고 와도 아들의 얼굴만 보면 피곤이 싹 사라졌다. 때론 아들이 자지 않고 방긋방긋 웃는 얼굴로 나를 기다려줬다. 녹초가 돼 집에 돌아와 아들을 재우는 것은 내 몫이었다. 자고 있으면 깨워서 다시 재운 적도 있었다. 그게 나의 즐거움이자 에너지의 원천이었다.

내 아들은 평화롭고, 사랑스럽고, 온화한 환경 속에서 예쁘게 자라

주기를 기도했다. 바닷가의 둥글고 예쁜 조약돌은 정과 망치가 만드는 게 아니라 잔잔한 잔물결의 부드러운 어루만짐이 빚어낸 작품이다. 아버지의 인생과는 달리 아들은 아버지가 누리지 못한 몫까지 더해서 평탄하고 순조롭게 살아가기를 기원했다.

32박 33일
미국 일주

아들이 태어난 이후 가정의 의미가 더 소중해졌다. 가정은 세상의 출발점이자 행복의 요람이었다. 그걸 굳건히 지키려면 나는 커다란 군함의 선장처럼 맨 앞에 서서 더욱 더 열심히 일을 해야겠다고 생각했다.

흑인촌의 일은 예상보다 훨씬 힘들었다. 1년이 지나자 몸에 이상도 왔다. 잠을 제대로 자지 못했고, 때론 심한 기침으로 잠을 깨기 일쑤였다. 낡은 차의 매연과 먼지를 너무 마셔서 후천적인 천식도 생겼다.

무엇보다 가장 힘든 건 매일 흑인들과 쌍욕을 해대며 싸우는 거였다. 그들은 자기네가 아시아인보다 우위에 있다고 생각해서 험하고 잔인한 욕설과 표현을 남발한다. 그게 우리네 정서와 충돌하면 말싸움이 되는 것이다. 백인들에게는 꼼짝 못하면서 그 울화를 다른 유색 인종에게 푸는 건지도 모른다.

그런 환경 속에 오래 일을 하다 보니 영어도 늘고 그네들을 이해할 수 있는 마음도 생겼다. 이해를 하면 닮아 가는가. 한 가지 낭패는 욕을 섞지 않으면 대화가 되지 않았다. 맹모삼천지교의 중요성을 체득하는 순간이었다. 대화 속에 적당히 섞어 쓰는 욕은 조미료처럼 오히려 친근함과 정다움을 느끼게 하는 게 흑인 영어의 특징이었다. 은유법이 강한 흑인 특유의 슬랭에 나는 자신도 모르게 점점 매료되고 있었다.

중, 하층류의 삶을 사는 흑인 대부분은 현재 호주머니에 있는 재산이 전부라고 해도 과언이 아니었다. 그러다 보니 숨겨놓은 돈이 속옷, 벨트, 머리핀, 브래지어 등 은밀하고도 희한한 곳에서 꼬깃꼬깃 접힌 채로 땀에 젖어 나오곤 했다. 게다가 이들은 감시만 느슨해지면 물건을 훔치거나 속이려는 통에 늘 긴장할 수밖에 없었다.

아내에게 이 모든 상황을 설명하고 좀 쉬어야겠노라고 했더니 오히려 지금이 발전의 기회일지 모르니 2보 전진을 위한 1보 후퇴로, 쉬면서 재충전을 하라고 용기를 불어넣어 주었다.

달라스는 산이 없고 사막성 기후여서 몇 해 살고 나자 감기와 유사한 알레르기 증세가 생겼다. 특히 바닷가 출신들은 1년 내내 콧물과 재채기를 달고 살았다. 환절기 때는 아예 코가 막혀 냄새를 못 맡는 것은 물론이고 숨조차 제대로 쉬지 못해 고생이었다. 부산에서 성장한 나는 남들보다 증세가 더 유별났다. 주요 알레르기 인자는 잔디, 참나무, 고양이, 개, 곰팡이, 우유, 밀가루, 치즈 등 무수히 많았다. 농담하기 좋아하는 의사는 사막에서 살든지, 숨을 쉬지 않으면 완치될 것 같다고 말했다.

사장에게 사정 얘기를 하고 몸이 회복될 때까지 잠시 쉬기로 했다.

상황이 이렇게 된 형편에 자동차 대륙횡단 여행을 하면서 미국 내에서 알레르기가 없는 도시를 찾자고 아내에게 제의했다. 우리는 미국에서 살기 좋다고 알려진 도시들을 정한 다음 그 도시들을 다 둘러보기로 했다.

아내와 함께 짠 32박 33일 여행 스케줄의 예상 경비 중에는 숙박과 자동차 렌트비가 많은 부분을 차지했다. 내가 가진 중고차 두 대는 모두 성능이 시원찮았다. 비싼 렌트비를 무느니 돈을 있는 대로박박 긁어서 새 승용차를 한 대 구입했다.

11월 천고마비의 가을날, 태어난 지 열 달 된 아들을 데리고 과감히 미국 대륙을 가로지르는 여행을 떠났다. 빠듯한 살림에 매 끼니를사먹을 수 없어 쌀과 밑반찬, 우유병, 기저귀, 이유식 등을 챙겼다.

미국은 정말 거대한 대륙의 나라였다. 한 달에 봄, 여름, 가을, 겨울 사계절을 다 느낄 수 있는 나라가 미국이었다. 미 대륙이 발견된이후 단 한 번도 인간의 발길이 닿지 않은 곳이 부지기수였다.

미국 동부의 아름다운 설경은 텍사스에서 온 나를 겨울 정취에 흠뻑 젖게 만들었다. 노란 은행잎을 양쪽으로 휘날리며 운전할 때는 마치 내가 영화의 주인공이 된 듯했다. 나이아가라 폭포는 캐나다 쪽에서 보는 게 더 아름답다고 한다. 거기서 본 무지개는 마치 지구를 한꺼번에 집어삼킬듯한 기세였다.

미국과 캐나다는 형제의 나라라고는 하지만 분위기가 많이 달랐다. 캐나다 국경에서는 불법으로 미국으로 넘어가려던 아시아인들이 붙잡혀 있는 안타까운 장면도 볼 수 있었다. 시카고의 외딴 주유소에서는 아시아인이 탄 텍사스 차량을 만만하게 보고 뒤쫓아 온 강도들을 아들의 장난감 총으로 따돌린 아슬아슬한 순간도 있었다. 로

키산맥을 넘어가다가 갑자기 몰아닥친 눈보라를 피해 1시간 넘게 길 위에서 기다리며 만난 양떼, 대낮이면 먹이를 찾아 창공을 휘저으며 날아다니는 독수리 떼는 지금도 잊을 수가 없다. 멕시코에 가까워지니 어디서 나타났는지 나방과 벌레들 때문에 운전이 힘들 정도였다. 낮에는 아름다운 자태를 자랑하지만 해가 지고 나면 어떤 무서움이 기다리고 있는지 알 수 없는 게 거대한 대륙 미국이 가진 예측하기 힘든 자연의 매력이었다.

달라스에서 출발해 마이애미 – 뉴욕 – 뉴저지 – 토론토까지 갔다가 디트로이트 – 로키산맥 – 샌프란시스코 – LA – 샌디에이고 – 엘파소를 거쳐 달라스로 돌아왔다. 예정대로 33일의 긴 여정을 무사히 끝냈다. 무엇보다도 걱정했던 아들이 보채지 않고 차만 타면 잘 자줘서 이동에 큰 어려움이 없었다. 그때 닦은 실력이 아직도 녹슬지 않았는지 지금도 차만 타면 잘 자는 녀석을 보면 세 살 버릇 여든까지 간다는 말이 사실인가보다.

그렇게 살기 좋다는 미국 10대 도시를 전부 돌고 왔지만 내가 정든 이곳, 달라스가 나에겐 제2의 고향이었다. 항상 포근하게 감싸주고 어디를 봐도 눈에 익은 이 편안한 느낌이 신비롭고 아름다운 경치보다 더 따뜻해서 좋았다.

낯선 도시에서 또다시 모든 걸 새로 시작하는 것보다는 비록 알레르기로 몸은 힘들어도 익숙하고 정든 곳에서 사는 편이 더 현명할 것 같았다. 이민자들 사이에선 '주저앉는다'는 표현을 하는데, 나는 달라스에 그냥 주저앉기로 했다.

새로운 도전

이민 생활은 군대 생활처럼 '짬밥'이 중요하다. 나이도, 학력도, 경력도 필요 없고 오직 얼마나 견뎌냈는지 햇수가 중요하다는 뜻이다. 그게 그 사람의 이민 삶을 가늠하는 척도다. 한국인을 만나면 유독 첫인사가 '언제 미국에 오셨어요?'다. 나머지는 별로 중요하지 않다. 어느덧 이민 4년째로 접어드는 나였지만 아직 햇병아리 신세였다.

꿈만 같았던 30여 일의 여행을 하는 동안에 앞으로 무얼 하며 살 것인지 아내와 많이 의논했다. 사무직 직장에 더 이상 연연해 하지 않기로 하고 다른 이민자들처럼 앞으로는 내 사업에 초점을 맞추기로 했다.

편의점, 리커 스토어, 도넛 가게, 햄버거 가게, 샌드위치 가게, 세탁소, 주유소, 액자 가게, 치킨 가게, 한국 식당, 호텔 등이 주로 한인들이 하는 업종이었다. 나는 편의점이나 주유소에 관심이 있었다. 덥고 여름이 긴 달라스에서는 차가운 맥주와 음료를 파는 편의점이 실패할 확률이 적었다. 지난번 1년 넘게 일한 편의점에 재취업을 해서 일을 좀 더 배우면 도움이 될 것 같았다.

같은 편의점에서 하는 일이었지만 내 마음자세는 판이하게 달랐다. 이번에는 월급이 아니라 창업을 위한 공부와 준비가 목적이었다.

한인 사장은 그사이 흑인 직원들과 손버릇 나쁜 손님들 때문에 많이 지쳐 있었다.

절도범들은 애 어른 구분이 없었다. 한 소년이 진열대의 캔디바를 슬그머니 호주머니에 넣었다. 그걸 보고 제자리에 갖다놓으라고 하니 옆에 있던 엄마가 애 머리통을 쥐어박았다. 엄마가 애 교육을 제대로 시키는구나, 했는데 착각이었다.

"엄마가 뭐랬어? 들키지 말랬지?"

엄마는 애를 그렇게 윽박질렀다. 이런 건 다반사로 겪는 광경이었다.

사장은 나를 매니저로 승격시키면서 모든 일을 맡겼다. 말이 매니저지 하는 일은 전과 별반 차이 없는 막일이었다. 하지만 매니저이기에 편의점 일 전체를 배우기엔 더할 나위 없이 좋은 기회였다.

나는 항상 내가 사장이라는 생각을 염두에 두고 경영 수업을 받는다는 느낌으로 내 일처럼 임했다. 그렇게 일을 해도 리델에서 받던 월급의 반의 반에도 미치지 못했지만 뚜렷한 목표가 있었기에 후퇴하는 느낌은 들지 않았다.

아내는 여전히 도시락 4개를 준비했고 내 근무시간도 변함없이 주 90시간이었다. 새로운 도전을 하는 이 현실을 받아들였고, 체력이 안 되면 정신력으로 버텼다. 대학원까지 나온 내가 흑인촌에서 뭘 하느냐는 따위의 자책은 잊어버리는 게 좋았다. 편의점 운영 공부가 당시엔 지상 최대의 목표였다. 그것 외에는 어떤 것도 문제가 되지 않았다. 나에겐 비로소 다시 하고자 하는 꿈이 생겨 있었다.

텍사스
로또 광풍

매니저로 바쁘게 일하던 1993년에 텍사스 복권 위원회(Texas Lottery Commission)가 설립되었다. 매주 수요일과 토요일, 두 차례에 걸쳐 1에서 50 숫자 중 6개가 맞으면 상금으로 400만 불을 줬다. 만일 당첨자가 없으면 다음 주로 상금액이 이월돼 눈덩이처럼 커졌다. 사람들은 미친 듯이 복권을 샀다. 2,500만 분의 1인 당첨 확률을 뚫어보려고 너나 할 것 없이 모두가 복권에 몰두했다.

서민들이 일반 생필품 구입에 사용해야 할 돈으로 복권을 사자 경제를 더 어렵게 만든다는 불만과 비난이 쏟아졌다. 급기야 저소득층과 취약계층에게 주는 식료품 구입 바우처인 푸드 스탬프(Food Stamp)를 불법으로 팔아 그 돈으로 로또를 사기도 했다. 그런데도 주정부는 통계와 확률의 게임이라며 복권 홍보까지 했다.

복권이란 게 일확천금으로 이성을 마비시키는 달콤한 유혹일 뿐이지만 사람들은 바로 그 유혹에 운명을 걸곤 했다. 나 역시 그랬다. 몇 차례 로또를 구입했고, 만일 400만 불이 생기면 무얼 할까 상상만 해도 즐거웠다.

한번은 낯선 할아버지가 나타나 번호 6개를 불러준 뒤 홀연히 사라지는 꿈을 꾸었다. 자다가 벌떡 일어나 번호 6개를 받아 적으려 했는데 볼펜을 찾느라 그만 번호 2개를 까먹었다. 이튿날 복권을 샀더니 까먹은 2개를 빼고 할아버지가 불러준 번호 4개가 다 맞는 거짓말처럼 신기한 일도 겪었다. 만일 2개를 잊어버리지 않았다면 정말 400만 불에 당첨이 되었을까?

어쨌든 나는 로또 번호 4개가 맞아서 180달러를 상금으로 받았고, 가까운 지인을 초대해 함께 식사를 했다. 상금보다 식비가 더 많이 나와 쌈짓돈을 써야 했지만 즐거운 일이었다.

그 이후로 한동안 나는 할아버지가 다시 오시기를 기다리며 머리맡에 볼펜과 종이를 항상 수북하게 쌓아둔 채 잠들었다. 그러나 기다리던 할아버지는 두 번 다시 나타나지 않았다.

주변에서는 흑인촌에서 장시간 일하는 내가 위험에 많이 노출돼 있으니 늘 조심하라며 충고했다. 하지만 정작 그네들 속에 틀어박혀 있으면 위험성을 전혀 느끼지 못했다. 그네들과 얼굴까지 익히고 나면 특별한 적도 아군도 없는 그냥 일상생활일 뿐이었다.

다만 하나 힘든 건 일주일에 90시간 이상의 과중한 노동시간이었다. 정신도 육체도 다 힘이 들었다. 그래서 정부에서 정한 기본 노동시간이 주 40시간인 모양이었다. 리델에서 주 40시간 일할 때가 그리웠다. 언젠가는 또다시 기본시간만 일하며 사는 날이 꼭 오리라는 희망을 가지고 나는 그 순간들을 버텨내고 있었다.

한국 유대인

동양과 서양의 역사가 다르듯이 사람들의 취향도 서로 달랐다.

미국인들은 술을 사서 집에서 마신다. 이유는 그들이 술집을 싫어해서가 아니라 술집을 갈 만한 경제적 여유가 없기 때문이다. 그네들의 그런 문화적 이유가 우리 같은 소수민족들이 편의점을 해서 먹고 살 수 있는 생활의 기반을 마련해 주는 것이다.

내가 일하는 편의점도 달라스 일대에서 장사가 잘 되는 곳으로 이미 정평이 나 있었다. 텍사스주는 학교와 교회의 위치에 따라 술을 팔 수 있는 장소(Wet Area)와 팔 수 없는 장소(Dry Area)로 구분을 해놓았다. 내가 일하는 편의점은 술을 팔 수 있는 지역의 끝자락에 있었기 때문에 술 없는 지역의 사람들이 술을 사갈 수 있는 마지막 가게였다. 다소 위험한 지역이란 걸 제외하면 항상 손님들이 들끓는 완벽한 편의점이었다. 매니저를 맡고 나서 장부 정리를 해보면 월평균 매출이 3억 원 정도였다. 이 매출을 따라올 만한 편의점이 주변에는 별로 없었다.

일한 지 2년이 넘어가니 손님 얼굴만 척 봐도 무슨 술을 마시고 어떤 담배를 피우는지 한눈에 알 수 있었다. 어느덧 흑인 영어에 익숙해진 나는 고객들의 이름을 기억하고 매일같이 허물없는 이야기를 나누며 소통하는 친근하면서도 유쾌한 매니저로 입소문이 나 있었다.

백인들은 편의점 직원과 문제가 생겨 다투고 나면 절대로 거기엔 가지 않지만 흑인은 언제 그랬냐는 듯 다음날 다시 찾아온다. 때론 먼저 사과도 한다. 그런 게 백인과 다른 흑인들의 정서였고 문화였다. 싸운다는 게 인간관계를 단절하는 요소가 아니라 함께 살아가면서 겪는 자연스러운 과정의 하나쯤으로 이해하면 될까.

하루는 매일 퇴근시간에 와서 버드 라이트(Bud Light)와 말보로 라이트(Marlboro Light)를 사가는 낯익은 유대인으로부터 팁으로 100달러를 받았다. 항상 웃는 얼굴로 자기 이름은 물론 기호까지 기억해줘서 고맙다는 뜻으로 준다는 것이었다. 그날 이후로 그 유대인이 오면 직원들이 서로 맞이하느라고 난리였다. 팁이 서비스를 부른다는 사실을 몸소 깨달은 좋은 계기였다.

그렇게 친해진 유대인과 대화 도중에 무역에 관한 이야기를 나누었다. 하루는 그가 내게 명함을 건네면서 자기 사무실에 한번 와달라고 했다.

그의 이름은 잭 스테트만(Jack Stadtman), 플라스틱 액자를 대만에서 수입해 그림을 붙여 월마트(Wal-Mart)에 납품하는 공장을 운영하고 있었다. 잭은 대만의 제품 원가가 상승하자 한국인인 나를 통해 한국 제품을 수입해보고 싶어 했다. 당시만 해도 플라스틱 압출은 대만이 한국보다 강세였고, 품질과 가격 또한 더 높을 때였다. 대만 가격을 그대로 한국에 적용해도 충분한 경쟁력이 있었다.

잭의 부탁과 재촉으로 일은 빠르게 진행되었다.

편의점 매니저로 일하는 나에게 1차 선적분에 대한 17만 2,000달러의 수표를 덥석 주더니 일을 시작하자고 서둘렀다. 그렇게 거액의 수표를 받고 혹시 가짜인가 싶어 은행에 가서 조회까지 했지만 정상적인 수표였다.

대만 압출제품 단가가 한국보다 높다는 건 이미 알고 있었기에 가격 면은 어느 정도 자신이 있었다. 나의 어떤 점이 그의 마음을 열게했는지 모르지만 최선을 다해 이 일을 성공적으로 해내고 싶었다.

나는 한국의 여러 공장을 면밀히 검토한 후 부평에서 50명 정도의 직원을 거느리고 일하는 공장을 선택했다. 플라스틱 액자에 관한 사전 지식이 없어서 나름대로 공부를 했지만 공장 사람들의 전문적인 지식을 따라갈 수는 없었다. 그들의 의견을 전적으로 믿고 일을 진행했다. 나의 주문 오더는 자그마치 그 공장의 반년 치 물량이었다. 아이템만 다를 뿐 공장 운영은 다들 비슷했기에 이미 그런 쪽의 경험이 풍부한 나로서 액자 공장을 상대하기란 일도 아니었다.

1차 선적 물량이 달라스 지역 20여 개의 월마트와 15개의 샘스클럽(Sam's Club)에 진열되었다. 곧이어 마이클(Michael)이란 학용품 체인점에도 진열되었다.

아내를 데리고 가서 내가 수입한 상품이라며 자랑도 했다. 미국에 살면서 한국 수출에 일조한 나 자신이 왠지 뿌듯했다. 그보다 더 나를 행복하게 해준 건 수출로 생긴 수입이었다. 내게 그런 기회를 준 잭에게 감사했지만 잭 역시 좋은 품질에 납기일까지 챙겨준 내게 감사해 하고 있었다.

잭과 오랜만에 하는 저녁식사 자리에서 나한테 그런 기회를 준 이유를 물어보았다.

그는 한국인의 근면함과 성실함을 익히 알고 있었다. 내가 일하는 편의점을 갈 때마다 구슬 같은 땀을 흘리며 일하는 내가 처음엔 사장인 줄 알았으나 나중에 매니저인 것을 알고 그때부터 유심히 나를 보기 시작했다는 것이다. 하물며 한국인이라는 사실까지 알게 되자 기회를 주고 싶었노라고 했다. 잭 역시 20년 전 누군가가 자신에게 기회를 줘서 오늘날 약 200명의 직원을 거느린 회사 대표가 되었다고 했다. 자신이 받은 기회를 누군가에게 되돌려주고 싶었는데 운이 좋게도 그걸 내가 잡은 것이다.

열심히 일한 나에게 기회는 오고 있었다. 학벌이나 경력에 상관없이 어떤 일을 하더라도 내가 움직이고 일한 만큼의 성과가 있는 미국이 좋았다. 체력이 허용하는 한, 손이 부어도, 허리가 끊어질 정도로 아파도, 내 사업을 하겠다는 희망이 있어서 나는 항상 즐겁기만 했다.

나도 이 다음에 돈을 많이 벌면 잭에게 받은 기회를 누군가에게 갚아야겠다고 생각했다. 그런 이야기를 나누며 잭은 자기보다 더 지독한 나에게 '한국 유대인'이라는 별명을 붙여주었다.

인피니티
무역 회사의 탄생

플라스틱 액자를 한국으로부터 수입하면서 자연스럽게 한국 시장을 좀 더 관심 있게 지켜보는 계기가 되었다.

1990년대에 미국에서는 생필품이었으나 한국에는 아예 없는 제품들이 많았다. 한국으로 수출된 제품 중에는 터무니없는 가격으로 소비자가격이 형성된 품목들도 많았다. 한마디로 중간 도매업자들의 마진이 너무 높았던 것이다.

세탁물 건조기, 가습기, 폐 타이어 재생 상품들, 자동차 기계식 세차장, 식기 세척기, 자가 음주 측정기, 레이더 탐지기(Radar Detector, 주변에 속도 탐지기가 있음을 알려주는 차내 부착장치), 마늘을 까고 다지는 기계, 유명 아티스트의 대형 그림, 휴대폰 부속 장비 등등, 산업용부터 가정용까지 그 종류가 부지기수였다.

알면 알수록, 뒤지면 뒤질수록 대상 품목이 기하급수적으로 늘어났다. 그래서 부지런하고 악착같은 나의 근성을 이용해 무역 부업을 해보기로 작정했다. 그때부터 내 직업은 2개였다. 낮에는 편의점 매니저, 밤에는 무역상이었다. 회사 이름도 만들고 명함과 편지지도 만들었다.

그렇게 설립한 회사가 인피니티 무역회사(Infinity Trading Company)였다.

주 하루 휴무인 화요일은 더 정신없이 바빴다. 286, 386 컴퓨터의 시대라 지금처럼 인터넷으로 세상을 볼 수 없었다. e메일도 없어서 일일이 타이핑한 내용을 팩시밀리로 교신했다. 대한무역진흥공사(KOTRA)를 통하여 한국의 수요자를 찾고, 달라스 무역회관과 시청 도서관에서는 공급 업체를 찾아내어 해당 제품의 가격을 받았다. 그 기관들은 나의 최고 정보 제공자였다.

부업으로 시작한 무역이
주업보다 커져 버렸다.

시작이 반이라고 하지만 노력의 결과는 성공적이었다. 긴 시간의 중개 끝에 폐 타이어 재생 상품과 인테리어용 그림 벽지 등 소액의 상품들을 한국에 보낼 수 있었다. 부업의 목적인 돈으로 출발한 일이었지만 정작 돈보다는 내가 한 노력의 결실이 더욱 보람차고 뜻 깊었다.

한국 유통회사에서는 덩치가 꽤 큰 산업 제품들의 수입을 원했다. 그 역시 문제는 자본이었다. 내가 가진 자본금이 넉넉해야 샘플들을 한국에 보내 기능 테스트를 할 텐데 그만한 경제적 능력이 되지 못했다. 게다가 무역 신용이 없어 미국 측 은행에서 신용장 금액의 100%에 가까운 은행 채권을 요구했다. 신용장을 통한 한국과의 직거래는 어쩔 수 없이 포기해야만 했다.

무역의 당사자인 수출자와 수입자가 서로 만족하는 상황이라도 해당 국가의 무역 제도가 다르면 일은 성사되지 않는다. 새로운 도전에서 새로운 사실을 경험한 나는 한계를 느끼고 액자에만 치중하면서 본업인 편의점 일을 열심히 하고 있었다.

그러던 어느 날 한국의 볼링공 중간 도매상에게서 볼링공을 사겠다는 연락이 왔다. 내가 제시했던 가격이 그들의 구매 가격보다 20달러 이상 싸다는 게 이유였다. 90년대 초 한국 전역에 볼링장이 유행했을 때 누군가는 볼링공으로 폭리를 취하고 있었다. 수출 가격이 50 ~ 60달러인데 시장에서는 10만 원에서 15만 원 선까지 소비자 가격이 형성돼 있었다. 부속 액세서리 가격도 마찬가지였다. 마진율이 워낙 좋으니 성공은 불을 보듯 뻔한 일 같았지만 세상은 그렇게 호락호락하지 않았다.

은행에서 나의 신용을 문제로 한국에서 온 신용장을 미국 내수 신용장으로 전환해주지 않았다. 가족과 지인들에게 도움을 청할 수도 있었지만 그렇게 하면서까지 돈을 벌고 싶은 마음은 없었다. 몇 년 전 왕서방 일이 문득 떠올랐다. 나는 내 능력의 한계를 넘어서지 않기로 작심했다.

결국 생각해낸 것이 3자 무역 형태였다. 중간 무역상인 내가 판매자와 구매자 사이에서 단가를 오픈한 후 볼링 공 하나에 단 1달러의 커미션만 판매자가 내게 지불하는 조건으로 거래를 성사시켰다. 내 마진이 무려 20분의 1로 줄어들었지만 워낙 가진 게 없었기에 1달러의 마진에라도 감사할 수밖에 없었다.

한국의 볼링 시장은 계속 번창하고 팽창했다.

당시 한국 시장이 얼마나 컸던지 내가 수출한 볼링공이 자그마치 8개 컨테이너, 볼링 장비는 2개 컨테이너나 되는 물량이 선적되었고, 달라스의 판매자는 내 몫의 커미션을 어김없이 지불했다.

이제 그동안 번 돈으로 인피니티 회사 이름의 신용장을 개설해 3자 무역이 아닌 20달러의 마진을 찾을 시기가 도래했다. 그런데 하늘은 나에게 그런 복이 시기상조라고 판단한 모양이었다. IMF가 요구하는 체제가 한국에 시작되자 많은 회사들이 경영 위기를 맞았고 급기야 부도를 내기도 했다. 나를 통해 수입하던 회사도 은행 금리와 경기 악화를 넘기지 못하고 부도가 나버렸다. 이후 볼링공 오더는 더 이상 오지 않았다. 와중에도 액자 오더는 다행히 꾸준히 늘어났다.

남들과 비교하면 작고 하찮은 일일지 모르지만 점점 불어나는 잔고는 나의 삶과 생활을 윤택하게 만들었다. 너무 돈을 밝히는 게 아닌지 가끔 자신을 돌아보기도 했다. 그러나 누가 뭐래도 이민생활의 현실은 돈이 중요했다. 특히 내가 하고자 하는 일을 이루기 위해선 꼭 돈이 있어야 했다. 돈이 나의 목표였고, 꿈이었고, 친구였다. 만약 돈이 없어 주저앉는 날이면 주변에선 아무도 나를 구제해 줄 사람이 없었다. 더구나 여기는 한국도 아닌 미국이었다.

돈에 맞춰 일하면 직업이요, 돈을 넘어서 일하면 소명이라고 했다. 나는 아직은 직업인에 불과했지만 그걸 넘어서고 싶은 다른 꿈이 있었다. 편의점 휴일인 매주 화요일만 되면 아내와 어린 아들을 데리고 무역회관에 가는 것이 정해진 스케줄이었다. 그곳에서 내가 원하는 정보를 찾아내면 그렇게 좋을 수가 없었다.

베트남산 대리석과
한국산 중고차

무역을 하느라 활발하게 움직인 덕분에 지인을 통해 달라스에 거주하는 베트남인회 회장 써니(Sunny)를 알게 됐다. 나보다 4살 위인 그와 만나면 자주 베트남 국수를 먹었다. 달라스에는 일본 라면처럼 국물이 진한 호찌민식 베트남 국숫집이 대부분이었다. 처음엔 고수 냄새가 싫어서 베트남 국수를 그다지 좋아하지 않았지만 써니와 자주 어울리다보니 자연스럽게 고수를 넣은 베트남 국수도 좋아하게 되었다.

써니도 나처럼 무역에 관심이 많아서 무역 아이템 정보를 서로 나누었다. 때마침 미국 건축회사로부터 바닥재용 대리석 주문을 받고 있던 터였다. 베트남산 대리석을 건축 자재로 사용이 가능한지, 공급량은 어느 정도인지 알아보려고 편의점 휴가 때를 이용해서 베트남행 비행기에 올랐다.

우리를 마중 나온 대리석 공장 사장의 차를 타고 호텔로 가는 동안에 많은 것들이 내 눈에 들어왔다. 한국에 38선이 있듯이 베트남엔 '17도선'이 있었다. 호찌민은 전쟁이 끝난 지 20년이 지났으나 아직 안정이 되지 않은 듯했고, 카빈총을 든 군인들이 관공서는 물론 도처에서 사람들의 일거수일투족을 감시하는 듯한 인상을 주었다.

호찌민에 사는 사람들도 한국인들 못지않게 부지런하고 근면한 민족성을 가졌다.

하지만 그들과 가까워지며 이런저런 얘기를 나누게 되니 우리가 생각하는 베트남인과 그네들이 생각하는 한국인 사이엔 많은 거리 감이 있었다.

1975년 베트남 전쟁이 끝나는 순간까지 우리 젊은 군인들이 그곳에서 많이 희생되었다. 우리는 당연히 우리가 피를 흘려가며 그네들에게 도움을 주었다고 생각하지만 그게 아니었다. 오만과 편견이란 그런 것일까. 베트남인들에게 한국군이란 우리가 짐작하듯 그렇지 않았고, 이념 문제는 차치하고라도 베트남 여인과 한국군 사이에 태어난 '라이따이한'만 해도 그 숫자가 무려 1만 명이 넘는다고 했다.

한국인의 피가 흐르고 한국인의 얼굴을 한 40대 중후반의 그들은 여전히 얼굴도 모르는 한국인 아버지를 그리워한다는 거였다. 민족은 달라도 아버지를 그리워하는 인간의 본능은 똑같았다. 그들 입장에서 생각해보면 그들의 모든 얘기가 너무 공감이 되었다. 우리 또한 일본에만 요구할 게 아니라 국제사회에서 우리가 해야 할 일은 적극적으로 찾아서 해야 한다고 믿는다. 경제력이 커지면 그만큼 책임감도 커지는 법이니까.

아침 일찍 서둘러 써니와 대리석 채석장을 방문했다. 그러나 작업 현장을 보는 순간 실망스럽고 안타까운 마음만 들었다. 채석장의 규모는 엄청났지만 채굴 장비가 제대로 갖춰지지 않아서 아까운 대리석을 박살내는 수준이었다. 대리석의 가치는 원판 크기에 달렸다. 마땅한 장비가 없어 큰 대리석을 작은 사이즈로 자르고 있으니 오히려 상품 가치를 떨어뜨리는 격이었다. 그곳에서 받은 샘플로 강도 시험을 해보니 너무 약해서 바닥재로는 사용이 불가능했다.

아쉬움을 뒤로 한 채 미국으로 돌아가려는데 내가 한국계 미국인임을 아는 대리석 공장 사장이 미팅을 요청했다. 그는 베트남 전역에 걸쳐 중고 자동차 시장을 가지고 있는데 나를 통해 한국과 미국의 중고 자동차를 수입하고 싶다는 제안을 했다. 미국에서는 트레일러를, 한국에서는 중대형 버스와 트럭을 수입하겠다는 거였다. 일단 미국에 돌아가는 대로 빠른 기동력을 발휘해 가격을 보냈다. 내 신용만으로는 대행할 수 없는 걸 알기에 규모 있는 무역 대행업체도 선정했다.

얼마 지나지 않아 베트남 국영은행으로부터 미국 지정 은행으로 320만 달러의 신용장이 도착했다. 신속하고 정확한 업무 진행은 나를 흥분의 도가니로 밀어 넣었다. 선적될 중고 차량들이 빠르게 준비되었다. 한국에서는 대형 운송회사의 중고차를, 미국에서는 주행거리 100만 마일 이상의 트레일러를 마련했다. 모든 게 다 중고 차량이고 또 미국, 한국, 베트남의 기준에 다 맞는 통관 서류를 준비하기도 쉽지 않았다.

그 당시 베트남은 세계무역기구(WTO)에 가입되지 않았다.

통관을 대행해 주는 관세사 제도가 활성화되지 않아 수입 화물 허가증, 도착 통지서, 운송장, 쿼터 증명서 등을 미국에서 대행업체와 같이 직접 준비를 해야만 했다.

그런데 신용장에 서술된 선적 요구사항과 하자 네고(Nego)의 해당 사항을 꼼꼼히 살펴보는 중에 이상한 게 눈에 띄었다. '호찌민 항에 도착해 시동이 걸리지 않으면 해당 차량뿐 아니라 약 800대의 모든 차량 대금이 지불 정지될 수도 있다'는 해괴한 조항이 있었다. 조그만 텔렉스 글자가 어떻게 내 눈에 그토록 크게 보였는지 지금 생각해도 의아한 대목이다. 결코 간과할 내용이 아니었다. 선적될 차량이 새 차가 아니기에 시동이 걸리지 않을 수도 있는데 단 한 대만으로 전체 대금을 모조리 지불하지 않을 수도 있다니 말이 되지 않았다.

바이어 측에 하자 네고 조항을 수정하든지, 그 부분의 승인서(L/G, Letter of Guarantee)를 요구했다. 물건들이 선적 직전이란 걸 잘 아는 바이어는 그 어떤 것도 해줄 수 없다는 입장이었다.

어려운 결단의 순간이었다. 베트남 신용장을 믿고 선적을 할 것인지, 모든 걸 포기해야 할 것인지 결정은 나의 몫이었다.

대금 지불에 문제가 없으면 다행이지만 만일 신용장의 문구처럼 악의적으로 하자 네고에 걸리면 나는 범법자로 전락할 것이었다. 위험은 불 보듯 뻔했다. 결국 나는 수출을 포기하기로 결정했다. 이 결정으로 많은 이들이 실의에 빠졌고 나 역시 큰돈을 잃었다.

수개월이 지나간 후, 내가 포기한 문제의 그 신용장은 러시아의 한 국인 중고차 사업자에게 넘겨졌는데, 염려한 대로 그 사업자는 베트남 회사의 하자 네고에 걸려 막대한 돈을 잃고 결국 사업체를 정리했다고 전해 들었다. 섬뜩하고, 서글프고, 안타까운 일이었다.

찰나의 판단이 얼마나 중요한지 또 한번 여실히 깨달았다. 그런 찰나의 판단력을 키우려면 욕심을 버리고 항상 올바른 길로 가야 한다는 것도 깨우쳤다. 하루를 살아도 마지막을 사는 것처럼 조심과 정성을 다하고, 되도록 길고 멀리 내다보는 안목을 가져야겠다고 스스로 다짐했다. 순간의 욕심에 눈이 멀어 덥석 미끼를 물었다면 정말 큰일 날 뻔한 일을 경험한 것이다.

미스터 최는
알코올 중독자

사장은 항상 직원들을 가족처럼 여긴다면서 주급은 남처럼 주는 것이 나의 불만 사항이었다. 일이 끝나면 빨리 집에 가야하는데 피곤한 우리를 이끌고 한인 식당에 가서 갈비를 사주곤 했다. 차라리 그만큼을 돈으로 주면 더 좋을 텐데. 주는 사람과 받는 사람의 마음이 그렇게 다른 법이었다.

흑인촌에서 일한 지 4년째 접어들 무렵 편의점 사장은 한국인 미스터 최를 고용했다. 일손이 모자란 이유도 있었지만 무역 일을 하느라 근무 시간을 좀 더 줄여 달라고 건의했더니 아마 내가 곧 그만둘 것으로 짐작한 모양이었다.

미스터 최는 나보다 6살이 많았다. 서로 친해져서 이런저런 얘기를 나누다보니 자기는 알코올 중독자라고 고백했다. 음주 운전으로 두 차례 적발되면서 변호사비도 이미 1만 달러 넘게 들어갔고, 그의 차에는 자가 음주측정기까지 달려 있었다. 그 대가로 매월 550달러의 사용료를 관할 경찰서에 지불한다고 했다.

차량 시동을 걸기 10분 전에 음주측정기를 입으로 불어 알코올이 검출되지 않아야 시동이 걸린다는 거였다. 술이 덜 깬 상태로 운전을 해야 할 일이 생기면 딸로 하여금 측정기를 불게 한다고도 했다.

하루는 딸이 초등학교에 입학한다며 투덜거렸다. 축하할 일이 아니냐고 물었더니 이제 음주측정기는 누가 불어주느냐며 안타까워했다. 다시 이튿날엔 싱글벙글하기에 물어보니 딸 역할을 대신 해줄 에어 컴프레서를 샀다는 거였다. 정말 기가 막혔다. 술에 대한 열정과 의지로는 내가 만난 사람 중 최고였다. 그렇게까지 하면서 술을 마시고 싶은 걸까? 그 경지까지 술에 탐닉해본 적이 없는 나로선 이해하기 힘든 일이었다. 그는 틈만 나면 대형 냉장고, 화장실, 사무실 등에서 맥주를 몰래 훔쳐 마시다 결국 사장에게 들켜 해고되고 말았다.

미스터 최의 송별식을 한다고 흑인 직원들과 함께 한인 타운의 갈빗집을 자정이 넘어 찾았다. 흑인 직원들을 식당 앞에 내려주고 주차를 하고 오니 모두들 들어가지 못하고 문밖에 서 있었다. 식당 주인이 흑인 강도로 오인해 경찰에 신고까지 하고 안에서 문을 잠가버린 거였다. 곧바로 경찰차가 달려왔다. 이런 해프닝 끝에야 우리는 식당에 들어갈 수 있었다. 식당 주인은 미안하다는 말과 함께 서비스로 갈비를 더 주긴 했지만 결코 웃어넘길 일만은 아니었다.

이것이 나를 비롯한 모든 이민자가 겪는 문제의 본질이었다. 백인들이 가는 식당에 가면 나 역시 그런 대우를 받는다. 애써 외면하지만 어딘가에 와 닿는 싸늘한 기운을 느낀다. 선입견이 존재하고, 지배하고, 점령해버린 사회가 미국이다. 알고 보면 백인보다 더 순하고 착할 지도 모르는 흑인이지만 피부가 검다는 이유로 오해를 받아야 하는 것이다. 우리 이민자는 모두 그런 세상에 사는 사람들이다.

비로소
홀로서기를 꿈꾸다

흑인촌에서 오래 생활하다 보니 그들의 인종도 참으로 다양하다는 걸 알았다. 미국인들은 한국인, 일본인, 중국인을 구분하지 못하지만 우리는 대강 아는 것과 비슷하다고 할까.

아프리카에서 막 나온 흑인들은 생김새며 피부의 검기가 확연히 달라서 미국에 오래 산 흑인이나 그 후손들과는 한눈에 차이가 났다. 미국 남부의 기득권을 가진 백인들은 흑인의 피가 한 방울이라도 섞이면 겉모습이 비록 백인과 구분하지 못할 정도라도 흑인으로 규정해버린다.

요즘은 흑인들이 정치, 사회, 경제 등 모든 분야에 크게 영향력을 행사하면서 행정 서류마다 아프리카계 미국인(African-American)으로 따로 분류할 정도다.

내가 일하는 편의점에도 20대에서 30대까지 8명의 흑인 남자 직원이 있었다. 매니저 입장에서 보면 게으른 흑인들이 많았다. 그네들에게 게으름을 지적하거나 나무라면 공통적으로 내놓는 어처구니없는 대답이 있다. 자기네는 본래 우수한 민족이라서 다른 종족들을 통솔하다보니 자연히 게을러진 거라고.

흑인들만의 독특한 문화 중에는 가족 친목회(Family Union)라는 게 있다. 집안의 가장 권위 있는 사람을 중심으로 친목회를 만들고 매년 정해진 시간에 모임을 갖는 것이다. 우리 직원 대부분 그런 친목 모임이 있었다. 그날이 오면 무조건 1순위가 친목회 참석이었다. 그들의 가족과 핏줄에 대한 사랑과 애착은 남달랐다. 아마도 오랜 세월에 걸쳐 받아온 피해의식이 그네들을 핏줄 중심으로 똘똘 뭉치게 만든 것 같다.

흑인들은 둘만 모이면 수다를 떨었다. 여느 남자들처럼 애인이나 헤어진 와이프 이야기, 애인이 부자였다는 이야기, 친구가 애인을 데려간 이야기, 전처가 바람난 이야기 등을 거침없이 늘어놓곤 했다. 사실인지 아닌지도 모를 수다였지만 세상살이의 고달픔과 파란만장함이 전부 그 속에 있었다. 이들은 쉴 새 없이 수다를 떨면서 스트레스를 해소하는 듯했다. 한창 수다를 떨며 즐거워하는 모습을 보고 있노라면 고민이 하나도 없는 사람들 같았다.

그네들의 이야기를 듣노라면 딱 하나 이상한 게 있었다. 아버지 쪽 핏줄에는 금기를 두면서 어머니 쪽 핏줄은 상대적으로 자유로웠다. 고종사촌 간의 결혼은 금지인데 이종사촌끼리 결혼은 가능한 식이었다. 흑인의 삶을 주제로 만든 책과 드라마 〈뿌리〉에도 그런 내용이 나온다. 이 또한 그네들만이 가진 관습 안에서 이해해야 할 대목이다.

몇 해를 흑인들 속에서 지내다보니 나도 그들에게 완전히 동화돼버린 느낌이 들었다. 영어도 흑인 톤으로 변했고, 인사도 흑인 식으로 하고, 심지어 피부색마저 거무스름해진 것 같았다.

흑인들의 행동에는 우리와 반대인 것들이 많았다. 우리는 인사할 때 고개를 숙이지만 그들은 치켜들었고, 셈을 할 때 우리는 손가락을 하나씩 굽히지만 그들은 주먹을 쥐고 하나씩 펴면서 셌다. 돈을 셀 때도 우리는 안쪽으로, 그들은 바깥쪽으로 셌다. 잠자는 시간을 빼면 거의 그들과 붙어 살다시피 하니 나도 모르게 그네들처럼 변해갔다. 생각할수록 그렇게 변해가는 나 자신이 싫었다.

나는 그들이 아닌 내 가족과 시간을 많이 보내고 싶어졌다. 한편으로 무역 관련 일을 부업으로 하면서 부수입이 주수입보다 많아지자 슬그머니 게으름도 찾아왔다.

어느 날 내 은행 계좌를 보니 작은 편의점 하나 정도는 살 만큼 돈이 모아져 있었다. 고된 노동과 쉴 틈을 아껴 모은 피땀 어린 돈이었다. 언제까지 남의 가게에서 일할 수도 없고, 언젠가는 스스로 일어서야 할 텐데 그때가 바로 지금인 것 같았다. 나는 2주 뒤에 편의점을 그만두겠다고 사장에게 얘기했다.

그렇게 바라던 내 사업체를 가질 때가 온 것인지 뚜렷한 확신은 서지 않았으나 믿음을 가지고 아내와 함께 사업체를 찾아 나섰다.

내 경험상 사업체를 살 때는 반드시 짚고 넘어가야 할, 남들과 다른 나만의 조건들이 있었다. 가게 안이 너저분하고, 바깥 쓰레기통에 종이박스가 넘쳐나며 차량 진입과 주차가 용이한 곳이 좋은 가게였다. 가게가 너저분하다는 건 장사가 잘 돼 주인이 미처 정리 정돈과 청소에 신경을 못 쓴다는 것이고, 쓰레기통이 넘치는 것도 장사가 잘된다는 증거였다. 나는 사업체 브로커에게 좋은 가게의 구매를 의뢰했다.

첫 번째 관심 사업체는 멕시코 음식인 타코(Taco) 가게였다.

우리 아파트에서 그리 멀지 않은 곳이라 3일을 유심히 지켜본 후 구매를 결정하고 보증금을 지불했다. 그런데 무슨 이유에선지 주인이 매상 자료 주기를 꺼렸다. 판매자의 요구를 전부 다 들어주었는데도 구매자의 요구를 무시하는 건 뭔가 수상하고 찜찜했다. 석연치 않은 구석이 있다는 거였다.

두 번째는 햄버거 가게였다. 잇달아 샌드위치 가게, 피자 가게, 치킨 가게 등 패스트푸드 사업체들을 알아보았지만 어쩐지 내 머리에선 편의점이 떠나지 않았다. 어디를 봐도 편의점과 자꾸 비교가 되었다. 뜨거운 달라스에서는 마시는 '물장사'가 최고였다. 결국 나는 본격적으로 편의점만 찾아다녔다.

열심히 돌아다닌 끝에 마음에 쏙 드는 편의점을 찾아냈다.

위치는 달라스에서 제일 큰 아파트 단지 바로 옆, 한국 오누이가 부모한테 물려받아 운영하는데 힘이 들어 더 이상 할 수 없다고 했다. 드나드는 차량이 그렇게 많은데도 드라이브 쓰루(Drive Thru)를 제대로 활용하지 않아 더 바쁜 것처럼 보였다. 멕시코인 60%, 흑인 30%, 백인 10% 정도가 모여서 살아가는 혼합 지역이었다. 멕시코인은 대부분 씀씀이가 크기 때문에 사업체를 운영하는 입장에선 환영하는 민족이었다. 쓰레기통은 맥주와 와인 박스들로 넘쳐나고, 편의점 안은 주인이 신경을 쓰지 않아 엉망이었다. 내가 원하는 바로 그런 편의점이었다.

월 매출액이 10만 달러인데 주인은 30만 달러의 권리금을 요구했다.

조건에 동의하고 브로커에게 임대 기간 체크를 의뢰했더니 뜻밖의 연락이 왔다. 편의점의 임대 기간이 3개월 밖에 남지 않은 데다 건물 자체도 30만 달러에 매물로 나와 있다고 했다. 차라리 건물을 매입한 뒤 3개월 뒤에 임차인을 내쫓으면 편의점을 거저 가질 수 있다는 제의가 왔다. 임차인인 오누이는 이런 사실을 전혀 모르는 듯했다.

나는 잠깐 흔들렸다. 그러나 남의 눈에 눈물을 흘리게 하면서까지 내 부를 축적하고 싶지는 않았다. 나는 현재 상황을 오누이에게 솔직히 통보해주었다. 그러자 감사의 뜻으로 모자라는 권리금의 일부를 은행보다 싼 이자로 내게 빌려주는 거였다. 그리하여 나는 어엿한 편의점 사장이 되었다.

달라스에서 내 이름으로 된
첫 사업장을 연 날은
잊을 수가 없다.

흑인촌에서 시간당 5달러를 받던 Kacy Kim이 자신의 이름으로 된 사업체를 미국에 정착한지 5년 만에 차리는 감격적인 순간이었다. 남들이 보면 별것 아닌지 모르지만 개인사에서 잊을 수 없는 몇몇 기념일 가운데 하루였다.

남의 삶과 비교하며 일희일비하지 않고 오로지 나만의 행복과 미래를 바라보며 열심히 달린 결과 이런 날을 맞이했다. 아내와 나는 기쁨과 감격을 함께 나누었다. 앞으로는 위만 보지 말고 가끔 아래도 보며 살자고 둘이서 다짐했다.

급등한
매상의 비결

오누이가 왜 힘들어했는지 모를 만큼 편의점 장사는 잘 되었다.

돈벌이가 안 되면서 일이 힘들면 죽을 맛이지만 돈을 벌면서 힘든 것은 오히려 행복이 아닌가. 이런 잘 되는 편의점을 마다하고 매물로 내놓은 전 주인들이 이상했다. 왜 그랬을까?

나는 편의점 안팎을 돌아다니면서 손님들의 통행에 지장이 없도록 최선을 다했다. 그동안 사용하지 않던 드라이브 쓰루를 새로 넓게 아스팔트 포장을 해서 활용도를 높였고, 7명의 직원들에게도 서비스 시간을 빨리 해서 차량 정체 시간을 최대한 짧게 하도록 지시했다. 드라이브 쓰루 옆에는 대형 얼음 기계를 설치해 냉장고에서 막 나온 찬 맥주에다 얼음을 더 채워 주변에서 가장 찬 맥주를 손님들에게 제공했다. 이 모든 아이디어는 흑인촌 드라이브 쓰루 편의점에서 일할 때 체득한 경험에서 나온 것이다.

퇴근시간이 되면 맥주와 와인 등을 사려고 드라이브 쓰루에 길게 두 줄, 세 줄로 늘어선 차량 행렬이 나의 피곤함을 싹 가시게 해줬다. 직원들도 분주히 움직였지만 그래도 일손이 부족하면 나와 아내까지 가세해 때론 계산원으로, 때론 냉장고 진열원이나 청소부 등으로 정신없이 일했다.

인수할 때 월 10만 달러라던 매상이 3개월 만에 2배로 훌쩍 뛰었다. 처음엔 기록이 잘못된 줄 알았으나 빅3 맥주회사에서 제공하는 판매 현황을 보니 매상이 급증한 걸 알 수 있었다. 그 지역권에서 맥주를 제일 많이 판 편의점에도 선정되었다. 급격한 판매 증가의 비결이 궁금해서인지 또는 격려 차원에서인지 맥주 빅3인 버드와이저(Budweiser), 밀러(Miller), 쿠어스(Coors) 사장들이 직접 찾아와 기념사진까지 찍었다. 다들 엄지손가락을 치켜세우며 대단한 성과라고 칭찬했다. 특별한 비결이 무엇이냐고 물어봤지만 열심히 일한 것밖에 없었다. 흑인촌에서의 경험을 바탕으로 고객과 조금이라도 더 가깝게 다가가는 것, 그러면서 친근한 이야기를 만들어가는 것이 나만의 방법이었으나 남에게 설명은 할 수 없었다.

문을 여는 아침 8시부터 문을 닫는 밤 12시까지, 하루도 쉬는 날 없이 아내는 계산대 직원으로, 나는 재고 및 창고 정리를 열심히 했다. 무거운 맥주 박스를 옮기다 보니 손톱 밑에는 핏물이 서려 있었고 발등은 항상 부어 있었다. 그래도 내 사업체이기에 그저 행복했다. 돈까지 벌어서 아무것도 부러울 게 없었다.

오르막과
내리막

오르막이 있으면 내리막도 있다고 했던가.

편의점을 인수한 지 10개월이 넘도록 하루도 쉬는 날 없이 일했다. 그런데 예상치 못한 문제들이 생겼다.

그날도 늘 그래오듯 대형 냉장고 안에서 정리를 하고 있는데 바깥에서 갑자기 "탕! 탕! 탕!" 하고 창문을 세게 내리치는 듯한 소리가 들렸다. 급히 바깥으로 나가보니 7명의 직원은 물론 아내조차 보이지 않았다. 자세히 살펴보니 전부 다 구석에 몸을 숨긴 채 떨고 있었다. 계산대 밑에 바짝 엎드린 아내가 나와 눈이 마주치자 어서 숨으라고 손짓을 했다.

창문 쪽을 바라보니 자동소총을 든 백인이 대로변에 지나가는 차량과 사람들을 향해 마구잡이로 쏘고 있었다. 도로에는 이미 차량 한 대가 뒤집혀 있었고, 운전자는 총을 맞고 차 안에 쓰러져 있었다. 곧이어 경찰차 20여 대와 구급차가 달려오고 저격범은 현장에서 체포되었다.

우리 편의점 바로 앞에 폴리스 라인이 설치됐다. 그 사건을 수사하기 위해 강제로 편의점 문을 닫아야만 했다. 나와는 무관한 일이었지만 그런 공적인 협조는 당연한 것이었다.

수사가 끝나고 며칠 후 다시 문을 연 우리는 더욱 활기차게 일했다.

손님들은 무더운 여름에 차에서 내리지도 않고 입술이 얼얼해지는 맥주를 살 수 있는 우리 편의점의 시스템을 무척 좋아했다. 미국에서 드라이브 쓰루는 델리 가게, 커피숍, 도넛 가게 등의 꽃이었다. 비나 눈, 더위나 추위는 물론 차 안에 아이나 애완동물이 있는 그 어떤 경우에도 물건을 사려고 차에서 내릴 필요가 없기 때문이다.

그런데 총격 사건 이후 또다른 문제가 생겼다. 사건을 수사하려는 형사와 조사관의 왕래가 잦아지고 때론 경찰차가 가게 인근에 주차돼 있으니 점점 고객들의 발길이 뜸해지기 시작했다. 이유를 파악한 후 그럴수록 더욱 친절하게 고객을 상대했다. 맥주 가격도 내리고 취급하는 와인의 종류를 늘리기도 했다. 직원들에게 유니폼도 입혀보았다. 그래도 매상은 좀처럼 오르지 않았다.

미국 젊은이들 사이에는 대형 사고가 났던 편의점엔 잘 가지 않는 분위기가 있었다. 형사들과 마주쳐서 좋을 게 없다는 인식 때문이었다. 자칫하면 괜한 표적의 대상이 될 수도 있었다. 심지어 우리 직원들 중에도 전과가 있어서 무단결근하는 사람이 있었다.

그런 와중에 경찰서에서 공문이 도착했다. 우리 편의점이 위험지역으로 지정되어 당분간 경찰과 주정부 주류관리청(TABC, Texas Alcoholic Beverage Commission) 합동으로 함정단속을 하게 됐다는 내용이었다. 얼마 전 총격 난동이 있고 나서 차후 사고를 막기 위한 경찰의 사전 조치인 것 같았다.

그런데 함정단속을 한다는 공문 내용과는 달리 경찰과 주류 관리청 사람들은 공공연히 허리에 권총까지 찬 채로 공공건물의 안전 요원들처럼 편의점 입구를 가로막고 서 있었다. 기가 막힐 노릇이었다. 편의점을 찾아온 손님들이 들어오려다 말고 기겁을 하며 도로 나가기 일쑤였다. 매상은 더욱 곤두박질을 쳤다. 걷잡을 수 없이 무너진다는 건 그럴 경우를 두고 하는 말이었다.

설상가상 이런 일도 있었다.

한창 바빠야 할 금요일 오후 4시쯤 경찰관들이 와서 주인을 찾았다. 이유는 'Kyung Kim'을 체포하러 왔다는 거였다. 찾는 사람이 나라고 하니 남자가 아니라 여자라고 했다. 아내의 중간 이름도 '경'이기 때문에 미국의 제도에 따라 결혼 후 아내가 내 성으로 바뀌면서 공교롭게도 두 사람의 성과 이름이 같아졌다.

죄목은 어이없게도 미성년자 상대 주류 판매였다. 경찰관은 아내를 체포해 차에 태우고 가버렸다. 순식간에 벌어진 황당무계한 일이었다. 나는 달라스 다운타운 구치소로 아내를 찾아갔다. 경찰관이 작성한 보고서에는 체포된 취중의 미성년자들이 우리 편의점 여직원한테서 맥주를 샀다고 돼 있었다. 미성년자는 술을 살 수도 없거니와 마시는 것만으로도 범법행위였다.

보석금을 내고 아내와 함께 구치소를 나섰다. 아내는 아무 일도 없었던 것처럼 애써 태연한 척했지만 그 이면의 놀란 표정까지 숨기지는 못했다. 한국에 살았으면 경찰서 근처에도 가지 않았을 텐데 못난 남편을 만나 구치소 구경까지 하는구나, 마음이 몹시도 아팠다. 변호사를 통해 아내의 무죄를 밝혔지만 그 과정이 우리를 무척 힘들게 만들었다. 한꺼번에 몰아 닥친 너무 많은 일을 겪느라 몸과 마음이 모두 만신창이가 되어 있었다.

그럴 때 정말 반가운 소식 하나가 파랑새처럼 우리에게 날아들었다.

아내가 둘째를 임신한 것이었다. 그 소식 하나로 만시름이 한꺼번에 사라지는 느낌이었다. 오랜만에 아내와 나는 두 손을 꼭 잡고 활짝 웃었다. 아내는 몸조리를 해야 할 시기였다. 내가 아내 몫까지 1인 2역을 하거나 따로 도와줄 사람을 구해야 했다. 나는 바쁘다는 핑계로 오랫동안 잊고 지내던 기도를 다시 시작했다.

기도를 하면서 마음이 점차 차분해지고 평화가 찾아들었다. 흥분과 격정들이 가라앉으면서 뭔가 앞날에 대한 이성적인 판단이 되살아나기 시작했다. 장애물이 자꾸 앞을 가로막을 때는 부수면서 가기보다 잠시 피해서 돌아가는 것도 한 방법이었다. 비록 장사가 잘 되는 좋은 편의점이지만 일의 흐름이 이럴 때는 이쯤에서 그만둘 줄도 알아야 한다는 생각이 들었다.

나는 편의점을 처분하기로 결정했다.

비즈니스 브로커를 통해 매물로 내놓자마자 수많은 구매자가 모여들었다. 워낙 입소문이 자자했던 편의점이어서 여러 나라 사람들이 벌떼처럼 달려들었고, 협상 끝에 결국 베트남 사람에게 편의점을 넘겼다.

편의점을 운영하는 짧은 1년 동안에 우리 부부는 많은 것을 경험했다.

열심히 하고 빨리 가는 것도 중요하지만 쉴 때는 쉬고, 제대로 가야 한다는 지혜도 얻었다. 누가 이런 것들을 가르쳐주었다면 더 좋았을 텐데 내 주변엔 그럴 사람이 아무도 없었다. 아쉽긴 하지만 내가 직접 깨닫고 그러는 만큼 시간이 더 걸려도, 그 과정에서 얻는 것도 있겠지 하고 생각했다.

나의 보금자리

1년 동안 너무 힘들었던 탓인지 편의점을 팔고 나자 아쉬움보다는 후련함이 더 컸다. 내 첫 사업이랍시고 아침 8시부터 자정까지, 마치 마라톤 경주를 100미터처럼 뛰었던 것 같았다. 우선은 잠부터 좀 실컷 자두고 싶었다.

곧 둘째가 태어나면 아파트가 좁을 것 같았다. 아내와 의논 끝에 좀 넓은 집을 먼저 사기로 했다. 그동안 아파트에서만 살았기 때문에 우리는 이제 여느 이민자들처럼 학군과 환경이 좋은 지역에 새 집을 사기로 결정하고 자금을 조달할 계획을 세웠다.

미국에서 집을 사기란 사업체를 사는 것 이상으로 쉽지 않은 일이다. 사업체는 교통과 매상만 알아보면 되지만 집은 학군, 마트, 주변 환경 등을 모두 살펴야 한다. 한국에서처럼 아이들이 알아서 등하교를 하는 게 아니라 등교도 시켜주고, 하교할 땐 픽업도 해야 하고, 방과 후 수업까지 일일이 데려고 다녀야 하기 때문이다.

만삭의 아내와 매일 새로 살 집을 알아보러 다니는 것은 인생의 커다란 즐거움이었다. 아내는 나보고 건축을 전공했으니 좋은 집을 구해보라고 했지만 전공과 내가 살 집을 선택하는 건 별개인 듯했다. 집에서 주로 생활할 아내의 동선이 집을 고르는 첫째 고려 조건이었다. 그렇게 한 달 넘게 집을 보러 다니고 나서 드디어 수영장이 딸린 백악관처럼 희고 큰 집을 골랐다.

집을 사고 얼마 지나지 않아 둘째가 건강한 모습으로 태어났다. 이번에도 역시 아들이었다. 나는 모든 게 만족스러웠다. 이제 오손도손 잘 살아갈 일만 남은 듯했다. 대학에 다닐 때부터 마음속에 얼마나 이런 집을 설계하고 꿈꾸었던가. 날마다 그리워하며 오직 꿈으로만 여기던 집과 가족이 이젠 엄연한 현실이 되어 내 곁에 있었다. 생각하면 새삼 꿈을 꾸고 있는 것 같을 때가 많았다.

나는 새로 산 집을 꾸몄다. 뒤뜰에 애들이 뛰어 놀 놀이터도 만들고, 자투리땅에는 텃밭도 만들어서 호박, 깻잎, 방아잎 등을 심었다. 앞마당에는 두 아들을 상징하는 붉은 참나무 두 그루를 심었다. 난생처음 내 집 마당에서 잔디를 깎으며 애들과 함께 삶을 즐기는 그 순간의 희열을 나는 지금도 잊을 수 없다. 그런데 그 무한한 인생의 즐거움 속에서 이따금씩 스치고 지나가는 무언가가 있었다. 바로 나의 남다른 유년기였다.

나는 아버지와 놀거나 시간을 함께 보낸 적이 없었다. 내가 아버지의 존재를 처음 궁금해 하기 시작한 건 주민등록증을 받아온 18세 때였다. 주민증에는 생전에 한 번도 가본 적 없는 본적과 호주로서 아버지 성함이 기재돼 있었다.

그 이후 아버지 얘기는 친지들로부터 깨어진 거울 조각처럼 하나둘씩 주워들었다. 한국전쟁 직후 어수선한 시기에 권총을 차고 다니던 육사 중령 출신의 특무 대장이었다. 사상이 불온한 자를 잡아들이는 무소불위의 권력자였다. 강직한 군인정신과 불같은 성품을 가진 분이라서 교육자인 어머니와 서로 성격이 맞지 않았다. 결국 두 분은 각자의 길을 가기로 결정했다. 아들 셋은 아버지가 데려가고 아직 뱃속에 있던 나는 어머니가 키우기로 합의했다.

대강 내가 전해들은 이야기의 조각들은 그러했다. 그래서 나는 아버지 없이 어머니 손에 자라게 된 거였다.

집에는 아이젠하워 미국 대통령의 초청으로 미국에서 정치인 및 군인들과 찍은 아버지 사진이 한 장 있었다. 그걸 친구들에게 보여주는 게 내게는 큰 자랑거리였다. 그러면서도 내 마음 한편에는 아버지의 부재가 고스란히 아픔으로 남아 있었다.

세월이 흘러 두 아들을 키우게 된 아버지로서 나는 형언할 수 없는 깊고 묘한 감회에 젖어들었다. 어떻게 하면 나는 좋은 아버지가 될 수 있을까. 어떻게 하면 내게 상처와 아픔이었던 아버지란 존재를 나의 두 아들에겐 갑절의 자랑과 행복으로 되돌려줄 수 있을까.

많은 자녀 양육 관련 서적을 읽었지만 애들과 놀기란 여전히 어려웠다. 지식만으론 부족한 부분이 많았다. 그래도 나는 노력을 게을리 하지 않았다. 나의 두 아들에게만은 그 어떤 결핍이나 핸디캡도 물려주지 않겠다고 다짐했다. 최선을 다해서 제대로 성장한 어른을 만들어주고 싶었다. 내가 경험한 그 어떤 마음의 상처도 물려주지 않겠다고 맹세했다. 나에게 아버지의 모델이 없어 불리했다면 아이들에겐 내가 그 누구보다 멋진 아버지의 모델이 돼주고 싶었다. 나는 다른 아버지들보다 내 아이들과 더 많은 시간을 보내겠다고 결심했다.

내 마음의
세 호박돌

미국도 한국과 마찬가지로 새 집을 사면 집들이와 유사한 문화가 있다. 주변 지인과 친구들을 집으로 초대해 음식을 함께 먹고 즐거운 시간을 보낸다.

우리 집들이는 조금 번거로워도 한국 사람들과 미국 사람들을 따로 분리해서 하기로 했다. 그 편이 손님들에게 더 나을 것 같았다. 그렇게 한 가장 큰 이유는 음식 때문이었다.

첫 파티에 초대한 미국인 손님들 중에 특별한 세 사람이 있었다. 론 그랜트(Ronald Grant)와 마이클 지피아스(Michael Xiphias) 그리고 잭 스태트만(Jack Stadtman)이었다.

먼저 론은 이혼 전문 변호사였지만 편의점을 살 때부터 팔 때까지 물심양면으로 나에게 도움을 주었다. 미국에 온 이후 내가 겪은 모든 일을 다 아는 것은 물론 나의 성장과정까지 잘 알았다. 세상에 가족보다 소중한 존재가 없다며 아빠로서 아이들과 가급적 많은 시간을 보내라는 조언을 아끼지 않은 그였다.

내가 가슴에 상처로 남은 아버지 얘기를 하면 지금까지 내 삶은 반쪽 인생에 불과했으니 앞으로 애들과 함께 넘치는 사랑으로 나머지

반쪽을 채우라고 조언했다. 그럼에도 불구하고 만에 하나 이혼을 하게 된다면 변호사 수임료를 받지 않고 서류를 처리해주겠다며 농담도 했다.

나는 그를 존경했다. 오래 전 그의 사무실을 방문한 이후부터였다. 사무실에 걸린 아동들의 사진을 보고 누구냐고 물으니 전부 다 자식들이라고 했다. 나보다 스무 살 정도 많은 미혼인데 자식이 무려 48명이나 되었다. 알고 보니 오갈 데 없는 아동들을 48명이나 입양해 자식처럼 양육하고 있는 대단한 사람이었다. 아이들 대부분은 동남아에서 입양해 온 장애아였는데 한국에서 입양한 장애아도 6명이나 있었다. 론이 20대 때 동남아를 여행하다가 장애아들에 대한 열악한 처우를 보고 느낀 바가 있어 하나 둘 입양하기 시작한 것이 시초였다고 한다. 결국 자신은 결혼할 시기도 놓쳐버리고 이젠 입양이 그의 삶이고 입양한 아이들이 자신의 금쪽같은 자식이 돼 있었다.

우리집에서 30분쯤 떨어진 리차드선(Richardson)에 있는 그의 집에 가면 각 방마다 애들을 위한 '애국의 방'이 있었다. 방학이 되면 자녀들과 팀을 만들어 해외여행을 다니며 직접 수집한 것들로 방을 꾸몄다. 태국의 방, 베트남의 방, 중국의 방, 인도의 방, 미국 남북전쟁의 방 등이 있었다. 방 안에 걸린 장식품들 중에는 그야말로 진귀한 것들이 많았다. 한국의 방을 같이 만들자는 제의도 받았다. 한국의 전통 탈과 머리에 쓰는 갓 정도만 구해준 게 못내 미안했다.

론은 전립선암과 당뇨와 싸우며 재택근무를 했지만 그의 입양은 계속 진행형이었다. 그런 그의 앞에만 가면 절로 고개가 숙여졌다.

비즈니스파트너 이상의
소중한 친구인
변호사 론 브라이언트는
입양 자녀가 무려 48명이나 된다.

그토록 숭고한 희생은 어디서 나오는 것인지 알고 싶어 방송국에서 몇 번이나 인터뷰 요청을 했지만 그럴 때마다 단호히 거절한다고 그의 비서가 귀띔해 주었다. 론은 자신의 힘이 아닌 예수님의 힘으로 하는 사업이라고 말했다. 그래서 인터뷰를 할 일도 없지만 해봐야 아무 말도 할 게 없다는 거였다. 삶은 한 번 지나가면 다시 올 수 없는 시간들이기에 매순간 하고 싶은 걸 하며 뜨겁게 그것들을 사랑하라고 그는 나에게 수시로 강조했다.

두 번째 소개할 사람은 마이클 지피아스다.

한국을 떠나 달라스에 도착한 바로 다음날 알게 된 대형 수제화 전문점의 주인이자 그리스 친구였다. 내가 아끼는 이태리산 구두를 수선하러 간 것이 인연이 되었다. 마이클은 이태리 신발 학교를 수료하고 거기서 만난 한국인 아내랑 알콩달콩 재미있게 사는 친구였다. 어릴 때 소아마비를 앓는 바람에 다리가 많이 불편했지만 정신만은 장애자가 아닌 '철인'이라고 강조하는 그는 나보다 더 농담을 즐겼다.

마이클은 멕시코 과달라하라(Guadalajara)에 있는 '캐나다'라는 브랜드를 생산하는 신발 공장 부사장으로 부임하게 되었을 때, 그 취임식에 나를 초청할 정도로 막역했다. 내가 중학교 영어책에서 배운 '스파르타 정신'을 얘기하면 그는 손사래를 치며 지금은 그런 게 하나도 없다고 애석해 했다. 다들 로마의 후손이라며 잘난 체만 하고 있을 뿐 일은 하지 않아 나라가 망해간다는 것이다.

하지만 그는 자녀들에게 틈틈이 그리스어를 직접 가르쳤다. 마이클의 어머니가 미국에서 태어난 분인데도 두 모자의 대화는 영어가 아닌 그리스어로 했다. 글도 라틴어를 사용했다. 소크라테스가 다시 환생하면 구어체는 많이 바뀌어서 대화는 알아듣지 못하겠지만 글은 읽을 수 있을 정도로 그리스 국민들이 라틴문자를 잘 보전하고 있다며 자랑스럽게 얘기했다.

그를 보면서 아들과 영어로 대화하는 내 모습이 한없이 부끄러웠다. 그것이 계기가 돼 나는 아들들을 한글 학교에 보냈다. 마이클의 표현대로 나도 세종대왕이 다시 환생하면 자랑스럽게 한글을 사용하는 모습을 보여주고 싶다. 마이클에게서 정말 귀중한 것을 배운 셈이었다.

세 번째 손님은 잭, 지금의 나를 있게 해준 친구였다. 무역을 하게 도움을 주고, 자기 직원들에게 '한국 유대인'이란 별명으로 나를 소개하면서 한껏 나의 자존감을 높여준 사람이다. 흑인촌의 편의점 매니저가 뭐 그리 대단한 사람이라고 선뜻 2억 가까운 돈을 주며 액자무역을 시도하게 해준 그의 뜻과 행동은 지금도 읽기가 어렵다. 내 인생에서 그의 첫 도움이 없었다면 지금의 내가 있었을까 의문이다. 그만큼 내겐 중요한 인연이 바로 잭이다.

이민자로 살아가면서 숱한 사람들을 만나고, 정이 들고, 또 헤어진다.

헤어지면 많은 이가 잊히기 마련이다. 그러나 지금 말한 이 세 사람은 마음 한편에서 늘 생각나는 사람들이다. 그들이 사랑을 나에게 주었듯이 나도 그들에게 받은 사랑을 다른 누군가에게 나눠줄 생각을 항상 하면서 하루하루를 살아가고 있다.

'박씨'를 모르는
미국 제비

    가까운 한국인들과 미국인들을 초청해 집들이를 마친 후 집안 대청소를 했다.

    많은 사람들이 다녀간 자리에는 상처가 많았다. 애들은 장식품을 깨뜨리고, 당구대 위에 음료수를 쏟고, 외벽과 담장에는 낙서까지 있었다. 그래도 우리가 초청한 손님들의 흔적이라서 즐거운 마음으로 집을 청소했다.

    새로 산 집은 흰색의 스투코(Stucco) 2층집이었다. 모래와 분말을 섞어 미장으로 마감한 건물이라 언뜻 보기에는 깔끔하지만 조그만 흠집도 도드라져 거슬리는 단점이 있었다. 좋은 점은 'ㄷ' 자로 지은 집 가운데에 수영장이 있어 애들을 돌보기엔 유리하다는 거였다. 간혹 수영장이 있는 집에서 애들이 물에 빠지는 경우가 종종 있었기에 한순간도 애들한테서 눈을 뗄 수가 없었다.

    하루는 수영장 주변에 잡티가 너무 많아서 자세히 살펴보니 그게 다 새똥이었다. 그러고 보니 최근 자주 새소리를 들었던 게 기억났다. 샅샅이 집을 조사한 결과 수영장 후미진 곳에서 제비집을 발견해 냈다. 한국 제비집이나 미국 제비집이나 그 모습은 비슷하다. 사다리에 올라가서 살펴보니 부화한 지 얼마 안 된 새끼 제비 4마리가 모이를 달라며 짹짹거리고 있었다. 없애려고 올라갔는데 난감해졌다. 놀부도 생각나고 흥부도 생각났다. 제비집을 없앤 뒤에 놀부 같은 시련을 겪고 싶지는 않았다.

제비집을 찬찬히 뜯어보니 제비 부부가 어떻게 집을 이토록 튼튼하게 지어놓았나 신기했다. 제비도 나처럼 여기에 새로 집을 마련한 셈이었다. 아내와 나는 조만간 제비가 커다란 '박씨'를 물고 올 걸 기대하며 새끼 제비들이 다 자랄 때까지 제비집 철거를 유예하기로 했다.

부지런한 제비 부부는 아침 6시만 되면 어김없이 새끼에게 줄 모이를 물어왔다. 몇 주가 지나 새끼들이 날기 시작하자 우리집 수영장은 제비 가족의 놀이터로 변했다. 친구 제비들까지 날아와 북새통을 이뤘다. 한번은 수영장 반대편 현관 2층 유리창을 조화로 장식해두었는데 그걸 진짜로 착각한 새 한 마리가 앉으려고 날아왔다가 유리에 부딪혀 유명을 달리하기도 했다. 미국 새나 한국 새나 새는 새였다.

때마침 어머니께서 미국에 다니러 오시며 호박씨를 가져오셨다. 곧 제비가 박씨를 물어올 텐데 뭐 하러 애써 가져오셨냐는 농담을 하면서 우리는 수영장 옆 화단에 호박씨를 심었다. 그렇게 심은 호박은 정말 무서운 속도로 자라기 시작했다. 한국에서와는 달리 미국 땅에서 호박의 성장 속도는 엄청났다. 마치 울창한 호박나무가 되려는 듯했다. 제비들에게는 훌륭한 놀이터가 생긴 셈이었다. 동네에 사는 모든 제비가 모여들기 시작했다. 물어오라는 박씨는 물어다주지 않고 우리가 심은 호박의 꽃마저 쪼아 먹었다. 그 바람에 호박도 열리지 않았다. 분통이 터진 나는 반나절에 걸쳐 호박 줄기를 모조리 다 걷어내 버렸다. 내친김에 박씨 따위는 물어올 생각조차 없는 배은망덕한 제비들의 집도 새끼가 다 자라 떠난 것을 확인하고는 철거해 버렸다. 집을 얼마나 견고하게 지었으면 허물고 난 뒤에도 제비집의 흔적은 남아 있었다. 그걸 지워보려고 물로도 닦아보았지만 소용없었다. 흔적은 그대로 있고 오히려 미장이 벗겨질 정도였다.

한순간에 집을 잃은 제비들은 아침마다 목청껏 울부짖었다. 날마다 소음 전쟁이 시작된 것이다. 아침마다 새소리에 잠을 깼다. 새가 지저귀니 옆집에서 개도 짖었다. 새와 개가 번갈아 합창을 해대는 통에 늦잠을 잘 수가 없었다. 바깥에 나가면 지붕에 나란히 횡렬로 앉아서 집을 부순 나를 째려보았다. 마늘을 물에 타서 뿌리고, 약을 치고, 독수리 형상을 갖다놔도 제비들은 나를 향한 복수심으로 불타고 있었다. 며칠 잠잠하다 싶으면 어느새 또 집을 지었다. 녀석들은 집을 짓는 데 선수들이었다. 내가 다시 부수면 또 집을 지었다. 피차 그러기를 수차례 반복했다.

한 해가 지나고 녀석들은 다시 왔다. 바닥이 이상해서 보니 그 제비들이 또 집을 짓고 있었다. 미칠 노릇이었다.

그때 한국 TV에서 본 기발한 방법이 있었다. 한국 논에 허수아비 대신 반사경과 반사 테이프를 이용해서 참새를 쫓는 방법이었다. 나도 즉시 그 방법을 따라 해보았더니 말끔히 문제가 해결되었다. 더 이상 제비는 오지 않았다. 그해도, 그 이듬해에도 제비는 오지 않았다. 나는 드디어 내 집을 온전히 되찾아 소유하게 되었다.

미국
이웃사촌들

한국에서는 아파트 층간 소음으로 많은 사람이 고충을 겪는다고 한다. 미국에도 세계 각국의 다민족이 모여 살다보니 별별 희한한 문화적 차이를 경험하고 산다.

내 집을 가운데 두고 한쪽 이웃은 미국인 스탠스(Stance)가, 다른 쪽에는 인도인 파텔(Patel) 가족이 살고 있었다. 스탠스는 너무도 친절한 데 반해 파텔은 전혀 그렇지 않았다.

한번은 아내가 자동차로 후진하면서 주차장 문을 힘껏 박아버렸다. 그 때문에 차를 빼지도 넣지도 못하는 상황이 되어 그대로 둔 채 앞문을 통해 다녔다. 몇 시간 후 수리하는 사람을 불러 상황을 설명하려고 보니 말끔히 문이 고쳐져 있었다. 옆집 스탠스가 그런 사실을 보고는 말도 없이 말끔하게 고쳐놓고 자동차는 딜러에게 가서 고쳐야 할 것 같다는 메시지만 남겨놓았다. 이웃을 챙기는 그의 정은 돈으로 수리하는 몇 배의 감동을 나에게 선사했다.

그로부터 얼마 지나지 않아 심한 토네이도가 우리집 앞의 큰 나무를 쓰러뜨렸다. 혼자 톱으로 끙끙대며 자르고 있는데 스탠스가 어느새 나타나서 거들어주었다. 물론 나도 스탠스가 집을 고치는 일을 하고 있으면 기꺼이 나가서 도와주곤 했다.

반대로 한국에서 '김 씨'만큼 많은 파텔(Patel)이란 성을 가진 인도 친구는 언제나 거만하고 우리 가족을 무시하는 듯한 태도에 처음부터 나를 불쾌하게 만들었다.

내가 집을 샀을 때 그쪽은 땅만 있었다. 한참 후에 집을 짓고 이사와서 우리 담장을 같이 사용하는 이웃이 되었는데, 하루는 우리 쪽 담장에 페인트를 칠하는데 다짜고짜 자기네 쪽 담장도 칠하라고 언성을 높였다. 어이가 없었다. 우리 담장을 자기네가 쓰긴 하지만 주인인 내가 페인트칠도 해야 한다는 주장이었다. 물에 빠진 사람을 건져주니 보따리까지 내놓으라는 심보였다. 마음 같아선 당장 너희 담장을 만들라고 말하고 싶었지만 이웃끼리 그렇게까지 하기가 뭣해 꾹 참고 페인트 스프레이를 사 와 칠해주었다. 그런데 스프레이가 바람에 날려 자기네 잔디를 망친다며 또 난리를 부렸다. 그걸 지워주려고 시너를 썼더니 이번엔 냄새가 난다며 고함을 질러댔다.

하루는 파텔이 내 직업을 물어서 편의점을 운영한다고 했더니 인도 같으면 나처럼 천한 신분으로는 자기와 말은 물론 눈도 못 맞춘다고 했다. 그 옆에서 그의 어머니는 아들이 높은 신분인 크샤트리아로 군 장교를 하다가 미국에 왔다고 설명을 보탰다. 나는 그들의 신분과 우리는 무관하고, 그냥 가까운 이웃에 같은 동양인이니까 잘 지내보려 했지만 곧 포기해버리고 말았다. 그는 다른 이웃들과도 유사한 이유로 불편한 관계를 만들어서 얼마 지나지 않아 동네가 다 아는 싸움닭으로 낙인 찍혀 버렸다.

그러던 중 무슨 바람이 불었는지 그의 집에서 초대를 받게 되었다. 우리는 한국 케이크를 사들고 갔다. 도착하자 이미 다과가 차려져 있었는데 스푼도, 컵도, 그릇도 전부 일회용품이었다.

그걸 설명하는 파텔 아내의 설명은 자극적이었다. 이웃이라 서로 이야기는 하고 지내지만 자기네 식기를 지위가 낮은 우리와 함께 사용할 수가 없어 일회용으로 준비했으니 이해해 달라는 거였다. 불쾌해진 내 아내는 당장 나가자고 했지만 쓸개도 없는 나는 좀 더 이야기를 하고 나오면서 커튼을 비롯한 집안의 곳곳을 잔뜩 손으로 만지고 나왔다. 파텔 아내의 안색이 시커멓게 변했다.

얼마 뒤 2층에서 그 집을 내려다보니 내가 만진 모든 것을 마당에 가지고 나와 물빨래를 하고 있었다. 하층민이 만진 걸 차마 버리지도 못하고, 그렇다고 그냥 쓸 수도 없어 다시 씻는 모양이었다.

사람 사는 건 참으로 상대적이다. 마음을 나누고 싶지만 나눌 수 없는 이웃이 있고, 도와주지 못해 안달하는 이웃도 있다. 파텔과 스탠스 두 집 다 결코 평범한 성격의 소유자는 아니었지만 미국에는 스탠스 같은 사람이 훨씬 더 많기에 아직은 살 만한 세상이 아닌가 한다.

어느 날 파텔은 이사를 가고 다른 인도인으로 집주인이 바뀌어 있었다. 새 주인마저도 파텔 가족을 언급하면서 그들은 극심한 카스트병을 앓는 사람들이라고 표현했다. 네팔은 그런 제도가 벌써 폐지되었지만, 인도에서는 아직도 차별 관행이 심하다고 가르쳐주었다. 마치 신라의 골품제나 조선의 반상제도 같은 게 인도에선 지금도 버젓이 존재하는 모양이었다.

내 편의점을
사라

새로운 사업체를 찾으려고 사방팔방을 뛰어다니다가도 애들이 유치원에서 돌아오는 오후 3시경에는 반드시 집에 있었다. 변호사 론과 약속대로 최선을 다해 애들과 많은 시간을 같이 보내려고 애썼다.

미국의 등교 시간은 그 부모의 사회적 위치를 배려한 시간을 적용한다. 텍사스주의 경우 유치원은 7시 반, 초중학교는 8시, 고등학교는 9시였다. 애들이 어릴수록 부모도 젊으니까 애들을 빨리 등교시키고 출근하라는 사회적 배려.

그날도 애를 등교시킨 후 사업체를 알아보러 외출을 하려는데 전에 일했던 편의점 사장한테서 전화가 왔다. 대뜸 와서 자기를 좀 도와달라는 거였다.

달라스 다운타운을 지나자마자 트리니티 강을 끼고 남쪽으로 펼쳐져 있는 흑인촌은 여전히 썰렁한 모습이었다. 삼삼오오 모여 대마초를 피우며 보리맥아로 만든 맥주(Schlitz Malt)만을 마시는 그들의 모습은 예나 지금이나 전혀 변한 게 없는 듯했다.

편의점에 도착해 정리정돈 상태를 보니 뭔가 잘못돼 있음이 한눈에 느껴졌다. 나는 이미 편의점에 대해서는 전문가였다. 실내의 재고들만 봐도 매상이 얼마나 되는지, 직원은 몇 명이 필요한지를 가늠할 정도는 되었다.

사장은 20년 가까이 달라스에서 손꼽는 대형 편의점 하나를 운영하면서 많은 돈을 벌었지만 이젠 나이가 들고 지쳐 있었다. 팔려고 해도 흑인촌이라 구매자가 나타나지 않았다. 그렇다고 멀쩡한 편의점을 버릴 수도 없는 상황이니 나한테 인수를 해달라고 제안했다. 흑인 직원들을 다루기도 힘들고, 그 편의점 업무는 내가 더 잘 아니까 우선권을 나한테 준다는 듯한 말이었다. 익히 소문난 편의점이라 권리금이 비쌌다. 사장은 특별히 좋은 가격으로 준다고 했지만 나한테는 여전히 덩치가 커서 감당할 수 있을지 의문이었다.

주변에서는 다들 만류하는 분위기였다. 흑인촌에서 나오지 못해 난리들인데 일부러 다시 들어갈 필요가 없다는 거였다. 그 몇 해 사이에 세상이 바뀌어서 흑인촌엔 들어가려는 사람이 없었다. 환경도 최악이었지만 치안이 좋지 않아 목숨을 잃을 위험이 상시 도사리고 있었다. 계산과 상황 판단이 지구상 그 어떤 민족보다 월등히 빠르고 정확한 한국인들조차도 이젠 수준이 높아져서 돈을 벌려고 위험 속에 뛰어드는 어리석은 짓은 하지 않았다.

그러나 나는 생각이 달랐다. 거래는 항상 누가 급한가가 중요하다. 사장이 내게 먼저 전화를 하는 순간 칼자루는 이미 내가 쥔 셈이다. 팔고자 하는 그의 마음이 사고자 하는 내 마음보다 급하다. 위험하다고? 물론 내 몸에 총알이 관통하지 않는 건 아니겠지만 이미 그 지역 사람들에게 익숙해서 낯선 장소가 아닌 데다, 손바닥 보듯 잘 아는 편의점이라 운영에 문제될 게 하나도 없다. 나는 거기서 한걸음 더 나갔다. 편의점만 인수하는 게 아니라 그 옆에 붙은 땅과 건물까 지 아예 다 같이 인수하고 싶었다. 건물주에게 휘둘리는 것도 은근한 스트레스였기 때문이다. 나는 적정한 가격을 제시했다. 그러자 긍정 적인 대답이 왔다. 인수인계는 빠르게 진행되었다.

땅과 건물이 포함되면 주식회사 설립이 필요하다고 변호사가 권 고했다.

주식회사 이름은 ANCA Investment Inc. 아들들의 이름을 합성해 서 만들었다. 큰아들 Andrew와 작은아들 Casey에서 앞글자만 따왔 다. 내 인생의 첫 주식회사였다.

한때 매니저로 일한 내가 사장이 되자 흑인 직원들은 어리둥절해 했다. 편의점에 진열된 모든 상품을 내가 원하는 대로 다시 진열하는 것으로 새 사업장의 일을 시작했다.

지난번 매각한 편의점에서처럼 빠른 서비스(Quick Service), 찬 맥주 (Cold Beer), 싼 가격(Low Price)을 모토로 내걸고 그걸 유니폼 등판에 새 겨 직원들에게 입혔다. 멕시코인 직원들도 더 고용했다. 흑인 직원들 만 있으면 멕시코인들이 꺼려했다. 흑인과 멕시코인을 적절히 안배 할 필요가 있었다.

예상대로 내 아이디어는 적중했다.

우선 빠른 서비스와 영어에 미숙한 멕시코인들이 같은 멕시코 직 원들을 보고 물밀듯 밀려들었다. 그러나 날마다 일어나는 절도범과 직원들의 싸움에 진이 빠졌다. 매니저일 때와 주인일 때의 편의점 운영은 천양지차였다. 매니저일 때는 편한 게 최고였지만 주인은 그럴 수가 없었다. 손해도 이익도 모두 내 것이었다. 내 재산을 지키려면 악착같아질 수밖에 없었다.

길 건너 건물에서 액자 공장을 하는 잭(Jack)은 나의 그런 스트레스를 알고 매일같이 찾아와 넋두리를 들어주었다. 그래도 사장이니까 이겨내야 한다며 용기도 불어넣어 주었다. 잭은 내가 편의점을 운영하는 모습이 그저 신기하기만 했는지 아주 관심 있게 내 업무를 지켜보았다. 그도 그럴 것이 경기에 상관없이 항상 일정한 수입을 보장해주는 게 편의점 사업의 가장 큰 장점이었기 때문이다.

장사를
경영하라

사람 사는 것이 참으로 새옹지마였다. 해고된 이후 비즈니스를 배우는다는 일념으로 취업했던 흑인촌 편의점이 내 사업장이 될 줄 누가 알았을까?

삶은 5년 전 그때나 지금이나 다른 게 없었다. 일하는 시간과 장소, 직원들, 아이템의 원가들, 거래처 등등 변한 게 하나도 없는데 나만 바뀌어 있었다. 그때 나는 이 가게의 직원이었으나 지금은 사장이었다. 한발 더 나아가 내가 있는 이 자리가 내 소유의 건물이었다. 그것 하나가 분명히 달랐다.

때로 대낮에 총소리가 나는 험악한 지역일지언정 내 땅 위에서 들으면 그마저도 폭죽 소리처럼 들렸다. 그만큼 나한테는 안전하고 포근한 보금자리였다.

흑인촌에 발을 디딘 이후 한국에 있는 친구는 물론 지인과 친인척들에게조차 연락을 자주 하지 못했다. 그 시절에 국제전화비가 만만찮았고, 부족한 수면시간을 날려가며 수다를 떨고 싶지 않은 것도 있었지만 솔직히 나의 처지를 드러내기가 부끄러웠다. 힘들고, 곤란하고, 혼란스러운 시간들을 대강 다 흘려보내고 이제 내가 따뜻한 밥이라도 한 끼 대접할 수 있을 때가 되자 비로소 나의 생존 사실을 알리기 시작했다. 소식을 듣고 한달음에 달라스까지 방문해 준 많은 친구들과 직장 선후배들, 지인들의 훈훈한 애정과 관심을 지금도 고이 가슴에 간직하며 살아가고 있다.

지금 할 이야기는 그런 방문 중에 나눈 대화 한 마디가 나를 바꾼 경우였다.

30여 년 전 나를 미국과 유럽에 데리고 다니며 꿈을 심어주셨던 첫 직장 부서장님의 방문을 받았다. '트렉스타'라는 등산용품과 의류 등을 생산하고 수출하는 중견기업 대표인데, 당시 미국 출장길에 일부러 달라스까지 부부 동반으로 들러주셨다. 그분 밑에서 직장생활을 할 때부터 항상 예리하면서도 신선한 시각을 강조하셨는데, 내 사업장을 둘러본 후 불쑥 한 마디를 던지셨다.

"경찬 씨, 이제 장사를 한번 경영해보지 그래? 하나에 만족하지 말고 여러 개로 늘려봐."

그 말씀이 뇌리에 콱 박혀 사라지지 않았다. 장사를 경영하라? 쉬운 말 같았지만 깊은 울림이 있었고, 내 가슴에 와 닿았다. 장사를 어떻게 경영하나? 그 말은 장사에 관리와 운영의 개념을 융합해 시스템화 하라는 뜻으로 나는 해석했다. 사업을 확장하려면 남을 믿고 남에게 맡길 수밖에 없는데, 시스템을 만들면 남에게 맡겨도 무리가 없을 것 아닌가.

나뿐 아니라 많은 이민자들이 사업체를 운영하면서 하나에만 얽매이고 시야를 넓히지 못하는 이유는 남을 믿지 못해서다. 나도 혼자라는 생각 때문에 나만의 방식을 고집해 왔다. 평직원일 때도 그랬고 매니저일 때도 그랬다. 나 아니면 안 된다는 생각의 틀에서 벗어나지 못한 것이다. 가장 큰 이유는 금고를 남에게 맡기지 못해서다. 내 것에 대한 집착이 강해서이기도 하다. 지금 편의점을 내게 매각한 사장도 결국 남에게 맡기지 못해 팔아버리지 않았던가. 여러 사업체를 운영하려면 남에게 맡기는 훈련이 필요했다. 맡긴다는 건 버리는 것이다. 설혹 버려서 경제적 손해가 날지라도 그 이상의 보람과 가치를 얻는다면 나는 성공하는 것이 아닌가.

그날 이후 나는 직원들에게 맡기는 훈련을 시작했다. 편의점 스케줄에서 아예 나를 빼버린 것이다. 간혹 도우러 나오던 아내에게도 앞으로는 애들 돌보는 데만 전념하도록 했다. 시간이 좀 지나자 내가 사업장에 나가는 날도 점차 줄여나갔다. 내가 없어도 사업장이 아무 문제없이 돌아가도록 하려는 의도에서였다.

외형은 그래도 내부적으론 옛날보다 더욱 꼼꼼한 관리가 필요했다. 지금까지 경험을 바탕으로 근무 대차대조표를 만들어 직원 교대가 있을 때마다 작성하게 하고, 차액이나 실수가 생기면 해당 시간에 담당한 직원이 책임을 지도록 했다.

돈에 민감한 흑인 직원들의 반대가 있을 줄 알았는데 오히려 자신들에게 믿고 맡기니 좋아하며 잘 따라줬다. 지금껏 그 누구도 자기들을 믿고 그런 적이 없었다는 것이다. 서로 믿고 의지한다는 건 일방적인 게 아니라는 사실을 또 한 번 깨닫는 순간이었다.

한국인의 적敵은 한국인

　이민 생활을 하면 중동, 유럽, 아시아, 아프리카 등 여러 민족을 접할 기회가 많다. 그 가운데 아시아인들은 부지런하기로 미국에서 정평이 나 있고, 특히 한국인은 근면하고 악착같고 두뇌 회전이 빠른 민족으로 알려져 있었다. 그런데 그런 한국인들이 가장 꺼려하는 민족은 바로 한국인 자신들이었다.

　같은 민족이 서로를 사랑하는 마음과 꺼려하는 마음을 작은 가슴 속에 함께 넣어두고 살아야 하다니! 그것도 이역만리 남의 나라에서 말이다.

　왜 이렇게 됐을까?

　미국에 사는 한국 이민자들의 상도덕은 타민족과 비교해 상식적인 선을 넘어선지 오래였다. 남이야 어떻게 되든 수단과 방법을 가리지 않고 자신만의 이익을 탐했다. 물론 전부가 다 그렇지는 않아도 많은 한국인들이 도가 지나치게 행동했고, 그게 알려지면서 슬픈 관념이 생겨난 것이리라.

　어제까지 한국 식당에서 일하던 주방장이 바로 길 건너에 다른 한국 식당을 오픈하고, 도넛 가게 직원이 옆 건물에 다른 도넛 가게를 열고, 세탁소에서 일을 배운 사람이 한 골목 뒤에 다른 세탁소를 차리는 식이었다. 이런 건 어제오늘의 일이 아니다. 중국인도, 일본인도, 유대인도, 그 어떤 나라 사람도 하지 않는 배은망덕한 짓을 오직 한국인들만 태연히 저지르고 전혀 미안해하지 않았다.

다른 나라 사람들은 오히려 사업체 운영이 힘들어지면 사장이 부도를 내기 전에 직원들에게 넘겨주는 문화도 있었다. 그래서 어느 날 가보면 사장이 직원으로, 직원이 사장으로 바뀌어 있기도 했다. 특별한 게 아니라 다른 민족에겐 허다한 경우였다. 그게 상생이요, 이민 생활에서 성공할 수 있는 길이기도 했다.

내가 겪은 일도 그렇다.

하루는 몇 안 되는 한국 친구한테서 연락이 왔다. 내 편의점에 그의 고교 동창인 '미스터 박'의 취업을 부탁했다. 나는 그때까지 한국인을 직원으로 채용해 본 적이 없었다. 미스터 박은 한국에서 하던 사업이 부도가 나서 미국으로 이주해 왔다고 했다. 이주인지 도주인지 알 수 없었지만 일단은 딱하고 힘든 처지가 이해되어 도움을 주기로 했다. 채용은 물론 애들 입학이며 경제적 지원, 체류비자 문제 등 꼭 필요하지만 혼자 처리하기 힘든 것들을 도왔다.

처음엔 이런 사람이 어떻게 사업에 실패했을까 의심스러울 정도로 일을 열심히 했다. 그의 사업체를 넘어뜨렸다는 IMF사태가 원망스럽기만 했다. 나이도 동갑인 그는 항상 30분쯤 먼저 와서 모든 준비를 완벽히 했고, 퇴근시간에도 내가 먼저 나가야 퇴근하는 전형적인 한국 스타일의 직원이었다. 그의 꿈은 하루빨리 작은 사업체를 가지는 거라고 했다. 이제 시작하는 그에게 나는 내가 몸소 겪은 많은 것들을 얘기해주며 그의 꿈을 아낌없이 응원했다.

그런데 어느 순간부터 자꾸만 이상한 일들이 발생했다. 매월 재고조사에서 여태 없던 문제들이 생겨났다. 4개월째 계속해서 재고와 매상의 균형이 맞지 않았다. 누군가가 재고를 잘못 기재했거나, 혹은 고의로 매상을 누락시키거나 둘 중에 하나였다. 매상 누락은 매상을 훔쳐간다는 뜻이다. 내가 편의점 운영을 시스템화했을 때도 매상과 재고의 차이는 없었는데, 공교롭게도 미스터 박을 고용한 이후로 문제가 발생하고 있었다. 그냥 두고 볼 수만은 없는 일이었다. 회계사를 대동하고 대대적인 조사를 벌였다. 미스터 박이 일을 시작하는 시점과 매상이 누락된 시점이 딱 맞아떨어졌다. 내처 CCTV를 조사한 결과, 아니나 다를까 그의 절도임이 밝혀졌다.

노동허가증이 없는 그를 고용한 것 자체가 불법이었지만 위험을 무릅쓰고 딱한 사정을 도왔는데 너무 괘씸하고 허무했다. 항차 그가 매상에 손을 댄 건 일을 시작하면서부터였다. 그의 소행에 경악을 금치 못했다.

그래도 법적으로 탓을 하자니 그의 인생이 송두리째 망가지는 것 같고, 또 그의 사정이 너무 딱해서 용서하기로 마음을 먹고 이유나 들어보기로 했다. 왜 그랬는지 허심탄회한 설명을 기대했으나 그조차 응하지 않았다. 게다가 사과는커녕 당당하게 그만두겠다고 말했다. 그만두면 모든 게 다 해결되는 것으로만 아는 그의 행동에 화가 난 매니저가 증거물로 녹음해 놓았다. 며칠 후 그는 진정성이 조금도 느껴지지 않는 형식적인 사과를 하면서 흑인 직원에게 도리어 누명을 씌우려고 했다. 격분한 매니저는 증거물을 들고 경찰서로 가려 했지만 애써 말렸다.

몇 달이 지난 후 미스터 박은 우리 가게와 불과 얼마 떨어지지 않은 근처에 같은 종류의 조그만 편의점을 샀다. 그리고 우리 직원을 스카우트하려 했다는 말을 직원들로부터 들었다. 불과 몇 달 전만 해도 차를 살 돈도, 아파트 계약금을 낼 돈도 없어서 내 도움을 받았던 그가 갑자기 돈이 생겨 사업체를 사고 직원까지 빼내가려 했다니, 그의 정신 상태는 고사하고 한국에서 맞았다는 부도에도 또 다른 사연이 숨어 있는 듯했다.

나는 몇 년을 잠자는 시간만 빼고 일한 후 내 소유의 편의점을 가질 수 있었는데, 그는 불과 몇 달 만에 나를 발판으로 비슷한 결과를 만들어낸 것이다. 물론 뒷이야기는 그와 내가 같을 수 없다. 경험이 없던 그는 오래가지 않아 편의점 문을 닫았다. 근면할 줄도 알고, 열심히 일할 줄도 아는 그가 비뚤어진 생각 때문에 삶의 방향을 잃고 갈팡질팡 사는 모습이 내게는 참 안타깝게 보였다.

미스터 박이 처음 미국에 와서 일을 시작할 때 나는 그에게 한국인이 제일 조심해야 할 사람은 바로 한국인이라고 몇 차례나 강조해 가르쳤는데, 그런 일을 겪고는 그저 모든 게 부끄럽고 민망할 따름이었다.

새로운 사업을
꿈꾸며

한인들이 제일 많은 LA에는 이미 오래전에 '스왑밋(Swap Meet)'이라 불리는 중대형 마켓이 성행하고 있었다. 수많은 한국인들이 거기서 일을 하지만 건물 주인은 대부분 유대인들이다.

달라스에 사는 이민자들은 전문인을 제외하면 여느 지역과 마찬 가지로 원유 정제, 도매상, 호텔, 소규모 쇼핑센터, 주유소, 세탁소, 편의점, 도넛 가게, 샌드위치 가게 등을 운영한다. 이민자들이 하는 사업체는 민족성이나 거주지에 따른 특성, 또는 그네들의 종교와도 밀접한 관련이 있다. 중동 이슬람권 이민자들은 체력이 좋아서인지 원유 정제 및 영업시간이 긴 주유소 사업을 많이 했다. 특히 그들은 종교가 같으면 친형제 이상으로 가깝게 지낸다. 사업체도 공동으로 운영하는 동업자가 10명, 심지어 20명 이상인 경우도 허다하다.

나도 그들처럼 한국 지인들과 수차례 동업을 시도했지만 번번이 실패만 거듭했다. 돈을 벌지 못할 때는 관계가 좋았지만 돈을 벌면 항상 문제가 되었다. 욕심들이 많아서 그런 모양이었다. 채우기는 잘 해도 비우기는 못 하는 게 한국인 같다.

그래서인지 소자본으로 동업자 없이 혼자 할 수 있는 도넛 가게는 한국인 사업자가 단연 많다. 타의 추종을 불허한다. 사거리 교차로가 있으면 교차로 네 군데 도넛 가게를 모두 한국인이 운영하는 데도 수두룩하다. 달라스 근교에 한인이 운영하는 도넛 가게는 이미 1,200개가 넘는다고 한다. 참 어마어마한 숫자다. 하긴 투자액에 비해 수익률이 그만큼 좋은 업종은 현재로선 찾기 힘들다.

서기 2000년을 전후해 달라스 인근에선 주유소 비즈니스가 굉장히 성행했다. 특히 1990년 이라크의 쿠웨이트 침공 이후 유가가 계속 오르자 미국이 중재를 빌미로 군사 개입을 하면서 자체 유류 생산에 돌입했다. 그 바람에 기름 값이 떨어졌고, 달라스 지역 유입 인구가 늘면서 자연히 주유소가 많이 필요하게 되었다.

중동지역에서 온 이민자들이 주유소는 물론 원유 중간 대리점을 많이 하고 있었다. 주유소 수요가 급등하자 자금을 보유한 한인들이 매입을 원했고, 거래에 거품이 일어 턱없이 가격이 비싸졌다. 중동인에 비해 포부나 자금력이 결코 뒤지지 않는 한인들은 가격이 오른 주유소를 매입하기보다는 길목이 좋은 땅을 매입한 뒤 한인 은행을 끼고 직접 주유소 건물을 지었다. 내 주변에도 주유소를 신축하는 친구들이 있었다.

자금이 부족한 나로서는 그저 구경이나 하면서 그들을 부러워하기만 했다. 하지만 틈만 나면 매물로 나온 주유소를 눈여겨 보고 신축할 수 있는 땅들도 유심히 살펴보면서 나름대로 주유소와 관련한 지식들을 쌓아나갔다. 달라스 지역에 형성된 시장 흐름에 따라 나도 주유소를 내 미래 사업체로 정해두고 있었다.

목덜미를 겨눈
총구

자영업자들 사이에서 상식처럼 알려진 이야기로, '가게 문 연 후 30분, 문 닫기 전 30분을 조심하라'는 게 있다. 그 시간이 한창 바쁘거나 혼란스러운 데 그런 틈을 타서 강도나 좀도둑이 들어온다는 거였다. 실제로 가장 많은 피해를 보는 게 그 시간대였다.

우리 편의점에서 차로 10분 거리에서 나와 같은 사업체를 운영하던 고향 후배도 가게 문을 닫고 차를 타는 순간 총에 맞아 그만 유명을 달리했다. 기쁨을 함께하면 2배가 되고, 슬픔은 나누면 반이 된다고들 하지만 정말 깊은 슬픔에 빠진 가족들에게 그 어떤 위로의 말을 해도 슬픔이 줄어들 것 같지는 않았다. 그런 장면에선 오히려 편의점 문을 열고 멀쩡히 장사를 하는 평범한 일상생활 자체가 미안할 따름이다. 편의점이야 폐장을 하면 된다지만 어느 날 갑자기 사라져버린 아빠의 빈자리를 엄마는 어떻게 메울 것인가? 애들에게 무슨 말로 아빠의 부재를 설명하고 이해시킬 것인지, 옆에서 지켜보는 내 가슴마저 먹먹했다. 얼마 뒤 우리 편의점에서 그보다 더한 일이 벌어질 줄은 아무도 몰랐다.

다운타운에서 주택가로 접어드는 길목에 편의점이 있어서 주말이 시작되는 금요일 오후 4시부터 7시까지는 그야말로 숨 돌릴 틈조차 없이 바빴다. 당시 직원은 6명이었는데 바쁠 때는 일손이 부족했다. 그날도 이른 저녁을 먹고 바쁜 일손이나 도울 겸 어머니와 함께 편의점으로 갔다. 달라스의 여름은 서머타임을 적용해서 저녁 8시에도 대낮처럼 환했다. 어머니는 카운터로 가시고, 나는 대형 냉장고 안에서 늘 하던 익숙한 정리를 하고 있는데, 갑자기 매장홀에 연결된 스피커에서 욕설 섞인 흑인의 고함소리가 들려왔다.

"손들어! 움직이지 마!"

"엎드려! 이 새끼들아!"

처음엔 직원들이 싸우는 줄 알고 대형 냉장고 문을 열고 나가는 순간 5인조 흑인 권총 강도들과 정면으로 맞닥뜨렸다. 강도들은 일제히 내게 총부리를 겨눴다. 직원들은 모두 땅바닥에 바짝 엎드려 있었다. 복면도 하지 않은 강도들은 앳돼 보였다. 내가 주인이란 걸 아는지 내 손을 묶고 무릎을 꿇게 한 다음 다른 한 명이 금전등록기 앞으로 갔다. 어머니는 금전등록기 뒤에서 신문을 보고 계시다가 총을 든 강도를 보자 그제야 놀란 표정을 지었다. 어머니의 한국말이 바깥으로 울려 퍼졌다.

"이기 다 뭐 하는 짓들이고?"

"돈 서랍 열어!"

강도가 어머니 뒤통수에 총부리를 갖다 댔다. 억센 톤의 흑인 영어를 못 알아들은 어머니는 총부리 앞에서 되레 역정을 내셨다.

"문디 자슥들, 이거 순 미친놈들 아이가?"

그냥 다 가져가라고 하면 될 텐데 어머니의 기세는 조금도 수그러들지 않았다. 그쯤 되자 답답해진 것은 강도였다.

"할머니, 돈 서랍 열라고! 응? 할머니!"

강도는 계속해서 재촉했다.

"문디 자슥아! 열라믄 니가 열어라. 이거는 머꼬?"

순간 어머니가 탁! 하고 총부리를 치는 순간, 놀란 강도는 엉겁결에 총을 바닥에 떨어뜨리기까지 했다. 총의 위력을 모르는 어머니는 차라리 칼이 무섭지 총은 장난감처럼 대수롭지 않게 여기셨다.

결국엔 내가 강도한테 끌려가서 등록기를 열려는 순간 갑자기 눈에서 별이 번쩍했다. 강도가 총으로 뒤통수를 후려친 것이다. 갑자기 당황하니 매일 같이 다루던 금전등록기를 나 역시도 금방 열 수가 없었다.

그러는 사이 강도들이 바닥에 엎드린 6명의 직원을 바깥으로 끌고 나가 팔을 들게 하고 총구를 겨누고 있었다. 이 모습을 본 순찰 경관이 경찰서에 급히 지원요청을 했고, 잠시 뒤 경찰차가 들이닥치고 헬리콥터까지 날아왔다. 강도들은 돈커녕 총까지 버린 채 줄행랑을 쳐버렸다.

얼마 지나지 않아 강도 5명이 모두 검거됐다. 시카고에서 온 철부지 10대들의 소행이었다. 천만다행으로 직원들은 다치지 않았고, 잃은 돈도 없었다. 나는 머리에 상처를 입었지만 그리 심각한 정도는 아니었다. 경찰관들 말에 따르면 그들은 보스한테서 교육을 받은 후 강도를 저질렀고, 그 보스를 경찰이 쫓고 있다고 했다.

너무 환한 시간에 사람들의 왕래가 몹시 빈번한 가게를 범행 대상으로 삼은 강도들의 행동은 상식적으로 이해하기 어려웠다. 이럴 경우 대부분은 마약에 취해 벌인 일이라서 깨어나면 기억을 못하는 경우가 다반사였다.

경찰서에서 수사 보고서의 복사본을 보내왔다. 예상대로 불법 무기 소지, 마약 등 흔히 보던 사건들이었다. 비록 10대였으나 권총 강도인 만큼 중벌을 피할 수 없었다. 미국에선 총이든 칼이든 몽둥이든 무엇을 들었는지는 그다지 중요하지 않다. 흉기를 들었다는 그 자체가 동일한 비중으로 취급되는 것이다.

검찰청에서 증인 신문을 위해 직원 6명과 나에게 출두해 줄 것을 요구했지만 아무도 증인으로 나서지는 않았다. 5인조 10대 강도들은 16년에서 22년 사이의 형을 확정 받았다. 뒤에 알게 된 그들의 가정 형편은 불우했다. 모두 일반적인 교육기관이 아닌 청소년 교도소 내의 부설학교에서 받은 교육이 전부였다. 다섯 중에 셋은 부모가 재소자였다. 가정과 부모와 교육이 얼마나 중요한지, 그리고 과연 투옥과 응징만이 방법인지 그네들의 편에서 사건을 다시 생각하는 계기가 되었다. 일이 모두 끝나고도 나는 오랫동안 마음이 편치 않았다.

총구가 겨누어졌던 내 목덜미는 한 달이 넘도록 시큰거렸다. 어느 정도 충격이 가신 뒤에 생각해보니 우리 어머니는 도대체 어디서 그런 용기가 나왔는지 신기하기만 했다. 강도로부터 아들을 지키려는 숭고한 모성애와 맹목적인 보호본능이 작동한 것이겠지만 아무리 그렇게 이해하려 해도 불가사의한 부분이 있었다. 아마도 어머니는 평생을 그런 불가사의한 사랑과 보호본능으로 나를 낳고 키우며 살아오셨을 것이다. 그런 평소 실력(?)이 위기 앞에서 자연스럽게 밖으로 표출한 것이리라. 나는 어머니께 다시 한 번 진심으로 감사했지만 말로는 표현하지 않았다. 그런 건 말로 표현할 수도 없고, 왠지 표현해서도 안 될 것만 같아서였다.

강도 사건이 주변에 알려지자 직원들은 물론 단골손님이나 맥주 회사 세일즈맨들까지도 어머니를 '빅 마마(Big Mama)' 라고 불렀다.

MC몽

이민생활을 하며 자식들을 어떻게 양육할 것인지는 모든 부모가 안고 사는 숙제다. 영어에 한이 맺힌 부모는 집에서도 자식들에게 영어만 쓰게 해서 나중에 장성한 자식들과는 대화와 소통이 잘 되지 않은 경우도 많다.

어떤 이는 딸을 아이비리그에 속하는 대학과 대학원을 보냈는데 고졸 출신의 군인 남자친구를 집에 데려와 인사를 시켰다. 그런 상황을 이해하기 힘든 아버지는 딸을 나무랐고, 딸은 남자친구를 학벌로만 판단하는 아버지가 미워서 집을 나가버린 경우도 있다.

대마초를 피우는 아들을 마약쟁이로 취급하는 엄마에게 진짜 마약이 뭔지 보여주겠다며 행동으로 옮겼다가 결국 마약 남용으로 아들의 죽음을 지켜봐야 했던 집도 있다. 자식 교육은 어디에서나, 누구한테나 어렵지만 이민자들에겐 특히 더 그렇다.

오직 성공해야 한다는 일념 하나로 살아온 이민 1세대와는 달리 그 자녀들은 여러 면에서 소외되고 방치될 수밖에 없었다. 집에서는 한국어를, 학교나 사회에서는 영어를 사용하는 이민 2세들의 고충은 그 부모들과는 또 다른 문제다. 이 일은 남의 일이 아니라 곧 나의 일이기도 했다.

두 아들은 무럭무럭 잘 자랐다.

'개구쟁이라도 좋다, 건강하게만 자라다오'라는 예전 광고 문구가 모든 부모의 마음일 터였다. 그런데 어느 날 나는 큰아들이 숙제한 노트를 보고 큰 충격을 받았다. 아빠가 하루에 같이 놀아주는 시간은 얼마나 되느냐는 질문에 10분이라고 답을 적었기 때문이다. 아무리 생각해봐도 그보다는 많이 놀아준 것 같은데 정작 녀석은 그렇게 느낀 모양이었다.

좋다, 시간을 직접 한 번 재어보자!

나는 아주 굳게 작정을 하고 실컷 같이 놀아준 뒤 시간을 보니 30분이 채 되지 않았다. 아빠가 애들에게 할애하는 시간이 고작 그 정도밖에 되지 않는 건 분명히 문제가 있다고 판단했다.

아들과 시간을 더 많이 보내겠노라 다짐하고 같이 지내면서 나는 뜻밖에도 나 자신의 돌발행동에 스스로 깜짝깜짝 놀라는 일이 자주 있었다. 심한 장난을 치다가 꼭 하나를 울려야 장난이 끝나고, 울면 운다고 놀리거나 핀잔을 주는 아빠였다. 애들이 잘못하면 차분하게 설명을 해서 이해를 시키기보다는 무조건 다그치기만 했다. 나의 양육 방법은 빵점이었다. 평소 그게 불만이었던 아내는 늘 잔소리를 했다. 어머니조차 아내 편을 드는 바람에 집에서 나 혼자 왕따를 당하는 상황이 자주 벌어졌다.

미국 초등학교에서는 학부모를 자주 불러 아이들의 특별활동 발표를 관람시켰다. 연극, 노래, 과제 발표, 기계체조, 악기 연주 등을 발표하는 행사에 매달 두세 번은 초청을 받았다. 학부모들은 자녀들의 공연 모습을 보며 숨겨진 재능이나 애들이 좋아하는 걸 발견할 수 있어 교육에 큰 도움이 되었다. 그런 선진 교육시스템이 한국에까지 알려져서 한국의 많은 친구들로부터 조기유학 관련 문의가 쇄도했으나 나는 학교교육보다는 가정교육이 우선이라고 주장해 왔다.

그런 나도 한국에 사는 대학 친구의 부탁으로 그의 중학생 딸을 달라스로 오게 한 적이 있다. 때마침 그 사립학교의 교장을 잘 알아 입학이 쉬웠다. 규정을 원칙으로 하는 미국도 관계성이 통했다. 평일에는 기숙사에서 생활하고 주말이면 데려와 집에서 함께 지냈다. 그 아이가 대학에 갈 때까지 후견인 노릇을 마다하지 않았다.

나는 애들이 나처럼 치열한 경쟁 속에 공부만 하며 살게 하고 싶지 않았다. 내가 요구하는 건 딱 두 가지, 하나는 무슨 악기든 악기 하나를 배우라는 것이었고, 다른 하나는 매일 일기를 쓰라는 거였다.

애들과 의논하니 큰놈은 바이올린과 피아노, 작은놈은 첼로와 피아노를 하고 싶어 했다. 곧 레슨 선생님을 정하고 학교 오케스트라 팀에도 넣었다. 미국 초등학교 과정에서는 학생들의 음악 활동을 적극 장려하고 이는 중고등학교까지 이어진다. 물론 그게 중요해서 애들에게 악기를 하라는 건 아니었다. 어려서부터 피아노를 가까이 한 나로서 악기 친구가 인생에 얼마나 중요한지를 먼저 경험했기 때문이다.

매일 일기를 쓰라는 것 역시 내 경험에서 나온 요구다. 나는 초등학교 2학년부터 지금 이 순간까지 일기를 쓰고 있다. 벌써 50년이 넘은 일이다. 그 일기가 없었다면 지금 이 책에 쓰는 이야기들도 많이 사라졌을 테고, 어쩌면 내 인생도 달라졌을지 모른다.

일기 쓰기는 정말 중요하다. 시작이 힘들지만 습관이 되면 어렵지 않다. 고민이 생길 경우 다른 사람과 대화하는 것도 좋은 방법이지만 때론 자신과 대화해서 해답을 얻는 경우도 많다. 그게 곧 일기 쓰기다. 그런 나만의 방법을 자식들에게 전수해주고 싶었다. 나중에 대학수능시험(SAT)에 에세이 쓰기가 있어서 일거양득이 될 수도 있다고 생각했다.

애들은 악기보다 일기 쓰기를 더 어려워했다. 습관을 길들이기가 쉽지 않았다.

공부방에 'Mind Control 몽둥이'라 부르는 1미터 길이의 'MC몽'을 벽에 매달아 놓고 불시에 일기 검사를 했다. 일기가 빠진 날짜 수에 따라 MC몽으로 교육을 가장한 체벌을 가했다. 3일이 빠졌으면 엉덩이 3대, 5일이 빠졌으면 엉덩이 5대였다. 큰놈은 아빠와의 약속이라 체념하고 매를 맞았으나 지레 겁을 먹은 작은놈은 눈물부터 흘렸다. 그래도 나는 굽히지 않고 내가 하고자 하는 바를 강행했다.

아빠한테 매를 맞고 울면서 밀린 일기를 다 쓰고 잠든 애들을 보고 있노라면 내 마음은 찢어지게 아팠다. 그래도 이게 옳은 길이라고 믿어 의심치 않았다. 지금은 어려서 모르겠지만 나중에 애들이 크고 나면 아빠한테 고마워할 게 틀림없다고 생각했다. 아니, 고맙다는 말은 하지 않아도 좋다. 나처럼 일기 쓰기가 자기들 인생에 무엇과도 비교할 수 없는 큰 도움이 되기를 바라는 오직 그 마음 한 가지였다.

일기 쓰기를 하지 않아서 MC몽을 맞고 울면서 잠들었던 그 두 아들은 이제 없고, 대신 사회인으로 성장한 성인 아들 두 녀석이 우리 집에 있다. 옛날 벽에 걸어둔 MC몽이 생각날 때마다 나는 궁금해서 간혹 물어본다. 일기 쓰기가 너희들의 인생과 지금의 회사 생활에 도움이 되었느냐고. 그럴 때마다 두 녀석의 대답은 언제나 한결같다.

"노!"

그래, 미안하다 이놈들아! 나도 처음 부모 노릇을 해봐서 그랬으니 다 큰 너희들이 이해해라. 다음에 혹시 또 기회가 온다면 절대 그렇게 하지 않으마.

나보다 키가 더 큰 아들들인데도
나보다 여전히 작아 보인다.

샷건 앞의
천운天運

아들들과 함께 슈퍼볼 게임을 볼 때면 각자 응원하는 팀이 따로 있었다.

중학생이 되자 과외활동으로 풋볼 팀 공격수에 입단한 큰아들은 카우보이의 열렬한 광팬이었다. 그런 아들에게 나는 풋볼을 하지 말라고 당부했다. 리델에 근무할 때 카우보이 선수들이 다치는 모습을 하도 많이 봤기 때문이다. 아무리 돈을 많이 번다 해도 부상을 달고 사는 일이 좋을 리 없었다. 오죽하면 슈퍼볼 MVP였던 하인즈 워드의 한국인 어머니가 풋볼을 싫다고 했을까. 버락 오바마 대통령도 아들이 있었다면 절대 풋볼을 시키지 않았을 거라고 했다.

우리가 달라스에 살고 있어서 아들은 당연히 달라스 팀인 카우보이만 응원할 줄 알았는데 지역보다는 자기가 좋아하는 선수가 있는 팀을 응원했다. 어떤 집에서는 2002년 한일월드컵에서 한국과 미국이 맞붙었을 때 부모는 한국, 자녀들은 미국을 응원했다고 한다. 이민 2세들이 대부분 그럴 테지만 겉모습만 한국인이지 내면은 살아온 그 나라의 문화가 흐르는 그 나라 사람이다. 그 사실을 부모들만 애써 모른 체하고 살아갈 뿐이다.

1990년대 달라스는 석유 부자들 덕분에 부족함이 없었다. 특히 슈퍼볼에서 우승한 카우보이 팀이 가져다준 부가가치 또한 대단했다. 광고는 물론 식당, 스포츠바, 가정에서 마셔대는 주류 소비량도 엄청나게 많았다. 그런 분위기에 힘입어 위험하기로 소문난 우리 편의점도 아무 사고 없이 분주하기만 했다. 맥주와 와인을 사려는 차량들이 끊이지 않고 밀려들었다.

매주 토요일은 새벽 1시에 문을 닫았다. 차량 진입로의 대형 셔터문이 2개, 출구 쪽에 2개, 도합 4개 셔터를 내리고 측면의 쪽문으로 나가서 문을 잠그면 하루 일과가 끝났다. 그날도 직원들과 영업을 끝내고 문단속을 마쳤다. 너무 힘들고 바빴던 날이었기에 4명의 흑인과 2명의 멕시코인 직원들에게 수고의 보상으로 맥주와 담배까지 한 짐씩 안겨주었다. 마지막으로 외등을 끄고 쪽문으로 줄줄이 나가는 순간, 바깥의 시커먼 어둠속에서 우리를 기다리고 있는 불청객들이 있었다.

"Get Back!"

"철커덕, 철커덕!"

샷건을 장전 시키고 있었다.

또 무장 떼강도였다. 이번엔 4명의 건장한 흑인들이었다. 아, 여기서 죽는구나 싶었다. 쪽문으로 나가기 직전 직원 한두 명이 먼저 나가 경각심을 갖고 주변을 잘 살폈어야 했는데 너무 피곤해서 잠깐 방심한 사이 그런 일이 벌어지고 말았다. 사고와 불행은 항상 그렇게 찾아온다.

강도들은 우리를 모두 건물 안으로 다시 밀어 넣고 엎드리라고 소리쳤다. 그들의 손에는 보기만 해도 무시무시한 샷건이 한 자루씩 들려 있었다. 권총에는 맞는 부위에 따라 살 수도 있지만 철판도 뚫는 샷건은 어림도 없다. 권총과는 비교조차 되지 않는 샷건의 위력을 모두가 다 잘 알고 있기에 나와 직원들은 그들이 시키는 대로 할 수밖에 없었다.

누가 주인인지, 금고는 어디에 있는지, 이미 모든 걸 다 잘 알고 있는 듯했다.

"손 들어!"

"고개 숙여!"

"서로 떨어져 서 있어!"

놈들은 우리가 딴생각을 할 겨를을 주지 않으려고 쉴 새 없이 윽박질렀다. 4자루의 샷건 앞에서 우리 7명은 저항할 엄두조차 내지 못한 채 당하기만 했다. 만일 발포하는 순간엔 죽는 것은 당연하고, 시신조차 온전하지 않을 게 틀림없었다.

대형 셔터 문들이 전부 내려진 상태라 안에서 무슨 일이 일어나고 있는지 밖에서는 상황을 전혀 알 수 없었다. 비록 새벽 2시가 다 된 시각이지만 제발 지나가는 차량들에게 발견돼 누군가가 경찰에 신고해 주기를 간곡히 바랐다. 아내와 아이들의 얼굴이 차례로 스쳐가고, 이제 곧 하나님 곁으로 가겠구나 하는 생각도 들었다. 어느새 피곤은 싹 가셨고, 수시로 머리털이 쭈뼛쭈뼛 곤두섰다.

백인 강도는 돈도 가져가고 사람도 해치지만 흑인 강도는 돈만 주면 사람은 해치지 않는다는 속설이 있다. 그 속설을 믿고 싶었다. 하지만 어디까지나 사람 나름이지 싶었다.

강도 2명은 직원 5명을 총구로 겨누고 있었고, 나머지 2명은 역시 샷건으로 위협하며 나와 매니저만 건물 안의 사무실로 들어가서 금고를 열라고 지시했다. 두 팔을 번쩍 치켜 올린 채 사무실로 걸어가는 순간 매니저와 나는 동시에 깜짝 놀랐다. 분명히 내리고 나간 안쪽의 셔터 문이 활짝 올려 져 있는 게 아닌가. 마치 누군가가 도망가라고 다시 열어놓은 것 같았다. 찰나에 드는 생각은 문을 향해 뛰어나가다 총에 맞아 죽든지, 강도가 시키는 대로 하다가 총에 맞아 죽든지 둘 중에 하나였다. 이판사판이었다.

"뛰자!"

매니저와 나는 누가 먼저랄 것도 없이 문을 향해 힘껏 내달렸다.

우리가 뛰자 다른 직원들도 위험을 무릅쓰고 함께 뛰었다. 순간 "팡!"하는 총소리 같은 게 울려 퍼졌다. 아, 누군가가 총에 맞았구나 하고 뒤돌아보니 전원이 밖에 나와서 뿔뿔이 흩어지고 있었다.

나는 지나가는 차량에게 신고를 해달라고 요청한 뒤 땅바닥에 그만 주저앉았다. 강도의 모습은 보이지 않았고, 그제야 나는 직원들을 하나하나 챙겼다. 직원들은 모두 무사했다. 다들 얼마나 열심히 뛰었던지 옷이 땀으로 흠뻑 젖어 있었다. 멀리서 경찰차가 보이기 시작했다. 그제야 나는 안심하고 다시 편의점으로 돌아갈 수 있었다.

예상대로 강도들은 모두 도망가고 없었다. 하지만 10여 대의 경찰차와 K-9 경찰견들이 즉각 행방을 쫓았다. 시간은 오래 걸리지 않았다. 잠시 뒤 전원을 검거하고 소지한 무기도 전부 수거했다는 얘기가 들려왔다. 달라스로 이주한 지 얼마 안 되는 애틀랜타 출신 불법 무기 소지자들이었다고 했다.

두 달 전 당한 권총 강도의 기억이 채 가시기도 전에 또 발생한 샷건 강도는 그 느낌이 완전히 달랐다. 진짜 죽음의 문턱을 경험하고 살아 돌아온 느낌이었다. 특히 샷건을 장전할 때 '철커덕' 하고 나는 둔탁한 쇳소리는 마치 지옥문이 열리는 소리 같아서 심장을 멎게 했다.

한밤중 무장 강도 앞에서 모든 직원이 털끝 하나 다치지 않고 무사히 일상으로 돌아올 수 있어 하늘에 감사했다. 하지만 잇단 사고로 내가 받은 충격은 쉽게 극복되지 않았다. 또 다른 큰 사고의 전조가 아닐까 싶고, 무언가 경종을 울리는 것도 같았다. 편의점 관리에 허점이 있거나 혹은 내부에서 정보를 유출하는 사람이 있을 지도 몰랐다. 어쨌든 내가 모르는 그 무언가가 있다는 찜찜한 느낌을 떨쳐버릴 수 없었다.

그 뒤 경찰관들 말로는 강도들이 편의점에 총기가 없다는 걸 미리 알고 들어왔을 거라고 했다. 만일 내가 총을 소지했다면 그날 누가 당해도 당했을 것이다. 미국 사회의 총기 소지 문제는 항상 뜨거운 이슈지만 소수민족 입장에서는 그나마 총이라도 있으니 사업체를 안전하게 운영하는 게 현실이다. 총이 없다면 그 거대한 체구며, 마약에 취해 인사불성인 자들을 힘으로 제압할 수 없기 때문이다. 저쪽 입장에서도 총을 가지고 있을지 모르니 함부로 덤비지 못하는 것이다. 총기란 그야말로 필요악이다. 총도 칼과 마찬가지로 그 자체가 문제이기보다는 누가 소유하느냐의 문제다. 만일 마약을 한 자가 총까지 가졌다면 그건 상상하기조차 두렵다.

총기 소지가 허용되는 미국이기에 이런 일은 비단 흑인 지역뿐 아니라 어느 곳에서나 다 일어날 수 있었다. 남의 정원에 잘못 들어갔다가 재수가 없으면 총을 맞기도 하는 게 미국이다. 그만큼 타인의 영역을 침범할 때는 엄청난 위험을 감수해야 한다.

아무튼 나는 잇단 강도 사건을 계기로 많은 생각을 하게 되었다. 나도 나의 재산과 안전을 지키기 위해 총기를 준비해야 할지, 아니면 더 안전한 지역으로 사업체를 옮겨가야 할지를 두고 심각한 고민에 빠지기 시작했다.

주유소의 꿈
그리고 좌절

잦은 총기 강도 사건 탓에 이전에는 없던 흑인들에 대한 트라우마 같은 것도 생겨났다. 얼마 전까지만 해도 서로 눈을 부라리며 거침없이 말싸움도 했지만 이제는 상황이 험악해지지 않도록 미리 조심을 했다. 눈에 띄는 흑인들이 모두 강도처럼 보이기도 하고, 호주머니가 불룩하면 혹시 총이 들어있지 않을까 겁도 났다.

그럴수록 나는 주유소를 떠올렸다. 주유소를 향한 나의 꿈을 더 적극적으로 추진해보고 싶었다. 그 무렵 브로커로부터 주유소를 짓기 적합한 땅 2,500평이 매물로 나왔다고 알려왔다.

집에서 30분 거리인 덴톤(Denton)시 다운타운의 주요 도로가 겹치는 코너에 있는 땅이었다. 건물이나 땅을 볼 때 나는 항상 아내와 동행했다. 내가 간과하는 부분들을 아내가 정확히 지적해주기 때문이다. 주차장, 쓰레기통의 위치, 신흥주택지, 학교 위치, 쇼핑센터나 마켓 등 가정주부의 관심사 측면에서 분석하고 파악하는 조언이 결정 여부에 큰 도움이 되었다.

우리가 본 땅은 너무 마음에 들었다.

곧 전문기관을 통해 주변 상권과 교통량을 조사했는데 결과는 아주 우수한 A 판정이 나왔다. 우리 부부는 잠시 들뜬 기분으로 여기저기 흩어져 있던 자금을 한곳에 모았다. 은행을 정한 뒤 내가 준비해야 할 일들을 하나씩 해나갔다.

땅을 계약하고, 설계를 맡기고, 땅의 오염도를 조사했다. 유류 브랜드는 엑손모빌(ExxonMobil)로 정했다. 땅을 포함한 총공사비가 380만 달러였다. 때마침 건축 붐이 불어 자재 값이 폭등한다는 소식을 듣고 자재비를 아끼려고 철골과 철근, 시멘트 10만 달러어치도 미리 구입했다. 편의점은 내가 없어도 잘 돌아갈 수 있도록 시스템을 만들어 놓아서 나는 주유소 건축에만 전념할 수 있었다.

이제 남은 건 은행 대출이었다. 내가 준비한 서류들을 근거로 대출만 나오면 모든 게 순조롭게 진행될 수 있었다. 약속한 시간에 부사장한테서 전화가 걸려왔다. 드디어 대출 승인이 났구나 싶어 전화를 받는데, 목소리가 좋지 않았다. 대출이 거절됐다는 거였다.

이유는 오염이었다. 지질을 조사하자 땅속 20미터 지점에서 오염물질이 발견된 것이다. 그것을 제거할 때까지 대출은 불가능했다. 미국 은행에선 오염 문제를 가장 중요시했다. 오염된 땅에 건물을 짓는다면 단 1달러도 대출 허용이 되지 않는 게 미국의 법이었다. 오염의 출처는 건너편 주유소 지하 탱크에서 흘러나온 벤젠이었다.

해결 방법은 있었다.

건너편 주유소를 고소해서 내 땅의 오염을 청소하게 하면 되는데, 민사 사건이라 얼마나 시간이 오래 걸릴지 알 수 없었다. 엑손모빌 측과 건설업자 등 관계자들이 모여 진지한 논의를 거친 후 결국 모든 걸 중단하기로 결정했다. 민사 사건에서 예측할 수 없는 바로 그 시간 때문이었다.

당시 받은 충격은 실망을 넘어 절망에 가까웠다. 그동안 뛰어다닌 시간과 노력은 빼더라도 설계비, 지질 검사비, 땅 계약금, 자재 구입비 등 눈 깜짝할 사이에 10만 달러가 넘는 돈이 하늘로 날아가 버렸다. 하지만 길게 보면 비싼 돈을 들여 좋은 공부를 한 셈이기도 했다.

뼈아픈 경험 때문에 한동안 그곳을 찾지 않다가 2년 후에 우연히 가서 보곤 정말 깜짝 놀랐다. 그새 대형 주유소들이 3곳이나 들어서 있었다. 내가 포기하지 않고 그대로 일을 진행했더라면 고래 싸움에 낀 새우 꼴이 났을 건 불 보듯 뻔한 상황이었다. 나는 자신도 모르게 가슴을 쓸어내렸다.

그 일을 겪은 후 나는 포기할 때 포기하는 법과 삶을 조금 더 멀리 내다보는 법을 배웠다. 지금 실패하거나 좌절하는 일이 훗날 행운이 될 수도 있다는 걸 지금은 안다.

그 뼈아픈 실패의 경험은 결국 나를 더 성장시켰다. 나는 하나님께 감사의 기도를 올렸다. 만일 무리를 하고 고집을 부려 그 길을 걸어갔다면 수백만 달러를 잃고 그 이후의 고난도 예견된 것이었다.

어머니,
경찰에 체포되다

어머니는 날마다 편의점에 나가는 것을 좋아하셨고, 인정이 많은 흑인 직원들한테 '빅마마'로 불리며 같이 어울리는 것도 좋아하셨다. 나 또한 어머니가 좋아하셔서 좋긴 했지만 한 가지 걱정스러운 게 있었다. 미국의 엄격한 주류 판매제도와 위반 시 우리가 받을 처벌이었다. 나는 기회가 있을 때마다 어머니께 이 점을 여러 차례 말씀드렸다. 그럴 때마다 어머니는 또 미국이 무섭다며 어깨를 움츠리곤 하셨다.

당시 미국의 모든 주에서는 1950년대에 만든 연방법에 따라 담배는 만18세, 주류는 만21세가 되어야 구매할 수 있다. 위반하면 가벼운 벌금을 물리는 주가 있는가 하면 텍사스주 경우엔 벌칙이 무거워 사업장 존립이 송두리째 흔들릴 정도였다. 그러다 보니 함정단속도 활개를 쳤다. 실제 법을 어겨서 걸리는 경우보다 함정단속에 걸려드는 게 대부분이었다. 미성년자 가운데 성인처럼 보이는 사람을 시켜 술을 사게 한 다음, 매장에서 술을 들고 나오는 순간 들이닥쳐 위법 티켓을 발부하는 게 함정단속이었다. 그만큼 항상 조심하지 않으면 언제 걸려들지 알 수 없었다.

잠시 한눈을 파는 사이 그런 상황이 우리 편의점에서 벌어졌다.

어머니가 주정부 주류 관리청(TABC, Texas Alcoholic Beverage Commission)에서 나온 함정단속에 걸려 체포되기 직전이라고 매니저로부터 연락이 왔다. 급히 가게를 가니 그렇게 당당하시던 어머니가 당황하고 계셨다. 그들이 작성한 티켓의 위반 사항은 '미성년자 주류전달(Deliver to minor)'이었다. 미성년자에게 주류를 판 것은 아니나 그들의 술인 줄 알고 전달만 해주셨다는 것이다. 즉 술을 건네주신 게 위법이었다. 텍사스주는 술을 파는 것보다 건네는 범법행위가 더 무거웠다. 그래서 술집이나 식당에서 술 취한 사람에게 술을 더 줬다가 사고가 나면 주류전달로 분류돼 엄청난 처벌을 받았다.

사장의 어머니란 것을 아는 단속반은 수갑을 채우지는 않았지만 일단 구치소까지는 동행해야 했다. 나는 놀란 어머니를 안정시켰다. 경찰차를 타고 가시는 어머니를 바로 뒤쫓아 가서 보석금을 내고 가석방으로 모시고 나왔다.

아닌 밤중에 홍두깨라고, 알 수 없는 일 때문에 경찰 구치소를 처음 가본 어머니는 자존심이 몹시도 상하신 것 같았다. 한국에선 어린 애들한테 술 심부름도 예사로 시키는데 그게 무슨 죄냐는 것이었다. 하긴 어머니한테는 그게 죄가 될 리 없는 일이었다.

며칠 후 벌금과 경고장이 회사 이름으로 날아들었다.

벌금은 9,000달러였고, 1년 내에 그런 일이 한 번 더 일어나면 주류취급 면허를 뺏는다고 경고했다. 또한 어머니에겐 개인적으로 550달러 벌금에 80시간 사회봉사 명령이 떨어졌다. 텍사스주는 주류법을 위반했을 경우 처벌이 강한 주중의 하나이다. 법이 너무 무겁다며 사업자들이 법원에 청원도 하지만 법은 법일 뿐이었다.

어머니는 회사로 날아든 벌금에 놀라기도 했지만 자식에게 피해를 끼쳤다는 미안한 감정까지 복합적으로 작용해 결국 노여움이 폭발하셨다. 당장 한국으로 돌아가시겠다며 짐을 싸셨다. 어쩜 미국이란 나라에 대한 첫 번째 실망이었는지도 모를 일이다.

그 사건 이후 흑인촌에 발을 들이게 된 나 자신이 원망스러웠다. 더군다나 주류 관리청에서 지속적으로 함정단속을 하는 바람에 자칫 사업체를 날릴 수도 있겠다는 위기감마저 들었다. 아내도 몇 년 전에 비슷한 사건을 겪고 힘들어한 적이 있었다. 가족들을 더 안전하게 지켜야겠다는 생각이 들었다.

두 번째 사업체
팔기

　미국에서는 그 주의 특성을 내세워 대명사로 쓰기도 한다. 텍사스 주는 론 스타(Lone Star)주나 자이언트(Giant) 주라고 부른다. 주 깃발에 별이 딱 하나가 있어서 외로운 별의 주, 자이언트 주는 땅 사이즈가 워낙 커서 붙은 별명이다. 그런가하면 주민들은 스스로를 텍산(Texan) 이라 칭했다. 조그만 일에 치우치지 않고 언제나 대인 같이 행동한다 는 일종의 우월감을 지닌 표현이다.

　나도 달라스에 살면서 그들을 닮아 어느덧 텍산이 되어 가고 있었 다. 거래처도 가격 변동이 없으면 그대로 가고, 직원도 한 번 믿으면 그대로 재계약 했다. 무엇이든, 어떤 일이든 꾸준하고 진득하게 하는 걸 좋아했다. 그런 마인드로 편의점 일도 매니저에게 모든 걸 맡겨 두 었다.

　한여름이 막 시작될 무렵, 낯익은 한국인 중개인이 나를 찾아왔다. 내 편의점을 너무도 사고 싶어 하는 한국인이 있다고 했다. 한국인이 라기에 나는 흑인촌의 생리와 최근 잇달아 당한 강도 사건을 꼭 전해 달라고 중개인한테 말했다. 그 한국인은 우리 편의점에서 멀지 않은 곳에 살면서 평소 큰 편의점만 구입하려고 물색 중이던 대가족이었다. 최근 무장 강도 사건도 이미 잘 알고 편의점 경험도 많다고 했다.

잇단 사건 이후 내가 자꾸 가족들을 불편하고 위험하게 만든다는 트라우마에서 벗어날 기회가 찾아온 것 같았다. 적정선에서 매매가격을 정하고 3개월에 걸친 인수인계 과정이 시작되었다. 달라스에서 둘째가라면 서러워할 소문난 위험 지역에서 직원으로, 사장으로 7년 넘게 일한 사업장이라서 서운한 마음도 들었지만 그만큼 최선을 다해 넘겨줘야겠다고 생각했다.

새 주인은 형제였다. 그중 한 명이 나와 동갑인데 고향이 경상도라 더 쉽게 가까워졌다. 며칠 뒤에 그의 아버지가 왔다. 챙이 넓은 한국 전통 갓을 쓴 아버지의 첫인상이 예사롭지 않았다. 흰 수염을 길게 늘어뜨리고 모시로 지은 흰 도포까지 입고 있으니 영락없는 산신령이었다. 가게를 척 보시고 내게 건네는 첫마디가 배산임수의 전형적인 명당이라며 무척이나 좋아했다. 산도 없는 달라스에 배산임수라니 그냥 좋다는 말씀을 하신 듯해서 그러려니 웃어넘겼다.

그 아버지가 인수 전에 가게 앞에서 기도회 같은 행사를 하나 해도 되겠느냐고 물었다. 어차피 며칠 있으면 새 주인이 될 건데 기도회라고 하니 대수롭지 않게 여기고 허락을 했다. 며칠 후 매니저한테서 전화가 걸려왔다. 웬 할아버지가 가게 앞에서 이상한 짓을 하는데 사람들이 몰려와 경찰을 불러야 할 것 같다는 거였다. 무슨 일인가 싶어 급히 편의점으로 달려가니 정말 많은 사람들이 운집해 있었다. 그들을 헤치고 들어가는 순간, 나는 그만 아연실색하고 말았다.

그것은 고사보다 규모가 큰 굿이었다. 달라스 편의점 앞에 성대한 굿판이 벌어지고 있었다. 무속인처럼 뵈는 색동옷을 입은 사람이 현란하게 춤을 추는 사이로 어디서 구했는지 활짝 웃는 돼지머리 입에 100달러짜리 서너 장도 물려 있었다. 커다란 상 위에는 제사상에서 나 볼 법한 산해진미들이 그득했다. 요즘은 한국에서도 보기 힘든 장면이 아직은 내 소유인 흑인촌 편의점 주차장에서 벌어지고 있었다. 행인들과 손님들이 발걸음을 멈춘 채 그 신기한 장면들을 구경하느라 여념이 없었다. 몇몇 부랑자들이 춤을 추기 시작하자 구경하던 사람들도 그에 동참해 몸을 흔들었다.

달려온 경찰관들이 그들을 강제 해산시키고 굿판도 끝이 났다. 나중에 들으니 집안의 장남이 홀수 나이가 될 때 으레 하는 성주굿이라고 했다. 고사가 뭔지, 굿이 뭔지 모르는 나로선 이해하기 힘들었지만 남의 땅에서도 아랑곳하지 않고 굿판을 벌인 그들의 용기가 대단했다.

한바탕 소동 뒤에 새로운 일이 또 생겼다. 인수자가 융자 과정에서 은행과 미리 약속된 착수금이 모자라 대출 확정이 되지 않는다며 2차 보증으로 운영자금을 좀 빌려 달라는 거였다. 내가 거절하면 다른 방법이 없었다. 그러니까 내 사업체를 팔려면 반드시 내가 돈을 빌려 줘야 하는 이상한 상황에 놓이게 되었다.

담보가 설정돼 있는 데다 나 역시 그 다음 계획들이 있었기에 제의에 응했다. 빌려준 액수의 차용증과 함께 5년 안에 매달 원금과 이자를 상환하도록 계약서를 썼다.

섭씨 40도를 웃도는 뜨거운 8월말, 편의점을 인수한 3부자는 팔을 걷어붙이고 야심차게 업무를 시작했다.

　그런데 일을 시작하자마자 임금을 아낀다며 옛날부터 있던 직원들을 전부 해고시켜 버리더니 그 자리를 시어머니와 며느리들이 나와서 대신했다. 손님 중에는 직원의 친구나 지인도 많아서 직원을 함부로 해고하면 나쁜 소문이 무성해질 수 있다는 나의 충고를 그들은 듣지 않았다. 뿐만 아니라 상품들도 예전 것들은 없애고 새로운 품목들로 싹 갈아치웠다. 나와는 완전히 다른 그들만의 사업 계획이 있는 것 같았다. 오직 성공을 바랄 수밖에, 달리 도와줄 방법이 없었다.

9.11사태의
여파

편의점을 팔고 나니 그렇게 좋을 수가 없었다.

첫 번째 사업체를 팔았을 때 보다 더 후련했다. 잇단 강도사건의 트라우마에서도 나는 해방되었다. 사업체를 팔고 나자 제일 하고 싶은 여행을 떠나기로 마음먹었다.

어머니를 모시고 다섯 식구가 함께 멕시코 코주멜(Cozumel)로 크루즈 여행을 다녀왔다. 길이 300미터가 넘는 그런 큰 배는 생전 처음 탔다. 자본주의가 어떤 건지를 유감없이 보여주는 배의 구조들이었다. 돈을 많이 지불할수록 위층, 수면 아래 방들은 가장 저렴했다. 크루즈는 24시간 먹고 마실 수 있는 새로운 세상이었다. 나는 흑인촌에서 밤낮없이 일한 지난날의 피로를 말끔히 풀고, 새로운 태평양의 에너지를 듬뿍 받아서 돌아왔다. 이제는 그 어떤 사업을 해도 이겨낼 수 있을 만큼 강인한 체력과 담대한 마음도 생긴 것 같았다.

크루즈 여행의 해산 장소인 갤버스턴(Galveston)에서 5시간을 밤새 운전해 아침 일찍 집으로 돌아왔다.

그날이 바로 9월 11일이었다.

피곤한 몸으로 여장을 풀고 있는데 갑자기 TV에서 엄청난 뉴스들을 쏟아내기 시작했다. 불과 2시간 만에 110층 뉴욕 쌍둥이 빌딩이 모래성처럼 허물어져 내렸다.

알카에다 테러범들이 미국을 상대로 엄청난 일을 벌인 데 대해 모두들 경악을 금치 못했다. 군인을 지원하는 젊은이들이 미국의 각 주마다 엄청나게 쏟아져 나왔다. 조국을 위해 싸움터로 가겠다는 젊은이들이었다. 국가가 위기에 처하면 미국인들의 애국심은 상상을 초월할 정도로 뜨겁게 달아올랐다. 평소에 흥청망청해 보여도 국난 앞에 응집력은 정말 대단했다.

미국의 정책에 협조하지 않은 나라의 제품들을 불매하는 운동도 스스럼없이 벌어졌다. 연방정부에서 주도한 게 아니라 국민들 모두가 스스로 우러나서 한 일이었다.

나한테서 편의점을 인수한 사장도 직격탄을 맞았다. 국가적 사태 앞에서 시민들이 술을 마시며 흥청망청하지 않으니 매상이 뚝뚝 떨어졌다. 국민 전체가 9.11로 희생당한 수많은 사람들을 진심으로 애도하고 있었다.

이런 사태가 터질 줄 어떻게 알고 미리 편의점을 팔았느냐고 원망 어린 푸념을 했지만 어쩔 수 없는 상황이었다. 그래도 인수한 사장을 만나면 미안한 마음이 들었다. 그들이 잘 되기를 빌며 나는 계획했던 주유소 사업을 향해 부지런히 뛰어다니기 시작했다.

꿈의 결실,
나의 주유소

9.11 테러가 난 그해 2001년, 나는 그토록 소원하던 주유소를 하나 인수했다.

달라스에서 2번째 큰 호수를 낀 리틀엠(Little Elm)시에 위치한 레이크뷰 마트(Lakeview Grocery & Bait) 주유소였다. 애당초 내가 사고 싶었던 주유소는 따로 있었는데, 거길 가는 도중에 백인 손님들로 붐비는 이곳을 보게 되었다.

호기심이 많은 나는 그냥 지나치지 않고 주유소로 들어갔다. 바로 그 순간, '아 여기구나!' 하고 전율처럼 와 닿는 무엇이 있었다.

손님들이 돈을 내려고 줄을 서 있는데 계산하는 사람은 한 명, 백인 매니저는 사무실에서 놀고 있었다. 주인은 어디에서 뭘 하는지 보이지 않고, 주유소 정리 상태도 엉망이었다. 더러운 바닥이며 구석구석의 거미줄, 텅 비어 있는 냉장고는 이 주유소가 마치 재정적인 문제가 있는 것만 같았다. 어떤 이유에선지 주인의 관리와 손길이 전혀 미치지 않는 주유소가 확실했다.

9.11 직후의 어수선한 분위기와 미국 전체의 침체되는 경기 속에서 경영이 부실해진 주유소가 달라스에도 많았다. 땅을 사서 새로 주

유소를 짓는 것보다 그렇게 급매로 나온 주유소를 구매하는 게 훨씬 유리했다. 특히 융자금이 높아 매달 불입금이 부담되는 주유소들은 가격 흥정에도 유리했다. 내가 인수한 레이크뷰 마트도 바로 그런 주유소였다. 경영 부진에 고민하던 주인은 내가 관심을 보이자 곧바로 주유소를 매각했다.

건물 주인과 사업체 주인이 달라 두 차례에 걸친 계약과 두 사람의 이해타산을 중재하는 게 힘들었지만 어쨌든 성공적으로 주유소를 인수했다. 그 과정에서 필요한 서류의 양이 어마어마했다. 대부분 환경오염에 관한 서류여서 전문 변호사를 통해 점검을 마쳤다. 몇 달 전 주유소 건축 도전에 실패한 경험을 되살려 오염 문제만큼은 신중에 신중을 기했다.

지은 지 50년 된 낡은 건물 외관과 정리되지 않은 실내 등으로 아무도 거들떠보지 않던 주유소였지만 내 눈에는 꽤나 잠재력이 있어 보였다. 2,000평 땅에 세운 200평 단층 건물은 인수받고 살펴보니 생각 이상으로 낡고 손봐야 할 곳도 많았다.

편의점에 이어 또 다른 새로운 도전이었다. 나는 일일이 내 손으로 내 마음에 들게 모든 것을 수리했다. 필요할 땐 전문가의 손을 빌렸으나 마지막은 결국 내 손을 거쳐야 했다. 보수를 하면서 보니 의외로 쓸 만한 빈 공간들이 많았다. 벽을 세우고 인테리어를 한 후 도넛 가게와 미용실, 그리고 철물점으로 탈바꿈시킨 덕분에 임대 수입도 늘릴 수 있었다.

주유소의 빈 공간을 재정립하여 임대를 줄 수 있었다.

그런데 막상 주유소를 운영하면서 뜻밖의 문제가 생겨났다. 내가 인수한 주유소는 프랑스가 주인인 유류 브랜드를 취급하고 있었다. 프랑스는 미국이 주도하는 탈레반 공격에 협조하지 않은 국가 중의 하나였다. 유류 도매상과 공급계약에 대한 위약금을 물더라도 해지를 하고 미국 자체 브랜드로 바꿔야만 했다. 기름뿐 아니라 과자, 맥주, 물 등 모든 프랑스 제품은 매입을 중단했다. 나만 그런 게 아니라 일대의 모든 주유소 및 편의점에서 공동으로 정부에 동참한다는 확고한 의지를 보여주는 결과였다.

직원들의 태만하고 비협조적인 태도도 풀어야 할 숙제였다. 사업장을 인수하고 일주일 만에 매니저를 포함한 9명 전원에게 깜짝 놀랄 만큼의 시급 인상으로 문제를 해결했다. 나도 편의점 직원부터 시작했기 때문에 그들의 마음을 누구보다 잘 알았다. 처음부터 돈이 많아서 그런 경험을 해보지 않았다면 그처럼 단기간에 직원들의 마음을 얻지 못했을 것이다. 힘들게 일하는 직원들한테는 시급 인상이 최고였다.

그렇게 바라고 바라던 주유소 사장이 되었지만 무슨 잡무가 그렇게 많은지 집에 가면 나는 녹초가 돼버렸다. 그러나 몸은 비록 힘들어도 주유소를 보고 있으면 마음은 세상을 다 가진 듯 행복하기만 했다.

나는
마약 상인

　미국에서 주유소는 동네 사랑방 구실을 하는 곳이다. 휘발유와 경유를 파는 게 주업이지만 주유하러 온 손님들을 실내로 유인해서 담배, 맥주, 스낵, 음료수 등을 함께 사가도록 만드는 게 중요했다. 그러려면 깔끔하고 산뜻한 분위기에 핫한 아이템을 진열해 손님들의 관심을 끌어야 했다. 호숫가 주유소였기에 낚시와 야영 용품들도 다양하게 종류별로 진열해 놓았다.

　주유소는 위험물을 팔기에 주 정부에서 요구하는 교육과 면허도 많았다. 오염이라는 새로운 분야도 공부했다. 주 정부에서 요구하는 그 많은 교육을 통해 지하 유류탱크의 기름은 어떻게 관리하는지, 어떤 장치를 거쳐 고객들의 차량에까지 도달하는지, 휘발유 냄새를 어떻게 공중으로 날려 보내고, 어떻게 액화시켜 지하 유류탱크로 보내는지 등을 알게 되었다.

　주유소 안에는 라스베이거스에서 인기가 떨어진 슬롯머신 12대가 있었다. 텍사스에서는 도박이 허락되지 않지만 경품을 구비한 경우는 예외였다. 시골사람들은 은근히 도박을 좋아해서 주유소가 오픈하는 새벽 5시면 게임을 하려고 미리 와서 기다리고 있었다.

전 주인은 슬롯머신 상금을 현금으로 준 모양이었다. 그건 불법이었다. 상금 티켓을 들고 와서 현금으로 달라고 생떼를 부리는 사람이 있었지만 응하지 않았다. 오직 경품으로만 가능하다는 원칙을 고수했다. 잘못된 관행을 따라할 수는 없는 법이었다.

하루는 이른 아침에 사무실에서 일을 하는데 ATF(주류 담배 화기 단속국-Bureau of Alcohol, Tobacco, Firearm Explosives)가 들이닥쳤다. 그 중 한 명이 내게 총을 들이대며 밖으로 나가라고 소리쳤다. 밖에 나가니 16대의 ATF 차량과 경찰 차량들이 주유소를 포위했고, 직원들은 모두 무릎을 꿇고 있었다. ATF보다 파워가 한 단계 아래인 경찰관들은 상황 정리를 하고 있었다. 언뜻 드는 생각에 빈 라덴이 여기 출현했나 생각할 정도였다.

영문도 모른 채 어리둥절하고 있는 내게 매니저가 귀띔을 해줬다. 우리 주유소에서 마약 밀매를 한다는 신고가 들어왔다는 것이었다. ATF 대원들은 K-9이라 불리는 경찰견 두 마리를 주유소 안에 풀었다. 개들이 열심히 코를 킁킁대도 발견한 게 없자 대원들이 가게 안을 정말 이 잡듯 샅샅이 뒤졌다.

오늘 작전의 책임자인 듯한 사람이 현장 수색 영장을 뒤늦게 보여줬다.

마약을 팔고 있다는 신고를 수차례 받고 오늘에야 급습했다는 것이다. 20여 명이 출동해 특별한 실적이 없으니 실내에 있던 12대의 슬롯머신을 압수해 가버렸다. 내 상식으로는 이치에 맞지 않은 공무집행이었다. 지금만 같아도 변호사를 고용해서 따졌겠지만 당시엔 슬롯머신에 대한 경험이 전무했던 터라 앉아서 당할 수밖에 없었다.

또 희한한 경험을 한 셈이다. 사무실에 가만 앉아 있는데 머릿속이 온통 하얘졌다. 백인들만 사는 시골에 아시아인이 와서 주유소를 인수해 대대적으로 수리한 뒤 여러 가지 사업을 활기차게 하고 있으니 거기에 질투가 난 누군가가 수차례에 걸쳐 허위신고를 한 것 같았다. 특히 의심이 가는 건 경품 슬롯머신 애용자였다.

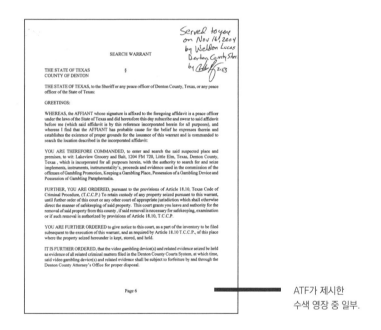

ATF가 제시한
수색 영장 중 일부.

매니저인 산드라(Sandra) 말에 따르면 브라이언(Brian)이라는 사람이 슬롯머신의 상금 티켓을 현찰로 교환해 달라며 거의 날마다 생떼를 썼다고 했다. 산드라와 나는 필시 그가 허위 신고자일 것으로 심증을 굳혔지만 정확히 알 수 없는 노릇이었다.

마약을 찾느라 뒤엎어 놓은 주유소를 다시 정리하는 데 꼬박 3일이 걸렸다. 액땜을 한 거라고 여기면 편했지만 유색인이기에 겪은 일이면 참 서글픈 일이었다.

어쨌든 나는 마음을 다시 가다듬었다. 새로운 도전에 직면한 셈이었다. 이제 막 인수한 주유소를 어떻게든 살려야 했다. 슬롯머신이 없으니 손님 왕래도 줄고 매상도 뚝 떨어졌다. 무언가를 다시 해야만 했다.

리틀엠시의 경찰서장에게 편지를 썼다. '이런 일이 있었는데, 상당히 유감이지만 우리는 철저한 준법정신을 바탕으로 슬롯머신을 운영하고 있었다. 비록 ATF가 기계를 가져갔지만 본래 지역민의 사랑방 역할을 되찾기 위해 다른 슬롯머신을 가져다놓겠다'는 내용이었다.

편지를 보낸 다음 똑같은 기계 12대를 들여왔다. 그 뒤로 20년이 넘도록 아무 문제없이 잘 사용하고 있다. 브라이언은 이후에도 한동안 똑같은 요구를 했지만 나는 끝까지 들어주지 않았다. 그는 이제 훌륭한 단골 고객 중의 한 사람으로 변했다.

10년 연봉을
떼인다는 것은

산다는 것이 고통의 연속이라면 사업을 한다는 건 걱정의 연속이다.

당연한 얘기지만 나는 아파도 누워 있을 수가 없었다. 날마다 직접 서명하고 해결해야 할 사안들이 있었기 때문이다. 혼자서 총무, 재무, 자재, 인사 등 모든 일을 처리해야 하는 주유소 사장은 대기업 중견 임직원보다 어깨가 훨씬 더 무거운 듯했다. 게다가 직원들이 늘어나자 주 정부에서 직원들에게 의료보험을 제공하라며 관련 편지가 매일같이 날아들었다.

턱없이 비싼 미국 의료비와 의료보험의 해결책으로 '오바마 케어'가 시행되고 그에 대한 분석이 연일 매스컴에 방영되었다. 그 역시 가난한 서민들에게는 도움이 되지만 자영업으로 소득이 일정 선을 넘어가면 과거와 별다른 차이가 없었다.

아프면 월마트나 세븐일레븐에 가서 약을 사 먹는 게 다반사인 이민생활이었다. 미국에서는 잘 살면 의료보험, 못 살면 메디케이드에서 의료 서비스를 제공받는다. 따라서 나 같은 자영업을 운영하는 사람들이 아플 경우 제일 난처하다.

지금처럼 이렇게 살 경우 나의 은퇴 이후 삶은 어찌될지, 문득 생각하게 되었다.

미국 사회연금은 대부분 월 1,300~2,500달러인데 그것만으로 여생을 보내기엔 충분하지 않다. 그마저도 혜택이 점점 줄어드는 상황이라 결국은 스스로 노후를 준비할 수밖에 없다. 그래서 주유소에 임대 공간을 만들어 고정 수입을 확보했고, 노후 연금도 가능한 많이 적립했다.

내가 노후 계획에 골몰하고 있을 무렵 몇 년 전 매각한 흑인촌 편의점에 문제가 생겼다. 몇 달 전부터 입금이 늦어지더니 이젠 아예 들어오지 않았다. 연락을 하니 9.11 이후 사업이 예전 같지 않아서 입금을 못했다는 거였다. 사정을 조금 더 알아보려고 편의점을 찾아갔다.

오랜만에 보는 정든 가게였다. 그러나 한눈에도 운영이 잘못되고 있음을 느낄 수 있었다. 직원들도 전부 한국인, 상품들도 지역 특성을 무시한 것들로 채워져 있었고, 재고도 대부분 바닥이 나 있었다. 임금을 줄인다고 아예 전부 식구들끼리 운영하고 있었다. 웃는 돼지 입에 100달러짜리 지폐를 물리고 굿을 하던 광경이 머릿속에 떠올랐다. 어디서부터 손을 써야 할지 난감했다. 아무 말도 못하고 돌아서는데 느낌이 너무 안 좋았다.

3개월 후 은행으로부터 연락을 받았다.

편의점 주인이 대출금을 내지 않아 부도 처리했으니 2차 채권자인 내가 원하면 1차 채권자의 원금을 갚은 후 사업체를 인수하라는 것이었다. 그렇지 않으면 경매에 넘긴다고 했다. 경매를 하면 낙찰금에서 1차 채권자의 원금을 정리한 후 2차 채권자인 내 몫이 할당되게 끔 되어 있었다. 그러나 경매에서 그만큼 많은 돈을 주고 그 가게를 살 사람이 있을 리 없었다.

편의점을 다시 들렀다.

두 아들과 아버지는 값이 나가는 상품이며 집기들을 챙기고 있었다. 내가 도울 것이 있는지 싶어 이것저것 물어보았으나 그들은 이미 사업을 포기한 듯했다. 매상을 물어보니 내가 운영할 때의 반의반에도 못 미쳤다. 그런 상태론 어떤 누가 덤벼도 다시 일으키기엔 무리였다. 너무 멀리 가버린 것이다. 안타까웠으나 나 역시도 어쩔 수가 없었다.

사람도 누구를 만나느냐에 따라 삶이 달라지지만 사업도 그렇다. 능력 있고 부지런한 주인을 만나면 사업과 건물이 함께 번창하지만 반대인 경우엔 사업도 망하고 건물도 빛을 잃는다.

내 주변에도 손만 대면 잘 되던 사업을 날려 버리는 지인이 있었다. 사업마다 동업자를 끼고 하는데, 그들 간의 마찰이 실패의 원인이었다.

사업에도 민족성이 많이 반영되는 것 같다. 한국인은 동업에 실패하는 경우를 많이 봤지만 중동사람들은 오히려 동업으로 번성하는 이들이 많았다. 우리 주유소 정도 규모의 사업장에 사장이 10명 이상인 경우도 보았는데, 단합을 잘하고 어려운 일은 서로 나서서 돕곤 했다. 그 사업장은 물론 크게 번성했다.

채무자의 부도로 이자는커녕 원금조차 날린다고 생각하니 아득했다. 지난 7년간 매일 나가서 싸우듯이 일하고, 권총 강도를 두 번씩이나 맞아가며 지켜낸 사업장이 경매 속에 사라진다니 며칠간 잠을 이룰 수가 없었다. 나의 30대를 다 보낸 편의점이 이제 이 지구상에서 영원히 사라질 위기에 놓인 것이다.

변호사를 고용해 그들 부자에게 채무 이행을 요청할 수도 있지만 그러지 않았다. 거기 쓰는 에너지를 주유소에 쏟는 게 더 효율적이라고 생각했다. 당시 내가 본 손해는 컸다. 일반 직장인의 10년 치 연봉이었다. 그래도 결국은 좋게 인식하기로 마음을 고쳐먹었다. 그들이 편의점을 사주었기에 나도 다른 지역으로 옮겨와 주유소를 시작할 수 있지 않았던가. 그에 대한 고마움으로 법정에는 가지 않고 그냥 혼자서 훌훌 털어버렸다.

찰스의
특별한 장례식

달라스 여름 날씨는 기록적으로 뜨거웠다. 2개월 째 섭씨 40도를 웃돌았다. 비도 장기간 내리지 않았다. 그럴 경우 주택의 식수 공급과 정원의 스프링클러 시간마저 일주일에 한두 번으로 제한을 두었다. 이를 어기면 300달러 정도의 벌금이 시에서 나왔다.

그해 달라스에선 200명 가까이 더위로 목숨을 잃었다. 선진국에서 기후 때문에 그만큼 죽는다는 게 언뜻 이해하기 어렵지만 거동이 어려운 노인이나 고령 환자들이 흔히 집에서 지병 악화나 질식사로 사망하는 일이 잦았다. 더위로 정전이 되어 에어컨이 작동하지 않은 탓에 일어난 사고였다.

달라스의 여름은 에어컨이 작동하지 않으면 더워서 잠을 잘 수가 없다. 한여름에 심한 천둥과 번개가 치거나 토네이도로 전기가 끊어질 경우엔 자동차나 호텔로 피신을 가야만 한다. 그래서 웬만한 규모의 병원은 물론 공공기관들은 자체 발전시설을 갖추어 정전에 대비한다.

우리 주유소에서 디젤을 가장 많이 사는 대지 관리회사 사장인 찰스(Charles)의 사망 소식을 들었다. 그는 60대 중반인데 대대로 농부 집안으로서 땅을 물려받은 대지주였다. 경사지의 잔디를 깎다가 넘어지는 트랙터에 깔려 변을 당했다고 했다. 그동안 동네 지인들의 장례식에는 꼭 참석을 해온 나는 당연히 그의 장례식에도 조문을 갔다.

그의 아들은 경찰이었다. 그래서인지 제복을 갖춰 입은 경찰들도 많이 보였다. 동네 유지인 그의 장례식에 수많은 조문객이 좌석을 가득 메웠다. 여느 장례식처럼 고인과 관련한 추억을 얘기하는 순서가 돌아오자 찰스의 동생인 애덤스(Adams)가 마이크를 잡았다. 그리곤 일주일 전쯤 고인과 자기가 죽음에 대한 얘기를 나누었는데, 찰스가 본인의 장례식에 참석하는 사람들에게 직접 감사의 인사를 준비하기로 했으니 한번 들어보라고 말했다. 고인이 직접 인사를 하겠다고? 다들 무슨 소린지 의아해하며 서로를 바라보았다. 순간 스피커에서 익숙한 찰스의 음성이 흘러나왔다.

"나의 장례식에 참석해주신 여러분, 감사합니다."

녹음된 첫마디는 그러했다. 마치 자신의 죽음을 예견한 사람처럼 그는 장례식에 올 만한 사람들의 이름을 일일이 호명했다. 나중엔 호명된 사람이 자리에서 일어나기까지 했다. 조문객이 300명은 돼보였는데 찰스가 호명한 사람이 100명은 훌쩍 넘었다. 그 뒤로 작별 인사가 이어졌다. 그동안 삶을 같이 해줘서 고맙고, 죽어보니 여기는 더 좋다, 빨리 오라는 농담도 빠지지 않았다. 65세 자신의 일생을 짧게 피력하고 마지막으로 남은 가족들이 잘 지내기를 바란다는 말 또한 잊지 않았다.

장례식을 마치고 돌아오면서 나는 많은 것을 생각했다. 평소 찰스의 넘치는 기지를 유감없이 보여준 장례식 아이디어도 인상적이었지만 죽어보니 '여기는 더 좋다'는 농담이 가슴에 와 닿았다.

이미 죽은 사람의 육성을 들어서일까? 내 귀엔 찰스가 정말 사후 세계에 가서 들려주는 말 같았다. 거기는 과연 더 좋은 곳일까? 쟁쟁한 찰스의 농담이 오래 잊히지 않았다.

찰스의 장례식에 다녀온 일은 자연스럽게 내 삶과 죽음의 문제로 이어졌다. 내가 죽으면 몇 사람이나 나를 그리워할까? 내가 그리워하는 사람은 몇이나 될까? 나는 무엇을 위해 살아왔고, 무엇을 위해 살아갈 것인가? 궁극적인 삶의 목적은 무엇이며, 죽음 앞에 그런 것들은 다 무슨 소용이 있을까? 나는 한동안 생사의 원론적인 질문들 앞에서 방황했다.

나의 아버지
이야기

찰스의 장례식을 다녀온 지 얼마 지나지 않은 2002년 5월 초, 한국은 월드컵 대회 주최국으로 나라 전체가 들썩거리던 때 나에겐 참 슬픈 소식이 하나 날아들었다. 아버지가 돌아가셨다는 비보와 굳이 방문하지 않아도 된다는 전언이 함께 도착한 것이다.

참으로 만감이 교차하는 순간이었다.

내 인생에서 아버지란 존재는 처음부터 없었다. 평생 호적 서류에 이름 석 자 밖에 없는 사람이었다. 그런 아버지가 세상을 떠나는 마지막 순간까지, 심지어 그 장례식에 참석할 자격조차 주지 않고 떠나버렸다.

섭섭한 마음과 후련한 마음이 번갈아 교차했다. 제발 오라고, 꼭 참석해 달라고 빌어도 가고 싶지 않은 장례식이었다. 그런데 한편에서는 또 그런 아버지를 향한 깊은 실망과 슬픔, 야속함과 분노와 그리움의 복잡한 감정들이 순서 없이 뒤섞여 나를 흔들었다. 그 누구에게도 빼앗기고 싶지 않은 나만의 감정들, 기억의 시곗바늘은 어느덧 40년 전으로 나를 이끌고 갔다.

추석 무렵이었다. 제대를 한 뒤 복학을 기다리던 내게 아버지를 뵈러 서울로 가자고 제의한 사람은 둘째 형이었다. 이제 우리도 모두 성인이 되었으니 아버지를 찾아뵙자는 좋은 뜻에서 한 제의였다. 내 기억엔 아버지의 실체가 없었다. 얼굴도 모습도 전혀 남아있지 않았다. 기억에도 없는 아버지를 만난다는 게 꽤히 설레기도 했다.

명절 때라 부산에서 서울까지 거의 12시간을 운전해 뜨거운 부자 상봉을 기대했으나 그런 설렘과 기대는 대문 앞에서부터 무참히 짓밟혔다. 부모님이 이혼할 때까지 함께 살았던 형은 들어갈 수 있었지만 엄마 뱃속에 있었던 나는 출입조차 거절당하고 말았다. 어떤 아버지는 아들이 돌아오길 바라며 평생 대문을 활짝 열어놓고 기다린다고 하던데, 내 아버지는 그 먼 길을 찾아간 아들을 문전박대했다.

"둘째는 들어오고 경찬이는 오지 말고 너희 집으로 가거라."

나는 마치 죄수가 된 사람마냥 무거운 마음으로 인터폰에서 흘러나오는 우렁찬 남자의 판결을 들었다. 그 순간을 어떻게 잊을 수 있으리. 그의 판결 앞에 나는 또다시 절망했다. 혹시 무기징역이라도 바랐으나 그의 판결은 극형보다 더한 충격을 어린 가슴에 안겼다. 굳이 그 먼 길을 찾아간 아들을 아버지는 왜 그랬을까? 안 보려면 둘 다 안 보지, 둘째는 왜 또 들어오라고 했을까? 이때의 일은 그 후로도 오랫동안 의문이었다. 그리고 찾아낸 대답은 혹시 아버지의 새 부인에게 새삼 내 존재를 알리는 게 탐탁찮아서가 아니었을까 싶다.

어쨌든 판결은 그렇게 나고 둘째 형은 내게 미안한 표정을 지으며 혼자 아버지 집으로 들어갔다. 갈 곳이 없어진 나는 길거리 포장마차로 향했다.

그날따라 비가 내렸다. 주룩주룩 내리는 비를 나는 포장마차에 앉아 물끄러미 바라보았다. 비가 저렇게 흠뻑 울어주니 위로가 되었다. 비가 마치 내 친한 친구 같았다. 혼자 빗소리를 벗 삼아 소주를 몇 잔 마셨다. 마음은 한없이 울고 싶었지만 나는 울지 않으려고 애썼다. 비는 더욱 세차게 내리며 그런 나를 달래주었다.

밤에 나는 방범대원들의 손에 이끌려 파출소로 갔다. 혼자 거리를 배회하는 나를 이상하게 여겨 끌고 간 것이다. 나는 굳이 항변하지 않았다. 오히려 숙소가 필요했는데 잘됐다고 생각했다. 보다 못한 하늘에 계신 아버지께서 대신 안전한 숙소를 마련해주신 거라고 믿었다.

그렇게 파출소에서 하룻밤을 자고 이튿날 나는 부산으로 내려왔다. 이후로 형들은 아버지 얘기를 내 앞에서 하지 않았다. 나 역시 듣고 싶지 않았다. 우리 형제들의 오랜 불문율이었다.

그렇게 살다가 갑자기 가슴이 불에 덴 것처럼 뜨거워지며 문득 아버지를 찾고 싶어진 때도 있었다. 해외 출장을 갔다가 귀국하는 비행기에서 가족애를 다룬 영화 한 편을 본 게 이유라면 이유였다. 내 호적에 기재된 서울 아버지 집 주소를 무턱대고 찾아갔다. 다행인지 불행인지 아버지는 아직 그곳에 살고 계셨다. 비로소 나는 난생 처음 아버지와 상면했다.

집에 있는 사진 속의 모습보다 아버지는 많이 늙어보였지만 이목구비와 얼굴 윤곽은 그대로였다. 그 집에는 두 아들과 딸 한 명이 있었다. 어딘지 모르게 나와 비슷한 분위기들을 하고 있었다. 아버지가 나와 그들을 인사시켰다. 역시 생전 처음 보는 나의 이복동생들이었다. 어색한 인사가 끝나자 아버지는 밖에 나가 식사라도 하자고 제의했다. 그러고 보니 아버지의 새 부인이 보이지 않았다. 아마도 외출 중인 듯했다. 그가 돌아오기 전에 어색한 이 자리를 피하고 싶어서일까? 아버지는 서둘러 나를 끌고 집에서 나와 식당으로 갔다.

갈비와 냉면을 파는 고급 식당이었다. 아버지를 익히 잘 아는 듯 주인과 종업원들이 깍듯이 인사를 하며 반겼다. 우리는 그 식당에서 제일 좋은 자리로 안내되었다.

당시 60대 후반이었던 아버지는 잠시 긴 한숨을 내쉬고 나를 바라보았다.

"훌륭하게 잘 컸구나! 장하다, 엄마한테 잘 해드려라, 경찬아."

"⋯⋯네."

"애비는 너의 존재를 알고 있었지만 무시할 수밖에 없는 상황이었다. 너도 좀 더 나이가 들면 알게 될 것이야."

나는 잠자코 아버지를 바라보았다.

"그리고 경찬아!"

아버지의 목소리 톤이 갑자기 달라졌다.

"인생을 살아보니 빡빡하게 따지면서 사는 것보다 흐리멍덩하게 사는 것도 괜찮은 방법이더라."

군인 출신이라 그런지 아버지는 자기 얘기만 했다. 아들이 아버지 없이 어떻게 살았는지, 지금은 무얼 하고 어떻게 사는지, 인생의 목표는 무엇이며 어떤 가치를 좇는지 따위엔 아무 관심도 없었다. 게다가 나에겐 자신의 얘기에 긍정적인 대답만을 요구했다. 어쩌다 군인정신을 강조한 대목에선 자신의 논리가 서로 맞지 않았다. 한 번은 내가 수긍하기 힘들어서 아버지 얼굴을 똑바로 쳐다보다가 그만 고개를 숙이고 말았다. 나를 바라보는 눈빛이 너무 강렬하게 느껴졌기 때문이다. 나는 자신도 모르게 아버지에게 경도되고 있었는지 모른다. 그분의 한 마디 한 마디에 언제부턴가 귀를 기울이고 있는 나 자신을 발견했다.

고급 식당의 제일 좋은 자리를 차지하고 앉아서 음식은 주문하지 않고 대화만 계속하니 시종 눈치를 살피던 종업원이 이윽고 조심스럽게 다가왔다.

"무얼 좀 준비해 드릴까요?"

"응 참 그래, 뭘 좀 먹어야지! 나는 냉면!"

아버지는 당당하게 소리쳤다. 식당의 눈치 따위는 전혀 보지 않았다. 아, 내가 바로 저런 모습을 닮은 게 아닐까 싶었다. 아버지가 냉면을 시키는데 내가 혼자 갈비를 구워 먹을 수는 없었다. 나도 아버지를 따라서 아마 냉면을 시킨 것 같다.

아버지는 또 보자고 말했지만 한 시간 남짓했던 그날의 만남이 처음이자 마지막이었다. 그 이전에도, 이후에도 나는 아버지를 뵌 적이 없었다.

그로부터 다시 10여 년 만에 날아든 아버지의 부고였다. 이제 더는 만날 수도 없는 사람이 돼버렸다. 이걸 슬퍼해야 할까? 아버지가 돌아가셨다니 슬퍼해야 마땅할 텐데 나는 슬프지 않았다. 그러나 어머니는 달랐다. 원수처럼 미워한 아버지가 돌아가셨다는 소식을 전하자 어머니는 말없이 눈물을 흘리셨다. 아버지의 부고에 어머니도 수많은 일들이 떠오르는 듯했다. 나는 어머니의 눈물을 보면서 남편 없이 낳은 핏덩이를 품에 안고 지극정성으로 가르치고 키운 어머니의 은혜에 마음으로 또 한 번 깊이 감사했다. 나는 그런 어머니를 위해서라도 아버지 장례에 갈 수 없었다. 설령 오라는 초청이 왔을지라도 말이다.

장성한 자식을 둔 지금에 와서 돌아보면 아버지 입장이 이해되는 부분도 있기는 하다. 특히 어머니와 헤어지는 대목에선 객관적인 판단이 가능하고, 인생사 전체로 봐도 수긍이 가는 데가 있다. 하지만 아직 이해되지 않거나, 영원히 이해하지 못할 대목도 없는 건 아니다. 사람은 누구나 그렇게 살아가는 것 같다. 보편적인 것과 개인적인 것, 타고난 것과 노력하는 것, 부모로부터 물려받은 것과 내가 만든 것, 그 양면을 동시에 지니고 사는 게 인생인 것 같다.

아버지 장례식 날, 늦도록 뒤척이다가 새벽에야 간신히 잠이 들었는데 아래위로 하얀 옷을 입고 아버지가 나를 찾아왔다. 그리고 분명한 어조로 내게 말씀하셨다.

"경찬아, 미안하구나. 아버지가 정말 미안하구나…."

그것 하나로 나는 모든 걸 날려버릴 수 있었다. 비록 꿈이었지만 상관없었다. 아버지도 표현할 기회를 찾지 못해 그랬을 뿐 나한테 미안해 하신 건 틀림없다. 만났을 때 눈빛이 그랬고, 필요 이상 강인하게 보이려 애쓰시는 모습이 그랬고, 헤어질 때 다시 만나자는 말씀이 그랬다. 아버지가 내게 강조하신, 평생을 흐리멍덩하게 살아도 괜찮

나의 어떤 사진에도
아버지의 모습은 없었다.

다는 말씀 또한 어쩌면 평생을 감춰둬야 할 아들이 있었다는 아버지
의 가슴 아픈 고백이 아니었을까.

몇 년 전에 아내와 나는 아버지가 계신 국립영천호국원을 찾았다.
아내에게 나한테도 아버지가 있었다는 걸 보여주고 싶었다.

아버지의 비석 뒷면에 수많은 이름들이 빼곡하게 새겨져 있었다.
하지만 내 이름은 없었다. 내가 없으니 내 아내와 아이들 이름도 있
을 리 만무했다. 물론 그 이름들을 아버지가 직접 새겨 넣으신 건 아
닐 것이다. 그러자 문득 가슴을 치는 게 있었다.

아! 그래서였을까? 돌아가신 날 미국까지 찾아와 미안하다고 하신
말씀의 뜻이.

"경찬아, 아버지가 정말 미안하구나."

잠시 마음은 아팠지만 그것까지도 나는 털어버리기로 했다.

비석에까지 내 이름이 빠져야 우리 부자의 관계는 시종일관 완전한 모습을 갖추는 것이다. 또 그래야 나를 찾아와 미안하다고 하신 말씀의 뜻도 완성되는 것이다.

아들의
부산 사투리 배우기

　두 아들은 학교에서 영어를, 한글 학교에서 한국말을, 집에서는 나의 사투리를 배웠다.

　9살 정도의 아이들은 3만 개쯤 단어를 습득하는 능력이 있다지만 아이들에겐 스트레스였다.

　한국어가 모든 소리를 다 기록할 수 있는 과학적이고 우수한 언어인 줄은 알고 있었으나 막상 배우는 아이들은 너무 어려워했다. 특히 다양한 동사와 형용사를 습득하는 게 어려운 것 같았다. 장갑은 낀다, 모자는 쓴다, 벨트는 찬다, 넥타이는 맨다, 옷은 입는다, 양말은 신는다와 같이 동일한 행동이라도 주어에 따라 동사가 달라진다. 붉다, 발갛다, 발그레하다, 불그스름하다, 불그죽죽하다 등의 형용사에 이르면 애들은 시쳇말로 '멘붕'에 빠졌다.

　이런 걸 책이나 글자로 배우는 것보다 한국에 나가서 직접 생활하며 익히는 게 좋겠다고 생각한 나는 여름방학만 되면 아내에게 아들 둘을 딸려 처가가 있는 부산으로 내보냈다. 그런데 한국어 산교육이 될 것이라는 나의 기대와는 달리 아들들은 부산만 다녀오면 사투리만 잔뜩 배워왔다. 같은 부산 출신인 내가 듣기에도 심한 사투리여서 한국어를 배운 미국의 또래들과 대화가 되지 않았다. 게다가 경상도 특유의 불친절함과 무뚝뚝함까지 그대로 배워오는 통에 집안에는 전에 없던 이상한 기류가 흐르기 시작했다.

내가 큰놈을 툭 건드리며,

"지혁아!"

하고 이름을 부르면 아무 대답도 없이 그냥 쓱 쳐다보거나, 기껏 한다는 대답이 "뭐?", 혹은 "뭔데?"였다. "네" 하고 공손히 대답하던 예전 모습은 온데간데없이 사라졌다. 그 바람에 아내와 의견 대립까지 겪었다. 모국어 공부를 제대로 지도하라는 내 주장과 풀어놓고 놀리면서 자연스럽게 배우도록 하는 게 최고라는 아내의 뜻이 맞섰다.

아들들은 자라면서 나와 말싸움도 절대로 지지 않으려고 했다.

"지혁아, 해리포터 주인공 다니엘은 너랑 비슷한 나이에 벌써 천 억이란 돈을 벌었다더라."

"아빠!"

"응?"

"오바마 대통령은 아빠랑 동갑이야."

대강 이런 식이었다. 나는 아들들에게 당하는 횟수가 점차 늘어났다.

그해 여름방학에도 부산으로 가는 식구들을 공항에 내려주고 돌아와 문을 열자 빈집 특유의 썰렁한 공기가 확 와 닿는데 그게 그렇게 싫을 수가 없었다. 여름만 오면 기러기 아빠가 되는 셈이었다. 어려서부터 혼자 지내는데 익숙한 나였지만 나이가 들수록 그런 외로움과 적막감이 싫었다. 그래서 생각해낸 게 애들이 좋아하는 트램펄린 같은 놀이 기구를 뒤뜰에 만들어놓자는 거였다. 하다가 보니 집안 장식품들도 같이 만들게 되었다. 그게 연례행사가 되어 여름만 되면 나는 집안일을 하느라 시간 가는 줄 몰랐다.

식구들이 돌아와서 확연히 달라진 집을 보고 깜짝 놀라는 모습을 잔뜩 기대했지만 아무도 뭘 했는지 알아차리지 못했다. 집의 변화는 커녕 잔뜩 어질러진 집 안팎을 보고 좀 치우며 살라고 타박만 했다.

그럼에도 불구하고 애들을 해마다 부산에 내보낸 결과 지금은 모국어를 읽고 쓰는데 전혀 무리가 없을뿐더러 사투리까지도 훌륭하게 소화해 내고 있다. 그런 아들들이 나는 대견하고 자랑스럽다.

나의 은인
제리 켈소

주유소는 나를 새로운 세상으로 인도했다.

매일 시시각각 변하는 국제 원유가격에 따라 유류가격과 소비자 가격도 민감하게 반응한다. 주유소 사장들은 누구보다 유가 정보에 밝아야 하고, 매입 시기나 판매 가격도 정보를 반영해 결정해야 한다. 유가가 올라갈 기미가 보이면 미리 사재기를 해서 짭짤한 재미를 보는 사장들도 있었다. 마치 주식 거래처럼 오를 것 같으면 미리 사고, 내릴 것 같으면 재고를 빨리 없애는 게 주유소의 운영 논리였다. 이런 걸 먼저 파악하고 발 빠르게 움직여야 하는데 도무지 그런 능력엔 젬병인 나로선 그저 주변의 경쟁 주유소 가격을 대충 따라가기만 했다.

몇 년째 우리 주유소에 유류를 공급해 오던 도매상 사장 제리 켈소(Jerry Kelsoe)가 고객관리 차원에서 오랜만에 주유소를 방문을 했다.

나이가 여든에 가까운 그는 주유소를 시작한 뒤로 나의 멘토이기도 했다. 그는 마치 아버지가 아들에게 가르침을 주듯이 내가 물어보는 문제마다 편견을 배제한 현명한 대답을 해주었다. 사업과 관련된 문제뿐 아니라 개인적인 일에도 조언을 마다하지 않는 고마운 사람이었다. 우리는 서로 대학시절 얘기도 나누었다. 그 역시 나처럼 건축학을 전공한 사람이어서 대학시절의 공통점도 많았다. 하루는 50년이 넘은 그의 건축구조학 책을 보게 되었는데 내가 대학시절 일본의 건축구조공학 번역본이라며 공부한 내용들이 그대로 기술돼 있어 크게 놀랐다. 일본 역시 미국의 선진 학문을 받아들여 그걸 바탕으로 자기들의 건축구조학을 만들어갔던 것이다. 그 사실을 30년이 지나 미국에서 비로소 알게 됐다.

아무튼 주유소를 방문한 제리는 우리 매니저가 만들어주는 피자와 스파게티를 먹으며 평생 유류 도매상과 주유소만 운영한 노하우며 넋두리들을 늘어놓았다. 그는 한때 미국 내 수백 개의 주유소를 운영했지만 당시에는 다 정리하고 7개만 남긴 상태였다. 그 7개를 나와 동갑인 큰아들 존(John Kelsoe)이 아버지에게 임대료를 내고 운영하는데, 게으른 탓에 항상 임대료가 비싸다는 타령만 해대서 조만간 내쫓아야겠다고 푸념했다. 제리의 넋두리를 듣고 나서 나도 유류 도매상을 하려고 주유소를 시작했다는 포부를 털어놓았다. 그는 내게 주유소에만 열중하라고 조언했다. 자칫 그 포부를 이루려다 상처를 받기 쉬우니 도매상은 포기하라고 말했다. 내가 모르는 그 세상에는 유색 인종들이 감히 접근할 수 없는 백인들만의, 특히 유대인들만의 특권이 존재한다는 것이었다. 자신도 이해되지 않지만 현실이 그러했고, 동양인 얼굴로 그 시장에 뛰어들면 유류 공급원가부터 달라질 거라고 했다. 어이가 없었다. 그렇구나. 그런 세계도 있구나. 나는 그 얘기를 더 이상 묻지 않고 그냥 마음에 넣어두었다.

그리고 또 세월이 흘렀다. 어느 날 제리가 암 판정을 받았다는 안타까운 소식을 듣고 전화를 걸었다. 늘 쩌렁쩌렁했던 그의 목소리는 사라지고 힘이 빠진 목소리가 들려왔다. 몇 마디 대화를 나누던 중에 제리가 갑작스러운 제안을 해왔다.

"Kacy, 내 주유소를 전부 인수해 줄 수 있겠나?"

"존이 하던 걸 말입니까?"

"그래, 건물과 주유소 전부를 다 인수해 주게."

"Mr. Kelso, 아시다시피 내겐 그렇게 큰돈이 없어요."

"건물 가격은 최저 가격인 공시가로 하고, 돈은 벌어가면서 차근차근 갚아도 되네."

믿기 힘든 파격적인 제안을 던지고 제리는 전화를 끊었다. 그가 소유한 건물들은 전부 수십 년이 넘은 것들이라 실제 가격은 공시가보다 훨씬 더 높았다. 이런 제안은 거래가 아니라 건물을 포기하는 수준이었다.

제리한테 받은 데이터를 들고 그가 소유한 주유소들을 하나씩 차례차례 둘러보았다. 유류 계통에서 평생을 일한 사람답게 주유소 위치는 모두 감탄을 자아낼 정도로 최상이었다. 출근길의 사거리 아니면 퇴근하는 길목이었다. 출근길 주유소에선 간단한 아침 요깃거리와 커피를, 퇴근하는 길목엔 맥주나 와인을 함께 파는 게 훨씬 좋은데 제리의 아들 존은 그런 데까지 신경을 쓰지 않고 그냥 기름만 팔았다. 제리가 존을 답답해할 만하다고 나는 생각했다.

엄청난 제안을 받았으나 돈이 문제였다. 돈만 있다면 무조건 당장 인수해야 할 매력적인 조건이었다. 필요한 돈은 한두 푼이 아니었다. 은행에서 수백만 달러를 빌리기 위해 먼저 계약금 수십만 달러를 어디선가 구해야만 했다. 며칠 동안 궁리에 궁리를 거듭한 끝에 나는 제리에게 고마운 제의에 감사하지만 사양의 뜻을 전했다.

기회는 그렇게 날아갔다. 그리고 몇 개월이 흘렀다. 그 일을 잊을 만할 때 제리한테서 다시 그 문제로 연락이 왔다. 가족들이 한자리에 모여 증여와 상속할 재산을 정리하는 중인데, 또다시 내게 주유소를 인수하라고 종용했다. 이번엔 운영자금까지 빌려주겠다고 했다. 그의 말이라면 무조건 신뢰하는 나였지만 그때만은 잠시 진의를 의심했다. 제리는 왜 이토록 내게 자신의 주유소를 팔려고 하는가? 혹시 싶어 건물을 조회해 보니 담보가 설정돼 있는 것도 아니었다. 도무지 감을 잡을 수 없었다.

운영자금까지 빌려주겠다는 제의 앞에서 거절할 명분도, 이유도 없었다. 무조건 고마울 따름이었다. 나는 더 이상 군말 없이 그의 제안을 받아들였고, 가능한 빠른 시간에 빌린 돈을 갚겠다고 약속했다.

그렇게 해서 쟈니 조(Johnny Joe's)라는 자체 브랜드 주유소의 사장이 되었다.

주유소 전부를 계약한 다음 인수는 하나씩 해나갔다. 운영자금이 부족해지자 약속대로 제리는 아무 조건 없이 몇 십만 달러를 융통해 주었다. '자고 일어나 보니 스타가 되었다'는 말처럼 어느 날 갑자기 나의 지위가 격상돼 있었다. 자산도 늘어났지만 내가 해야 할 일과 직원들도 많아졌고, 더 큰 꿈을 품고 열정을 다해 전진할 수 있는 여건이 무엇보다 좋았다.

혈연도, 지연도, 학연도, 아무 인연도 없는 미국인 제리한테서 나는 너무나 큰 것을 받았다. 그래서 세상은 아직도 살 만한 곳인가! 그는 누가 뭐래도 나의 은인이고, 내게 맡긴 '쟈니 조'의 번창을 진심으로 바라는 사람이었다.

제리처럼 좋은 인연은 또 있었다.

주유소가 있는 리틀엠 시청 바로 옆의 땅을 판다는 광고를 보고 중개인을 통해 연락을 했다. 미래를 내다보면 투자할 가치가 있는 땅이었다. 병원이나 아파트 등을 지어도 얼마든지 좋을 부지였다.

계약을 하면서 만나게 된 땅 주인은 릴리언 위트(Lillian Witt)라는 아흔 넘은 백발의 할머니였다. 치매가 온 듯한 할머니를 변호사와 딸들이 모시고 나왔다. 악수를 하면서 맞잡은 할머니의 손이 너무 차고 가녀렸다. 금방이라도 어떻게 될 것만 같은 너무 안쓰러운 생각이 들어서 계약이 끝난 후에도 매달 전화를 걸어 할머니의 안부를 확인했고, 몇 년에 걸쳐 할머니의 식구들과 좋은 관계를 유지했다. 그러던 어느 날, 할머니가 전화를 받지 않았다. 불길한 예감이 스쳤다. 그로부터 얼마 지나지 않아 할머니의 딸에게서 전화가 걸려왔다. 예상대로 할머니의 부고를 전하면서 딸이 덧붙인 내용은 전혀 뜻밖이었다. 할머니가 돌아가시면서 내게 판 땅의 매매대금 일부를 다시 돌려주라는 유언을 남기셨다는 거였다. 어머니처럼 여기며 나눈 마음의 정이 행운이 되어 돌아온 셈이다. 한국인들이 가진 정(情)은 미국 땅에서도 좋은 인연을 만든다는 사실을 몸소 체험한 일화였다.

그렇다면 나는 그 수많은 타인들에게 어떤 인연이었을까? 새삼 자신을 돌아보게 된다. 그들에게 좋은 기운과 행운을 가져다주었을까, 나쁘고 불쾌한 악연의 대상이었을까?

제리와 릴리언을 만나면서 나는 많이 달라졌다. 경제적인 성공을 위해 악착같이 살아온 지난날에서 벗어나 정신적인 여유를 갖기 시작했다. 국가와 인종을 넘어 베푸는 사람이 되어야겠다는 마음이 자리를 잡기 시작했다. 뒤에 생각하면 그게 제리와 릴리언이 내게 준 가장 큰 선물이었다.

아나콘다의
외출

　달라스 지역 TV에서는 유난히 지구 온난화에 대한 방송을 많이 했다. 지구의 겨울 기온이 점점 올라가서 빙하가 많이 녹아내리고, 그 바람에 해수면이 매년 높아진다는 게 골자였다. 그러나 12월의 달라스는 여전히 춥기만 했다.

　추운 겨울 날씨에 체온을 올리기에는 도수 높은 위스키가 최고지만 호주머니가 얇은 서민들은 값싼 맥주를 더 선호한다. 금요일 오후 3시 경이 되면 퇴근하는 손님들이 수표 환전(Check Cashing : 수표를 현찰로 바꿔주는 것)을 하고 주말에 필요한 맥주, 담배, 안주 등을 구매하기 때문에 분주했다. 미국 서민들의 주말은 집에서 가족과 함께 바비큐를 즐기며 시간을 보내는 게 보통이다. 그런 낙을 준비하는 금요일 오후가 되면 나는 주로 6번 주유소에 나갔다.

　주변에 공장과 사무실 고객이 유난히 많은 주유소였다. 매니저는 주말 장사에 대비해 가게 안팎을 분주히 돌아다니고, 나는 그런 매니저를 돕거나, 손님들이 붐비는 틈을 노리는 절도범들을 경계하곤 했다. 그러는 내 등 뒤에서 어머니가 똑같은 말을 여러 차례 반복하셨다.

　"애비야, 저기 부엌 옆에 누가 가방을 놓고 갔어."

"아, 네. 알았어요. 나중에 볼 테니 잠깐만 계세요."

어머니의 재촉에 못 이겨 가방이 있는 곳으로 갔다. 아니나 다를까, 제법 큰 여행용 루이비통 가방이 부엌 벽에 기댄 채 떡하니 놓여 있었다. 누가 이런 곳에 가방을 두었을까? 곧 주인이 찾아가겠지 싶어서 더 잘 보이는 데로 옮겨놓으려고 가방에 손을 대는 순간, 손끝에 와 닿는 묵직한 느낌이 별로 좋지 않았다.

어머니는 혹시 가방 안에 금괴나 돈다발 같은 게 들어 있을 것으로 기대하시고 자꾸만 가방을 열어보라고 조르셨지만 나는 그대로 가방을 버려둔 채 퇴근했다.

저녁 식사 중에 매니저로부터 전화가 왔다.

"건물 뒤편에 있는 루이비통 가방이 혹시 사장님 것입니까?"

"내 게 아니야. 왜?"

"누군가가 훔치려다가 제가 나가니까 도망을 쳐버렸어요. 저는 사장님 가방인 줄 알았죠."

"나도 가방 주인이 누군지 몰라."

매니저한테 누가 가방을 거기 갖다 놓았는지 CCTV로 확인하고 가방을 벽 쪽에 밀어두라고 지시했다. 두어 시간쯤 지났을까? 매니저한테서 또 전화가 왔다. 이번에도 누군가가 가방을 훔쳐 가려고 했다는 거였다. 루이비통 가방이 방치돼 있으니 사람들이 가져가려는 건 일견 당연하지 싶었다.

집에만 있을 수 없어 어머니와 함께 그 주유소에 잠시 들렀다.

그런데 가방을 놓아둔 곳에 가보니 주변이 이미 아수라장이었다.

누군가가 혼비백산하고 달아난 듯 신발도 한 짝이 나뒹굴고, 담배와 라이터도 바닥에 널브러져 있었다. 마침 가방이 반쯤 열려 있어서 휴대폰 플래시로 조심스럽게 안을 비춰보았다. 순간 나는 뒤로 나자빠질 뻔했다. 가방 안에 든 건 커다란 뱀이었다. 〈동물의 왕국〉에서나 나올 법한 대형 뱀이 가방 안에 들어 있었다. 옆에 있던 매니저가 막대기를 가져와서 찔러보았으나 미동도 없었다. 누군가가 키우던 뱀이 죽어서 주유소에 버리고 달아난 모양이었다.

밤 10시가 넘은 시각이지만 911에 신고를 했다. 경찰관 2명이 와서 상황을 들은 후 유기동물보호국(ASPCA, American Society for the Prevention of Cruelty to Animals)에 지원을 요청했다. 하지만 금요일 늦은 밤인 데다 사체라서 긴급한 상황이 아니므로 다음날 수거해 가기로 했다.

경찰관들은 조사서에 사진을 첨부해야 한다며 가방의 지퍼를 완전히 열었다. 그 순간 옆에서 지켜보던 사람들은 모두 동시에 소리를 지르고 말았다.

"오 마이 갓!"

"아나콘다!"

경찰관 중 한 사람이 뱀을 좀 안다며 자신 있게 말했다.

"아프리카 그물 무늬 비단뱀 종류입니다."

모습을 드러낸 뱀의 굵기는 웬만한 사람의 장단지만 했고, 길이 또한 2미터는 족히 돼 보였다. 경찰관의 지시대로 뱀 사체가 들어있는 가방을 철제 쓰레기통에 통째로 버렸다. 얼마나 무거운지 장정 4명이 힘을 합해 가까스로 들 수 있었다. 어쨌든 일은 그렇게 일단락되고 다들 제자리로 돌아갔다.

집에 가는 도중에 어머니는 그렇게 큰 뱀을 처음 보셨다며 수없이 얘기하셨다. 뱀을 유난히 싫어하시는 어머니가 만일 무심코 가방을 열었다면 얼마나 놀라셨을까.

다음날 다른 매니저한테서 전화가 왔다. 주말에 오는 전화는 대개 긴급한 내용이라 항상 불안했다. 예상은 이번에도 적중했다.

임신한 여직원이 방금 응급실로 실려 갔다는 전언이었다. 이유를 알고 나자 나는 또 한 번 아연실색할 수밖에 없었다. 전날 밤에 우리가 쓰레기통에 버린 뱀은 죽은 뱀이 아니라 동면 중이었다. 이튿날 철제 쓰레기통이 햇빛을 받아 따뜻해지자 잠에서 깨어난 뱀이 탈출을 시도했고, 하필 그때 쓰레기장 근처에 있던 여직원이 혼비백산해서 뒤로 넘어져 버린 것이다. 다행히 산모도 뱃속 아기도 별 이상이 없었다.

주말에 일했던 직원이 뱀 출몰부터 수거해 가는 전 과정을 핸드폰에 담아 방송국 해프닝 프로그램에 제출했는데, 안타깝게도 화질이 떨어져 방송 채택은 되지 못했다.

예정대로 경찰관 입회 하에 유기동물보호국 직원들이 산 뱀을 무사히 수거해 가고, 경찰관도 가방과 관련된 CCTV를 카피해서 가져갔다. 집에서 키운 뱀이라면 먹이를 주기 때문에 동면이 필요 없을 텐데 여러 가지로 의문이 일었다. 무슨 이유에선지 약물로 죽이려 한 것 같다는 얘기도 있었다. 이후로 수사를 했지만 누구의 소행인지는 끝내 밝혀내지는 못했다.

어머니,
나의 어머니

　어머니에게 노인성 치매가 시작되었다.

　막내아들이 미국에서 자리를 잡기까지 손자를 돌봐주겠다고 오셨지만 어디까지나 그건 명분에 불과했다. 한시도 아들과 떨어져서는 살 수 없으셨던 것이다. 결국 나는 어머니와 함께 살아야만 하는 운명을 타고난 것이었다.

　주유소를 갑자기 많이 운영하면서 나는 정신없는 나날을 보냈다. 그럴 때마다 어머니는 내가 놓치는 소소한 일들을 세심하게 챙겨주시는 최고의 조력자였다. 영어를 못하셨지만 별 문제가 되지 않았다. 직원들과 간단한 의사소통에도 무리가 없었고, 직원들도 그런 어머니 뜻을 잘 따르곤 했다.

　그런데 어느 날부터 어머니한테 이상한 증세가 나타났다. 매일 하시던 일인데 갑자기 뭘 해야 할지 잊어버리는 날들이 늘어났다. 음료수와 엔진오일을 혼동해서 진열대를 엉망으로 만들어 놓는가 하면, 이미 사용한 일회용 컵을 씻어 다시 진열하는 바람에 직원들의 눈총을 받기도 했다. 여느 때와 마찬가지로 내가 운전하는 차의 조수석에 앉아서는 이해하기 힘든 질문들을 던졌다.

"지금 시간이 몇 시냐?"

"오늘이 며칠이고?"

"점심은 안 먹어?"

한두 번이 아니었다. 하루에도 같은 질문을 10번 넘게 하셨다. 치매에 대해 잘 모르던 나는 화를 내기도 하고 짜증도 부렸다. 도대체 왜 그러느냐고 다그치기도 했다.

결국 어머니를 모시고 병원을 찾아갔다.

여러 가지 검사를 한 결과 치매 중증이라는 진단이 나왔다. 치매예방주사라고 하는 것을 이미 두 차례나 맞았고, 식사도 잘 하셨고, 특히 카운터에서 계산 같은 것도 빈틈없이 하셨기 때문에 치매일 줄은 짐작조차 못했다. 충격을 받은 나에게 의사는 자기 모친도 치매라며 위로의 말을 건넸다. 처방약을 들고 집으로 향하는 내 발걸음이 천근만근이었다.

차츰 지내면서 유심히 살펴보니 최근 일은 기억을 못하셨지만 과거의 일들, 특히 어머니와 내가 함께 경험한 공통적인 이야기를 하면 너무도 또렷하게 기억할 뿐만 아니라 그렇게 즐거워하실 수가 없었다. 나는 그런 어머니를 위해서 자꾸만 옛일을 떠올리려고 애썼다.

지금은 폐교되어 건물만 덩그러니 남은 밀양군 단장면 고례 초등학교(당시 명칭은 국민학교), 5살 먹은 나는 아침마다 학교 운동장을 뛰어다녔다. 밀양은 어머니가 이혼하고 새 출발을 하신 곳이자 내 기억의 시발점이다. 그 학교 선생님이던 어머니가 출근을 하시고 나면 나는 하루 종일 또래 친구들과 어울려 산과 들을 돌아다니며 기나긴 시

간을 보내야 했다. 봄이면 쑥과 달래를 캐고, 여름이면 뻐꾸기 울음
소리를 들으며 미꾸라지와 개구리를 잡았다. 가을엔 여치를 잡아 불
에 구워 먹고 후식으로 감꽃을 디저트로 먹었다. 먹고 남은 감꽃은
목걸이를 만들어 걸고 다녔다. 추운 겨울이 오면 논두렁에서 썰매를
탔다. 시뻘겋게 언 손으로 장작불에 고구마를 구워 먹기도 했다.

어머니의 외출은 내가 잠든 후에나 가능했다. 한번은 자다가 일어
나 어머니를 찾아 나섰다가 전기도 없는 칠흑같이 어두운 집 앞 개울
에 빠져 어머니가 올 때까지 울며 서 있었던 기억도 생생하다. 그 일
이 있고 나서 어머니는 급히 나갈 일이 있을 때면 문을 잠그고 나가
셨다. 문풍지 흔들리는 소리에 잠이 깬 나는 창호지 구멍을 들여다보
고 울면서 어머니를 기다렸다. 밀양 고례에서 보낸 외롭고 암울한 어
릴 적 시간들이었다.

몇 년 후 어머니는 전기가 들어오는 읍내로 전근을 가셨다. 어린
나에게도 전기는 놀라운 삶의 변화를 가져다주었다. 저녁마다 전등
불빛 아래에서 일기를 쓰기 시작했다. 일기를 쓰는 습관은 그때부터
시작됐다. 일본에서 대학까지 졸업하신 어머니는 내가 잘 되어 보란
듯이 아버지를 무찔러주기 바랐다. 아버지로부터 받은 상실감과 배
신감, 외로움 같은 것들을 모조리 나에 대한 기대와 희망으로 바꾸어
버린 듯했다. 나는 어머니가 불러주는 단어들을 일기장에 받아썼다.
반드시 판사나 검사, 의사로 자라서 아버지 앞에 떡하니 나타나는 사
람이 되어야겠다고.

어머니와 다시 찾아 본 밀양 고례초등학교.

나는 어머니로부터 강하게 양육되었다. 공부, 미술, 태권도, 웅변, 글쓰기, 피아노, 연극 등등 무엇이든지 할 줄 알아야 했고, 한걸음 더 나아가 남들보다 잘해야 했다.

내가 취학 연령이 되고 나서는 어머니는 선생님, 나는 학생으로 둘이서 손을 잡고 같은 시간에 학교와 집을 오갔다. 때로는 수업을 마치고 혼자 운동장에 남아 어머니가 퇴근하실 때를 기다리기도 했다.

1968년 밀양 예림의 겨울은 춥고 빨리 어두워졌다. 나는 바깥에 있는 재래식 화장실의 벽을 유난히 좋아했다. 낮 동안에 벽에 내리쬔 태양의 잔열이 있어서 벽에 기대면 따뜻했기 때문이다.

어머니는 그런 곳에 쭈그리고 앉은 나를 보시곤 야단을 쳤다. 얼음장같이 찬 고사리 손을 감싸 쥐고 서럽게 우실 때도 많았다. 8살짜리 아들이 바깥에서 추위에 떨고 기다리는 줄을 알면서도 어쩔 수 없는 상황이 너무 속이 상해서 흘리신 눈물이었을 것이다. 그럴 때마다 어머니는 입버릇처럼 말씀하셨다.

"엄마는 니 하나 보고 산다."

뭔지 정확하게 알 수는 없었지만 나는 줄곧 복수를 꿈꾸었다. 반드시 어머니의 원수를 찾아내어 복수를 해주겠노라 맹세하는 걸로 위로를 해드리곤 했다.

머리가 커서 고등학교에 진학한 뒤론 아버지의 빈 공간을 느끼는 동시에 어머니의 지대한 관심과 기대가 오히려 부담스러워졌다. 사춘기와 반항기가 도래한 모양이었다. 부모 사이에 내 존재가 짐이라고 느끼면서 어머니와 다툼이 잦아졌고, 가출도 몇 차례 했다. 결국 나는 가고자 하는 대학에 가지 못했다. 어머니의 기대를 저버린 것이다.

대학 입학 직후엔 부마민주항쟁으로 전국에 휴교령이 내려졌다. 어머니는 학과 대표인 내가 시위에 나설까봐 연일 걱정이셨다. 공무원 자녀가 시위에 나섰다가 적발되면 권고사직을 당한다며 집에만 있기를 원하셨다. 그러나 나는 친구들과 싸돌아다니며 하루가 멀다 하고 어머니와 부딪혔다.

어머니와 얽힌 수많은 일들을 회상하면서 어쩌면 어머니로부터 벗어나려고 미국에 취업해서 온 게 아닐까 자문해보았다. 군복무 기간을 제외하면 한국에서 나는 줄곧 어머니와 함께 살았다. 미국으로 오면서 어머니와 처음 떨어져 살게 되었고 나중에 손자들을 봐주려고 미국으로 오셨다.

그러셨던 어머니가 치매가 와서 여덟 살 소녀가 되었다. 화장실 벽에 기대앉은 내 손을 잡고 우시던 그 손을 이젠 내가 붙잡고 울었다. 어머니가 한생을 바쳐 나를 보살피고 키우셨듯이 이젠 내가 어머니를 돌볼 차례였다.

자동차 조수석에 앉아 물끄러미 창밖 풍경을 바라보시는 어머니의 옆모습을 훔쳐보면서 지난날의 불효와 어리석음을 뉘우쳤다. 그럴수록 어머니와 함께 보낸 추억들이 그리움과 슬픔으로 변해 내 마음속에 차곡차곡 쌓이기만 했다.

이별을
준비하는 마음

　사랑하는 어머니와 언젠가는 헤어져야 한다는 사실을 잘 알고 있었지만 막연히 아주 먼 미래의 일로 여기며 살았다. 그런데 그날이 점점 가까이 다가오고 있었다. 나는 자연히 죽음에 예민하게 반응하기 시작했다. 우선 주변 지인들의 부모님이나 교인들의 장례식에 참석해 예배는 물론 장지까지 동행하며 고인이 묻히는 과정을 유심히 살펴보았다. 그해는 유난히 하늘나라로 가시는 분들이 주변에 많이 있었다.

　미국 공동묘지는 무서운 곳이 아니라 공원 같은 곳이다. 주택지 옆일 수도 있고 학교 근처일 수도 있었다. 미국인들은 묘지에 대한 거부감이 거의 없다. 삶과 죽음이 공존한다는 그들의 생사관 때문이다.

　관을 드는 데는 6명의 장정이 필요했다. 장례식장에서 운구차로, 운구차에서 묘지로 두 차례 사람이 옮기는 걸 제외하면 나머지는 다 기계로 처리했다. 나는 장례식에만 가면 운구를 자청하고 오르간 연주자로도 봉사했다. 본능적으로 어머니를 떠나보낼 준비를 시작한 것인지도 모른다.

　오르간이 놓인 단상 뒤의 복도 양쪽 방에는 시신들이 쭉 자리하고 있었다. 처음 그곳으로 들어갔을 때 나의 발걸음은 천근만근 무거웠다. 시신들은 병상에서 곤히 잠들어 있는 듯했다. 누가 지나가다 인기척이라도 내면 벌떡 일어날 것만 같았다. 시신의 얼굴을 보지 않으려고 실눈을 뜨고 지나간 적이 한두 번이 아니었다.

대형 장례식장에는 시신이 더 많았다. 미국 장례식은 한국과는 달리 관을 오픈한 채로 진행한다. 그래서 시신에 방부처리도 하고 얼굴에 메이크업도 한다. 방부처리는 정맥혈관으로 혈액을 빼내고 동시에 동맥혈관에 포르말린을 투여한다. 복부를 통해 체액을 빼내고 몸의 구멍들을 막은 후 예쁜 화장을 하고 평소 고인이 좋아했던 옷을 입힌다. 종교가 있는 사람들은 그에 맞는 옷으로 갈아입힌다. 이런 모든 과정을 엠바밍(Embalming)이라 하고 그 일을 하는 사람들을 엠바머(Embalmer)라고 한다. 맡은 일에 따라 차이야 있겠지만 엠바머의 평균 보수는 시간당 100달러를 훨씬 넘는다. 교통사고 같은 험한 사고사의 경우엔 최대한 얼굴만이라도 깨끗하게 만든다.

단상 뒤편 온도는 섭씨 10도 정도로, 스산함을 느끼기에 딱 좋은 온도다. 어린 시절 〈전설의 고향〉이란 TV드라마를 보며 자란 나로선 시신이란 상상만 해도 무섭고 오싹한 것이었다. 오르간 반주를 하는 동안 내 모든 신경은 주검들이 있는 복도에 집중돼 있었다. 바스락 소리라도 들려오면 머리끝이 절로 쭈뼛거리고 팔에 소름이 돋아났다. 하지만 그런 자원봉사를 하도 많이 다니다보니 나중엔 장례식장 직원들과 농담도 하고, 시신들도 더 이상 무섭게 느껴지지 않았다.

여러 장례식장을 다니면서 많은 것들이 보였다. 사전에 꼼꼼하게 준비한 장례식은 유족들이 조용한 분위기에서 고인을 충분히 추모하고 회상하는데 반해 그러지 못한 장례식은 처음부터 끝까지 유족들이 바빠 보이고 허둥대기만 했다. 묘지 구입부터 관을 사고 장례식장을 예약하는 것 등이 미리 준비할 목록이었다.

어머니가 정신이 맑은 날, 본인 장례 얘기를 꺼냈더니 관과 수의를 미리 준비해 놓으면 장수한다며 오히려 좋아하셨다. 어머니를 모시고 사진관에 가서 영정 사진을 찍고, 당신이 가장 좋아하는 재질과 색깔로 수의도 직접 고르시게 했다. 관도 준비했다. 나무 관과 그걸 다시 넣을 콘크리트 관, 장례식장까지 모두 예약을 마쳤다. 내친김에 어머니는 개울 옆 양지 바른 곳에 묘지도 직접 고르셨다. 매장 후 50년까지 사용이 가능한 묘지였다.

미리 당신의 장례식 준비를 허락해주신 덕분에 아들은 또 한시름을 놓고 살아갈 수 있었다.

세무감사를
받다

편지라면 반갑기만 하던 어린 시절이 있었으나 미국에서 사업을 하며 받는 편지는 대부분 돈 내라는 내용들뿐이다. 그중에서도 특히 독수리와 별 표시가 찍힌 편지는 받아 들면 무서울 정도였다. 독수리는 국세청이고, 별은 텍사스주정부가 보낸 것이다.

한번은 별이 찍혀 배달된 편지를 조심스럽게 뜯었다.

주 감사관(State Comptroller of Public Accounts)이 지난 3년 간 서류를 감사하겠으니 해당 서류를 준비하라는 통보였다. 한국에서든 미국에서든 세무감사라고 하면 누구든지 긴장한다. 죽어도 끝나지 않는 것이 미연방 국세청(IRS, Internal Revenue Service)의 추적이라는 말도 있다.

그들의 촉수에 걸리면 집에서 쓰는 가위까지 뺏아간다고 할 정도로 가혹하다. 그만큼 평소 투명하고 정직하게 비즈니스를 하라는 뜻이다.

미국 세무감사는 의심스러워서 하는 경우도 있지만 무작위로 고르기도 한다. 남의 세무조사에서 돈거래가 있었다는 이유로 참조인 조사를 받는 경우도 있다. 10만 명이 넘는 미연방 국세청 직원들이 늘 전 국민을 감시하고, 주 감사관들은 사업체를 감시한다. 소비자들에게서 미리 받은 판매세(Sales Tax)를 매달 주정부로 차질 없이 납부하고 있는지 확인하는 것이다.

미국의 모든 상행위 가운데 맨 마지막 단계인 소비자한테 판매될 때 판매세가 붙는다. 주마다 차이는 있지만 텍사스주 경우엔 기존 판매세 6.25%에 학교버스 지원 1%, 시내 공공버스 지원 1%를 더해 도합 8.25%를 부과한다. 이렇게 고객에게 받은 판매세를 모아 다음 달 20일에 주 감사관에게 납부해야 한다.

판매세는 정부 돈인데 많은 업주들이 자기 돈처럼 착각해 전액을 납부하지 않았고, 그 바람에 의심을 사는 경우가 허다했다. 주 감사관들은 각 사업장의 예상 판매세를 해당 도매상이나 유사 업종의 규모 등을 통해 비교적 정확하게 자료를 확보해두고 있다가 실제 납부액과 차이가 많이 나면 즉각 감사를 실시한다. 랜덤으로 정기 감사를 하는 경우도 물론 있다.

나는 주 감사관이 요구한 모든 서류를 구비하고 기다렸다. 그러나 감사관이 직접 오지 않고 업종에 맞는 전문 회계사를 먼저 보냈다. 자동차로 3시간 거리인 텍사스주 수도 오스틴(Austin)에서 흑인 여성 회계사 2명으로 구성된 팀이 왔다. 그들은 찾아낸 오류 금액의 30%가 자신들의 보수라고 명백하게 밝히고 일을 시작했다.

주유소의 마진 구조는 물론 맥주 원가까지 환히 꿰뚫고 있는 그녀들이 2주 가까이 눈에 불을 켜고 서류들을 확인했다. 거기서 끝나지 않고 나중에 합류한 주 감사관들과 다시 서류를 재검토했다. 난생 처음 받는 세무감사라 무섭기도 하고 신기하고 궁금하기도 했다.

세무감사 결과 통보서.

그들은 우리가 주는 물도 마시지 않았다. 대화는커녕 꼭 필요한 질문 외에는 아예 대답조차 하지 않았다.

평소 납세 관련 업무는 철저하고 성실하게 준수해 왔지만 '털어서 먼지 안 나는 사람 없다'는 속설이 나를 괴롭혔다. 피를 말리는 2주간의 세무감사가 끝난 후 한 달 만에 결과 통보가 왔다.

"3년 치 서류를 감사한 결과 판매세를 정상적으로 납부하였다. 그러나 향후 의문이 발생할 경우엔 언제든지 재 감사를 실시하겠다" 나는 비로소 안도하는 마음으로 주유소의 회계사들과 자축하는 자리를 마련했다. 앞으로 더욱 철저하게 해달라는 당부의 말도 전했다. 세무감사를 받아보니 탈세와 절세의 차이는 엄청났다. 일단 탈세에 한 번이라도 걸리고 나면 정부의 감시와 색안경에서 영원히 벗어날 수 없겠구나 싶었다.

장모님과
랍스터

부산에서 장인어른과 장모님이 오셨다. 때마침 세무감사가 끝나 홀가분한 마음으로 두 분을 맞이했다. 달라스는 도시 규모에 비해 정말 구경할 만한 곳이 없었다.

첫날 저녁은 달라스 공항 내 호텔에서 랍스터 요리를 먹기로 했다. 다리가 불편하신 장모님은 호텔 주차장에 도착한 뒤 아내가 천천히 모시고 오게 하고, 나는 장인어른을 모시고 먼저 식당에 가서 자리를 잡았다. 그런데 한참을 기다려도 아내와 장모님이 오시지 않아 바깥 로비에 나가보니 사람들이 모여서 웅성거리고 있었다. 사람들 틈을 헤집고 보니 장모님은 누워 계시고 아내가 그 옆에서 어쩔 줄 몰라 하며 호텔에서 부른 앰뷸런스를 기다리는 중이라고 했다. 장모님이 계단을 헛디뎌 넘어지셨는데 일어나지 못하신다는 거였다.

가까운 대학병원에 가니 고관절이 부러져서 당장 수술을 해야 한다고 했다. 오실 때 단체 여행자보험을 가입하고 오셨으나 딸네 집에 오느라 스케줄이 이탈되었다는 이유로 보험혜택을 받을 수 없었다. 수술은 잘 진행됐고, 허벅지에 상처가 하나 생긴 것 외엔 별다른 탈이 없어 이튿날 아침 퇴원할 수 있었다.

뼈가 부러져서 접합수술을 했음에도 입원은커녕 깁스도 안 하시고 5일째 되는 날부터 병원에서 보낸 물리치료사와 계속 걷기만 하셨다. 병원비가 비싼 것을 의사들도 잘 알기 때문에 가능한한 빨리 퇴원할 수 있게 해주었다. 그렇게 열흘 정도 치료를 마치고 혼자 걷게 되자 아쉬운 작별을 고하고 두 분이 다 귀국하셨다. 딸집에 오셔서 편히 쉬기는 고사하고 몸을 다쳐 가시는 뒷모습이 우리 부부의 마음을 계속해서 짠하게 만들었다.

그런데 얼마 지나지 않아 병원비 청구서가 날아들기 시작했다. 어느 정도 예상은 했지만 일주일에 걸쳐 날아온 병원비가 벤츠 승용차를 거뜬히 살 정도의 금액이었다. 부산 처가에서도 병원비가 걱정돼 전화를 주셨다. 김 서방이 잘 산다고 주변에 짜하게 난 소문을 헛되이 하고 싶지 않아서 걱정 마시라고 말씀은 드렸으나 가진 돈을 탈탈 털어 주유소를 인수한 직후여서 나도 그렇게 큰돈이 없었다.

나는 혼자 고민에 빠졌다. 왜 장모님이 넘어지셨을까? 일단 의문은 거기서부터 시작됐다. 나는 장모님이 넘어지신 그 시각, 그 장소를 다시 찾아갔다. 그리고 장모님이 걸어 내려오신 길을 따라 걸었다. 이를 테면 나름 현장검증을 해본 것이다.

그 결과 건축공학을 전공한 나로선 호텔 측의 잘못된 점을 발견할 수 있었다. 계단에서 계단참으로 이어질 경우엔 조도를 밝게 해주는 게 상식인데 조명이 어두워서 초행인 사람은 헛발질을 하고 넘어지기 십상이었다. 하마터면 나조차도 넘어질 뻔했다. 변호사를 고용하고 호텔 측에 연락을 했다. 그러자 보험 약관에 따라 5,000달러를 주겠다는 대답이 돌아왔다. 만족할 수 없는 답변이었다.

나는 상해 전문변호사 사무실을 찾아갔다. 상해 변호사들은 병원비의 3배를 피고 측에 청구하고 승소할 경우 병원비와 수임료, 고객 위자료로 나눈다. 내 몫인 고객 위자료는 필요 없었기에 병원비와 수임료만 해결할 수 있게 해달라고 요청했다. 원고인 내가 영어와 한국어에는 능통해도 당사자인 장모님의 통역을 해드릴 수는 없었다. 공정성을 위해 원고 측과 피고 측 한국어 통역관이 각각 필요했다.

2년 여에 걸친 오랜 기간 법정 다툼 끝에 결국 우리가 승소했다. 호텔 측 보험으로 병원비와 변호사 비용을 전부 부담하라는 판정이 난 것이다.

이 소식을 들은 처갓집으로부터 김 서방 똑똑하고 대단하다는 칭찬을 받고 잠시나마 어깨가 으쓱해졌다. 나도 사업장이 많아짐에 따라 언제든 그런 사고가 일어날 수 있으니 보험회사에 연락해 대비를 단단히 하라고 일렀다.

브리트니를
위하여

    모든 분야가 다 마찬가지겠지만 사업을 할 때도 사람이 제일 중요하다. 특히 현금을 다루는 업소에서는 일을 잘하고 못하고는 둘째고 정직한 직원이 최고다.

    직원들 가운데 가장 어린 19살짜리 톰(Tom)은 성격이 워낙 싹싹하고 친절해서 고객들을 항상 기분 좋게 했다. 그가 맡은 매장 진열대와 대형 냉장고도 항상 상품들이 잘 정리돼 있었다. 거기다 정직하기까지 해서 그야말로 복덩이였다. 중학교 시절부터 여자친구인 브리트니(Britney)와 2살짜리 딸을 낳고 살았는데, 브리트니가 왼손을 못 쓰는 장애인이라 생활보조금을 받았다. 몸은 성치 않아도 날마다 점심을 만들어 남편에게 가져다주는 어여쁜 커플이었다. 어려운 여건에서도 열심히 사는 그들을 볼 때마다 나는 항상 따뜻한 말로 격려를 아끼지 않았다.

    하루는 브리트니가 나한테 면담을 요청했다. 애가 커가면서 생활비가 많이 들어 톰이 일하는 주유소 직원으로 자신도 함께 고용해달라는 부탁이었다. 그러나 선뜻 수락하기엔 문제가 있었다. 그 주유소는 큰 호수의 낚시터를 끼고 있어서 메기 미끼로 쓰는 피라미도 포장해 팔곤 했다. 그걸 브리트니가 한 손으로 하기엔 힘들 것 같았다.

매니저와 의논을 했다. 일단 파트타임 학생을 고용해 계산대에서 브리트니를 돕게 하고 고용을 하기로 결정했다. 평소 예쁘게 보던 젊은이들이라 어떻게든 도움을 주고 싶었다. 이후로 그 주유소에 갈 때마다 매니저에게 그들의 소식을 물으면 잘하고 있다고 해서 그런 줄로만 알았다.

몇 개월이 지나 브리트니가 보이지 않아서 매니저에게 물어보니 해고를 했다고 대답했다. 사연인 즉 하루 일과를 마감한 뒤 정산 금액이 매번 틀려 브리트니에게 물어보면 발작을 일으키며 쓰러졌고, 계산대에서 일을 하다가도 곧잘 쓰러져서 급히 앰뷸런스를 불러 응급대원들이 도착하면 언제 그랬냐는 듯 멀쩡하게 깨어나기를 반복했다는 것이다. 그런 사정을 모르는 손님들은 업주가 장애인을 고용해 혹사시키는 것으로 오해하기 딱 좋은 상황이었다. 하지만 매니저와 다른 직원들은 브리트니의 약물중독을 이미 알고 있었다.

더 이상 간과할 수 없어 톰을 불렀다. 브리트니에게 무슨 일이 있느냐고 물어보니 한참을 머뭇거리며 내 눈치를 살피다가 그녀가 마약중독자임을 마지못해 털어놓았다. 잦은 발작의 원인은 헤로인을 끊고 시작한 메스(메스암페타민-Methamphetamine) 때문이었다. 필로폰으로도 불리는 메스가 중추신경을 흥분시키면 몸이 약한 브리트니는 그 증상을 이기지 못하고 발작을 했던 것이다. 브리트니는 톰에게도 마약을 권했다고 한다. 그러나 톰은 용케 그녀의 유혹을 물리치고 마약에 손을 대지 않았다. 둘은 마약 문제로 싸우다가 지쳐서 이젠 헤어지려 한다고 톰이 고백했다.

브리트니는 내가 통제하거나 개입할 수 있는 범위를 이미 넘어선 것 같았다. 마약에 중독되면 눈이 휑해지고, 얼굴에 살이 점점 빠지고, 치아도 빠지면서 인상이 변한다. 브리트니도 전형적인 마약중독자의 인상으로 사납게 변해가고 있었다.

그렇게 성실하던 톰이 브리트니를 떠나고 싶은데 양육비를 피할 길이 없는지 내게 물었다. 그건 불가능한 일이었다. 딸이 이제 3살이니 18세가 될 때까지는 톰이 버는 주급의 25%를 브리트니에게 양육비로 지급해야 한다. 미국에선 부부나 남녀가 헤어질 경우 양육비가 가장 큰 문제다. 주정부에서 양육비를 정하면 업주에게 통보가 온다. 업주는 주정부가 제시한 양육비를 공제한 금액을 임금으로 지불해야 한다. 주정부 변호사는 미리 공제한 양육비를 받아서 아이를 양육하는 쪽에 보내주는 시스템이다. 만일 업주가 양육비를 공제하지 않으면 주정부 변호사로부터 문책을 당한다. 미국에서는 양육비 추징이 아주 철저하다. 어길 경우엔 가차 없이 형사법으로 다룬다.

몇 주 후에 톰이 결국 회사를 그만두고 브리트니를 떠났다.

2년 가까이 예쁘게 살던 그들을 지켜보면서 가정파탄의 원인이 마약이라고 생각하니 참으로 안타까웠다. 톰이 떠나자 브리트니도 혼자 수입으로는 집을 유지할 수가 없어서 친구 집으로 이사를 간다고 떠났다. 이제 겨우 3살을 넘긴 그들의 딸 제니(Jenny)가 마약중독인 엄마 밑에서 어떻게 자랄지 걱정이 되었다.

그렇게 그들과 인연이 끝나는 듯했으나 얼마 뒤 브리트니를 다시 만났다. 해마다 2월 중순이면 리틀엠시에서 주최하고 우리 주유소에서 후원하는 '민물 메기 낚시대회'가 열렸다. 무게 20kg가 넘는 대형 메기도 종종 잡히기에 낚시대회의 인기가 대단했다. 대어를 낚은 대회 수상자들에게 줄 상품을 진열하러 낚시터에 갔다가 뜻밖에도 그녀를 만났다.

브리트니는 어느새 쑥 자라버린 딸 제니와 신학공부를 하고 있다는 새 남편 제시(Jessy)를 나에게 인사시켰다. 내년이면 제시가 목사 안수도 받을 것이라며 기뻐하는 그녀의 얼굴은 예전과 달리 무척 평온하고 행복해 보였다. 잠시 서로 안부를 나눈 후 브리트니가 내게 할 말이 있다며 털어놓은 얘기는 기가 막히는 고백이었다.

"사장님, 몇 년 전 계산대에서 일할 때 돈과 담배 등을 매일 훔쳤어요. 날마다 적게는 20달러, 많게는 100달러 정도 훔쳐갔어요. 남편을 따라 교회에 나가면서 마약도 끊고 과거에 잘못한 절도도 하나님께 용서를 받았지만 정작 사장님께는 용서를 받지 못해서 내내 마음에 걸렸어요."

"그, 그래? 얼마동안 그랬어?"

"한 1년 정도요⋯."

그녀는 탄로가 날 것 같을 때마다 쓰러지는 걸로 위기를 모면했다며 뒤늦게 용서를 구했다. 1년이나 매일 돈을 훔쳤다면 얼핏 계산해도 2만 달러가 넘는 상당한 액수였다.

절도 방지를 위해 가족을 같은 매장에 두지 않는다는 회사 내규도 있고, 몇 가지 방침도 있었다. 매상을 꼼꼼하게 체크하는 전담 매니저도 있었지만 하필 암 수술로 병원에 입원해 있을 때였다. 옛말에 지키는 사람 열 명이 도둑 하나를 못 막는다고, 작정하고 훔쳐 가면 어쩔 도리가 없었다.

양심 고백을 한 브리트니는 평화로운 표정으로 자신을 위해 기도해 달라고 요청했다. 나는 얼떨결에 '죄가 비록 주홍 같을지라도 눈처럼 희어질 것'이라는 성경 구절을 인용해 기도를 해주긴 했지만 뭔가 기분이 이상하고 찜찜했다. 나한테 청해서 기도까지 듣고 난 브리트니의 표정은 더할 나위 없이 밝고 평온해졌다.

"사장님, 죄송하고, 용서해 주셔서 감사합니다."

내가 용서한다고 말한 적도 없는데 그녀의 발걸음이 저 혼자 날아갈 듯 가벼웠다. 낚시터로 향하는 그들 가족의 행복한 뒷모습을 바라보며 나는 오히려 심한 배신감을 느꼈다.

매니저 한 명이 암 수술로 사경을 헤맨 적이 있었다. 그의 몫까지 일하느라 나도 정신이 없을 때 브리트니는 연일 절도를 저질렀다. 거기에서 오는 배신감이었다. 동료들이 한 사람의 빈자리를 메우느라 모두 힘들어할 때 도와주기는커녕 혼자 회사를 배신한 브리트니가 쉽게 용서가 되지 않았다. 그래도 회사가 잃은 것보다 브리트니가 올바르게 살아가는 것이 더 중요하다며 애써 자신을 달랬다.

차라리 끝까지 몰랐으면 더 좋았을까? 사업을 하다보면 절도하는 직원을 안 만날 수야 없겠지만 브리트니처럼 뒤늦게라도 찾아와 잘못을 고백하는 경우는 처음이었다. 그 고백의 여운은 여전히 사업을 해야 하는 내겐 개운하지만은 않았다.

브리트니의 고백 이후 나는 한동안 실의에 빠져 지냈다. 사업가로서의 자질에 관한 의문과 자책이 머리에서 떠나지 않았다. 사람을 그렇게 많이 만나고, 고용하고, 해고했으면서, 아직도 나는 사람을 볼 줄 모르는 것일까? 뒤에라도 잘못을 뉘우치고 용서를 구하는 브리트니를 고용했으니 잘 본 것일까?

지금까지 나는 사람을 볼 때 외모에서 풍기는 인상을 중시했다. 겉으로 보기에 성실하게 생긴 사람, 착하게 생긴 사람, 온순하게 생긴 사람을 주로 뽑았다. 브리트니도 착하게 생겨서 부탁을 거절하지 않았다. 그런 브리트니가 나를 일깨웠다.

앞으로는 외모만 보고 사람을 평가하지 않으리라 다짐했다. 그러면서 스스로 반성했다.

브리트니의 배신을 용서하는 데는 시간이 조금 더 걸렸다. 주변 사람들이 모두 포기한 마약중독자 브리트니를 끝까지 포기하지 않고 올바르게 되돌려 놓은 분은 하나님이었다. 하나님의 뜻으로 그녀는 목사님을 만났고, 다시 나를 찾아와 자신의 잘못을 뉘우치며 고백하게 하신 것이다. 그러자 내 안에 있던 배신감과 분노가 서서히 사라지는 걸 느꼈다.

그날 이후 브리트니를 다시 볼 수 없었다. 지금쯤은 목사님의 아내가 되어 지역 교회와 교인들을 위해 헌신하고 있을 브리트니를 가끔 생각한다. 그녀와의 안 좋은 기억들도 이젠 추억이 되었고, 그 추억은 또 주유소의 역사가 되었다. 브리트니가 행복한 삶을 살기를 진심으로 바란다.

든든한
오른팔을 잃다

　미국이라는 나라는 땅속은 물론이고 눈에 보이지 않는 대기까지 환경법에 따라 철두철미하게 관리한다. 그래서 어떤 주유소를 가든 휘발유 냄새가 하나도 나지 않는다. 고객이 주유건을 당기는 순간 증기 소각 시스템이 작동해 유증기를 모두 태워 대기로 쏘아 올리기 때문이다.

　2000년대 들어서면서는 그마저도 오존층 파괴를 이유로 ORVR(On Board Refueling Vapor Recovery)이라는 시스템을 장착, 증기를 액화시켜 유류 탱크로 도로 들어가게 했다. 이 모든 걸 지방 자치 환경법으로 다스렸다.

　대기의 오존층을 보호하듯이 땅속 관리도 만만치 않았다. 대지 속에 어떤 오염 물질이 있을지 모르기 때문에 대지를 구매하기 전에 반드시 지질 검사를 거쳐야 하고, 혹시라도 오염 물질이 발견되면 그 물질을 완전히 제거하기 전엔 은행대출은 물론 매매도 어렵다. 한국에는 없는 그 까다롭고 엄격한 환경법 때문에 이미 나는 앞에서 소개한 대로 수십 만 달러 이상의 손해를 본 경험이 있다. 이런 신기술 개발과 시스템 도입의 선두주자는 미국 내에서도 단연 캘리포니

아주다.

텍사스주정부도 캘리포니아주의 새로운 급유연료증기 시스템을 도입하기로 하고 모든 주유소에 시스템 교체 지시를 내렸다. 우리도 규정에 맞춰 지하 유류 탱크 교체와 급유연료증기 시스템으로 바꾸어 나가고 있었다. 이런 전문적인 작업을 각 업장의 매니저들에게 맡기기엔 무리가 있다고 판단해서 전문 테크니션 매니저를 따로 고용하기로 했다. 지인에게 부탁해 소개받은 사람은 마이클 윌러포드(Michael Willeford)였다. 컴퓨터 하드웨어 조립은 물론이고 코딩까지 능수능란했다. 그의 주요 임무는 유류 재고관리 및 급유연료증기 시스템의 원활한 작동, 새로 교체한 계산대 패스워드와 소프트웨어 관리였다.

마이클은 내가 한국인임을 알고 자기 집안 얘기를 잠시 해줬다. 아버지는 군인으로 6.25전쟁에 참전했으며, 수 년 뒤 베트남전쟁에서 전사하셨다고 했다. 우리나라를 지켜준 데 대한 고마운 마음이 들어 그의 모친인 그랜다(Glenda)까지 고용해서 가벼운 업무를 맡겼다.

달라스 여름 땡볕은 지붕에 있는 모든 걸 녹여버리려는 듯 뜨겁고 강렬하다. 그 무서운 기세에 멀쩡하던 에어컨, 전파송신기, 통풍기구, 주유기 등이 수시로 문제를 일으켜 제대로 남아나는 게 없을 정도다.

어느날, 주유소에서 제일 중요한 주유기가 갑자기 작동을 멈추는 바람에 마이클에게 기계 점검을 지시했다. 땀을 뻘뻘 흘리며 시스템을 초기화하는 마이클의 오른쪽 목덜미에 종기 하나가 눈에 띄었다.

아프지 않느냐고 물으니 별거 아니라는 듯 겸연쩍게 웃어넘겼다.

몇 개월 뒤에 보니 종기가 제법 커져 있었다. 짐작컨대 넉넉하지 않은 형편에 치료를 미룬 듯했다. 왜 병원에 가지 않았느냐고 다그쳤더니 역시나 치료비가 부담스러워서 못 갔다고 대답했다. 그랜다와 마이클 모자는 국가유공자의 직계가족이므로 정부의 의료비 지원을 받는 것으로 알았다. 그런데 그랜다는 전쟁미망인이라 평생 지원이 가능하지만 마이클은 성인이 되는 18세부터 지원이 중단된다는 것이었다. 사정이 딱해 회사 경비로 처리할 테니 병원부터 다녀오라고 호통을 쳤다. 다행히 치료를 받았는지 며칠 후 마이클의 목덜미엔 거즈가 붙어 있었다. 그 일은 그렇게 끝나는 줄 알았다.

몇 년 후 마이클과 같이 매년 개최되는 유류 관련업 컨벤션 쇼에 참석을 하려고 휴스턴을 가게 되었다. 달라스에서 5시간 정도 교대로 운전을 하며 가는 중에 우연히 그의 목덜미를 보고 깜짝 놀랐다. 과거 종기가 있던 바로 그 자리에 이번엔 주먹만 한 혹이 나 있는 게 아닌가! 문득 반공 포스터에서 본 북한 김일성의 혹이 떠올랐다. 나는 당장 병원부터 가보라고 재촉했다.

휴스턴에서 돌아온 며칠 뒤에 마이클로부터 전화가 왔다.

큰 병원을 가보니 종양이라 간단한 수술이 필요해 휴가를 써야겠다고 말했다. 물론 쾌히 그러라고 대답은 했지만 얼마나 걸릴지 모를 마이클의 빈자리를 내가 채울 수 있을지 걱정이 앞섰다. 지난 10여 년 동안 땅속 유류 재고관리와 계산대 결제 시스템 관련 소프트웨어를 마이클이 혼자서 관리해 왔다. 특히 계산대와 스캐너의 리셋이 나한테는 생소하고 어려운 일들이었다.

퇴근 무렵 6번 주유소 매니저한테서 긴급 호출 전화가 왔다. 텍사스주정부 환경청(TCEQ, Texas Commission of Environmental Quality)에서 검사관이 왔다고 했다. 새로 제정한 환경법과 규정 사항의 준수 여부를 검사하기 위함이었다. 자료를 검토해 보더니 유류탱크 실제 재고와 프로그램 상의 수치가 맞지 않아 혹시 지하 탱크에서 기름이 새는 건 아닌지 의심스럽다고 했다. 만일 그렇다면 지하 환경오염의 원인을 제공한 것이므로 자칫 주유소 영업을 중단할 수도 있는 큰일이었다. 다행히 재점검 결과 수치 입력의 실수로 밝혀져서 무사히 넘어갈 수 있었다.

마이클의 빈자리는 컸다. 몸이 열이라도 모자랄 지경이었다. 새로 교체한 계산대의 결제 시스템도 자주 리셋을 해야만 했다. 미숙한 직원이 사소한 실수라도 하면 절도라고 인지한 컴퓨터가 자동으로 멈추기 때문이었다. 컴퓨터 시스템 관련 기술을 배워두지 않은 것이 후회막급이었다.

조직에 공백이 생기면 도움을 주려는 직원도 있지만 그 틈을 타서 절도를 꾀하는 직원도 있었다. 뭔가 이상한 일이 생길 때마다 나는 병실에 있는 마이클에게 문자를 보냈다. 새로운 계산대 시스템을 이용한 절도 방지책 세팅을 문자로 의논하기도 했다. 그가 입원한 지 한 달이 되어갈 무렵부터 슬슬 짜증이 나기 시작했다. 끊임없이 터지는 사건 사고 때문에 너무나 정신이 없었다. 도대체 언제까지 이래야 할지 울화가 치밀었다. 절도하는 직원과 그 사실을 알고도 눈감아주는 매니저, 어느새 50여 명으로 불어나버린 직원들을 관리하는 일이 새삼 힘들고 혼란스러웠다.

그러던 어느 날 4번 주유소 매니저 케빈한테서 전화가 온 건 그럴 무렵이었다. 마이클의 병문안을 다녀왔다면서 병세가 생각만큼 좋지 않으니 보스가 한 번 가보는 게 좋을 것 같다는 거였다.

다음날 아내와 함께 마이클의 병문안을 갔다. 중환자실까지 한참을 걸어가서 병실 문을 열고 마이클을 보는 순간 우리는 눈을 의심할 만큼 크게 놀랐다.

"오 마이 갓! 이럴 수가!"

사람 모습이 한 달 새 그처럼 변할 수 있을까. 살이 쪽 빠져 광대뼈가 돌출된 얼굴 하며, 복수가 차서 마치 출산을 앞둔 산모처럼 솟아오른 배, 마이클은 완전히 딴사람이 돼 있었다. 병원에서 악성종양을 제거하기 전에 검사를 해보니 이미 주요 장기에 암세포가 전이돼 있더라고 했다. 혹인 줄 알았던 게 암 덩어리였다는 그랜다의 얘기를 들으며 우리는 시선을 어디에 둬야 할지 몰라 한 방울씩 떨어지는 링거만 물끄러미 바라보았다.

마이클을 보면 복직을 언제 할지 얘기를 나누어보려고 했는데 호흡이 가빠 말도 제대로 하지 못하는 그 앞에서 한숨만 새어나왔다. 가라앉은 분위기를 바꿔보려고 그랜다와 몇 마디 실없는 농담만 주고받았다. 조금 뒤 의사와 간호사들이 진료 차 들어오기에 우리는 슬그머니 병실을 나섰다. 마이클은 움푹 팬 커다란 눈망울을 껌뻑이며 나지막한 목소리로 우리에게 작별인사를 건넸다.

"바이, 보스. 조만간 출근할게."

"오케이! 푹 자고 내일 다시 올 테니 그때 봐."

왠지 마지막일 것만 같은 그 모습을 뒤로하고 병원을 나서는데 갑자기 말할 수 없이 부끄러운 생각이 뇌리를 강타했다. 직원의 상태도 제대로 파악하지 못하고 사는 내가 과연 보스 자격이 있는지, 강렬한 자책감에 휩싸였다. 아내에게 운전을 부탁하고 나는 마이클과 그동안에 나눈 문자들을 다시 한 번 훑어봤다.

"계산대 패스워드가 뭐지?"

"ATM의 리셋은 어떻게 하지?"

"기름 탱크에 물이 섞인다는 경보음이 울린다. 어쩌지?"

"CCTV 패스워드는 뭐야?"

주로 내가 보낸 질문들이었다. 만일 문자 대신 통화를 했더라면 목소리를 듣고 그의 상태를 짐작할 수 있지 않았을까? 생명이 꺼져가는 마이클은 이런 내 문자를 받고 어떤 기분이 들었을까? 가슴 저 깊은 곳에서 뼈에 사무치도록 아픈 회한이 밀려왔다. 그를 아낀다면서도 제대로 챙기지 못한 내 자신이 한심하기 짝이 없었다.

병원을 다녀온 그날은 하도 충격을 받아서인지 집에 도착하자마자 소파에 쓰러져 그대로 잠이 들었다. 얼마나 지났을까. 울리는 전화벨 소리에 잠을 깼다. 받아보니 그랜다였다. 이미 전화를 받기도 전에 나는 불길한 소식을 직감하고 있었다.

"Kacy, 마이클이 방금 하늘나라로 갔어."

흐느끼는 그랜다의 울음소리를 듣고는 아내도 방에서 뛰어나왔다. 머릿속이 통째 하얘졌다. 그렇게 빨리 떠날 줄은 정말 몰랐다. 그래도 며칠이라도 더 볼 수 있으리라 여겼는데 가슴이 미어졌다. 우리가 병실을 나서고 얼마 안 있어서 마이클이 숨을 거두었다고 그랜다가 전해주었다. 우리가 떠나는 뒷모습을 물끄러미 바라보던 마이클이 했던 말이라며 그랜다가 이렇게 덧붙였다.

"엄마, 이제 봐야 할 사람은 다 본 것 같아. 보스가 내 상황을 보고 갔으니 이제는 문자가 안 오겠지?"

이 못난 나를 그래도 사장이라고 기다렸던 것일까? 아니면 내가 문자를 더 안 할 것 같으니 홀가분하게 떠난다는 말이었을까? 그랜다로부터 마이클의 마지막 말을 전해 듣고 너무나도 마음이 아팠다.

마이클의 장례는 3일 뒤 조그만 시골 교회에서 치러졌다. 병원을 다녀오겠다던 마이클이 얼마 사이에 장례식의 주인공이 되다니 도무지 꿈을 꾸는 것만 같았다. 장례식 예배에 참석한 직원들도 다들 믿기 힘든 표정들이었다. 유족 대표로 마이클의 동거녀가 조문객들에게 감사 인사를 전했다. 나는 마이클이 좋아했던 노래 〈You raise me up〉을 피아노를 치며 불러주었다. 그렇게 우리는 이별을 했다.

2주일 뒤 일에 복귀한 그랜다는 사무실에 역력히 남은 아들의 흔적을 보고 틈만 나면 눈물을 흘렸다. 나는 매니저들과 그랜다 문제를 의논했다. 그리고 그의 딸이 사는 알래스카로 장기 유급휴가를 보내 그곳에 머물도록 했다.

마이클을 떠나 보낸 후 모든 주유소 계산대와 주유 관련 기계들의 패스워드 및 매뉴얼을 다시 만들어야 했다. 문제가 생겨도 더 이상 물어볼 데가 없었기 때문이다. 더구나 마이클이 설정한 패스워드를 알지 못하면 리셋이 되지 않아 프로그램을 통째로 교체해야 하는 경우도 있었다. 업무가 정상화되기까지 상당한 시간과 많은 돈이 들어갔다.

지금도 나는 컴퓨터를 능숙하게 다루지 못한다. 그럴 때마다 하늘을 올려다보며 소리친다.

"마이클, 네가 날 이렇게 만들어놨어! 그리고 여전히 미안해!"

나한테 없는
아버지 복

마이클이 떠난 빈자리는 컸다. 적임자가 오랫동안 나타나지 않아 나 혼자 이리저리 뛰느라 애를 먹었다. 더구나 제리 켈소로부터 주유소 하나를 더 인계 받는 날이 코앞에 다가와 정신이 하나도 없을 때였다.

2006년 여름, 이른 시각인데도 기온은 섭씨 30도에 육박하고 있었다. 전화벨이 울렸다. 큰처남이었다. 일순 불안감이 소름처럼 온몸을 휘감았다. 전화를 받으니 예상대로 비보였다. 장인어른이 친구들과 등산을 가셨다가 심장마비로 별세했다는 슬픈 소식이었다. 그 전화 한 통이 아내와 나를 비탄의 도가니로 밀어 넣었다.

퇴근길 차량들 사이를 뚫고 달리는 앰뷸런스 안에서 장인어른은 운명하셨다고 했다. 동승한 친구 분들이 발을 동동 굴렸지만 이쪽의 급한 마음처럼 정체된 차량들이 빨리 길을 열어주지 않았고, 안타깝게도 장인어른은 골든타임을 놓쳤다고 한다. 내가 만일 그 현장에 있었더라면 마음이 어땠을까 생각하니 눈앞이 아찔하고 피가 거꾸로 치솟았다.

당시만 해도 한국의 의술은 수준급이었지만 사회 분위기와 국민 의식은 아직 선진국 수준에 미치지 못했다. 과거에 선진국과 후진국을 나누는 기준이 물질적인 풍요였다면 앞으로는 눈에 보이지 않는 국민 의식과 시스템 유무가 기준이 돼야 한다. 국민의 정신적 수준이 높고, 그에 걸맞게 사회적 시스템이 갖춰진 나라가 선진국이란 뜻이다.

아버지의 마지막 길을 배웅하기 위해 장녀인 아내만 급히 먼저 출국했다. 아내를 공항에 내려주고 그길로 나는 교회에 가서 기도했다. 큰사위인 나도 마땅히 함께 가야 할 자리였지만 주유소 인수 약속과 아들들의 학교 문제 때문에 불가피하게 미국에 남았다. 한국에서 가족의 대소사가 생길 때면 부부가 동시에 참석하지 못하는 자영업자만의 아픔이었다. 피치 못할 사정으로 참석하지 못한 나를 대신해 부산의 친구들과 지인들이 많이 찾아와 자리를 지켜주었다고 한다.

결혼 후에 외국에 나와서 살다 보니 장인어른과 많은 시간을 보내지 못했다. 그러나 아버지가 없던 나에게 장인어른은 유일한 아버지였고, 한국에 갈 때마다 항상 등을 기댈 수 있는 든든한 버팀목이 돼주셨다. 그런 어른을 잃고 한동안 허망함과 공허함을 억누를 수 없었다. 부모는 자식을 기다려주지 않는다는 말이 실감 났다. 지금까지 미국에 와서 딸이 힘들게 사는 모습만 보여드렸는데, 이제 좀 살 만한 때가 되어 잘 모시려고 했더니 홀연히 세상을 떠나버리고 말았다. 아버지에 이어 장인어른까지 일찍 떠나시니 나는 참 아버지 복도 없구나, 스스로 자책하는 마음이 되곤 했다.

하지만 아무리 타고난 내 박복 탓으로 돌려도 장인어른과의 이별은 아프고 허전하기만 했다.

주유소,
화재가 나다

　새벽 4시 반에 요란하게 전화가 울렸다. 그 시간에 오는 전화는 직원이 문을 열며 잠금 장치를 해제하지 않아서 오는 경우가 대부분이었다. 그런데 뜻밖에도 911 소방서와 3자통화가 설정돼 있는 게 아닌가? 뭔가 석연찮음을 직감하고 전화를 받으니 4번 주유소에 불이 났다는 긴급 연락이었다. 매니저 케빈(Kevin)을 찾으니 이미 현장에 도착해 있다고 했다.

　하도 사건과 사고를 많이 겪어서 웬만한 것쯤 눈도 깜짝하지 않던 나는 다시 누워 잠을 청했다. 그러나 잠은 오지 않고 정신만 말똥말똥해졌다. 그냥 누워 있느니 현장에나 가보자 싶어 옷을 주섬주섬 찾아 입고 집을 나섰다.

　4번 주유소는 집에서 차로 한 시간 남짓 떨어져 있었다. 멀다는 이유로 일주일에 한 번 밖에 가지 못했지만 이윤을 제일 많이 안겨주는 효자 가게였다. 그럴수록 더 신경을 써야 했으나 동양인이라고는 찾아볼 수 없는 지역이라 주인이 동양인이라는 사실을 굳이 알리고 싶지 않은 장삿속도 있었다.

　새벽 공기를 가르며 35번 고속도로를 달리는데 이미 출근길 정체가 시작되고 있었다. 산이 없는 텍사스주, 멀리 지평선이 맞닿은 새벽하늘을 그날은 자욱한 검은 연기가 가렸다. 바로 4번 주유소 화재 때문이었다.

상황은 내 짐작보다 훨씬 더 심각했다. 소방차와 화학약품 차 열서너 대가 건물을 에워싼 채 불길을 잡으려고 엄청난 물과 약품들을 뿌려대고 있었다. 지하 유류 탱크로 불길이 번지면 큰일이었다. 그러기 전에 불길을 잡는 게 급선무였다. 나는 신분을 밝히고 폴리스 라인을 넘어갔다. 주유소 대표가 나타나자 지역경찰과 소방경찰, 연방경찰들이 교대로 심문에 가까운 질문들을 퍼부었다.

보험금을 노린 고의적 방화도 많이 일어나서 그들이 던지는 질문에 날이 시퍼렇게 곤두서 있었다. 피땀 흘려 일군 재산이 내 눈앞에서 잿더미가 되고 있었으나 미국의 공권력은 조금의 배려도 없이 잔인할 정도로 나를 몰아붙였다.

동이 틀 무렵에야 가까스로 불길이 잡혔다. 소방대원들은 철수하고 나는 서둘러 직원들을 집으로 돌려보냈다. 현장 사진을 찍기 위해 도착한 보험회사 직원과 함께 건물 외벽을 둘러보는데, 정작 불보다도 물이 더 큰 피해를 입힌 것 같았다. 사방이 온통 물바다였다. 건물은 바닥과 기둥만 있을 뿐이고, 화재 중에 폭발이 있었는지 지붕도 뻥 뚫린 채였다.

다른 주에서 대학에 다니던 두 아들이 방학 때라 집에 와 있었다. 아내와 아들들은 잿더미로 변한 화재 현장을 둘러보고 나서는 내가 걱정되었는지 자꾸 내 눈치를 살폈다. 담임목사님도 화재 현장에 오셔서 빠른 복구를 기도해 주셨다. 현장을 떠나는 목사님과 식구들을 배웅하면서 차창 너머로 보이는 가족들의 걱정에 가득 찬 눈빛을 아직도 잊을 수가 없다.

날마다 그렇게 왁자지껄하던 장소가 쥐 죽은 듯 고요했다. 잿더미 위에서 들리는 소리라곤 물 떨어지는 소리와 물의 무게를 이기지 못한 석고보드가 바닥에 떨어지는 소리뿐이었다. 바닥을 쓸고 흘러가는 물 위로 담배, 껌, 선글라스, 과자 등이 떠내려갔다. 그 어느 하나도 나의 손길이 닿지 않은 것들이 없었다. 그것들이 일제히 나를 외면한 채 떠나가고 있었다. 그 사실조차 슬프고 외로웠다. 나만 뒤에 홀로 남겨져 있는 것 같았다.

지역신문에 실린 화재 후 주유소 내부 모습.

문득 몇 해 전에 읽은 〈상실수업〉이란 책 내용이 떠올랐다. 극심한 고독은 여자보다 오히려 남자가 더 느낀다고 했던가. 그 순간에 나는 정말 외롭고 고독했다. 천지에 나 혼자뿐이란 생각만 들었다.

"아, 이럴 줄 알았으면 식구들한테 좀 더 같이 있어 달라고 할 걸 그랬나?"

시간이 흐를수록 건물 뼈대가 더 앙상하게 드러났다. 물이 빠지면서 벽재가 툭, 하고 떨어졌다. 내 눈에서 눈물이 뚝, 떨어졌다. 미국에 이민 와 살면서 처음 흘리는 회한의 눈물이었다. 오후가 되어 지평선을 넘어가는 해를 보는데 입에서 푸념이 절로 나왔다.

"아이고 주여, 해는 떨어지고 갈 길은 멉니다!"

불타고 남은 잿더미 위에서 지난 20여 년을 처음으로 되돌아보았다. 무엇 때문에 그토록 바쁘게 앞만 보고 달렸을까? 하나님은 나의 무엇을 단련시키려고 이런 시험을 주신 걸까?

화재 원인 분석은 오랫동안 진행되었고, 결국 일반 화재로 최종 결과가 나왔다.

제빙기 옆에 있던 냅킨이 기계 안으로 빨려 들어가 시작된 불이 이산화탄소 탱크 폭발로 이어졌다는 것이었다. 지역신문과 TV에서도 화재 원인과 결과를 일제히 보도했다. 그제야 시로부터 복구 공사 허가를 받고 직원들과 함께 가게 안으로 들어갈 수 있었다.

가게 내부는 쓰레기 더미였지만 그 속에서 뜻밖의 보물을 발견했다. 나띵구는 CCTV 영상 저장 하드디스크를 찾은 것이다. 컴퓨터에 장착해서 돌려보니 화재 당시의 장면이 생생하게 나왔는데, 놀랍게도 조사 결과와 정확히 일치했다. 문제의 냅킨, 발화시간, 불과 연기의 방향 등이 한 치의 오차도 없었다. 과학수사란 게 이런 거로구나 싶었다.

복구공사가 시작되었다. 그런데 보험회사에서 보낸 내용증명이 이상했다. 공사비는 보험에서 전액 지불이 되지만 공사기간 중 발생하는 경비와 손실은 보상을 못해 준다는 내용이었다. 보험을 약정할 때 우리 에이전트 직원이 그 부분을 사전에 체크하지 않았다는 것이다. 그 말은 공사기간이 길어질수록 간접 손실이 크다는 걸 의미한다.

나는 매니저들과 이 문제를 의논했다. 고맙게도 직원들이 나서서 복구공사를 진행하기로 결정을 내렸다. 공사기간은 일단 60일로 계획을 잡았다. 나로선 더없이 고마운 결정이었다.

화재로 변압기마저 타버린 상황에서 전기도 없이 발전기에 의존하는 복구공사는 예상보다 훨씬 힘들었다. 한여름이라 실내 온도가 섭씨 50도를 넘고, 뿌려진 물로 습도까지 치솟았다.

직원들과 나는 새벽에 작업을 시작해 해가 진 뒤에야 하루 일과를 마쳤다. 날마다 그을음을 덮어쓰고 땀으로 범벅이 되었지만 씻을 곳조차 마땅치 않았다. 우리는 주유소 사장과 직원이 아니라 모두 건축노동자로 변해가고 있었다. 종일 소진된 체력을 저녁마다 알코올로 보충하지 않으면 잠을 이루기 어려웠다.

그렇게 두 달 가까이 지나간 9월 24일!

주정부의 까다로운 각종 완공 검사를 무사히 통과하고 입주 허가를 받았다. 불이 난지 정확히 55일째 되는 날이었다. 매니저들과 주유소 재개장(Re-Open)을 기념하는 조촐한 파티도 열었다. 시에서도 현수막을 준비해 줬다.

"WE ARE CAME BACK!"

가게 근처에 사는 고객들도 덕담을 해주고 갔다.

"Mr. Kim, you will be OK, we'll come back!"

이후로 4번 주유소는 고객들의 덕담처럼 많은 손님들로 번창했다. 불이 난 걸 모르는 손님들은 신축 주유소로 알고 들어왔다. 매니저가 직원들마저 새로 고용하고 나니 모든 게 정말 새 주유소 같았다. 깨 끗한 새 주유소엔 항상 손님들로 북적였다. 그래서 불 난 장소는 불 같이 흥한다고 한 게 아닌가 싶었다.

영업을 재개한 뒤 35번 고속도로를 다시 달리며 바라본 하늘은 예 전보다 더 청명했다. 화재라는 시련을 겪고 나서 나는 더 열심히 교 회에 나갔다. 불이 나고 모든 것이 잿더미로 변했을 때 잠시 느낀 허 망함과 외로움은 말끔하게 새로 단장한 가게에서 새로운 희망으로 타올랐다. 게다가 복구 과정에서 보여준 직원들의 도움과 다시 오픈 한 뒤 고객들의 호의적인 반응은 내가 덤으로 얻은 것들이다. 전화위 복이란 이런 경우를 두고 한 말이리라.

"아이고 주여, 다시 일으켜 주셔서 감사합니다."

절망의 끝에는 항상 또 다른 시작이 있음을 나는 더 이상 의심하지 않게 되었다.

세일즈맨 아버지의
심장소리

매니저 케빈의 사내결혼과 신혼여행으로 4번 주유소 운영에 구멍이 생겼다. 특히 담배 진열대가 엉망이었다. 나는 담배 세일즈맨들을 불러서 다시 진열을 하도록 하라고 지시했다.

맥주와 와인도 그렇지만 담배도 브랜드 직원들이 직접 와서 적당한 가격으로 파는지, 새로운 아이템이 누락되었는지, 유효기간은 잘 지키고 있는지 등을 늘 체크한다. 남성 흡연율이 높을 때는 브랜드에서 여직원을 파견했으나 여성 흡연율이 높은 지금은 남자 직원을 보낸다.

저스틴 애슐리(Justin Ashley)라는 친구는 미국 양대 담배회사 중 하나인 RJ-레이놀즈 세일즈맨이었다. 미국 젊은이답지 않게 항상 단정한 신사복 차림에 2 대 8 가르마가 퍽이나 인상적이었다.

평생 공무원으로 일하다 은퇴하신 아버지와 함께 주말이면 농장 일을 한다는 그가 부러웠다.

그런데 오랜만에 보는 그의 얼굴이 평소와 달라보였다. 항상 미소를 잃지 않았던 그의 표정에 그늘이 가득했다. 무슨 일이 있느냐고 물어보니 아버지가 뇌사 상태에 빠졌다는 거였다. 얼마 전까지만 해도 그에게서 아버지 얘기를 들은 터라 깜짝 놀랐다. 트럭에서 넘어지며 머리를 다쳐 병원으로 옮겼는데 깨어나지 못하고 있다며 울상을 지었다. 나는 마음을 다해 그에게 위로를 해주었다.

그로부터 몇 달이 지나고 저스틴을 매장에서 다시 만났다. 사고를 당한 아버지가 생각이 나서 안부를 물으니 돌아가셨지만 매달 만나러 간다며 유쾌한 표정을 지었다.

저스틴을 위로하면서도 대체 무슨 말인지 어리둥절했다. 나중에 들어보니 병원에서 뇌사 판정을 내린 뒤 본인의 운전면허증에 표시된 대로 장기기증을 했다는 것이다. 그게 아버지의 뜻이었다고 했다. 가족 모두가 동의한, 슬픈 가운데 즐거운 결정이었다며 저스틴은 해맑게 웃음을 지었다.

미국은 운전면허증을 교부할 때 장기기증 희망 여부를 묻는다. 미처 생각을 못해 얼버무리거나, 모르겠다고 대답을 하면 장기기증자로 인정해 버린다. 나도 몇 년 전 운전면허 재교부 시 그런 상황이 생겨 장기기증자로 등록됐다. 그래서인지 미국 내 장기기증자가 운전자 수의 절반 정도 된다고 한다.

아직 손발이 따뜻했을 아버지를 과감하게 죽음으로 인정한 저스틴 가족의 결정에 경의를 표했다.

그런데 무슨 인연인지 심장 수혜자의 나이와 이름이 돌아가신 아버지와 똑같았다고 한다. 바로 그분을 저스틴은 아버지라고 부르며 매달 찾아가서 만난다고 했다. 만나서 깊이 포옹을 하면 그분의 가슴에서 뛰는 친아버지의 심장소리를 듣는다고 저스틴은 좋아했다. 그

러면서 아버지의 체온도 함께 느끼는데, 그 소리와 온기가 자신의 삶
에 큰 활력을 불어 넣어준다며 너무도 행복해 했다.

　나도 장기기증자로 등록이 돼 있다. 행복해 하는 저스틴의 모습에
서 내 두 아들의 미래가 겹쳐져서 갑자기 나도 흐뭇해졌다.

기름 유출
사고

마이클 조든은 지난 소속팀 반바지를 속에 겹쳐 입지 않으면 경기에서 진다고 한다. 특정인이 광고만 찍으면 그 광고주가 망한다든지, 그 배우가 주연으로만 나오면 영화가 망하는 현상을 우리는 '징크스'라고 칭한다.

나 역시 징크스가 있다.

약혼식이나 결혼식에서 내가 피아노 반주를 해주면 그 커플은 여지없이 파혼하거나 이혼하는 것이다. 지금까지 9명의 친구나 지인에게 연주를 해줬는데 7명이 이혼을 했다. 나머지는 이혼을 안 한 게 아니라 연락이 닿지 않아서 모르고 있을 뿐이다. 수소문을 해보면 알 수도 있겠지만 굳이 그러고 싶지 않은 것은 징크스가 아닐 거라는 여지를 남겨두고 싶어서다. 이런 사실을 아는 몇몇 친구들은 결혼 30주년 때 다시 피아노를 쳐서 결판을 보게 해달라고 너스레를 떨기도 한다.

내게는 특정 시기에 나타나는 징크스도 있다. 겨울, 특히 한 해의 마지막 달인 12월은 매년 조용히 지나간 적이 드물다. 11월 마지막 목요일인 추수감사절이 지나면 각 방송사에서 캐럴송을 흘려보내며

크리스마스까지 계속 축제 분위기를 이어간다. 거기에 미식축구 슈퍼볼의 열기까지 더해져 사람들의 마음이 들썩거린다. 항상 그럴 때 터지는 대형 사고들은 해마다 나를 긴장시킨다.

휘발유 유출 사건, 직원 상해 사건, 권총 강도 사건, 주유소 습격 사건, 홍수 사건, 수임 중인 변호사가 부도를 내고 도망간 사건 등등, 전부 12월에 일어났다. 훗날 어머니마저도 12월에 돌아가셨다.

12월이 오기 얼마 전부터 나는 자연히 예민해질 수밖에 없다. 매장 매니저들과 미팅할 때 잔소리 아닌 잔소리를 하면 그들은 '또 시작이군!' 하는 시큰둥한 표정을 짓곤 한다. 12월에 사고가 난 게 아니라, 사고가 난 때가 12월이라는 게 그네들의 주장이다. 어쨌든 나는 장비를 교체한다든지 뭔가 규모가 있는 일을 할 때는 가급적 12월을 피한다.

주 정부가 주유소를 관리하는 규율은 너무 엄격해서 과하다 싶을 정도다. 만에 하나 환경오염이 예상되는 곳에는 항상 감시가 있다. 오수를 공공 배수구로 흘려보내거나 대기를 오염시키는 일은 엄청난 벌금을 물어야하는 건 물론 형사법에도 저촉된다.

게다가 요구하는 자료도 무수히 많고, 그 요구를 지키기 위한 경비 또한 만만찮게 들어간다. 철저한 유류관련 교육들은 업주뿐 아니라 직원들까지 이수해야 하고, 만일의 경우에 항상 대비를 게을리 해서는 안 된다. 주유소에 연료를 공급하는 중간 도매상도 예외는 아니다. 정기적으로 유조차 기사들에게 안전교육을 실시한 뒤 그 결과를 주 정부에 보고해야 한다.

그날은 12월 13일, 13일의 금요일이었다. 늦장을 부려도 좋을 주말 새벽부터 6번 주유소 매니저의 전화가 빗발쳤다. 전화기 너머로 외마디 비명 같은 소리가 들려왔다.

"주유소가 폭발할 위험이 있으니 빨리 와주세요!"

연이어 휘발유가 유출되었다며 소방서에서도 연락이 왔다. 아직 4번 주유소 화재사건의 충격이 채 가시지도 않았는데 이게 또 무슨 날벼락인가 싶었다.

부랴부랴 주유소가 보이는 거리까지 달려갔다. 경찰이 차량을 통제하며 근처 주민들을 대피시키고 있는 모습이 보였다. 이웃 시에서 지원을 나온 소방차와 앰뷸런스들도 만일의 사태에 대비하고 있었다. 텍사스환경관리국, 연방재난관리청(FEMA, Federal Emergency Management Agency)에서도 출동했다. 도대체 얼마나 많은 양의 휘발유가 유출되었던지, 온 사방에 깔린 액체가 전부 휘발유였다. 차에서 내리자 휘발유 냄새로 숨조차 제대로 쉴 수가 없었다.

텍사스의 유조차는 약 3만 5,000리터 적재량에 타이어가 18개 장착돼 18휠러(Wheeler)라고 부른다. 차량 길이만 무려 20여 미터에 이르러서 가능한 교통정체가 없는 새벽이나 밤늦은 시각에만 움직인다. 싣고 온 휘발유를 8만 리터의 지하탱크로 유입할 때는 기사가 항상 지켜봐야 하는 수칙이 있다. 직경이 20cm인 연료 공급호스를 통해 1초에 20리터씩 지하탱크로 쏟아내는데, 비상시를 대비해 유조차와 운전석 옆에 연료 차단 밸브가 이중으로 설치돼 있었다.

기름 유출 사고는
지역신문에도 크게 보도될 정도였다.

그날따라 날씨가 추웠다. 트럭 기사가 안전 수칙을 어기고 차 안에 있는 사이 연료 공급호스가 유입구에서 빠져 세찬 유압으로 춤을 추며 온 사방으로 휘발유를 뿌렸다. 기사가 사태를 알아차렸을 땐 이미 7,000리터에 달하는 어마어마한 양의 휘발유가 온 사방에 유출된 뒤였다. 불과 5, 6분 사이에 일어난 엄청난 사고였다.

만일 누군가가 불씨를 날리는 순간, 이미 유출된 휘발유뿐 아니라 차량 유조차에 남은 2만 5,000리터와 지하 탱크의 재고 4만 리터 휘발유가 연쇄적으로 불이 붙으며 폭발할 수도 있는 일촉즉발의 상황이었다.

1977년 한국에서 일어난 이리역 폭발 사고가 연상되었다. 화물열

차가 싣고 가던 30톤에 달하는 다이너마이트와 폭약상자, 뇌관에 촛불이 옮겨 붙으면서 소도시 하나가 통째로 날아갈 뻔한 대형 폭발로 이어진 사고였다.

그런데 지금 이건 그 이상이 될 지도 모르는 상황이었다. 휘발유만 모두 8만 리터이니 다이너마이트 80톤과 맞먹는 폭발물이었다. 지금 생각해도 가슴이 뛰고 손에 땀이 나는 아찔한 순간이었다.

경찰 헬기의 프로펠러 바람으로 휘발유 증기를 분산시켰다. 소방대원들이 유출된 휘발유의 농도를 낮추기 위해 엄청난 물과 휘발유 제거용 화학거품을 분사했다. 지상과 공중에서 수많은 사람이 폭발 위험을 무릅쓰고 혈투를 벌였다. 현장 주변은 마치 전쟁터를 방불케 했다. 천만다행으로 우려하던 폭발은 일어나지 않고 무사히 사태가 진정되었다. 하늘이 돕고 사람이 도왔다. 폭발의 우려가 사라지자 텍사스환경관리국에서 지정한 오염관리 회사와 유조차 측 보험회사에서 온 장비들이 사방에 뿌려놓은 물과 화학거품을 며칠에 걸쳐 제거했다.

일주일이 지나자 주유소 영업을 해도 좋다는 통지를 받았다. 이번 일도 역시 12월에 일어난 징크스였다. 그것도 하필이면 13일의 금요일에!

브랜디
사망 사건

기름 유출사고를 겪은 며칠 뒤였다. 전 직원인 브랜디(Brandy)가 일자리가 필요하다며 매니저를 찾아왔다.

브랜디는 30대 중반의 백인 여성인데 1년 전쯤 같은 주유소에서 근무하다가 마약단속국(DEA, Drug Enforcement Administration)에 마약 조달 혐의로 체포되었다. 그녀는 12년 형을, 마약제조 혐의로 체포된 남편은 50년 형을 구형받았다. 3살과 5살 애들이 있던 브랜디는 어린 자녀를 돌봐야 하는 이유로 집행유예를 선고받았다. 그래서 당장 일자리가 필요한 처지였다. 회사 규정에 따르면 범죄에 연루된 경력 때문에 고용이 불가했지만 사정이 워낙 딱해 나는 브랜디의 재고용을 특별히 허락했다. 그리고 일정에 있던 교회 행사에 참석하기 위해 주유소를 떠났다.

예배 도중에 매니저한테서 전화가 걸려왔다. 좀 전에 고용한 브랜디가 교통사고로 머리를 심하게 다쳐 헬기로 다운타운 파크랜드 병원에 이송되었다는 거였다. 이게 대체 무슨 소린가 싶었다. 그때부터 예배 인도자의 말이 귀에 하나도 들어오지 않았다. 잠시 후 매니저가 다시 전화를 걸어 소리쳤다.

"브랜디가 병원에 도착하자마자 숨을 거두었대요!"

매니저는 전화에 대고 울음을 터뜨렸다. 나 역시 울고 싶은 심정이었다. 급히 예배 장소를 빠져나와 차를 운전해 가는 30분이 마치 30년처럼 길게 느껴졌다. 나는 거의 넋이 빠져 있었다.

주유소 앞에 경찰관이 폴리스 라인을 치고 수사 기록을 마무리하는 중이었다. 사고가 난 곳은 도로였다. 대형사고가 났다는 사실을 증명하듯 스키드마크와 흰 페인트 자국이 여기저기 보였다.

사고의 전말은 이랬다. 주유를 끝낸 손님 차량이 도로로 진입하려다가 흙구덩이에 빠지자 브랜디가 도와주러 아스팔트 위에 서 있다가 달리던 차에 치여 사고를 당한 것이다.

이튿날 지역신문에 브랜디 사고가 사진과 함께 주요 기사로 보도되었다. 경찰은 단순 교통사고로 처리했지만 직원이 일하는 도중에 사망했으니 주유소가 책임을 져야 한다고 신문은 주장했다.

왜 내겐 이런 사건사고가 끊이지 않는가? 또다시 하늘이 캄캄했다. 휘발유 유출 사고를 겪은 지 얼마나 됐다고 또 이런 일이 일어나는가? 내가 뭘 잘못했지? 잘못이 있다면 브랜디의 힘든 상황을 도와주려고 했던 것뿐인데 그게 이런 벌을 받을 만큼 잘못한 짓인가?

브랜디 가족들과 소송전을 벌일 생각을 하니 막막했다. 고용한지 3시간 만에 숨을 거두다니!

그러나 나는 다시 정신을 차렸다. 일이 이렇게 된 데는 뭔가 다른 뜻이 있겠지. 지금까지 그래왔으니까. 내가 브랜디를 도와주려 했다는 건 하나님이 분명히 아실 테니까, 내가 지금 할 수 있는 일에 최선을 다하면서 나머지는 하나님께 맡기고 기도하는 수밖에 없다고 스스로를 달래고 다짐했다.

브랜디의 장례식은 3일장으로 조그만 지역교회에서 치러졌다. 브랜디 남편이 교도소에서 수신자 부담으로 전화를 걸어왔다. 가석방이 허락되지 않아 장례식 참석이 불가능하니 잘 부탁한다는 내용이었다. '잘 부탁한다'는 말이 귀에 쟁하게 남았다. '잘'의 의미가 뭘 뜻하는지 알 수 없었지만 그렇게 하지 않을 경우 알아서 하라는 위협처럼 들렸다.

주변에선 장례식에 가지 말라는 충고가 많았다. 브랜디의 일가 모두가 마약 범죄에 노출돼 있으니 자칫 내가 갔다가 위험에 빠질 수 있다는 것이었다. 총을 가져가라, 방탄조끼를 입고 가라, 대리인을 보내라는 등, 장례식에 가려는 나에게 조언을 해주는 사람이 많았지만 나로서는 전혀 고민거리가 아니었다. 어차피 내가 부딪쳐서 해결해야 할 일이었다. 죽든 살든 하나님이 알아서 해주시겠지, 하고 집을 나섰다.

교회 앞에 이르자 운집해 있던 사람들이 나를 보고 웅성거리기 시작했다. 내가 누군지 아는 듯했다. 강단 바로 밑에는 브랜디의 관이 있고, 앞쪽의 기다란 의자에는 예사롭지 않은 외모와 헤어스타일의 한 가족이 나란히 앉아 있었다. 안내원은 나를 브랜디의 어머니에게 데려갔다. 역시 범상치 않은 외모, 숱이 적은 머리카락을 땋아서 허리까지 늘어뜨린 그녀의 첫인상은 무서웠다. 나는 울고 있는 그녀 앞에 가서 한쪽 무릎을 꿇었다.

"제가 브랜디의 보스입니다. 이런 사고가 나서 정말 유감입니다."

그녀는 울음을 멈추고 나를 보았다.

"그것은 어쩔 수 없는 사고였지 당신 잘못이 아닙니다. 내 가족들이 당신을 괴롭히지 않도록 하겠습니다."

그녀가 나를 일으켜 세우고 포옹했다. 따뜻한 사람의 따뜻한 품을 느꼈다. 무섭게 생긴 인상과는 정반대였다. 긴장했던 나는 비로소 약간의 안도감을 느꼈다.

하지만 얼마 뒤 브랜디의 변호사로부터 소송장이 날아왔다. 소송 금액은 브랜디의 목숨 가치를 산정한 후 별도로 연락한다고 돼 있었다. 10억도 될 수 있고, 100억도 될 수 있는 상황이었다.

미국은 종업원을 단 한 명 고용해도 직원상해보상보험(Workers Compensation)에 의무적으로 가입해야 한다. 그러나 유일하게 가입을 하지 않아도 되는 주가 바로 텍사스주였다. 그렇긴 해도 직원에게 의존을 많이 하는 나는 일찍이 그 보험을 들어 놓았기에 크게 걱정하지 않았다.

브랜디 사건에 대한 모든 소송 서류와 사고관련 서류를 보험회사로 보내고 며칠 후에 돌아온 대답은 주유소에서 책임질 일이 아니라는 거였다. 사고가 난 장소가 영업장이 아니라 도로였기 때문에 사고를 낸 자동차 보험회사가 보상할 일이라고 했다. 나는 따로 변호사를 고용해 만일의 경우에 대비하면서 소송 결과를 주시했다.

브랜디가 남기고 간 애들을 보살피는 브랜디 어머니가 경제적으로 힘들다는 소식을 내게 전해 준 건 매니저였다. 애들이 안쓰러워

나는 매니저와 같이 브랜디 어머니를 찾아갔다.

애들은 짐작보다 열악한 환경에서 자라고 있었다. 나는 회사에서 준비한 소정의 금액을 전해주면서 애들이 유치원에 갈 때까지 매달 일정한 금액을 지원하겠노라 약속했다. 소송과는 무관한, 애들의 양육만을 생각한 결정이었다. 계획에도 없던 약속을 덜컥하고 자리에서 일어섰다.

그로부터 2년 후, 작은애가 유치원에 갔으니 이제 지원금을 보내지 않아도 된다는 뜻밖의 연락이 왔다. 연이어 브랜디 측 변호사로부터 '그녀의 가족들이 더 이상 소송을 진행하지 않는다'는 내용의 등기우편도 도착했다.

브랜디 사건은 이제 10년이 지났다.

그들이 왜 갑자기 소송을 중단했는지는 지금도 알 수 없다. 가끔 브랜디의 아이들한테서 안부를 묻는 감사 편지를 보노라면 그날 취직을 부탁하던 브랜디가 떠오르고, 엄마를 잃고 자라는 애들 생각에 마음 한편이 찡해온다.

성추행 사건의
배심원

영주권을 받은 후 미국 내 체류기간이 5년을 경과하면 시민권 신청 자격이 주어진다. 간단한 테스트와 인터뷰를 거쳐 합격하면 미국 시민이 되고, 독수리가 새겨진 여권도 받을 수 있다.

영주권자에서 시민권자로 신분이 바뀌어도 대통령 선거권이 주어지는 것 외엔 생활이 달라지는 게 없다. 단 하나, 검찰청에서 보내는 배심원출두통지서(Jury Summons)가 올 수도 있는데, 시민권을 받을 때 배심원을 하겠다는 선서를 하기 때문이다.

대통령 선거야 해도 그만 안 해도 그만이지만 배심원 요청에 사유 없이 불응하면 벌금을 내야 한다.

어느 날 나에게도 배심원 통지서가 날아왔다. 대부분의 자영업자들은 꺼리는 반면 월급을 받는 직원들은 좋아한다. 배심원 기간은 주정부의 필요 사항이므로 회사에서 유급휴가를 주기 때문이다. 자영업을 하는 나로선 모르는 사람의 죄를 두고 판단한다는 게 그리 유쾌한 일은 아니지만 미국 사회의 일원이 되려면 어쩔 수 없는 국민의 의무였다.

지정한 시간에 50명 정도 배심원들이 모여 마치 시험이라도 치듯이 나눠준 질의서에 학력, 경력, 범죄사실, 주거지, 출신 국적 등을 적어냈다. 그러면 그 가운데 합격자를 발표하듯 20명 정도를 추렸다. 나도 호명을 당하고 합격자가 되었다.

한참 기다린 뒤 법원 서기와 변호사의 인터뷰가 이어졌다. 각자 자기들에 유리한 판정을 할 것 같은 배심원을 뽑기 위해서였다. 거기서 다시 12명이 최종 선택되었다.

법원 서기가 장황한 설명을 늘어놓았다. 오늘의 정의로운 판결은 판사가 아니라 우리가 한다면서 그 어떤 개인적 경험도 다 내려놓고 공정한 판단을 하라고 주문했다.

우리에게 배당된 사건은 미성년자 성추행이었다.

미국에는 유치원 때부터 '외박(Spend the Night)'이라고 해서, 부모의 허락을 받고 친구네 집에서 하룻밤을 보내는 문화가 있다. 아이들은 이튿날 아침을 먹고 헤어져 각자 집으로 돌아간다. 하룻밤을 친구들과 밤새 놀 수 있고, 엄마의 잔소리에서 해방되는 좋은 점도 있지만 거꾸로 남의 집에 자면서 자기 집이 얼마나 편한지 느끼게 하려는 목적도 있다. 또한 자기네와는 전혀 다른, 친구네 집의 문화나 관습, 예절 등을 배우기도 한다.

초등학교 4학년 딸의 하룻밤 외박을 허락한 한 학부모가 이튿날 아침에 초청자의 집으로 딸을 데리러 갔는데, 그 집 아버지가 잘 가라며 딸의 엉덩이를 쳤다는 것이다. 그걸 목격한 엄마는 분개한 나머지 그 집 아버지를 고소했다. 그러나 당사자인 초청자의 아버지는 그런 적이 없다며 사실을 부인했다. 우리 배심원들은 이 사건의 사실

여부와 죄의 유무를 가려야 했다.

한국 같으면 하룻밤 딸을 재워주고 식사까지 챙겨준 딸 친구네 부모에게 오히려 고맙다고 해야 할 일이었다. 문화와 인식의 차이가 그토록 컸다. 보기에 따라 엉덩이를 쳤는지, 스쳤는지, 잘못 본 것인지, 각자 다른 정황들을 놓고 막대한 변호사 비용을 들여 고소를 하고 한편에선 또 고소를 막아야 했다. 한쪽 부모는 자기 딸의 추행범으로 상대를 인식했고, 다른 쪽에선 먹여주고 재워줬더니 적반하장이라며 맞섰다. 양쪽 다 그 중심은 '자식 사랑'이었다. 피고와 원고의 변호사들은 각자 다른 입장을 대신해 법정에서 열변을 토했다.

배심원들은 자기 의견을 말로는 일절 표현할 수 없다. 원고 측 변호사가 말할 때는 고개를 끄덕이며 수긍하다가 피고 측 변호사가 변호를 하면 분개하는 듯한 탄성이 흘러나왔다. 딸이 성추행을 당했다고 주장하는 부모인 원고 편을 든다는 표현이었다. 오후 늦게야 각자 의견을 내고 배심원으로서 임무를 마쳤다.

며칠 후 결과가 나왔다. 피고는 미성년자 성추행 혐의가 인정돼 구형까지 이뤄졌다. 딸의 친구를 초청한 아빠는 졸지에 성추행범으로 전락하고 말았다. 비록 항소를 한다고는 하지만 한동안 지난한 법적 다툼이 불가피해 보였다.

성추행 사건의 배심원으로 참여한 이 경험은 이후 나에게도 생활의 변화를 가져왔다. 평소 스킨십을 좋아해 격의 없이 친밀감을 표현해 온 행동들을 의식적으로 바꾸려고 노력했다. 직원들과 허그할 때 몸의 각도도 바꾸고, 불필요한 신체접촉은 아예 삼가려고 애썼다. 내 나라가 아닌 다른 나라, 다른 문화 속에 살고 있다는 사실이 새삼 가슴에 무섭게 와 닿았다. 전혀 그런 뜻이 아니었는데, 손짓 하나 발짓 하나에도 오해가 발생하면 엄청난 대가를 치러야 하는 게 미국이란 사회였다.

미국에서 한국,
다시 미국으로

어머니 치매 증세가 점점 심각해졌다.

며느리와 두 손자를 못 알아보시더니 급기야 내가 결혼한 사실조차 잊고 나만 보면 장가를 가라고 조르셨다. 아내와 있는 걸 보면 불륜으로 알고 과격해지시는 어머니를 피해 아내가 옷장에서 잠을 자야 했다. 이런 상황이 길어지면 자칫 가정이 파탄날지도 모른다는 위기마저 느꼈다.

담당 의사는 요양원 몇 군데를 제의했지만 어머니와 맞지 않았다. 달라스의 요양원들은 우리가 생각하는 한국의 요양원과 달랐다. 문자 그대로 가만히 누워서 요양을 하는 장소였다. 거기서 한국인도 몇 분 보았는데 대부분 거동을 못하셨다. 게다가 미국 노인들 틈에서 어머니는 더 큰 고립감을 느끼실 게 뻔했다. 열심히 알아보았지만 달라스엔 한인이 운영하는 요양원이 없었다. 나는 가족들과 의논했다. 한국 요양원에는 서로 비슷한 처지의 할머니, 할아버지들이 함께 있어서 말도 통하고, 요양원에서도 자체 프로그램을 운영하는 곳이 많아서 더 안심이 될 것 같았다. 우리는 어머니를 한국 요양원에 모시기로 결정했다.

한국으로 떠나기 전, 아직 어머니의 거동이 가능할 때 온 가족이 여행을 다녀오기로 했다. 12월의 징크스가 있는 나였지만 어머니를 모시고 가는 내 생에 마지막 여행일 지도 몰랐다. 크리스마스이브에 우리 다섯 식구는 3박 4일 일정으로 라스베이거스로 향했다. 흔히 라스베이거스라고 하면 노름과 유흥의 도시로 알려져 있지만 차츰 쇼핑과 레저, 음악과 쇼 등 종합 문화의 도시로 바뀌고 있었다.

아내와 아들들이 한방을 쓰고 나는 어머니와 한방을 썼다. 그러니까 우리 가족은 모자(母子)끼리 방을 같이 쓰는 셈이었다. 얼마 만인가? 어머니와 단둘이 있어보는 것이! 꼽아보니 얼추 30년은 된 것 같았다. 피곤하셨는지 침대에 눕자마자 코를 골며 주무시는 천진난만한 모습이 문득 안쓰럽고 측은해 보였다.

둘째 날부터는 같이 방을 쓰는 자체가 어려웠다. 낯선 장소나 어두운 곳에 가면 증세가 심해지는 치매 환자의 특성상 어머니는 부쩍 예민해지셨다. 나는 불도 끄지 못한 채 항상 어머니 옆에 붙어 있어야 했다. 그럼에도 예기치 못한 돌발 행동으로 속이 상할 때가 한두 번이 아니었다. 어머니의 비위를 맞추기보다 어머니로 말미암은 나의 화를 다스리기가 더 힘이 들었다.

달라스로 돌아가기로 한 날 저녁, 화장실을 가신다던 어머니가 호텔 식당에서 감쪽같이 사라지셨다. 신고를 했지만 경찰관과 경비들도 수백 명이나 되는 중국 관광객 틈에서 어머니를 찾기가 쉽지 않았다. 나는 아내와 두 아들과 함께 호텔 광장, 호텔과 호텔을 잇는 연결 길목, 게임장 등을 3시간이 넘도록 미친 듯이 찾아다녔다. 결국 비행기 시간 때문에 아내에게 애들을 데리고 달라스로 먼저 가라 하고 나 혼자 남아서 어머니를 찾기로 했다.

경비들은 출구를 지키고 있으니 염려 말라며 나를 위로했다. 그러나 우리를 찾지 못해 불안해하고 초조해할 어머니를 생각하니 잠시도 그냥 있을 수가 없었다.

한동안 어머니를 찾아 헤매던 나는 구석에 쪼그리고 앉아 어머니를 찾게 해달라고 하나님께 애타게 기도했다. 더할 나위 없이 간절한 마음으로 기도를 마치고 고개를 드는 순간, 거짓말 같은 기적이 일어났다. 초록색 스웨터를 입은 어머니가 바로 내 앞을 지나가시는 게 아닌가! 기도의 즉시응답이었다.

"엄마!"

나는 어린애처럼 벌떡 일어나며 어머니를 불렀다.

"아이고, 나 혼자 두고 어딜 갔다가 왔노?"

어머니도 그제야 안도하는 표정으로 나를 책망하셨다.

가까스로 늦은 달라스행 비행기를 예약할 수 있었다. 어머니는 비행기를 타자마자 곯아떨어졌다. 그 모습을 물끄러미 지켜보면서 나는 하염없이 눈물을 흘렸다.

치매 환자를 겪어본 사람들은 안다. 사랑하고 걱정하는 마음과 치매에 대한 미움을 한마음에 밀어 넣기가 얼마나 어려운지. 나 역시 그 사이에서 갈팡질팡하는 못난 아들이었다.

어머니에게 새로운 안식처를 찾아 드리기 위해 온 가족이 한국으로 갔다. 여러 곳을 둘러본 결과 부산 금정산 자락에 있는 요양원을 택했다. 외갓집에서도 가깝고 종교단체가 운영하는 곳이라 믿음도 갔다.

요양원은 이승과 저승의 중간 지점이라 한번 가면 다시는 집으로 돌아올 수 없는 곳이라는데, 어머니는 호텔처럼 생각하시는지 연신 싱글벙글 좋아하셨다. 그 모습을 지켜보는 마음이 다시 한 번 찢어지는 듯 아팠다. 녹내장이 있어서 매일 저녁 잊어버리지 않고 안약을 넣어야 하는데 잘 하실는지, 치매 약도 매일 빠뜨리지 않고 드셔야 하는데 요양원에서 잘 챙겨드릴지, 하나하나 모든 게 다 걱정이었다. 그 걱정들이 내 마음에 태산처럼 쌓였다.

점차 헤어질 시간이 다가왔다. 내가 보이지 않으면 불안해하실 어머니를 두고 떠나야하는 내 마음이 천 갈래 만 갈래였다. 눈물이 흐르기 시작해 그치지 않았다. 사촌 여동생이 그런 나를 위로하며 진정시키려 했지만 내가 지금 무슨 짓을 하고 있나 싶었다. 어머니의 치매 때문에 요양원에 왔는데, 어머니마저 두고 떠나려니 발길이 떨어지지 않았다. 내가 없이 잘 살아가실 수 있을까, 하는 어머니 걱정과 어머니 없이 살아갈 수 있을까, 하는 내 걱정이 합쳐져 하염없이 눈물이 샘솟고 억장이 무너져 내렸다.

달라스로 돌아와 휑한 어머니 방을 보는 순간 또 왈칵 눈물이 쏟아졌다. 한동안 마음이 텅 비어서 아무것도 할 수 없었다. 아침이면 습관적으로 출근하자고 어머니를 부르기도 하고, 어머니를 부르며 방에 들어갔다가 깜짝 놀라기도 했다. 조수석에 어머니 없이 혼자 운전해서 주유소로 가는 내 마음이 편치 않았다. 어디를 가도 5명이었던 식구가 4명으로 줄어든 것도 잘 적응이 되지 않았다. 나는 오래전부터 마마보이였던 것이다.

내가 이처럼 힘든 것과는 달리 어머니는 요양원에서 비교적 잘 적응하신다는 반가운 소식이 왔다. 내가 없으면 분리불안에 힘들어하실 지도 모른다는 걱정은 기우였다. 다만 함께 지내는 할머니들을 학생으로, 당신은 선생님으로 착각하시는 게 문제였으나 외갓집의 보살핌 덕에 큰 어려움은 없는 듯했다.

그렇게 어머니와 나는 한국과 미국으로 떨어져서 2년여 세월을 보냈다. 항상 노심초사하며 보낸 시간이었다. 틈이 날 때마다 수시로 한국에 와서 어머니의 상태를 확인하곤 했다.

여름방학에 아이들을 데리고 한국에 나간 아내한테서 급한 전화가 왔다. 어머니가 욕창으로 위독하다는 것이었다. 제발 오지 말았으면 하던 날이, 아니 반드시 오고야 말 걸 알기에 불안하던 그날이 드디어 온 것인가! 나는 부랴부랴 한국으로 갔다.

병원에 도착하니 어머니는 눈을 감고 계셨다. 3개월쯤 전에 혼자 요양원에 찾아가서 뵌 모습보다 훨씬 가냘프고 안쓰러웠다. 욕창과 척추관 협착증이 심하셔서 고생을 많이 하신 게 한눈에 보였다. 어머니는 기력을 다 빼앗겨서 앉아 있기는커녕 누워서 눈을 뜨고 있는 것조차 힘들어하셨다. 연세가 높으셔서 수술은 불가능하다고 했다. 병원에서 장례식을 겸한 응급실로 옮기자고 제의하는 걸 보고 나는 또다시 그날이 오고 있음을 직감했다.

그런데 기적 같은 일이 또 일어났다.

내가 한국에 오고 사흘 만에 어머니가 갑자기 눈을 뜨시는 게 아닌가! 눈만 뜨신 게 아니라 조금씩 기운도 차리셨다. 그 모습을 본 나는 크게 흥분했다. 사지에서 어머니가 되살아난 것만 같았다. 아내와 상의해 어머니를 다시 미국으로 모셔 가기로 했다. 어머니의 마지막 날까지 함께 지내다가 내 옆에서 천국으로 보내 드리고 싶었다. 하지만 그런 결정을 하고 난 뒤에는 적잖은 어려움이 뒤따랐다.

기한이 지나버린 어머니의 영주권을 되살리는 게 급선무였다. 대사관 인터뷰를 위해 어머니를 부산에서 서울까지 앰뷸런스로 이송하고, 하루 만에 신체검사도 마쳤다. 다행히 5일 후 임시 영주권을 받을 수 있었다. 대사관에서도 이토록 빨리 영주권이 나온 건 기적이라고 귀띔했다. 이제 환자인 어머니를 비행기에 태우는 마지막 절차만 남아 있었다. 항공사 측 지정 의사로부터 탑승해도 좋다는 허락을 받아내야 했다. 그것까지 무사히 마치고 나자 비로소 모든 출국 절차가 끝이 났다.

김해 국제공항에서 형들을 비롯한 외가 식구들과 눈물의 이별을 한 뒤 비행기에 올랐다. 그러나 살을 파고드는 욕창의 아픔에 어머니의 신음소리는 달라스까지 가는 14시간 내내 그칠 줄을 몰랐다. 같은 비행기에 탑승한 다른 승객들에게, 눈만 마주치면 연신 죄송하다는 말만 되풀이할 뿐이었다.

달라스에서 어머니의 입국 절차는 더 까다로웠다. 병원 서류와 상관없이 곧 돌아가실 환자를 왜 미국에 모셔왔는지 합당한 이유를 대라는 게 관건이었다. 결국 오래전에 구매한 묘지 증빙서류를 보여주자 모든 게 순조롭게 해결되었다. 가장 근본적인 답을 요구하는 게 미국의 행정이었다. 진작 돌아가시려고 왔다면 됐을 걸 여러 가지로 둘러댈 궁리를 한 게 잘못이었다. 그 바람에 어머니와 우리 가족은 입국장에서 꽤나 고생을 했다.

집으로 모셔왔으나 어머니의 욕창 통증은 날로 심해졌다. 감염 방지를 위해 아들, 며느리가 수시로 상체에 소독을 하고, 소변용 호스를 갈아주는 일도 쉽지 않았다. 고심 끝에 어머니를 도울 멕시코 여성 간병인을 집에 상주시켜 보았지만 그 역시 방법이 아니었다.

욕창으로 인한 어머니의 고통을 조금이라도 덜어드리려고 달라스에 있는 대학병원 응급실로 모셔가서 입원을 시켰다. 미국 의사의 처방은 한국과 달랐다. 상처 부위를 긁어내고 기계로 나쁜 피를 계속 빨아내는 시술을 받으면 나아질 수 있을 거라고 했다. 나는 미국 의사가 권한 시술에 동의했다.

시술 뒤에 어머니의 표정이 밝아지셔서 잠시나마 우리도 안도의 한숨을 쉬었다. 어머니가 밝아지시니 금세 행복한 마음이 들었다. 의사는 어머니가 길어야 2개월을 못 넘기실 것 같으니 요양원에 편히 모셔 가서 마지막 시간을 같이 보내라고 권유했다.

2주 후에 퇴원하신 어머니를 집에서 5분 거리에 있는 요양병원으로 모셨다. 무엇보다 수시로 찾아갈 수 있어 마음이 너무나 편했다. 어머니도 안색이 좋아지시고 편안하신 듯했다. 2개월이 아니라 2년이 되자 건강을 회복하셔서 일요일이 되면 어머니를 휠체어에 태우고 교회에 갔다. 그동안 오래 만나지 못한 친구 분들이 어머니를 매우 반가워했다. 걷지 못하는 것을 제외하면 한국에 가시기 전과 비교해 별반 다를 게 없었다.

병원에서 보낸 치료비 폭탄이 날아들기 시작했다. 입원비, 진료비, 약값, 장비 사용료, 응급실 이용료, 마취비, 욕창 부위 흡입기 등 모든 세분화된 청구비를 합산하니 한국의 중소도시 중형 아파트 한 채 값이었다. 이미 각오는 하고 있었지만 예상보다 액수가 많았다. 그러자 아내가 나를 위로하며 말했다.

"남은 시간을 어머니와 같이 그 가치 이상으로 즐겁고 행복한 시간을 보내면 되지 않아요?"

아내의 생각과 위로가 그저 고맙기만 했다.

요양병원에 계시면서
건강을 회복한 어머니.

땅에도
인종차별이

    미국 50개 주 가운데 텍사스주가 석유 정제소를 제일 많이 운영한다. 석유의 5분의 1, 천연가스의 4분의 1 이상이 텍사스주에서 생산되고, 가장 큰 석유회사인 엑손모빌(ExxonMobil)도 달라스에서 20분쯤 떨어진 어빙에 본사를 두고 있다. 그래서인지 다른 어느 주보다 경제가 원활히 잘 돌아가는 곳이 텍사스주다. 게다가 1994년부터 발효된 북미자유무역협정(NAFTA, North American Free Trade Agreement)을 시행하면서 멕시코 바로 위에 위치한 텍사스주가 운송의 거점으로 자리 잡았다. 달라스와 휴스턴, 샌안토니오가 그 주요 운송 도시였다.

    미국에서 대륙횡단을 하다보면 부유한 주와 그렇지 못한 주는 고속도로에서부터 차이가 난다. 텍사스주는 경계를 진입하는 순간 도로가 좋아져서 승차감이 달라진다. 이는 텍사스주 교통국(TXDOT, Texas Department of Transportation)의 끊임없는 보수 공사와 확장 공사 덕분이다.

    카우보이의 역사가 살아 숨 쉬는 달라스도 1963년 케네디 대통령 암살 사건 이후 지역 발전이 다소 주춤했으나 상대적으로 낮은 생활비에 우수한 교육환경과 쾌적한 생활환경을 두루 갖춘 장점을 살려

2000년대부터 이주민들이 부쩍 크게 늘어났다. 이후 경기 호황에 힘입어 굴지의 금융, 자동차, 반도체, 보험 회사 등이 이전해 오고 그 회사에 취업하려는 이주자들이 모여들어 그야말로 인산인해를 이루게 되었다. 캘리포니아주에 살던 한국인들도 생활비가 저렴한 텍사스주로 많이 이주해 왔다. 캘리포니아주의 집을 판 돈으로 텍사스주에선 집과 사업체를 동시에 매입할 수 있었으니 가히 매혹적이었다.

한인의 이민 역사가 반세기인 달라스는 내가 처음 이주할 때만 해도 만 명도 채 안 됐던 한국인 수가 지금은 12만 명이 넘는다. 이 숫자는 해마다 증가한다고 한다.

6번 주유소가 있는 리틀엠(Little Elm)시도 시골에서 도시로 발돋움하고 있었다. 그 증거 중 하나가 왕복 2차선 도로를 6차선으로 확장한다는 텍사스주 교통국의 발표였다. 주정부의 계획에 따라 파견된 측량사들이 도로에 흡수될 대지를 측량하면 회계사들이 그 면적에 따라 적정 보상가격을 산정했다. 해당 도로에는 내 소유의 땅과 건물이 네 군데나 포함돼 있었다. 특히 주유소는 사거리 코너에 있는 데다 주유기와 건물의 일부가 잘려 나갈 수 있어 신경이 많이 쓰였다.

어디나 비슷하겠지만 이럴 경우 보상을 논할 때 주정부는 공시가격을, 건물주는 실거래가격을 주장한다. 나 역시 변호사를 고용해 보상을 더 많이 받으려 했다. 주유소 앞의 대지가 도로에 흡수되면 본래의 주유소 기능을 상실하기 때문에 그에 대한 적절한 보상을 요구했다.

텍사스주 교통국 측 변호사와 몇 차례 접촉 끝에 내 소유의 주유소만 폐쇄하는 조건으로 90만 달러 보상을 제시해 왔다. 공시지가에 주유 펌프와 지하 탱크 제거가 포함돼 있고 주유소 폐쇄에 따른 권리금은 반영되지 않은 가격이었다. 도로를 넓혀도 건물은 그대로 남아 있을 것이므로 사무실이나 레스토랑 등으로 바꿔서 영업하면 된다는 게 그들의 생각이었다. 주유소 자체의 값어치는 무시된 턱없이 부족한 보상액이었다.

며칠 뒤 지역신문 1면에 내 이름과 함께 보상 제시 금액까지 상세하게 보도되었다. 일반 서민들이 느끼기에는 엄청난 금액을 보상해준다는 선입견을 노린, 세칭 바람잡이 작전인 셈이었다. 신문사로 전화를 걸어 개인정보 유출을 항의했더니 보도 의뢰자가 텍사스주 교통국이라고 대답했다. 주정부에서 돈까지 들여 이런 사실을 보도했다는 게 의아하기 짝이 없었다.

주유소 폐쇄 보상금에 대해 지역신문은 1면 톱기사로 다루었다.

지역 변호사인 커티스 스톤이 이런 상황을 파악하고 적극적으로 돕겠다는 편지를 보내왔다. 나는 쾌히 그의 제안을 수락했다. 이때부터 나와 텍사스주 사이에 기나긴 싸움이 시작되었다.

주변의 지가 조사에서부터 주유소의 지난 5년 간 소득 및 향후 10년 간 예상 소득, 주유소 건물을 다른 용도로 사용하기 어려운 이유, 주유소가 없어짐으로써 겪는 주민들의 불편, 주유소 펌프 위치를 바꿀 경우의 도면, 휘발유 공급 트레일러의 회전 반경 조사, 이런 수많은 것들이 전부 다 각 분야의 전문가들에게 소견을 물어서 이루어졌다.

조사가 끝나자 숱한 관련 기관들과의 조율이 이어졌다. 그리고 2년 뒤 마지막 관문인 청문회가 열렸다. 청문회에 참석해서 순서를 기다리며 주변을 둘러보니 대기자들이 나를 비롯해 거의가 다 대만, 중국, 베트남, 인도 등 아시아인들이었다. 눈을 씻고 찾아봐도 백인은 없었다. 이게 과연 우연의 일치인가? 나는 고개를 갸우뚱했다. 나의 백인 변호사 역시 보상에 인종차별이 적용된 것 같다는 암시를 주었다. 주정부가 백인들에게는 만족할 만한 보상을 해주었을 거라고 말했다.

본격적인 청문회가 시작되었다. 변호사가 준비한 자료들을 제시하며 90만 달러 보상이 왜 턱없이 부족한지 1시간 넘게 설명했다. 그런데도 나를 상대로 이어지는 청문회 참석자들의 질문은 너무도 황당하고 곤혹스러웠다. 미국에는 왜 왔느냐? 그 정도 돈이면 너희 나라에선 큰돈 아닌가? MBA 출신이면 주정부의 경제 사정을 읽어야 하지 않느냐? 듣다 못한 변호사가 제지를 하는데도 인종차별적인 질문이 계속 날아왔다.

힘겨운 청문회가 모두 끝나서 파김치가 된 몸으로 대기실에 돌아오니 방송으로 현장 상황을 들어 알고 있던 다른 대기자들이 하나같이 분개했다. 모두가 다 동병상련인 셈이었다. 변호사와 눈이 마주치자 피식 웃는 그의 모습이 "그래, 인종차별이야!"라고 말하는 것 같았다.

청문회가 끝나고 발표한 나의 보상금액은 146만 달러였다. 썩 만족스러운 금액은 아니지만 변호사와 상의하고 승인서에 사인했다.

2년간이나 텍사스주정부와 싸운다는 건 결코 쉬운 일이 아니었다. 교묘히 인종차별의 벽을 넘나드는 그들의 발언과 그로 말미암아 스스로 백인사회에 주눅이 드는 듯한 불쾌한 느낌을 떨쳐내기 힘들었다. 그렇게 일이 끝나는 듯했다.

시로부터 주유소 폐쇄 명령을 받고 펌프 및 지하탱크 제거 작업을 하는 도중에 주정부 변호사의 편지를 받았다. 146만 달러 보상 확정 금액에 유감이며 따라서 판정에 불복하니 증액된 부분인 56만 달러를 반환하라는 내용의 고소장이었다. 다 끝난 줄만 알았던 지겨운 싸움이 다시 시작된 것이다.

주정부로부터 보상받은 돈은 이미 은행대출금 상환과 주유소 철거 작업으로 대부분 사용해버린 상황이었다. 아니, 돈이 있고 없고를 떠나서 나는 끓어오르는 화를 참을 수 없었다. 주정부에서 요구하는 모든 절차와 과정을 성실히 이행해서 받은 결과에 따라 공사를 시작했는데, 갑자기 변호사를 내세워 일을 원점으로 되돌리는 건 이유 불문 주정부의 잘못이었다. 나는 다시 변호사를 고용해 지난번보다 더 힘든 싸움을 벌여야 했다.

똑같은 과정이 다시 되풀이되었다. 각 분야의 최고 전문가에게 의견을 구하고 조사서를 첨부했다. 물론 많은 경비가 또 들어갔다. 그야말로 낭비인 셈이었다. 2년의 길고 지난한 싸움 끝에 이번엔 청문회가 아닌 판사의 판결을 기다렸다.

20만 달러를 주정부에 반환하라는 판결이 나왔다. 불복하면 다시 항소를 해야 했다. 그러나 변호사의 말에 따르면 승률이 별로 없었다.

재판을 마치고 나오면서 명단을 보니 순서를 기다리는 사람들이 몽땅 다 지난번 청문회에서 만났던 아시아인들이었다. 우리는 끝까지 동병상련을 경험하고 있었다. 법원을 나오는 발걸음이 무거웠다. 내가 사는 이 밝은 세상에서 이런 미묘한 부분에까지 인종차별이 존재한다는 엄연한 현실을 끝까지 믿고 싶지 않았다.

무려 4년이 넘도록 텍사스주와 법정 다툼을 한 뒤 20만 달러를 송금하면서 승복할 수밖에 없는 현실이 너무도 착잡하고 가슴 아팠다. 백인이 주인인 땅은 아무 문제가 없는데 왜 아시아인들이 소유한 땅들만 주정부로부터 소송을 당해야 하는지, 앞으로 이 땅에서 살아갈 내 아들들은 이런 차별을 겪지 않을지, 생각할수록 심란했다. 이런 부당하고 불합리한 것들이 개선되지 않는 한 미국이 추구하는 정의는 완성되지 않을 것이다.

미국의
3대 도둑

　이민자들 사이의 우스갯소리로 자동차 세일즈맨, 부동산 브로커, 변호사를 일컬어 '3대 사기꾼'이라고 한다. 그만큼 그들의 영향력이 크다는 말이지만 그러다보니 그들에게 손해나 피해를 입는 경우도 많다는 뜻이다.

　나 역시 이민자로 살면서 그들 세 직업군의 도움도 많이 받았고, 한편으론 사기를 당하기도 했다.

　텍사스주 자동차 대리점은 대리점이 아니라 그냥 자동차 공장 같다. 전시된 자동차가 수백 대는 기본이고, 수천 대 차량이 줄지어 주인을 기다리고 있는 대리점도 있다. 돈만 지불하면 기다릴 필요도 없이 바로 차를 끌고 나올 수도 있다.

　미국의 중고차 제도는 한국과 다르다. 일반 중고차와 인증 중고차(CPO, Certified Pre-Owned Car), 2가지로 분류돼 운용된다. 운행 거리가 짧거나 구입한 지 얼마 안 된 새 차 같은 중고차를 따로 관리하고 보증까지 해주는 게 인증 중고차 제도다. 인증 중고차는 일반 중고차보다 20%가량 가격이 높은 대신 처음 차량을 구입하거나 이민생활을 막 시작하는 젊은이들에게 인기가 높다. 나도 미국에 처음 왔을 때는 멋모르고 새 차를 샀지만 나중에 아내를 데려와 본격적인 이민생활을 시작하면서는 인증 중고차를 샀다.

흔히 부동산 브로커를 일컫는 중개업자는 비즈니스 중개업자와 주택 중개업자로 나뉜다. 비즈니스 중개업자는 혼자 개업하는 경우도 없지는 않지만 주로 여러 명이 모여 주식회사나 유한회사를 만들어 활동한다. 중개료는 사업체만 매매할 경우 계약한 금액의 8~10%를 매도인이 낸다. 부동산이 개입되면 그보다 낮은 4~8%를 매도인이 내지만 전체 금액에 따라 절충이 가능하다.

따로 면허가 필요 없는 비즈니스 중개업자와는 달리 주택 중개업자는 텍사스부동산위원회(TREC, Texas Real Estate Commission)에서 발부하는 면허를 받아야만 매매대행을 할 수 있다. 대신 주정부가 매도자 3%, 매수자 3%의 중개료를 보장해 주기 때문에 아이를 키우는 주부들이 부업으로 많이 한다.

마지막으로 변호사의 경우는 민사법, 형사법, 상법 등 분야에 따라 수임료가 천차만별이다. 사건 종류에 따라 수임료가 시간당 200달러에서 수천 달러까지 부르는 건 다반사다. 물론 원고냐, 피고냐에 따라서도 차이가 난다. 특이한 건 미국인 변호사들은 해당되는 전문 분야에서만 변호를 하는데 한국인 변호사들은 이혼, 이민, 민법, 상법, 상속, 형사법 등 수많은 분야를 모두 다룬다고 광고한다. 한인 변호사들이 전문적이지 않다는 걸 알면서도 언어 문제 때문에 찾아갔다가 성과도 없이 돈만 날리기도 한다. 특히 체류 문제로 어려움을 겪는 고객에게 진심으로 도움을 주려는 변호사가 있는가 하면, 그걸 약점으로 돈만 챙기다가 어느 날 갑자기 사라져버리는 변호사도 있다. 그러한 사기꾼 같은 변호사 얘기는 지역신문의 단골 메뉴이기도 하다.

나도 그런 경우를 많이 보았기에 변호사가 필요하면 항상 그 상황에 맞는 변호사를 고용했다. 그들이 일하는 모습을 지켜보면서 참 쉽지 않은 직업이라고 감탄할 때도 많았다. 자신의 일도 일일이 다 기억하기 힘든데, 남의 일이나 했던 말들을 꼼꼼히 다 기억하고 메모했다가 적재적소에 반영하는 걸 보면 비싼 수임료가 당연하구나 싶기도 했다.

변호사 선임은 그 사람의 능력도 중요하지만 내가 궁금한 것과 내게 필요한 정보를 주는 것이 더 중요했다. 심사숙고한 끝에 선임한 부동산 관련 변호사는 루이스 스미스(Louis Smith)였다. 일이 있을 때마다 고용하고, 수임료를 한꺼번에 지불하는 식으로 거래를 시작했다.

하루는 우연히 그의 자동차를 보고 깜짝 놀랐다. 30년도 더 돼 보이는 낡은 소형차에 자동차 문짝 색깔도 제각기 달랐다. 폐차장에서 산 게 아닐까 의심이 들 정도였다. 너무 검소해서 그런 건지, 변호사가 그런 차를 타는 게 언뜻 이해가 되지 않았다. 의아해하는 나에게 그는 경제적인 여유가 없어 그렇다고 대답했다. 젊은이도 아닌 60대 초반의 변호사가 그 정도로 여유가 없다는 게 대답을 듣고 나서 더욱 의아해졌다.

알고 보니 그의 아내 역시 변호사였다. 그녀는 카자흐스탄에서 온 국비 유학생 출신의 재원이었다. 나를 보자 김치, 갈비, 된장찌개 같은 한국 단어를 곧잘 구사했다. 놀라서 물어보니 외할머니가 고려인이라고 했다. 카자흐스탄과 같은 중앙아시아 지역엔 고려인 신분으로 조선말을 사용하는 사람들이 많이 사는데, 대부분이 독립운동가의 후손들이며, 현지에 가면 독립운동의 흔적과 표식을 지금도 많이 볼 수 있다고 설명했다. 그러면서 한국정부는 독립운동가의 자손들을 돌보지 않고 외면한다며 불평했다.

루이스에게 수임료를 지불하자 그는 감사의 뜻으로 우리 부부를 자기네 집으로 초대했다. 받은 주소를 보고 집을 찾아갔다. 허름한 동네였다. 경계도 분명하지 않은 집들이 서로 붙어 있어서 한참동안 헤매는데 그의 특이한 자동차가 먼저 눈에 들어왔다. 그 덕분에 집을 찾을 수 있었다.

집에 들어가 보니 더 놀라웠다. 늦둥이 아들을 키우며 세 식구가 함께 사는 집엔 변변한 가구 하나 없이 살림살이가 초라했다. 식탁 의자도 달랑 3개만 있었는데 그나마도 전부 색깔이며 디자인이 제각각이었다. 도대체 변호사 부부가 그 많은 돈을 벌어 어디에 쓰는 건지 알 수 없었다. 내가 주는 수임료만으로도 그 이상의 생활수준은 될 법했기 때문이다.

그로부터 4개월이 지난 어느 날, 루이스가 수임한 사건 가운데 잘못 처리한 부분이 발견됐으니 수정하라는 지시를 텍사스주로부터 받았다. 루이스는 자신의 잘못을 시인했고, 반환 금액과 거기에 근거한 변호사 수임료도 조정이 불가피했다. 그가 내게 돌려줘야 할 액수는 6만 8,000달러였다. 그러나 그는 차일피일 미루며 돈을 돌려주지 않았다.

얼마 뒤 텍사스주정부로부터 통지서 하나가 날아왔다. 내용은 루이스가 관리대상 부도를 냈으니 법원의 별도 통지가 있을 때까지 채무독촉 연락을 하지 말라는 것이었다. 그가 신청한 건 채무자에게 회생의 기회를 주고자 마련한 부도의 한 종류였다. 법을 잘 아는 변호사니까 변제를 하지 않고도 빠져나갈 궁리를 하고 있었던 것이다.

통지서를 읽는 내내 속이 부글부글 끓었다. 매사가 이러했으니 그 나이에도 그렇게밖에 살 수 없는 게 아닐까 싶고, 이런 사람을 믿고 사는 그의 아내도 불쌍했다. 아니 세상에, 나이 60이 넘은 변호사가 그깟 6만 8,000달러를 주지 않으려고 고의 부도를 내다니! 바로 이런 사람이 있으니 3대 사기꾼 운운하는 소리를 듣는 것이려니 싶었다.

그 통지서를 받은 이후 지역신문광고에서 더 이상 루이스의 이름을 찾아볼 수 없었다.

제2의 성인식

미국에서는 자녀들이 고등학교 12학년을 졸업하는 17~18세가 되어 대학 진학을 하면서 자연스레 부모의 품을 떠난다. 대학을 가지 않더라도 그때쯤이면 대부분 집에서 벗어난다. 아이들이 굳이 독립하려는 것은 자기만의 삶을 살려는 뜻도 있지만 친구들 사이에서 자신의 독립성을 과시하려는 의도도 있다.

독립을 한 초기엔 자주 부모를 찾던 발걸음도 시간이 갈수록 뜸해지다가 애인이라도 생기면 아예 얼굴조차 보기 힘들어진다. 그렇게 자신들의 세계로 나아가는 것이다. 한국에 '품안의 자식'이란 말이 있다면 미국에는 '자식은 12학년까지'라는 말이 있다.

내 큰아들도 어느덧 12학년이 되었다. 아들 둘을 키우면서 나도 점점 부모가 되어가고 있었다. 머리가 큰 아들들이 하는 짓을 보고 있노라면 속에서 천불이 날 때가 한두 번이 아니었다. 과연 이렇게까지 인자한 아버지가 되어야 하나, 이를 악물고 있다가도 문득 내가 그 나이에 들은 어머니 말씀이 떠오르곤 했다.

"니도 자식 낳아 키워봐야 내 속을 알지!"

미국 중산층 부모들은 대학을 가지 않을 자녀들에게 부모가 가진 기술을 가르친다. 자녀들이 12학년이 되면 부모를 따라다니며 전기공, 용접공, 배수공, 건축업, 냉동관리공 등으로서의 기술을 배운다. 부모는 자녀의 사회생활 적응을 돕고, 자녀는 남들보다 쉽게 직업을 찾는다. 학교에서도 이를 적극 장려한다. 기본 출석일수만 채우면 간섭하지 않는다.

나도 여름방학이면 큰아들을 주유소 계산원으로 일을 시켰다. 필요한 용돈도 벌고 매니저 밑에서 조직을 통솔하는 것도 경험해보라는 뜻이었다.

아들은 내 걱정과는 달리 금세 사람들과 친해졌다. 심지어 얼마 지나지 않아 아들을 찾는 손님까지 생겼다. 직원들과 손님 사이에 문제가 생겼을 때는 적극적으로 해결하려는 모습을 보면서 대견함과 든든함을 느끼기도 했다. 직원들이 그런 아들들을 좋아해주는 게 기쁘고 흐뭇한 아버지의 마음이었다.

미국 젊은이들은 만 21세가 돼야 술을 살 수 있다. 대학생으로 치면 3학년이나 4학년은 되어야 한다는 말이다. 요즘은 한국이든 미국이든 대학 신입생은 미성년자라서 술을 사지 못한다. 물론 몰래 구할수도 있겠지만 적어도 법에서는 허락하지 않는다.

우리 세대는 대학생만 되면 누구라도 술을 사서 마실 수 있었다. 나는 친구들과 어울리며 처음 술을 배웠다. 그러다보니 예의도 모르고 주도(酒道) 같은 건 아예 배우지 못했다. 취하면 아무데서나 잠을 잤다. 어머니는 그런 나에게 술에 취해 실수하는 사람치고 잘 되는 사람을 못 보았다며 나를 경책하시곤 했다. 그러나 아무도 내게 주도를 일러주는 사람은 없었다. 친구들도 마찬가지였다.

지금 돌아보면 그 역시 아버지의 부재가 원인이었다. 내 마음 한구석에선 남자다워지고 싶은 욕구, 남자다워지는 법을 항상 갈망하고 있었다. 특히 친구들이 '영감쟁이' 운운하며 자신의 아버지를 흉보거나 불평을 늘어놓을 때는 그런 아버지라도 있었으면 좋겠다는 남모를 부러움으로 더 술을 많이 마셨다.

그런 부족한 부분을 스스로 잘 알기에 나는 나이가 들어가면서 30대가 되는 법, 40대가 되는 법, 50대가 되는 법 등의 책을 열심히 읽고 아버지의 빈자리를 간접 체험으로 채웠다. 그러면서 내 아들들이 성인이 되는 날, 직접 데리고 다니며 내가 아는 모든 걸 다 가르쳐주리라 다짐했다. 그리하여 훗날 '아버지가 나의 전부였고, 내 날개를 받쳐주는 바람이었다'는 고백을 들을 수 있기를 바랐다.

드디어 큰놈이 술을 살 수 있고, 술집을 갈 수 있는 나이가 된 2014년 12월 말, 나는 라스베이거스에서 아들의 성인식을 겸한 남자 수업을 계획했다. 남자로서 내가 깨달은 것들을 미리 가르쳐서 지름길로 가는 법을 안내해주고 싶었다. 못 이기는 술을 마시고 실수를 연발한 나처럼 되지 말고, 일찍부터 세련되고 멋진 남자로 만들어주고 싶은 아빠의 마음이었다.

성수기에 어렵게 예약을 하고 처음 간 곳은 한국식 목욕탕이었다. 아들과 서로 등을 밀어주며 이런저런 얘기를 나누었다. 아들은 30년 전 아빠의 경험담들을 너무 재미있어 했다. 그런데 가만 보니 아들 팔뚝에 언제 했는지 낯선 문신이 있었다. 속에선 울화가 치밀어 오르지만 입술을 깨물며 참았다. 심지어 눈높이를 아들에게 맞추려고 멋

있다며 마음에 없는 소리까지 덧붙였다.

카드 게임을 하는 데도 데려갔다. 블랙잭을 가르쳐주려고 게임 테이블로 향했다. 아들은 잠시 나의 설명을 듣더니 실전에 돌입했다. 그런데 이 녀석이 실전에서 너무 잘하는 게 아닌가. 이미 어려운 룰을 다 꿰고 있었고 배팅하는 방법도 나보다 더 잘 알았다. 녀석은 순식간에 돈을 따더니 이젠 일어나야 할 때라며 자리에서 일어나 다른 테이블로 갔다. 이미 친구들과 어울려 많이 해본 솜씨였다.

저녁을 먹으며 딴에는 열심히 주도를 가르쳤다. 그 바람에 아들도 나도 약간 취했다. 우리는 친한 친구처럼 함께 어울려 클럽을 찾아갔다. 평소 브레이크댄스를 즐겨 췄지만 숫기가 없어 남들 앞에서는 추지 않던 아들이 그날따라 기분이 좋아서 그랬는지, 술김에 그랬는지 무대에 올라가 물구나무서기까지 해가며 멋진 브레이크댄스를 췄다. 그 모습을 본 많은 손님들이 뜨거운 박수를 쳤다. 몇몇 손님들로부터 칵테일 서비스도 받았다. 나 역시 그런 모습은 처음 봤던 터라 물개 박수를 보냈다. 나설 때를 알고, 잘난 체할 때를 아는 놈이었다. 저놈의 '끼'를 어떻게 할지 갑자기 걱정이 되기 시작했다.

그날 밤이 늦도록 아들과 함께 보내면서 나는 비로소 큰 깨달음 하나를 얻었다.

아들은 거의 모든 면에서 내가 가르쳐주고 말고 할 것도 없이 모든 걸 다 알고 있었다. 아버지가 가르쳐줘야 알고 가르쳐주지 않으면 모르는 게 아니라, 본능적이거나, 혹은 사회생활, 교우관계 등을 통해 배울 것은 다 배워가는 중이었다. 그리고 보면 나 역시 아버지가 없이도 스스로 알아서 잘 살아오지 않았던가? 어떤 면에서는 아버지가 있는 친구들보다 더 자유롭게 세상을 배운 것인지도 모른다. 그러니까 반드시 아버지가 있어야 남자가 되는 건 아니라는 사실이다.

그날 이후로 나는 아버지가 있는 친구들을 더 이상 부러워하지 않게 되었다. 부정의 결핍, 아버지의 부재라는 오랜 감정의 굴레에서 비로소 벗어날 수 있었다.

나를 그렇게 만들어준 사람은 아이러니하게도 나의 아들이었다. 아들을 남자답게 만들어주려고 떠난 여행에서 오히려 내가 진짜 남자가 되어 돌아왔다. 아들을 위한 여행이 아니라 나를 위한 여행, 아들의 성인식이 아니라 나의 진정한 성인식인 셈이었다.

쇼핑센터
도전

　10여 년 전 달라스에서 1시간 떨어진 덴톤(Denton)시에 대형 주유소를 짓기 위해 오염된 줄 모르고 대지를 구입했다가 큰돈을 날린 뼈아픈 경험이 있다. 그 경험을 토대로 주유소 건축에 다시 도전하기로 했다. 내친김에 주유소뿐 아니라 쇼핑센터도 같이 짓기로 계획했다. 그건 15년 전부터 남몰래 가슴에 간직해 온 나의 꿈이기도 했다.

　여유가 있을 때마다 리틀엠시의 커다란 호수를 낀 2번 주유소 맞은편 땅을 하나씩 매입하기 시작했다. 그곳에 건물을 지으면 넓은 호수와 공원을 앞마당처럼 쓸 수 있는 훌륭한 조건이 갖추어졌다. 대지를 계약할 때마다 오염에 관한 조항을 첨부하고, 땅의 오염 결과를 요구하는 것도 잊지 않았다. 3,700평, 2,500평, 2,000평, 900평, 5년에 걸쳐 4명의 지주로부터 하나씩 매입해서 모두 내 손에 넣을 수 있었다.

　하지만 일은 생각처럼 쉽게 풀리지 않았다. 상용 지역이라서 건축허가를 받기에 별 문제가 없을 줄 알았는데 요구사항만 점점 많아지고 허가를 내주지 않았다. 시의원 투표 결과 0:7로 부결되었다. 부결이유는 주유소가 생기면 시끄럽고 범죄가 끊이지 않는다는 인근 주민들의 반대 때문이었다. 땅도 이미 매입을 다 해놨는데 또 다른 좌절을 맛보아야 하나 싶었다. 그러나 그대로 포기할 수는 없는 일이었다.

3개월 후 시의회에서 주유소와 쇼핑센터가 왜 더 있어야 하는지 발표하며 설득했다. 이번 투표에선 스코어가 3:4로 또 부결되었다. 이유는 기존 주유소가 있는데 왜 새 주유소를 또 지어야 하느냐는 거였다. 늘어난 인구 유입에 따른 발 빠른 대비책이라고 충분히 설명을 했는데도 통하지 않았다. 그러나 실망하기보다는 3명이나 찬성한 사실에 주목했다. 거기서 나는 분명한 가능성을 보았다.

그로부터 다시 3개월이 지나 마지막 기회가 주어졌다. 이번에도 설득에 실패하면 삼진 아웃으로 당분간 그 계획은 진행할 수 없었다. 나는 주유소의 전 직원을 회의장에 오게 하고 그들에게 응원과 질문을 하도록 유도했다. 한편으론 기존의 2번 주유소를 일반 쇼핑센터로 개조하고, 주택가와 신축 주유소 예정지 사이의 100미터가 넘는 나무 울타리를 벽돌담으로 교체해 주겠다는 공약도 내걸었다. 결과는 가까스로 4:3, 이번엔 통과였다. '건축 허가'라는 힘든 관문을 넘어서는데 거의 1년이라는 시간이 걸린 셈이었다.

백인들이 대대로 농사를 짓고 살던 텍사스의 조그만 위성도시에 낯선 아시아인이 들어와 주유소를 하더니 몇 년 뒤에 건물을 짓겠다고 나서니 본능적으로 경계심이 발동한 게 아닐까 싶었다.

시의 관련 부서를 드나들며 검토와 수정을 거쳐 실제 건축 허가를 받아내는 데는 근 6개월이 더 걸렸다. 다음엔 대출 은행을 정하는 게 순서였다. 나는 중국계 은행을 선택했다. 어느 은행이나 다 그렇지만 공사비 대출에는 내가 소유한 모든 동산과 부동산을 담보로 책정했다. 뭔가 일이 꼬여 자칫 잘못되면 한순간에 알거지 신세로 전락한다는 뜻이었다. 나는 내 인생을 송두리째 걸고 다시 나만의 리그에 도전했다.

건설회사는 은행의 도움에 힘입어 공개 입찰로 정했다. 5개 입찰 회사의 평균 건축비와 가장 가까운 액수의 회사를 결정했다. 그 회사 사장은 방글라데시인이었다. 독실한 무슬림이었으나 그들이 오히려 정직하고 근면하다는 얘기를 들은 터라 개의치 않았다.

공사가 시작되자 묘한 설렘과 흥분을 감출 수 없었다. 나의 모든 걸 걸고 내 오랜 꿈에 도전하는 시간들이었다. 눈을 뜨면 날마다 가슴이 뛰고, 미국에 처음 왔을 때처럼 모든 게 새롭게 보였다.

한국을 싫어하는
한국계 검사관

"레이크힐 쇼핑센터(Lakehill Shopping Center LLC.)"

주유소를 겸한 쇼핑센터의 이름을 나는 그렇게 정했다. 공사 현장
에는 시에서 보낸 전담 검사관이 배정되었다. 그의 이름은 헨리 리
(Henry Lee), 아시아인과 백인의 혼혈이었다. 성이 'Lee'니까 한국계가
아닐까 짐작했는데, 맞긴 맞았지만 어머니가 한국인이고 어머니 성
이 이 씨였다. 1957년생인 헨리는 미군 아버지와 의정부가 고향인
어머니 사이에서 태어났다. 그러나 아버지가 누구인지 몰라 어머니
성씨를 따랐다고 했다. 출생한 곳은 부산 해운대, 결국엔 어머니한테
서도 버려지다시피 해서 초등학생 때 홀트아동복지회를 통해 미국
에 입양되었다는 게 검사관 헨리가 들려준 얘기였다. 이름만 알면 어
머니를 찾을 수 있을 것 같아서 의향을 물었더니 한국 어딘가에 있을
어머니가 가끔 그립기는 해도 찾고 싶은 마음은 없다고 잘라 말했다.

헨리는 한국에서 보낸 어린 시절을 무척 불행하고 끔찍하게 여겼
다. 남들과 다른 생김새 때문에 늘 또래 아이들에게 놀림감이 되었
고, 거의 개나 돼지처럼 살았다고 회상했다. 당시는 한국전쟁의 여파
와 자유당 정권, 4.19, 5.16으로 이어지던 한국사의 암흑기여서 그가

겪은 상황들을 충분히 상상할 수 있었다. 헨리는 한국말을 머리에서 애써 지웠다고 말했다. 한국이 그동안 얼마나 발전하고 국제사회에서 어떻게 성장했는지 등엔 일말의 관심도 없으며, 어쩌다 한국 관련 뉴스가 나오면 즉시 채널을 돌려버린다고까지 했다. 그렇게 하는 헨리의 아픔을 어느 정도 짐작할 수 있었기에 나는 그에게 한국 가수들의 CD와 갈비, 김치 같은 음식들을 사다주며 닫힌 마음을 돌려보려고 했다. 하지만 그의 마음은 요지부동이었다.

어쨌든 우리의 사적인 교류와는 무관하게 공사는 진행되었다.

미국에서의 공사는 검사관의 자질과 성향에 따라 공기나 비용 면에서 엄청난 차이가 난다. 그래도 한국인의 피가 흐르는 검사관이라서 생판 남보다야 낫겠지 하던 기대가 단 하루 만에 박살이 났다. 신축 공사니까 규정대로 관련 검사만 잘 이행하면 되는데 헨리는 사사건건 간섭을 하며 건설사와 마찰을 빚기 시작했다. 그의 까다로운 검사 방법 때문에 하루에도 서너 번씩 공사가 중단되는 건 예사였다. 토목 엔지니어의 설계에 따라 작업이 진행되고 있는 걸 자기 방식대로 설계 변경을 하라는 둥, 심지어는 디자인마저 바꾸려고 덤벼들었다. 그래도 검사관을 상대로 싸울 수는 없기에 가급적 그의 요구에 따르는 편이 하루라도 공기를 단축하는 길이려니 여기고 꾹 참고 있는데, 드디어 도저히 참을 수 없는 사건이 터지고 말았다.

이른 새벽, 1,500평쯤 되는 주차장의 콘크리트 타설을 하려고 20여 대의 레미콘 트럭이 줄지어 서 있었다. 콘크리트 강도 측정을 해야 하는 헨리가 예정된 시각에 나타나지 않더니 뒤늦게 허겁지겁 나타나 작업을 전부 중지시켰다. 기온이 너무 높다는 게 이유였다. 이른 아침이고 타설 온도도 적합하다는 작업자들의 설명에도 그는 아랑곳하지 않았다.

콘크리트 타설 현장. 나중에 홍수가 나서 이 콘크리트를 다 걷어내야만 했다.

일은 거기에서 그치지 않았다. 주유소 캐노피 기둥의 기초 콘크리트 타설을 할 때는 철근 가닥 숫자를 사전에 체크하지 못했다면서 이미 타설한 콘크리트를 깨라고 요구했다. 영어가 서툴러서 온순하기만 한 멕시코 작업자들도 더 이상 참지 못하고 분개했다. 나는 시청으로 헨리의 상관을 찾아가 자초지종을 설명한 뒤 검사관의 교체를 요구했다. 그러나 시청 사람들은 헨리의 편에 서서 그를 두둔하는 데만 급급했다.

그 일이 있은 뒤엔 상황은 더욱 점입가경이었다. 우리가 자신의 영역을 침범한 것으로 간주한 헨리는 엄청난 반격을 준비했다. 매번 검사 시간을 어기고 뒤늦게 말을 번복하거나, 고의로 도면을 가져오지 않고 작업을 중단시켰다. 화가 난 건설회사 직원들은 그를 땅에 묻어 버리고 싶다는 막말까지 입에 담았다. 연일 원성이 여기저기에서 터져 나왔다. 헨리가 있으면 하청업자들도 일을 하지 않겠다며 버티는 통에 현장에서 일어나는 모든 피해는 내가 고스란히 떠안아야 했다. 차라리 돈을 줘서 해결할 수 있는 일이라면 좋겠다는 생각까지 들 정도였다. 이러지도 저러지도 못한 채 나는 혼자 발만 동동 굴리며 있는 대로 속을 끓였다.

참다못한 건설업자가 변호사를 대동하고 시장을 찾아갔다. 그는 그동안 현장에서 겪은 헨리의 모든 비행을 시장에게 털어놓았다. 사실을 알고 나자 시장은 즉시 헨리를 해고했다.

출근 마지막 날, 헨리는 나를 찾아왔다. 전에 갈비와 김치를 담아준 빈 그릇도 함께 가지고 왔다. 놀라운 건 한국말을 전혀 못하는 줄 알았던 그가 의외로 또박또박 한국말을 잘했다. 그는 유창한 한국말로, 내가 미운 게 아니라 자기를 무시하고 천대한 한국이 밉고, 한국과 관련된 모든 게 미워서 그랬다고 내게 사과했다.

뒤돌아가는 그의 뒷모습을 보며 문득 측은지심이 일었다. 하지만 내가 해줄 수 있는 건 아무것도 없었다. 같은 한국인이라는 이유로 덕을 보기는커녕 시간과 공사비만 더 들게 만든 그가 괘씸했지만 한 발 물러나 생각해보면 그도 시기를 잘못 타고난 피해자였다. 자신의 의사와는 상관없이 남의 나라까지 흘러와서, 자신의 조국을 향한 미움과 원망으로 똘똘 뭉친 인생을 살아가는 불쌍한 사람이었다.

시간이 한참 더 지난 후에 헨리를 찾으려고 여기저기 수소문을 해 봤지만 그의 연락처를 아는 사람은 아무도 없었다. 어디론가 잠적을 해버린 듯했다.

그가 소년기에 겪은 아픔의 무게는 어쩌면 짐작조차 하지 못할 만큼 무겁고 버거운 것이었을지 모른다. 내가 어릴 때도 주변에 혼혈아가 흔했다. 그리고 우리가 그네들을 어떻게 대했는지 잘 안다. 심지어 서울에서 전학만 와도 서울내기라고 얼마나 놀려댔던가!

헨리의 마음에서 부디 과거의 아픔과 상처가 가시는 평화로운 날이 오기를 지금도 나는 간절히 기원하고 있다.

재난
그리고 좌절

헨리 후임으로 온 검사관은 모든 걸 원칙대로 하는 나이 많은 백인이었다. 사전 검사 없이 이뤄진 선행 작업은 여지없이 지적을 당한 후 뜯고 다시 재시공을 해야 했다. 영어에 미숙한 멕시코 인부의 실수에는 건축업자도 어쩔 도리가 없었다. 인건비가 더 들고 시간도 더 걸리지만 규정을 지키는 게 가장 빠른 길임을 그들도 잘 알고 있는 듯했다.

가장 골치 아픈 건 멕시코 인부들의 시간 관념이었다. 한두 시간 늦는 건 기본이고, 때론 연락도 없이 현장에 나타나지 않았다. 그런 경우가 비일비재했다. 더운 지역에 사는 사람들의 자유로운 국민성 때문인 것 같았다.

지붕 방수 공사를 막 끝낸 2015년 5월, 달라스에는 거의 한 달간 1899년 이후 기록적인 폭우가 내렸다. 하늘에 구멍이라도 난 것 같은 세찬 비가 연일 퍼붓듯 쏟아졌다. 미국에서 기후 통계가 시작된 이래 두 번째로 많은 강우량이라는 TV 보도가 이어졌다. 밤낮없이 쏟아지는 비에 도시 전체가 물에 잠겼다.

116년 만의 최대 강우 후 주차장이 물에 잠긴 모습.

2번 주유소는 영업을 중단한 채 물을 퍼내기에 바빴다. 호수를 가로지르는 왕복 6차선 다리는 수위가 높아져서 차량 통행이 전면 금지되었다. 차가 있어야 할 주유소 주차장에선 자동차 대신 보트들이 둥둥 떠다녔다. 지하 유류 탱크에도 빗물이 유입되어 5만 리터의 휘발유를 폐기 처분해야 하는 상황에 이르렀다. 건너편 쇼핑센터 신축현장 역시 물에 잠겼다. 아직은 주차장과 기초공사만 해놓은 상태라서 비가 그치고 물만 빠져주면 되리라고 나는 생각했다.

3주가 지나갔다. 물이 빠지고 난 신축현장은 예상과는 딴판이었다. 두께 22cm가 넘는 철근 콘크리트로 포장작업을 해놓은 주차장은 온통 바닥에 금이 가 있었고, 땅속에 설치를 끝낸 플라스틱 상하수도 배관 일부가 갈라진 콘크리트 틈새를 뚫고 밖으로 드러나 있었다. 호수 바로 옆이라서 땅속 물의 부력이 충분한 양생 기간을 갖지 못한 콘크리트를 깨뜨려버린 것이었다.

일찍이 4번 주유소에서 화재로 눈물을 흘려본 나였다. 그때 피해가 살갗에 피가 흐르는 통증이라면 수해는 근육 깊이 시퍼렇게 멍이 든 통증 같았다. 불이 났을 때는 무얼 어떻게 해야 할지 스스로 판단할 수 있었지만 홍수는 그렇지 않았다. 눈앞이 캄캄하고 막막했다. 고였던 물이 빠질 때마다 새롭게 드러나는 피해는 멍든 상처를 짓눌러 아픔을 가중시켰다.

이후로 신축 공사는 아무 진척이 없었고, 여기저기 팬 구덩이에서 물 빼는 배수펌프 돌아가는 소리만 요란했다. 그 소리는 마치 내 머리를 때리는 망치 같았다. 엄청난 자연재해 앞에서 인간은 너나 할 것 없이 그저 속수무책일 따름이었다.

넋 놓고 바라볼 수만은 없어서 답답한 내가 회의를 소집했다. 시청의 건축 토목 관계자, 건설사, 은행 대출 담당자, 보험 설계사 등이 모여 수해 복구를 위한 대책 회의를 시청 미팅 룸에서 가졌다.

예상대로 시청에서는 건설사에게 1,500평의 주차장 철근 콘크리트와 상하수도 배관을 전부 걷어내고 재시공을 요구했다. 공사비는 보험회사에서 지불하기에 1차 채권단인 은행에서 공기를 6개월 연장해 준다는 확답을 받았다. 공사가 계약보다 늦어지면 건설사가 이자를 물어야 하는 조항이 있었기 때문이다.

시공주이자 건물주인 나는 개장만 늦추면 되는 것으로 생각하고 힘든 와중에 모든 것이 순조롭게 돌아가는 것만 같았다.

9미터에서 추락해도
죽을 수가 없었다

새벽에 보험회사 직원이 현장에 와 있다는 연락을 받았다. 공사비만 주면 되는 보험사가 현장에 나타난다는 건 뭔가 일이 꼬이고 있다는 증거였다.

불길한 느낌은 어긋나지 않았다. 건설사 사장과 함께 3자 미팅을 하면서 그들은 엄청난 이야기를 쏟아냈다. 화재를 비롯한 다른 모든 상황에선 보험 적용이 되지만 오직 홍수만은 보험 대상에서 누락이 되었다는 것이다. 건설사 사장은 설마 홍수가 나겠느냐며 싼 보험료를 선택했다고 솔직히 털어놓았다. 보험회사에서는 피해 보상이 안 되니 추가 공사비를 은행에서 대출받든지, 자비로 충당하든지 알아서 하라고 말했다. 그런데 이런 사실을 알게 된 은행에서도 더 이상의 대출은 해줄 수 없다고 나왔다. 엎친 데 덮친 격이었다. 다만 원금과 이자 지불 시간은 예정대로 연장해 주겠다니 그것만으로도 다행이라면 다행일까.

매달 지출하는 보험료가 자칫 버리는 돈 같지만 연거푸 당하고 보니 결코 그게 아니었다. 보험사 직원의 실수로 영업 손실에 대한 보상은 한 푼도 받지 못한 4번 주유소 화재사건에 이어 나는 또 한 번

보험이 얼마나 중요한지 뼈저리게 절감했다.

비록 자연재해지만 사전에 보험으로 대비하지 못한 건 건설사의 실책이었다. 건설사 사장은 자신의 실수를 인정한다면서도 수십만 달러가 들지, 수백만 달러가 들지 모를 추가 공사는 못하겠다고 선언했다. 추가 공사를 하느니 차라리 손을 놓겠다고 말했다. 그런 그를 달래도 보고 을러도 보았으나 태도는 강경했다. 나를 곤경에 빠뜨려 놓고 자기만 살겠다는 심보를 노골적으로 드러냈다. 그를 고소하더라도 한편으론 함께 공사를 진행해야만 은행으로부터 문책을 당하지 않는 희한한 진퇴양난에 빠져버렸다.

며칠 뒤 더 이상 공사 진행을 못하고 부도를 낸다는 건설사의 메일이 도착했다. 전화도 받지 않았다. 문자도, 메일도 답이 없었다. 사무실을 찾아가도 연락할 길이 없었다. 그러나 다른 곳에서 다른 이름으로 비즈니스를 계속한다는 사실을 알아냈다. 독실한 무슬림이라고 했는데 내가 아는 무슬림과는 다른 사람이었다.

매니저 케빈과 함께 공사가 중단된 쇼핑센터에 철조망 울타리를 쳤다. 건축 자재와 장비 도난도 문제였지만 사람들의 통행에 혹시나 있을 안전사고를 미리 막기 위해서였다. 꿈이 현실로 다가왔다며 그렇게 좋아한 공사 현장에서 내가 내 손으로 철조망을 치고 있었다. 참 어이없는 일이었다.

설치를 하다가 중단한 대형 에어컨에 천막을 씌워 비를 맞지 않게 하려고 지붕에 올라갔다. 9미터 높이의 지붕이었다. 막상 올라가 보니 장비와 자재들이 산지사방에 위험하게 널브러져 있었다. 언제 공사가 재개될지 기약은 없었지만 하루 빨리 그날이 오기를 바라며 바람에 날려가지 않도록 단단히 묶는 작업을 했다. 마무리를 잘 하고 내려가려니 올라올 때와 달리 내려가는 게 쉽지 않았다. 아직 물기가 군데군데 남아 있어 위험하다고 느끼는 순간, 나는 그대로 미끄러지며 사정없이 아래로 곤두박질을 쳤다.

"아악!"

몸이 공중에 떠 있는가 싶더니 이내 콘크리트 바닥으로 떨어졌다. 뒤로 굴러 떨어졌는데 한 바퀴 공중제비를 돌아 오른쪽 발부터 떨어졌다. 천행인 것은 머리부터 떨어지지 않고 발부터 떨어졌다는 사실이었다.

"빡."

뭔가 정체를 알 수 없는 둔탁한 소리가 났다. 떨어진 그대로 스르륵 바닥에 드러누워 하늘을 보는데 의식은 또렷했다. 몸에 통증이 닥쳐오기 직전에 스친 것은 죽을 수 있는 찬스를 놓쳤다는 약간의 아쉬움이었다. 그만큼 나는 당시에 절망적인 상황에 놓여 있었다.

억지로 몸을 일으켜 앉아보니 오른발 뒤꿈치 뼈가 박살나고 인대가 끊어진 것 같았다. 다리를 내려다보고 있는데 발목부터 시작해 허벅지까지 순식간에 보라색으로 변해갔다. 무서운 속도였다. 으스러진 뼈와 인대에서 출혈이 일어나며 근육이 피로 물 드는 과정이었다. 이 위급한 장면을 옆에서 본 케빈이 구급차를 부르려고 했다. 나는 급히 케빈을 막았다. 구급차를 타는 순간 1,000달러다. 당시에는 단돈 1달러가 아쉬운 판이라 그럴 수밖에 없었다.

우선 급한 대로 냉장고의 얼음을 꺼내 발목과 장딴지를 감쌌다. 그런 다음 아내가 운전하는 차를 타고 카이로프랙틱(Chiropractic) 전문병원으로 향했다.

의사는 엑스레이를 찍어보더니 큰 병원으로 가서 수술을 받으라고 권유했다. 수술을 하면 최소 10만 달러는 나올 게 분명했다. 나는 일단 응급처치를 했으니 깁스를 해달라고 강력히 요구했다.

사람이 높은 곳에서 추락하면 갈비뼈나 고관절이 부러지면서 뾰족한 뼈에 내장이 찔려 목숨을 잃는 경우가 많다고 한다. 그런데 나는 일반인들보다 근육이 많아서 뼈를 잘 잡아줬고, 그 덕택에 9m 높이에서 떨어지고도 목숨을 건질 수 있었다는 것이다. 병원에서는 그 정도면 천운이라고들 입을 모았다. 대신 땅에 떨어지면서 받은 충격 때문에 목 디스크가 많이 상했다고 했다.

깁스를 하는 동안 곰곰 생각하니 나는 유독 어릴 때부터 추락사고가 잦았다. 초등학교 1학년 때는 어머니를 따라나섰다가 높이가 10미터나 되는 밀양 예림다리에서 떨어진 적이 있었다. 겨울 강추위에 모자로 얼굴을 가린 채 난간 없는 다리를 건너다가 남천강 자갈밭 위로 추락한 것이다. 그 다리는 무시무시한 전설이 있는 다리였다. 한국 전쟁 당시 군인들이 다리 위에서 적의 폭격으로 전멸하고 난간도 군데군데 없어졌는데, 그 이후 해마다 가을만 되면 다리를 건너던 사람이나 가축들이 떨어져 죽지 않으면 평생 장애를 안고 살아간다는 전설이었다. 하지만 그때도 전설의 무서운 내용과는 달리 이마에 피만 흘린 채 일어나 내 발로 걸어 나왔다.

군대에서는 감악산 유격장의 40여 미터 높이에서 추락했지만 나무들이 완충작용을 해주는 바람에 살 수 있었다. 몸이 재빨라서 특공조라는 특수임무 병사로 차출돼 3개월 간 혹독한 훈련을 받던 중에 내 뒤의 병사가 너무 빨리 출발해 앞서가던 나를 추돌한 사고였다. 완전 군장에 M16 소총을 든 상태로 그물도 없는 절벽에서 까마득한 계곡으로 떨어졌다. 내가 죽은 것으로 판단한 동료들이 들것 대신 시신을 담아갈 백을 들고 계곡 아래로 내려왔다. 하지만 그때도 나는 죽지 않았다. 다만 왼쪽 허벅지가 나무에 찢어져 36바늘을 꿰매고, 코뼈가 내려앉고, 앞니가 주저앉는 만신창이 중상만 입었을 뿐이다. 병문안을 온 대대장도 특공조 답다며 칭찬했다.

이런 사고들을 거치면서 남몰래 마음속에 신념 하나를 갖게 되었다. 나는 쉽게 죽을 인물이 아니라고. 그렇게 호락호락한 사람이 절대로 아니라고!

그러나 3, 40년이 지나 맞은 상황은 과거와는 달랐다. 예전에는 몸만 아팠지만 지금은 정신과 영혼이 다 깊은 구렁텅이에 처박힌 기분이었다. 깁스를 한 채 목발을 짚고 아내의 부축을 받으며 병원 문을 나서는 내 모습이 처량했다. 무려 6개월을 이런 꼴로 지내고 재활을 해야 하는 것도 예삿일이 아니었다. 하필 오른발을 다쳐 운전도 어려웠다. 왼발로 하면 되겠지 생각했지만 정작 해보니 불가능했다.

밤에는 잠이 오지 않았다. 잠들지 못하는 나를 수많은 생각과 걱정들이 괴롭혔다. 남의 힘을 빌리지 않고는 한 발짝도 움직이지 못하는 처지로 지내다 보니 정신마저 무력하고 나약한 사람으로 변해가는 것 같았다. 어떨 때는 그렇게 높은 곳에서 떨어지고도 죽지 않은 내게 하나님의 사명이 따로 있을 거라는 용기가 생기기도 했고, 이대로 잠 들어 다시 깨어나지 말았으면 하고 바랄 때도 있었다. 낮과 밤이 교차하며 하루에도 몇 번씩 희망과 절망의 경계를 넘나들었다. 이렇게 생각하면 이렇고, 저렇게 생각할 때는 저랬다. 그러나 사실은 이러지도 저러지도 못하는 상황이었다. 중단한 공사 걱정이 심해지면 그날은 더 잠을 설쳤다. 누가 이 삭막한 미국 땅에서 나에게 수백만 달러를 빌려줄까? 그 생각만 하면 잠이 달아나고 괴로움이 깊어졌다.

아려오는 다리를 감싸 안고 제발 이 고통에서 벗어나게 해달라고 하나님께 매달렸다.

공사가 중단되고 황폐해진 건설 현장.

주유소에 갈 때마다 짓다 만 쇼핑센터 공사장이 보여 더욱 힘들었다. 주차장의 갈라진 콘크리트 틈새로 자라난 풀들이 내 키를 훌쩍 넘었다. 그렇게 나를 기대에 부풀게 했던 곳, 나에게 꿈과 희망을 주던 땅들이 점점 폐허로 변해가고 있었다.

하지만 이 시련을 반드시 이겨내야 하는 이유도 있었다. 쇼핑센터만이 전부가 아니라 다른 주유소들이 있었고, 거기서 열심히 일하는 수십 명의 직원들과 그들의 가족들을 떠올렸다. 그들을 생각하면 여기서 멈출 수 없었다.

죽도록 뛰다

은행에서는 공사가 더 이상 진행되지 않는 것으로 판단하고 최악의 경우에 대비했다. 내가 변호사를 고용해 건설업자를 고소한 사실은 그들도 알고 동정도 했지만 대출금 상환 날짜와는 별개였다. 나를 압박해 오던 은행이 드디어 최후통첩을 날렸다. 10개월 안에 공사를 완공하지 않으면 경매 처분에 넘기겠다는 통보였다. 그 안에는 내 모든 동산과 부동산이 포함돼 있어서 경매 낙찰자는 횡재를 하는 셈이었다. 내가 경매로 다시 낙찰 받을 수도 있지만 그만한 돈이 없었다.

오랜 궁리 끝에 모든 서류를 챙겨서 나의 오늘이 있게 해준 든든한 지원자 제리 켈소를 찾아갔다. 그곳에서 나는 또 한 번 큰 충격을 받았다. 제리 대신 그의 딸 케일린(Kaylene Kelsoe)이 내게 비보를 전했다. 제리는 지병이 악화돼 한 달 전에 돌아가셨고, 그의 재산은 신탁회사에서 관리 중이라고 했다. 알리지 않은 것은 가족장으로 조용히 지내고 싶은 고인의 뜻이었다는 말에 나는 케일린과 깊은 포옹을 나누고 돌아섰다.

제리마저 떠나갔구나!

이젠 어느 누구에게도 의지하거나 부탁할 곳이 없었다. 하필 내가 가장 어려울 때 이 슬픈 비보를 듣다니, 나의 가장 든든한 조력자이자 우군 제리마저 세상에 없다고 생각하니 슬픔과 황량함은 극에 달했다.

나는 차로 돌아와 목이 쉬도록 통성기도를 하며 간절히 하나님을 찾았다. Kacy Kim의 아메리칸 드림은 여기서 끝나는가? 미국 은행에서는 건물 없이 땅만으로는 담보 대출을 받을 수 없다. 땅이 아무리 많아봐야 팔리지 않으면 돈을 마련할 수 없으니 땅만 있는 거지나 다름없었다.

마음이 축 처질 때는 치매로 누워 있는 어머니 옆에서 주절주절 신세 한탄을 겸한 기도를 하고 나면 잠시나마 마음이 편해졌다. 가족들은 항상 나에게 응원의 메시지를 보냈다. 두 아들의 대학 학비도 낼 수 없어 각자 알아서들 하라고 말했다. 이젠 아버지인 나마저도 무너지는 것인가? 어느 정도 내 상황을 아는 매니저들이 힘을 내라며 위로와 격려의 말을 전했다. 그 또한 내겐 큰 힘이 되었다.

이런 상황에 아들이 교통사고가 났다고 해서 급히 달려갔다. 폐차를 해야 할 만큼 큰 사고인데 다행히 양쪽 운전자 모두 다치지 않았다. 기적은 그렇게 조용히 일어나기 시작했다. 그런 와중에 큰아들은 학교 도서관에서 일자리를 잡았다. 작은아들은 대기업 앤하이저부시(Anheuser-Busch)에서 4년 전액 장학금을 받았다. 게다가 2번 주유소 홍수 피해로 나온 보상비와 복구비가 또 의외로 많았다. 하늘이 무너져도 솟아날 구멍이 있다는 건 이를 두고 한 말 같았다.

뭔가 조금씩 안정되는 듯한 느낌을 받자 나는 냉정한 시선으로 폐허가 된 공사장을 구석구석 둘러보았다. 나뒹구는 상하수도 파이프,

자갈 하나, 심지어 나사못 하나조차 내 돈 아닌 게 없지만 나는 현재 그것들 때문에 어려움을 당하고 있는 게 현실이다. 이기지 못할 적이라면 아군으로 만들라고 했던가. 지금의 이 어려움을 아군으로 만들려면 어떻게 해야 할까? 주유소 대형 화재, 브랜디의 죽음, 엄청난 기름 유출 사고, 이런 역경을 결국엔 나 스스로 이겨내지 않았던가? 이번에도 나는 이겨낼 수 있다. 이걸 이겨내려면 재건축을 하면 된다. 재건축은 건설업자가 부도를 내는 바람에 못했지 내가 못한 게 아니다. 그럼 지금부터 내가 하면 되지 않나? 남은 시간은 10개월! 재건축이 아니면 출구는 없다. 출구는 만들어야 한다. 직접 만들어서 열고 나가지 못한다면 30년 간 피땀 흘려 일군 모든 것이 한순간에 수증기처럼 증발하고 만다.

나는 무엇에 홀린 것처럼 맹렬히 움직이기 시작했다. 소유한 카드로 중요한 자재들을 샀다. 장비들을 재점검하고 대형 포클레인과 미니 굴삭기 밥캣(Bobcat)을 대여했다. 군 시절 공병대에서 포클레인 작동을 배웠고, 건축을 전공한 실력을 되살려 내 스스로 장비기사와 건설업자가 되기로 했다. 때론 배관공도 되었다. 주차장의 두꺼운 철근 콘크리트를 밤낮없이 긁어내고 배관과 주차장 공사 작업을 다시 했다. 자금이 부족하면 카드 돌려막기로 버텼다.

이상한 현상들이 벌어졌다. 내가 밤새 콘크리트를 긁어 모아 엄청난 공사 폐기물을 쌓아 놓으면 이튿날 아침에 어김없이 그걸 원하는 업자가 가져갔고, 인부가 필요한 경우 공정에 맞는 작업자가 제 발로 찾아오기도 했다. 인력이 더 필요하여 새벽 4시에 인력시장에 가면 그들은 마치 나를 기다리고 있는 듯 했다. 일을 하다가 철근에 긁히는 건 예사요, 나무에 박힌 못이 팔을 관통해도 병원 문은 아예 쳐다보지도 않았다.

외벽이 서고, 연결 복도를 만들고, 지붕을 덮고, 주유 펌프를 세팅하고 나니 주유소와 쇼핑센터의 꼴이 어느 정도 드러났다. 그때까지 발전기에 의지해 공사를 했는데 정식으로 전기가 들어왔다. 공정을 아는 나로서 낮에 해야 할 작업과 밤에 할 작업을 구분해 내가 못하는 전문 시공은 다른 공사장에서 적임자를 찾아 도움을 청하기도 했다. 중요한 인테리어 공사 역시 내가 직접 했다. 1인 5역, 때론 6역까지 해냈다. 내가 디자인을 하면 아내는 밤낮없이 페인트칠을 했다. 음료 기계들은 한국과 중국에서 샀고, LED 제품들은 한국산만 썼다.

내가 1인 다역을 하면서 발로 뛰는 동안 시 검사관도 제시간에 맞춰 검사를 잘 해줬다. 마지막 조경 작업까지 마치고 나자 쇼핑센터가 그야말로 훤하고 번듯해졌다. 리틀엠시 입구에 대형건물이 턱하니 자리를 잡자 시의 인물이 달라졌다며 시청 관계자들의 격려가 이어졌다. 자연히 임대 문의도 꼬리를 물었다.

정말 죽도록 일하고 노력한 결과 새 주유소와 쇼핑센터가 드디어 완공되었다. 은행에서 연장해 준 날짜보다 2주가 앞당겨진 시간에 시청으로부터 준공 허가를 받고 입주를 시작할 수 있었다. 내 손으로 짓자고 결심하고 뛰어든 지 9개월 만에 이룬 성과였다.

지나고 보니 공사가 중단되어 내가 좌절한 것이 아니고, 내가 좌절했기 때문에 공사가 중단된 것이었다.

레이크힐 쇼핑센터
개점

지붕에서 추락해 다친 발목 통증을 딛고 절뚝거리며 완공한 〈레이크힐 쇼핑센터〉는 내가 만든 여러 작품 가운데 가장 자랑스럽고 기적적이었다. 폐허가 되고 경매로 넘어갈 뻔했던 건물이 멋지고 활기찬 주유소와 쇼핑센터로 거듭난 모습을 지켜보는 마음은 참으로 감개무량했다.

꿈인가 생시인가 싶다는 건 이런 경우를 두고 한 말일 것이다. 저 꿈같은 모습 속에 그동안 내가 흘린 모든 피와 땀이 고스란히 스며들어 있었다. 자꾸 울컥울컥 눈물이 날 것만 같은 걸 가까스로 참았다. 너무 좋은 날이 다시 찾아온 것이다.

준공식을 거하게 하지 않을 수 없었다. 내가 아는 모든 지인들을 다 초대해 성대한 준공식을 열었다. 물론 나를 압박한 중국계 은행 직원들도 초청자 명단에서 빠뜨리지 않았다.

마침 리틀엠시 시장이 지나가는 길에 참석해 축하를 해주었다. 시장은 쇼핑센터의 험난한 공사 진행 과정을 잘 알고 있었다. 중간에 포기하지 않고 끝까지 애써 준 데 대해 감사하다고 말했다. 살아나려면 그렇게 할 수밖에 없는 곤경에서 사력을 다해 발버둥을 치며 빠져

나왔더니 수많은 사람들이 축하도 해주고 감사의 말도 전했다. 인생이란 게 이런 거로구나, 나는 또 한번 깊이 깨달을 수 있었다.

삶과 죽음이 함께 가듯이 포기와 성취 역시 맞닿은 곳에 있었다. 삶이 힘들어 죽으려던 사람도 잠시 생각을 바꾸어 재기에 성공하듯, 모든 걸 포기하려다가도 약간 의식과 방법만 바꾸면 이렇게 성취의 길로 갈아탈 수가 있었다. 건설업자도 포기하고 나간 수해 피해 건물을 혼자 힘으로 완공하고 나니 세상에서 못할 게 없다는 자신감이 생겼다. 실은 쇼핑센터 건물보다도 그 자신감이 내가 얻은 가장 큰 선물이었다.

2016년 4월, 드디어 레이크힐 쇼핑센터는 OPEN 사인에 불을 켜고 영업활동을 시작했다. 사업이 잘 될까? 임대는 잘 나갈까? 인근 주민들의 불평은 없을까? 걱정들이 꼬리를 물었지만 막상 뚜껑을 열고 보니 모든 건 기우에 불과했다. 리틀엠시에서 어느덧 20년 이상 비즈니스를 해온 나를 아는 수많은 고객들이 잊지 않고 찾아와 개점을 축하해 주었다. 지나간 고된 시간들이 진짜 추억의 한 페이지로 아스라이 넘어가고 있었다.

같은 시각에 홍수로 댐이 무너진 휴스턴의 정제소들이 모두 물에 잠겼다. 그 바람에 미국 중남부 일대에 기름 공급이 일시 중단되었다. 하지만 유류 도매상에서 우리 레이크힐 쇼핑센터 주유소만은 우선 공급을 해준 덕분에 기름을 팔 수 있었다. 그럴 경우 다른 주유소들은 보통 두 배 이상의 폭리를 취했다. 자연재해 앞에서 이미 무릎을 꿇어본 나는 폭리를 취하지 않았다. 그 결과 매출이 놀라운 속도

레이크힐 쇼핑센터 입구와 식당.

로 급상승했고, 임대도 전부 분양이 되었다.

 매주 한두 번은 꼭 들렀던 요양원에서 어머니를 모시고 나와 주유
소와 쇼핑센터를 구경시켜 드렸다. 힘들 때면 어머니를 찾아가 옆에
서 주절주절 신세 한탄을 했던 것과 마찬가지로 예전에 이곳이 어디
며, 무엇을 하던 자리라고 일일이 다 설명을 해드렸다. 비록 몸은 불
편하시고 내 말을 이해하지는 못하셨지만 나는 잘 알고 있었다. 어
머니가 만일 정신이 있었다면 얼마나 좋아하셨을까! 평생 한(恨) 같
은 걸 가슴에 품고 사셨다면 일시에 날려버릴 만큼 기쁜 순간이 분명
했다.

마약
중독자들

주유소는 자동차 휘발유를 파는 곳이지만 시골로 갈수록 동네 사랑방 구실을 많이 한다. 이제 막 오픈한 레이크힐 주유소도 마찬가지였다. 사람들은 집에서 심심하게 있으니 주유소 테이블에 나가 앉아 직원들이나 오가는 손님들을 상대로 얘기를 나누며 시간을 때우곤 했다. 같은 이유로 주유소에서 일하는 걸 선호하는 사람들이 많았다. 주유소는 특별한 기술을 필요로 하지 않아서 언제든 직원을 쉽게 고용할 수 있는 장점이 있었다. 직원을 구한다는 공고를 붙이기만 하면 불과 몇 시간 만에 채용이 되는 경우가 대부분이었다.

그렇게 오는 직원들 가운데는 주거지가 없는 딱한 사람들도 많았다. 어떻게 일자리는 잡았지만 거처가 없는 직원들을 위해 나는 그들이 단기간 머물 수 있는 숙소를 마련했다. 일은 하고 싶지만 오갈 데 없는 직원들의 임시 잠자리를 만들어준 것이다.

두 달까지는 무료이나 그 이후엔 소정의 임대료를 내도록 했다. 업주는 직원들의 형편을 헤아려주는 마음이 있었고, 직원들은 그런 회사의 배려에 감사해 하며 열심히 일하는 일거양득의 효과를 보았다.

하루는 상황이 딱한 직원이 있다는 6번 주유소 매니저의 전화가 왔다. 에이프릴(April)이란 여성 직원을 막 고용했는데, 남편 폭력에 못 이겨 입은 옷에 그대로 쫓겨나는 바람에 당장 머물 곳이 없다는 거였다. 마침 비어 있는 직원 숙소에 그녀를 배정하면 어떻겠느냐고 물었다. 나는 매니저의 요청을 수락했다. 며칠이 지나 6번 주유소를 가보니 화장실에서 번쩍번쩍 광이 났다. 새로 고용한 에이프릴이 청소를 했다며 그녀를 고용한 매니저가 자랑스러운 투로 말했다.

나는 신상 카드를 살펴본 후 그녀를 찾아 인사했다. 30대 중반인 나이에 얼굴은 50대로 보였다. 한눈에 그녀가 메스(Meth)라는 마약을 하고 있음을 알아차렸다. 나이 들어 보이고, 체격이 깡마르고, 화난 듯한 표정을 짓고, 한 가지 일에 꽂히면 미친 듯이 몰두하는 게 대표적인 증상이었다. 매니저에게 그런 얘기를 하니 자신도 이미 알고 있지만 워낙 딱한 사정이라 도와주려고 뽑았다고 했다. 나는 매니저에게 유심히 지켜보라고 당부했다.

얼마 뒤 시청에서 경고장이 날아들었다. 직원 숙소 주변이 너무 지저분해서 인근 주민들로부터 민원이 잇따르니 청소를 하라는 내용이었다. 주유소에서 멀지 않은 곳이라 한걸음에 달려갔다. 숙소에 도착하는 순간 나는 눈을 의심했다. 평소 주유소에서 분실한 비품들이 전부 거기에 있었다. 뿐만 아니라 온 사방에 빈 맥주병, 와인병, 주삿바늘과 콘돔 박스 등이 어지럽게 널려 있었다.

에이프릴을 불러다 놓고 집에서 무슨 일이 있었는지 매니저와 내가 이해할 수 있게 얘기를 해보라고 말했다. 에이프릴은 전 남편이 찾아와 자꾸 행패를 부린다고만 대답했다. 마약에 취한 후 무슨 일이 있었는지 기억조차 못하는 눈치였다. 그녀는 마약검사를 받겠다고 약속했다.

며칠 뒤에 검사 결과가 나왔는데, 3가지 마약이 검출되었다. 규칙에 따라 그녀를 해고할 수밖에 없었다. 고용한 지 2달 만이었다.

매니저가 숙소를 비우라고 요청했다. 그러나 그녀는 아랑곳하지 않았다. 한발 더 나아가 이젠 아주 보란 듯이 숙소에서 동네 사람들을 상대로 매춘을 했다. 그 바람에 내가 숙소 주인으로서 경찰서에 불려가 매춘 관련 조사까지 받아야 했다.

미국에선 부도가 나도 집과 자동차는 빼앗아가지 못한다. 주거에 대한 기본 권리를 지켜주기 위해서다. 비록 해고한 직원이라도 판사의 명령이 있기 전까지 내가 할 수 있는 일은 아무것도 없었다. 이웃 증인들을 통해 그녀의 행적을 상세하게 밝히고 나서야 간신히 퇴거 명령이 나왔다. 주 보안관이 퇴거 전문 인력들을 데려와 숙소 안에 있던 그녀의 물건들을 전부 마당으로 들어내자 24시간 후에 쓰레기 차가 와서 모두 가져갔다.

에이프릴을 해고한 후 무려 4개월에 걸친 악몽은 그렇게 끝이 나는 줄 알았다. 새로 고용한 직원을 숙소로 보냈더니 전기와 물이 나오지 않는다고 했다. 에이프릴이 숙소 안의 전기선과 수도 파이프를 모조리 토막토막 끊어 놓고 간 것이다. 수리를 하러 온 전기공과 수도 배관공들도 경악을 금치 못했다. 보통사람은 귀찮아서라도 못할 일이지만 약에 취한 사람에겐 한 가지에 꽂히면 세상에서 못할 일이 아무것도 없는 법이다.

숙소를 고치는 데만 2개월이 넘게 걸렸다. 호의도 받는 사람에 따라 달라질 수 있다는 걸 뒤늦게 깨달은 사건이었다. 그래서 매니저와 상의 끝에 그곳을 더 이상 직원 숙소로 쓰지 않고 집으로 바꾸어 임대를 놓았다. 하지만 그 이후로도 꽤 오랫동안 그 앞을 지나갈 때마다 약에 취한 에이프릴의 표독한 얼굴이 자꾸만 떠올랐다.

그런가 하면 이런 일도 있었다. 6번 주유소는 여직원들로만 구성돼 있었는데, 거기서 재고관리를 맡고 있던 30대 중반의 첼시(Chelsea)는 네 번째 아이를 임신 중이었다. 엄마가 게으르면 태어난 아기도 게을러진다며 항상 쉬지 않고 부지런히 일했다.

이윽고 첼시가 출산 휴가를 떠나고 그녀의 빈자리를 총각인 윌리엄이 채웠다. 이혼 후 6년째 싱글인 윌리엄은 여직원들만 있는 6번 주유소에서 일하는 게 즐거워서 매일 싱글벙글 웃고 다녔다.

그 주유소는 시청과 경찰서 바로 옆 건물이었다. 나는 잠시 시청에서 볼일을 보고 점심시간에 주유소에 들러 햄버거를 시켰다. 그때 갑자기 계산대 쪽에서 요란한 욕이 들려왔다. 먼발치에서 보니 윌리엄의 얼굴이 하얗게 질려 있었다. 가까이 가서 무슨 일인지 알아보려는 순간 내 눈에 칼을 든 무장 강도가 보였다. 백주 대낮에 칼을 든 흑인 강도가 계산대 앞에 서 있었다. 허리춤엔 권총까지 차고 있었다.

강도는 윌리엄에게 금전등록기를 열라고 큰소리쳤지만 윌리엄은 말을 듣지 않았다. 그러자 강도가 아무거나 버튼을 몇 개 눌렀는데 불행히도 등록기가 열려버렸다. 강도는 지폐만 챙겨 허겁지겁 자리를 떴다. 바깥에 세워둔 검은색 승용차에 오른 그는 호숫가 쪽으로 도망을 쳤다. 그러나 윌리엄이 이미 초반에 카운터 아래 경찰서 직통 비상벨을 눌렀기 때문에 사방에 경찰들이 진을 치고 있었다. 차량 추적을 위한 헬리콥터가 요란한 굉음을 내며 날아와 강도를 뒤쫓았다.

전방위 추격전이 시작되자 더 이상 도망갈 곳이 없어진 강도는 호숫가 낚시터의 보트를 탈취해 호수를 건너가려고 했다. 하지만 그마저도 뒤쫓아 온 헬리콥터의 세찬 바람 때문에 보트가 뒤집혀져서 현장에서 체포되고 말았다. 강도짓을 한지 고작 20분 만에 모든 상황은 종료되었다.

이튿날 아침 지역신문에 강도 사건의 전말이 보도되었다. 강도는 39세로 집행유예 중에 저지른 범죄여서 보석금이 25만 달러로 책정되었다. 물론 그에게는 그만한 돈이 없을 것이기에 최소 20년은 교도소에 갇혀 살아야 한다고 신문은 전했다. 대낮의 잠깐 그릇된 행동이 20년 징역이란 결과를 낳은 셈이다.

얼마나 안타깝고 허무한 일인가. 대개 이런 종류의 강도, 살인, 취중운전, 방화 등은 마약중독이 원인이다. 마약에 취해 스스로 무엇을 하는지도 모르는 환각상태에서 황당하고 끔찍한 짓들을 저지르는 것이다. 나중에 정신을 차려보면 본인의 행동을 전혀 기억하지 못하는 경우가 태반이다.

한국에 음주운전이 있다면 미국엔 취중운전이 있다. 취중운전에는 음주운전도 포함돼 있다. 음주운전도 위법이지만 약에 취한 운전은 더욱 엄중하게 다스린다. 미국의 마약 문제는 여전히 출구가 보이지 않는 긴 터널 속에 있는 것 같다.

경찰관
제리 워크

　미국 경찰들은 순찰 시 방탄조끼 착용은 기본이고, 권총과 테이저 건을 차고, 차 안에는 샷건을 두고 있다. 어떤 경찰차는 K-9이라는 경찰견을 데리고 다니는데, 개가 사람 대신 작전을 수행하기도 한다. 미국 경찰은 한국과는 달리 '유죄추정의 원칙'을 바탕으로 운영되기 때문에 그들에게 대들거나 욕을 하면 바로 경찰차 뒷좌석에 앉혀진다. 따라서 마약에 취한 사람이 아니면 경찰에게 대드는 것은 꿈에도 생각하지 못할 일이다.

　또한 미국 소방관은 불만 끄는 사람이 아니라 안전의 총체적인 책임을 지는 사람들이다. 경찰은 하루 3교대 근무지만 소방관은 하루 2교대로 근무하면서 미국 내의 모든 사람과 건물을 통제한다. 소방 배지를 달고 있으면 그 어떤 장소나 건물에도 출입이 가능하다. 혹시나 그들로부터 안전 점검에 지적을 당하고 정해진 기한 내에 고치지 않으면 가차 없이 벌금이 나오고, 경우에 따라 사업장을 폐쇄당할 수도 있다. 그만큼 하는 일이 많기에 시민들의 존경과 감사를 받는 대상이 되는 것이다. 쇼핑센터의 최종 완공 허가도 결국은 소방서에서 한다.

　경찰관과 소방관이 주유를 하려고 주유소에 자주 출입하다보니 나도 자연스럽게 그들과 친해졌고, 가끔 사담도 주고받는 사이가 되었다. 그렇다고 원칙에서 벗어난 편의를 봐주는 일은 없다. 그들과 나도 그런 건 기대하지 않는다. 개장한 지 몇 개월이 지나도록 정리할 것과 고칠 데가 많아 나는 여전히 작업복을 입고 있었다.

2017년 1월, 제법 쌀쌀한 날씨에 주유를 하는 제리 워크(Jerry Walker)를 오랜만에 볼 수 있었다. 10여 년을 보아왔는데 언제나 얼굴에 미소를 잃지 않는 사람이었다. 그날따라 경찰복이 아닌 사복을 입고 있어 의아해하는 내게 그는 교통경관에서 형사로 승진했다고 자랑하듯 말했다. 나는 그의 진급을 축하한다고 말했다. 그 역시 나의 힘든 재건을 축하한다며 서로 덕담이 오갔다. 바로 그때 무전기로 호출이 왔다. 주유를 중간에 끊는 걸 보니 어지간히 급한 연락이 온 것 같았다. 그는 다음에 보자는 인사와 함께 홀연히 차를 끌고 사라졌다.

채 5분이나 지났을까. 주유소 바로 뒤에서 비명소리와 함께 둔탁한 총소리가 들렸다.

"팡! 팡!"

권총 소리가 아니라 샷건을 쏘는 소리였다. 직원들은 어리둥절한 표정으로 서로를 쳐다보았다. 잠시 뒤 경찰차와 앰뷸런스가 요란하게 달려갔다. 경찰 헬리콥터도 공중을 선회했다. 그들이 향한 곳은 주유소 바로 뒤편 주택가였다. 그곳에서 인질 사건이 벌어졌고, 인질범과 대치 중 호출을 받고 달려간 제리 워크가 총상을 입었다고 했다. 방금 전까지 나와 덕담을 나누던 그가 치명상을 입었다니 도무지 믿어지지 않았다.

제리 워크가 병원에서 치료 도중 숨을 거두었다는 소식은 TV를 통해 들었다. 그가 사는 집도 직원 숙소 바로 앞이어서 그의 아내와 애들까지 두루 잘 알고 지내는 사이였다. 안타깝기 짝이 없었다. 며칠이 지나자 TV방송국에서 제리의 행적을 따라 마지막으로 머물렀던 주유소에 와서 인터뷰를 요청했다. 매니저에게 그 일을 맡기고 나는 제리의 장례식이 열리는 프레스톤우드 침례교회(Prestonwood Baptist Church)로 향했다.

애도를 표하기 위해 모인 달라스 인근 경찰관들과 조문객들로 주차장이 가득 찼다. 제리의 상관 브래드 윌칵스(Brad Wilcox)는 애도사에서 레이크뷰 그로서리(Lakeview Grocery)에서 매일 아침 커피를 마시며 하루 일과를 시작했지만 이제 더 이상 제리를 볼 수 없다며 안타까워했다. 2번 주유소인 레이크뷰 그로서리가 어느덧 경찰관들이 아침을 시작하는 장소로 자리 잡고 있었다.

제리의 운구는 리틀엠에서 출발해 경찰관 묘지로 향했으며 온 시민들이 그의 마지막 가는 길을 끝까지 지켜보았다. 이후 시에서는 제리의 죽음을 기리며 그의 이름을 딴 제리 워커 중학교(Jerry Walker Middle School)를 설립했고, 그의 배지 번호 633을 영원히 기억될 거룩한 번호로 남겨두었다. 지금도 리틀엠시의 많은 주민들은 자기 차에 633 번호를 붙이고 다닌다.

어머니와
별리 別離

2018년 12월 24일 크리스마스이브.

캐럴송이 온 세상을 뒤덮고 사람들은 한껏 성탄 분위기에 들떠 신나고 분주한 그날, 어머니의 전담 간호사와 통화 중에 다른 간호사들로부터 전화가 연신 들어왔다. 무언가 급박한 상황이 벌어진 듯했다. 아니나 다를까, 어머니의 숨이 가빠지기 시작했다는 전갈과 함께 병원 응급실이나 호스피스로 옮기기를 권했다. 92세 생신을 한 달 앞둔 시점이었다.

폐렴으로 산소포화도가 급격히 떨어져서 우선 인근 대학병원 응급실로 옮겼다. 담당 의사는 생명연장장치를 할 것인지, 호스피스로 모실 것인지 둘 중 하나를 선택하라고 말했다. 9년 전에도 의사가 2달밖에 못 사신다고 했지만 요양원으로 옮겨서 지금까지 건강하게 지내신 어머니였다. 하지만 그때보다 고령이셨고, 상황도 달라서 가족들과 의논한 뒤 호스피스를 선택했다.

밤새 어머니를 옆에서 지켜보니 고통이 심하신 듯했다. 노화로 호흡근의 반사능력이 떨어져서 기침도 힘드셨고, 눈조차도 뜨지 못하셨다. 최악의 경우를 생각하지 않을 수 없었다. 일단 타지에 나가 있던 지혁, 지석 두 아들에게 연락해서 급히 달라스 병원으로 불러들였다.

의사의 권고에 따라 집중치료실(ICU, Intensive Care Unit)에서 며칠을 보내고 호스피스 병동으로 옮겨갔다. 남의 손에 맡겨진 채 이리저리 끌려 다니는 어머니를 속수무책으로 바라보는 내 마음은 찢어졌다. 막내아들을 돌본다고 평생을 희생하신 어머니의 삶은 나의 인생이었고, 나의 삶은 어머니의 인생이었다. 마치 연리목처럼 두 인생이 한길을 걸어온 그 불가분의 세월이 이제 마지막을 향해 가고 있었다. 1분 1초가 가슴 아프게 타들어갔다.

처음 겪어보는 호스피스 병동은 생명연장 치료는 하지 않았다. 진통제를 투여해 고통 없이 임종을 맞이할 수 있도록 하는 게 목적이었다. 자식으로서, 치료를 중단하고 영양제마저 끊는 과정을 옆에서 지켜보기란 결코 쉬운 일이 아니었다. 결국엔 어머니를 돌아가시게 만드는 것이 아닌가 싶기도 하고, 이번 고비만 넘기면 다시 되살아날 수 있지 않을까 하는 희망의 끈도 쉽게 놓을 수 없었다. 의사를 붙들고 간곡히 치료를 부탁했다. 그러나 그는 좋은 방법이 아니라며 오히려 나를 설득하면서 내 부탁을 공손히 거절했다.

어머니를 불러도 눈을 뜨지 못하는 걸 보고 내 마음이 급해졌다. 어머니가 좋아하는 옛날이야기를 어머니 귀에 대고 주절주절 늘어놓았다. 반드시 그 대목에선 뭐라고 하시는, 평생을 들어온 어머니의 넋두리를 다시 한 번 들어보고 싶었지만 그런 내 마음을 아는지 모르는지 어머니는 아무 반응이 없었다.

내가 8살, 어머니는 43살 때 서울에 사는 11살, 14살, 17살 되는 형들을 만나기 위해 밀양에서 밤기차를 타고 상경한 일이 있었다. 행여 아버지에게 들킬세라 중국집에서 몰래 형들과 만나 모자 간 형제 간의 애틋한 정을 나누고 몇 시간 뒤 헤어졌다. 형들 눈에는 어머니를 향한 그리움의 눈물이, 어머니 눈에는 자식 셋을 두고 가야 하는 한의 눈물이 뚝뚝 떨어졌다. 형들은 어머니와 같이 가고 싶어 하고, 나는 형들과 같이 있고 싶어 했다. 입가에 묻은 짜장면 자국과 흘러내린 눈물이 뒤엉켜 다들 꼴이 우스웠지만 아랑곳하지 않았다.

이런 수많은 장면들과 그 속에 깊이 새긴 아픔들을 지닌 채로 흘러온 아흔 평생의 고귀한 삶을 이제 그만 놓아버리려는 어머니가 원망스러웠다. 나는 흐려지는 어머니의 의식을 붙잡고 다시 돌아와 달라고 마음속으로 간절히 외쳤다.

담임 목사님들이 기도를 해주러 오셨다. 어머니는 아주 가녀린 숨만 쉬시며 마치 누군가를 기다리는 듯했다. 당신 손으로 똥오줌을 받아내며 키운 두 손자가 연이어 도착했다. 손자들이 할머니의 볼을 어루만지며 스킨십을 하는 동안 아내와 나는 어머니가 좋아하는 찬송가를 불렀다.

그러자 어머니는 거짓말처럼 눈을 뜨시고 손자들을 바라보셨다. 그리곤 천천히 손자들을 붙잡은 손을 힘없이 놓으시며 스르르 눈을 감으셨다. 너희들을 기다렸다는 마지막 의사 표현을 하신 것 같았다. 순간 어디선가 들은 말이 생각났다. 임종 직전에 청각신경이 가장 늦게까지 남아 있다고. 나는 급히 어머니의 귀에 대고 속삭였다.

"엄마! 이 땅에서 엄마랑 같이 해서 행복했어요. 곧 엄마 따라갈게요. 사랑해요 엄마….."

내가 마지막 고백을 마치자 옆에 있던 간호사가 나를 떼어내고 맥박을 쟀다.

"She is gone."

영원히 나와 함께 사실 줄로만 알았던 어머니가 돌아가셨다. 어릴때는 '엄마가 죽으면 따라 죽겠다'고 조잘거렸던 나는 약속을 지키지못한 채 눈물만 쏟아내고 있었다. 하나님이 어머니의 눈물까지 나에게 주고 가시게 했는지 눈물이 홍수처럼 쏟아져서 그치지 않았다. 두아들의 부축을 받으며 집으로 가는 길에 지난 9년 반 동안 드나들던요양원 앞을 지나쳤다. 다시 만감이 교차하며 가슴이 무너졌다. 문을열고 들어가면 어머니가 활짝 웃으며 나를 맞이할 것만 같았다. 그러나 어머니는 요양원이 아닌 장례식장에 누워 계셨다. 문득 어머니가못 견디게 보고 싶어졌다. 저 요양원에 계실 때가 그래도 좋았다는생각이 들었다.

한국에서 비보를 들은 친지들이 급히 날아왔다. 그날 밤이 늦도록친지들과 어머니 이야기를 나누었다. 새벽녘이 되어 다들 잠이 든 후나는 가만히 어머니 방에 들어가서 옷장을 열었다. 그곳에는 어머니가 애지중지하시던 상자 하나가 있었다. 생전에 유언처럼 남기신, 당신이 돌아가시면 열어보라던 상자였다. 상자를 열자 그 안에서 어머니가 쓰시던 일기장, 화투, 잔고 없는 통장과 도장, 어머니 환갑연과내 결혼식 참석자 명단, 두 차례에 걸친 대통령 표창장 등이 나왔다.

형들이 어릴 때 주고받은 애틋한 편지들도 나왔다. 내 친할머니의 대필 편지도 있었다. 어머니가 이혼하게 된 사건과 배경들이 유품 상자에 고스란히 담겨 있었다.

돌아가신 후에 열어보라고 한 어머니가 원망스러웠다. 어쩌면 청개구리 같은 나를 잘 알아서 열지 말라고 하면 열어볼 걸 기대하셨던 것일까. 나는 어머니의 한 생애가 담긴 그 상자 속의 편지들을 꺼내 읽으며 밤새 눈이 퉁퉁 붓도록 울고 또 울었다. 그러면서 평생 어머니가 혼자 흘리셨던 눈물을 생각했다. 다른 수많은 불효자들처럼 나역시 어머니가 돌아가신 후에야 당신의 한을 만 분의 1이나마 공감할 수 있었던 것이다.

어머니의 육신을 보내드려야 하는 날이 왔다. 미국 장례식에서는 가족이나 친지들이 망자와의 추억을 회상하거나 평소 좋아하는 음악을 연주하기도 한다. 나는 피아노를 치며 찬송가를 불렀다. 어머니가 제일 좋아하는 나의 모습을 영전에 바친 것이다. 작은손자가 첼로반주로 할머니와 헤어지는 아픈 마음을 보태고 큰손자는 단상에 올라가 할머니와의 추억을 얘기했다.

어머니는 곱게 한복을 차려 입고 살아 생전 정갈하신 그 모습 그대로 누워 계셨다. 나는 저고리에 어머니가 받으신 대통령 훈장을 달아드리고 당신의 손때가 묻은 성경과 찬송가를 손에 쥐어 드렸다. 내가 9년 넘게 요양원에 갈 때마다 어머니의 건강 상태를 적은 머리맡의 병상일기 9권도 관에 넣어드렸다.

장례식을 마치고 난 이튿날, 나는 간호사들에게 감사의 뜻을 전하

어머니의 묘소.

기 위한 선물을 준비해 요양원을 찾았다. 어머니가 크리스마스이브
에 돌아가신 줄을 아는 간호사들은 성탄절 예수님 마중을 너무 멀리
나가셨다가 돌아오지 못하셨지만 틀림없이 예수님과 함께 계실 거
라며 나에게 따뜻한 위로를 건넸다.

412호 A 침대는 어머니가 9년 동안 누워 계신 침대였다. 사물들은
치워져서 없었지만 어머니 체취는 아직 남아 있는 것 같았다. 항상
나를 보면 웃음을 짓던 모습이 빈 침대 위에 어른거렸다. 치매로 몸
겨누우시면서부터 내가 어머니를 돌본다고 생각했지만 어머니가 가
시고 나서 비로소 나는 깨달았다. 이 세상에서는 처음부터 끝까지 어
머니가 나를 돌봐주었다는 것을. 어머니를 잃은 나는 아무것도 할 수

가 없었다.

허전하고 그리운 마음에 침대 위에 가만히 누워보았다. 그런데 침대가 불편했다. 이렇게 불편한 침대에서 9년이 넘도록 누워 계셨다는 걸 믿을 수 없었다. 아들이라는 놈이 이런 것 하나도 제대로 챙기지 못했다는 자책감에 새삼 눈물이 솟구쳤다.

"엄마, 미안해요…."

나는 마음속으로 깊이 사죄했다. 어머니는 항상 내가 막내라서 생전에 볼 수 있는 기간이 제일 짧아 애정이 더 간다고 하셨다. 하지만 나는 때때로 그 애정을 부담스러워 한 바보였고, 스스로 그런 점들이 경멸스러웠다. 사람들은 어머니가 아흔을 넘기고 돌아가셨으니 호상이란 말로 나를 위로하려 들었지만 그 어떤 죽음도 호상 같은 건 없다고 나는 생각했다. 그런 위로를 들을 때마다 내 가슴에선 오히려 아픔만 더할 뿐이었다.

아이언 맨

　직원들과 지인들에게서도 많은 위로의 말을 들었다. 다들 최고의 어머니였다고 옛날 일을 회상했다. 어머니는 최고의 비서이자 직원이셨고, 든든한 수호신이었다.

　매사에 나보다 더 몸을 사리지 않고 일을 해 오신 수호신을 잃고 나자 내 몸에 당장 이상이 생겼다. 어느 날 갑자기 오른팔을 움직일 수가 없었다. 철봉에 매달리거나 피아노를 치는 건 물론이고 손톱을 깎고 젓가락질을 하는 것조차 힘이 들었다. 병원 의사의 진단은 경추 압박으로 신경이 손상되었다고 했다. 건물을 지을 때 지붕에서 떨어진 충격이 그제야 내 몸에 이상증세로 나타나기 시작한 것이다. 빨리 수술하지 않으면 척추에까지 문제가 생길 테고, 이어 사지가 하나씩 마비될 수도 있다고 의사는 겁을 주었다.

　대학 병원에서 녹색 수술복으로 갈아입었다. 수술실에 들어가니 나와 같은 환자들이 수술할 차례를 기다리며 누워 있고, 천장에는 천국 같은 그림과 성경 구절들이 적혀 있었다. 이어 병원 목사님의 조용한 기도가 귀에 와 닿았다.

　"내가 수술 도중에 죽더라도 내 눈에 보이는 그곳이 천국이라고 믿는, 그런 믿음을 허락해 주옵소서."

그때까지는 아무렇지도 않았는데 갑자기 그 기도를 듣는 순간 무서워졌다. 천국이 아닌 지옥에 떨어지면 어떡하지? 그래도 나 혼자 거기를 천국으로 알고 살아야 하나? 이런 쓸데없는 잡념들이 채 가시지도 않아서 흡입마취기가 입에 닿았고, 그 이후는 천국도 지옥도 아닌 깜깜한 암흑 속으로 빨려 들어갔다.

다시 눈을 떴을 땐 아내가 앞에서 웃고 있었다. 3시간이 지났다고 했다. 내 팔엔 링거 줄, 진통제 줄, 혈액 줄 등 수많은 줄들이 주렁주렁 매달려 있었다. 목에는 큰 흉터자국이 있었고, 경추에는 길이 5cm의 금속이 박혀 있다고 했다. 말로만 듣던 '아이언 맨'이 된 셈이었다. 손과 팔을 조금씩 움직여보았다. 놀랍게도 예전과 같은 힘이 느껴졌다. 새삼 현대 의술의 경이로움에 감탄하지 않을 수 없었다. 뼈와 뼈 사이를 금속으로 제어한다는 게 공대 출신인 나로선 그저 궁금할 따름이었다.

지난 30여 년간 미국에서 어떻게든 먹고 살아야 한다는 일념으로 몸을 함부로 굴린 게 이런 결과로 나타난 것이다. 이젠 A/S를 해줄 어머니도 안 계시니 내 몸을 내가 귀하게 여겨야겠다고 생각했다. 의사는 수술 후에 관리가 더 중요하니 술은 물론이고 운동과 규칙적인 생활을 여러 차례 권했다. 수술을 받기 전부터 이미 다 내가 실천하고 있는 것들이었다.

의사의 권고 사항을 매우 잘 준수했음에도 불구하고 6개월 후 멀쩡하던 왼팔에도 이상 신호가 왔다. 오른팔과 똑같은 통증이 온 것이다. 어떨 때는 내 의도와 무관하게 왼팔이 저절로 움직이기도 했다.

의사는 수십 장의 사진을 판독한 후 재수술을 하자고 했다.

똑같은 수술 과정을 한 번 더 겪었다. 같은 수술실의 같은 수술대에 누웠다. 그것도 경험이라고 이번엔 간호사들의 움직임도 보이고 얘기 소리도 들렸다. 그렇게 해서 목뒤에 다시 15cm나 되는 수술 흉터가 생겼다. 비록 목에는 앞뒤로 수술 자국이 선명하지만 현대 의학의 힘을 빌려 나는 건강과 일상을 되찾았다. 목의 흉터는 세상을 열심히 산 증거라고 생각하니 마음이 한결 나아졌다.

쇼핑센터
매매

20대 시절부터 친구들은 나를 가리켜 사막에 두고 와도 오아시스에서 샤워까지 하고 올 놈이라고들 입을 모았다. 하지만 그건 친구들이 나를 잘 모르고 한 소리였다. 나는 그다지 요령과 수완이 있거나, 현명하거나, 이재에 밝거나 한 사람이 아니다. 다만 한 가지, 운은 좋은 사람이라고 생각한다. 운이 좋아 다리에서 떨어져도, 3층 높이의 지붕에서 추락해도, 40미터 암벽에서 굴러도 죽지 않고 살아남았다. 지금 내가 가지고 있는 걸 오아시스라고 한다면 바로 그 좋은 운 덕분에 소유할 수 있었다.

그러고 보면 남들보다 아픔을 덜 느끼는 체질을 타고 난 것도 운이라면 운이다. 그래서인지 수술 후에 회복도 남들보다 빨랐다. 분명히 누워 있어야 할 사람이 목 보호대를 하고 주유소에 나타나자 모두 깜짝 놀랐다. 경추 대수술을 6개월 간격으로 2번이나 했지만 일거리를 보면 몸이 먼저 움직였다. 그 모습을 보는 아내와 매니저는 매번 기겁을 했지만 지난 30년을 그렇게 살다보니 쉽게 고쳐지지 않았다. 게다가 외부의 환경도 나를 그냥 몸조리나 하고 있게 가만히 내버려 두지 않았다.

미국 대통령 트럼프는 대선 재도전을 위해 여러 가지 이슈를 개발했다. 그 가운데 하나가 다른 나라에 의존하지 말고 '우리끼리 잘 살자'는 캐치프레이즈였다. 그에 따라 모든 외국인의 취업비자 연장을 불허하고 각자의 나라로 돌려보내자는 정책을 내놓았다.

이민자의 나라 미국 사회는 한순간 대혼란에 빠졌다. 구글, 이베이, 아마존 등 다국적 대기업에 근무하던 수많은 외국인들이 미국을 빠져나가거나 영주권을 마련해 주는 회사로 옮겨가야 했고, 유학생들은 유학 비자 연장이 안 돼 본국으로 돌아갈 수밖에 없었다.

실리콘밸리에서 근무해 온 많은 인도 계통 사람들도 형편은 마찬가지였다. 그러나 이미 학교에 재학 중인 어린 자녀들의 교육 때문에 본국으로 돌아가기도 어려웠다. 그네들이 미국에 잔류할 수 있는 길은 단 하나, 자력으로 100만 달러 이상 되는 사업체를 사들여 투자 이민을 신청하는 경우였다. 가장 인기 있는 업종이 주유소와 호텔이었다. 업주가 특별한 지식이나 경험이 없이도 매니저만 잘 두면 쉽게 운영이 가능하기 때문이었다. 그런 분위기 덕에 최근 3년 사이 나도 주유소 3개를 좋은 값에 처분했다. 나한테 주유소를 산 사람은 파키스탄과 인도 사람들이었다.

달라스 날씨는 변덕스럽다. 삽시간에 억수처럼 비가 퍼붓다가 그치기를 반복하고, 때론 맞으면 혹이 날 정도의 큰 우박이 갑자기 머리 위로 떨어지기도 했다.

그날도 그런 날이었다. 기름을 넣는 차들이 아니라 우박에 대피하려는 차량들로 주유소가 금세 가득 찼다. 골프공만 한 달라스 우박은 차량 유리를 깨고 천장과 보닛을 벌집처럼 만드는 건 예사였다. 우박 피해 예방을 위해 사업장 주변을 둘러보고 있는데 인도 사람들이 나를 찾아왔다. 레이크힐 쇼핑센터와 그 옆의 땅을 전부 사려면 얼마가 필요하느냐고 물었다.

여태껏 그런 사람들이 꽤나 있었으나 값을 말하면 더 이상 연락이 오지 않았다. 그들도 그러려니 하고 액수를 말해주었다. 그런데 몇 주 후 그들은 부동산 중개인을 대동한 채 계약금을 들고 다시 왔다. 그 무렵 나는 쇼핑센터 옆에 콘도미니엄을 지을 계획으로 도면을 막 손에 넣은 시점이었다. 해야 할 프로젝트가 있는데 쇼핑센터 건물을 팔면 모든 계획을 중단해야 했다. 내 나이 이제 예순, 옛날 같으면 고려장 운운할 나이라지만 요즘은 아직 청춘이다. 인생은 60부터라는 말도 있지 않은가? 실제로 나는 얼마든지 더 일할 수 있었다.

아내와 둘이서 이 상황을 어떻게 대처해야 할지 의논했다. 인생의 중요한 고비 때마다 아내의 조언은 항상 옳은 방향으로 나를 이끌었다. 내가 보지 못하는 걸 아내는 보았고, 내가 갖지 못한 걸 아내는 갖추고 있었다. 이번에도 아내가 조언했다. 이제는 하나씩 내려놓는 게 어떠냐고. 앞으로는 하고 싶은 일을 하면서 다르게 살아보자고. 나를 위한 삶을 살기보다는 타인을 위한 봉사활동을 해보자고. 그러면서 지난 삶을 하나씩 털어내 보는 건 어떠냐고.

우리 내외가 그런 결정을 한 계기는 어머니와 장인 장모님의 소천이 결정적이었다. 우리를 세상으로 내보낸 둥지가 흔적도 없이 사라지고 나서 찾아드는 쓸쓸함과 외로움이 우리로 하여금 더 가치 있는

온가족이 다 같이 옹기종기
있던 때가 그립다.

삶을 바라보게 만들었다. 우리 역시 부모님들과 마찬가지로 빈손으로 왔다가 빈손으로 간다. 그게 인생이다. 그런데 수술을 하고 목 보호대까지 찬 채로 또 다른 프로젝트를 하겠다고 애쓰는 건 분명히 과한 욕심이지 않을까. 주변에 그런 사람 얼마나 많은가. 욕심을 너무 부리며 사는 사람들, 더 잘 살려고 지나치게 애쓰면서 실은 점점 초라해지는 사람들, 우리는 그렇게 살지 않기로 약속했다. 사람은 항상 물러날 때와 나아갈 때를 알아야 한다. 아내는 내게 말했다. 이렇게 된 건 분명히 우리에게 다른 인생을 살아보라는 하늘의 뜻일 거라고.

　매매계약을 하자고 온 인도 사람들은 컴퓨터 사이언스 박사들이었다. 그들이 쇼핑센터를 맡으면 나보다 훨씬 과학적으로 잘 운영할 것 같았다. 나는 계약서에 사인을 하고 6개월 뒤에 모든 걸 인계하기로 약정했다.

건물을 짓는다고 온갖 고생을 하고 심지어 목숨을 잃을 뻔도 했지만 이젠 그런 나를 서서히 밀어내는 세월과 운명의 물살 같은 걸 느꼈다. 그 흐름에 몸을 맡기는 게 순리일 것 같았다.

내가 원해서 이 세상에 오지 않았듯이 앞으로도 나를 둘러싼 큰 조류에 몸을 싣고 순리를 따라 흘러가고자 한다. 시냇물에 정처 없이 떠가는 나뭇잎처럼, 급류를 만나면 빠르게, 완류를 만나면 느리게, 때론 나무뿌리에도 걸리고 폭포수에 낙하도 하면서 천천히 주변을 둘러보는 여유를 가지며 살아보려고 한다.

오래 밀쳐둔 피아노 앞에 앉아도 본다. 88개의 흑백 건반으로 수많은 작곡가들이 수많은 명곡들을 만들어낸다. 세상에서 피아노 연주가 가장 어렵다는 모리스 라벨의 〈밤의 가스파르〉부터 누구나 즐겨 치는 〈고양이 춤〉까지.

내가 다음으로 연주할 곡목은 무엇일까?

생의 두 번째 연주를 위해 나만의 인생 명곡을 만들어내려고 나는 오늘도 피아노 앞을 서성거린다.

새로운 꿈

    아내에게 3년만 미국에서 살다가 오자고 한 약속이 어느새 30년을 훌쩍 넘겨버렸다. 평생을 그토록 근검절약하며 사신 어머니도 빈손으로 가시는 걸 지켜보았다. 두 아들도 동부와 중부에서 각기 대학을 졸업하고 제 길로 떠난 지 오래다.

    세월은 그렇게 흐르고 흐른다. 세월 가는 걸 굳이 누가 가르쳐주지 않아도 일상생활 속에서 수시로 느낀다. 애들이 자랄 때는 내가 운전을 했지만 큰아들이 운전을 시작하니 내가 조수석으로 밀려났고, 작은아들마저 운전을 하자 나는 뒷좌석으로 밀렸다. 이제 손자가 생기면 엑스트라 좌석이나 짐칸으로 가야 하는 걸까? 아니면 태워주기나 할까? 나이가 들수록 내가 점점 밀려나는 건 어쩌지 못한다. 그럴수록 과거에 얽매이기보다는 과거를 등대 삼아 앞으로 나가야 한다.

    그럴 무렵 친한 후배를 식당에서 우연히 만났다. 그는 LA에서 차로 2시간 남쪽으로 떨어진 샌디에이고(San Diego)로 거주지를 옮겼다며 우리 부부를 초청했다. 그곳은 샌프란시스코(San Francisco)와 함께 미국인들이 은퇴 후에 가장 살고 싶어 하는 로망의 도시로 명성이 자자했지만 그런 만큼 주택이 비싸고 생활비가 많이 들기로도 유명하다.

덩치 큰 쇼핑센터도 막 정리를 한 뒤라서 우리는 홀가분한 마음으로 샌디에이고로 향했다. 10여 년 만에 다시 가본 샌디에이고 바닷가는 주변 환경이 너무 아름다웠다. 에어컨과 히터 없이도 살 수 있는 미국에서 몇 안 되는 녹색 도시 중 하나다. 아내는 산과 바다가 공존하는 도시를 보자 마치 어린애처럼 좋아했다. 우리는 집 구경을 다녀보기로 했다. 미국에서는 방문한 도시의 집을 구경하는 것도 빼놓을 수 없는 즐거움이다.

이집 저집을 구경하는 중에 그야말로 마음에 쏙 드는 집을 발견했다. 수영장이 딸린 산을 바라보는 단층 주택이었다. 집도 배우자와 마찬가지로 만나는 순간 운명 같은 느낌을 받는다. 그 집이 바로 그런 집이었다. 우리 부부는 누가 먼저랄 것도 없이 그 집에서 살기로 마음을 정했다.

사람 일이란 한치 앞을 내다볼 수 없다. 불과 한 달 전만 해도 달라스에서 쇼핑센터 사장이었던 내가 어느새 샌디에이고에 앉아서 저녁놀을 바라보고 있다니!

샌디에이고에서 두어 달을 살고 났더니 언제부턴가 달고 산 알레르기 증세가 물로 씻은 듯 사라졌다. 그러자 여태 못 맡았던 냄새도 맡고, 코로 숨도 편히 쉴 수 있게 되었다. 새로운 곳에 둥지를 틀고 나자 두 아들 모두 근처로 와서 직장을 잡았다. 잔소리만 해대는 엄마, 아빠 근처로 모이는 무뚝뚝한 아들들이 밉지만은 않다.

사람들을 만나면 내게 묻는다. 30여 년 전 그때 왜 미국으로 갔느냐고.

돌아보면 미국행을 결심한 데는 특별한 이유나 확고한 계획 같은 게 있었던 건 아니다. 그저 살다 보니 자연스럽게 그쪽으로 흘러갔다는 게 맞는 표현인 것 같다.

미국 이민생활 30년을 글로 한 자 한 자 정리하면서 몇 차례나 울음을 참을 수 없어 혼자 펑펑 울었다. 그만큼 힘들었던 세월의 아픔들이 내게서 고스란히 되살아났기 때문이다. 누구도 대신해줄 수 없는 나만의 고통과 상처들이었다. 어쩌다 갇혀버린 미국 땅에서 모든 걸 다 포기하고 한국으로 돌아가고 싶은 적도 한두 번이 아니었다. 그럼에도 나는 끝까지 미국에서 살아남았다. 지금은 어머니가 묻힌 예쁜 묘지 건너편에 나와 내 아내가 묻힐 자리를 마련해 놓았다.

부산을 떠나 30년을 넘게 산 제2의 고향 달라스를 뒤로하고 샌디에이고에 3번째 둥지를 틀었다. 중국인들은 8이란 숫자를 좋아한다지만 우리나라 사람들은 3을 좋아한다. 독립선언도 33인, 만세도 3창, 의사봉도 3번, 내기를 해도 삼세번이다. 부산과 달라스를 거쳐 3번째로 정착한 샌디에이고에서 나는 오늘도 새로운 제3의 인생을 꿈꾼다.

글을
마치며

나는 지난 30여 년을 미국에서는 이방인, 한국에서는 외국인으로 살았다.

미국에서 산 지 10년이 지나고, 20년이 지나고, 30년이 지나도록 이방인 같은 마음을 버릴 수가 없었다. 반드시 외모가 달라서가 아니라 살면 살수록 물과 기름처럼 어우러지지 않았다. 나는 수십 명의 백인 직원을 거느린, 기름 냄새 풀풀 풍기는 사장일 뿐이지 결코 그들의 멘토(mentor)가 될 수는 없었다.

그들과 나는 엄연히 다른 사람이었다. 문화도 다르고, 생각도 다르고, 행동도 달랐다.

한국을 가면 나는 항상 1990년으로 되돌아간다. 내가 한국을 떠날 무렵이다. 그러다 보니 사용하는 단어도, 표현도, 생각하는 것도 한국인이면서 어딘지 다른, 외국인 표시를 늘 달고 다닌다. 친구들은 그런 나를 '보세품'이라고 놀려댄다.

미국에서 살아도, 한국에 가도 항상 공중에 붕 떠 있는 마음은 어떤 면에서 오히려 나를 채찍질한다. 스스로 삶의 변화를 주려 애쓰고, 매사에 더욱 적극적일 수 있다.

세상은 하루가 다르게 바뀐다. 그 속도에 맞춰 나도 바뀌고 성장해야 하지만 내가 가진 틀에서 벗어나기가 쉽지 않다. 세상의 속도나 남들의 가치 기준에 따라 내 목표를 세우기보다 먼저 내 길을 정하고, 한번 정하면 묵묵히 걸어가는 것이 가장 현명한 삶이 아닌가 한다.

나는 어려서부터 남의 눈치보다는 나 스스로의 눈치를 많이 본 것 같다. 50년 가까이 써온 일기가 증명해 주듯 항상 객관적인 나를 제3자로 대하며 날마다 반성하고 격려해 왔던 것이 오늘날 내 삶의 밑거름이 된 것만은 확실하다.

나의 미국 이민생활 30년을 일기장에서 조심스레 끄집어내되 '내가 무엇을 하는가?'가 아닌 '내가 어떻게 풀어나가는가?'에 역점을 두고 글을 써보려고 노력했다.

환갑이 지난 나이에 지난날을 돌아보니 후회도 많고 아쉬운 점도 많다. 하지만 설령 그런 부분이 있더라도 이제 나의 과거와 화해하고 용서하고자 한다.

그래야 지금부터 새로운 출발을 할 수 있지 않을까.

〈 끝 〉

헬 로
달라스
굿바이
달라스

Hello Dallas, Goodbye Dallas

초판 1쇄   2022년 6월 11일
　　2쇄   2022년 6월 22일
저　　자   김경찬
발　　행   (주)엔북

(주)엔북
우)07631 서울시 강서구 마곡중앙로 56 마곡사이언스타워2 804호
전　　화   02-334-6721~2
팩　　스   02-6910-0410
메　　일   goodbook@nbook.seoul.kr

신고 제 300-2003-161
ISBN 978-89-89683-69-8 03810

값 16,000원